Diogenes Taschenbuch 21975

de
te
be

Guy Cullingford

Der Zauberer von Soho

Roman

Aus dem Englischen von Irene Holicki

Diogenes

Titel der 1954 bei J. B. Lippincott Company
in New York erschienenen Originalausgabe:
›Conjurer's Coffin‹

Umschlagzeichnung von
Hans Traxler

Neuübersetzung

100/91/43/1
ISBN 3 257 21975 X

I

Ein großer, schwarzer Schatten glitt heran und versperrte den Blick von der Rezeptionstheke auf die Straße. Die Glasflächen in den Schwingtüren verdunkelten sich zu Tintenquadraten. Man hörte zweimal einen heftigen Knall, dann war es einen Moment lang still, und schließlich traten sie ein, begleitet von einem Schwall der kalten Abendluft: ein sehr kleines, hübsches Mädchen in extravaganter Kleidung, ein sehr kleines, unscheinbares Mädchen in einem graubraunen Wollmantel und ein Mann, der aussah, als hätte er unter Magenbeschwerden zu leiden.

Sie brachten Leben in das sargförmige Foyer, wo bis dahin nur drei Geräusche zu hören gewesen waren – ein gedämpftes Zischen aus dem Heizkörper, das Ticken der mondgesichtigen Uhr und hin und wieder das Rascheln der Sonntagszeitung, in der die Empfangsdame las. Und Madames Lulu, die in einem Nest aus ihren eigenen, ausgefallenen Haaren auf einem der Sessel vor sich hingedöst hatte, kam eilfertig herangetrabt, um zu sehen, was da vor sich ging.

Dann geschah ein kleines Wunder. Die Tür zum Aufenthaltsraum, die weit offen gestanden hatte, war plötzlich geschlossen, und der magenkranke Mann lehnte mit dem Rücken dagegen. In seinem schmutzigen Regenmantel und mit dem Schal um den Hals sah er aus wie ein an einer Straßenecke herumlungernder, im zähen Kleister seiner eigenen Niedergeschlagenheit erstarrter Arbeitsloser. Von der außerordentlichen Geschicklichkeit, mit der er seine Nummer abgezogen hatte, war nichts zu bemerken gewesen, nur das empörte Kläffen der frustrierten Lulu drang gedämpft durch die Tür. Sein abweisender Gesichtsausdruck hatte sich nicht verändert, und er verzog auch jetzt keine Miene, als er feststellte:

»Ich habe nicht die geringste Lust, mich nach einem langen Tag im Auto von diesem widerlichen Vieh begeifern und besabbern zu lassen.«

»Mich bellt sie immer an«, beklagte sich das hübsche Mädchen.

»Sie weiß eben, daß dir nicht zu trauen ist. Wo ist die Alte?«

Miss Milk war beim Eintreffen der Gäste von ihrem hohen Bürostuhl heruntergeglitten und merkte erst jetzt, daß ihr die Füße eingeschlafen waren. Während sie von einem ihrer baumwollbestrumpften Füße auf den anderen trat, erklärte sie streng:

»Wenn Sie damit Madame Lefevre meinen, sie ist oben und ruht sich aus. Aber ich kann Ihnen ja Ihre Zimmer zeigen. Ich nehme an, Sie sind Mr. und Mrs. Gorman und Miss Shelley.«

Das hübsche Mädchen steckte den Kopf durch die Schalteröffnung der Empfangstheke und unterzog Miss Milk mit funkelnden Augen einer scharfen Musterung.

»Sie sind neu hier. Wo ist die Wasserstoffblonde geblieben?«

Als die etwas altjüngferlich wirkende, aber keineswegs einfältige Miss Milk die junge Frau so dicht vor sich sah, spürte sie, daß diese eine für ihre geringe Körpergröße enorm starke persönliche Ausstrahlung besaß. Sie gestand unumwunden, sie wisse es nicht.

»Würde mich nicht wundern, wenn es ein schlimmes Ende mit ihr genommen hätte«, mutmaßte das hübsche Mädchen augenzwinkernd. »So geht es schließlich jedem, der hier arbeitet.«

»Ach, nun laß das doch, Gay«, drängte die Unscheinbare. »Sehen wir zu, daß wir's hinter uns bringen. Ich bin völlig durchgefroren. Und Gene muß noch den Wagen wegschaffen.«

Miss Milk wandte sich demonstrativ der primitiven Aufstellung zu, die ihr der Praktikant als Orientierungshilfe angefertigt hatte. Sie bestand aus einer herausgerissenen Heftseite, auf die von oben nach unten eine Reihe von Zahlen geschrieben waren. Neben jeder Zahl befand sich entweder ein freier Raum, ein Name oder eine Erläuterung.

»Jetzt sagen Sie nur nicht, daß ich wieder die 12 A habe!« ertönte Gays Stimme dicht neben ihrem Ohr.

Miss Milk wich zurück, um sich in der Enge hinter der Empfangstheke so viel Freiraum wie möglich zu verschaffen, und fuhr mit dem Bleistift die Liste entlang. Neben der Nummer 12 A entdeckte sie in krakeliger Schrift den Buchstaben E und eine knappe, aber informative Anmerkung: ›Wird sich natürlich beklagen – muß durchgestanden werden.‹

»Ich fürchte, eines der Zimmer ist wohl die 12 A«, gab sie zu.

Das hübsche Mädchen zog ihren kurzgelockten Wuschelkopf zurück und rang in theatralischer Verzweiflung die Hände.

»Oh, Mann! Gene, ist das nicht das Letzte? Dieser alte Weibsteufel hat Stein und Bein geschworen, mich nie wieder da reinzusetzen. Ich bin vom letzten Mal noch ganz grün und blau. 12 A! Die 13 scheint unter dem Anstrich durch, und die verdammte Matratze ist nur ein dreckiger alter Sack, der mit Türknöpfen und Wörterbüchern gestopft ist.«

Sie wandte sich hilfesuchend an Miss Milk.

»Haben Sie doch ein Herz und geben Sie mir etwas anderes! Es kann auch ganz oben unter dem Dach sein, das macht mir nichts aus.«

Die Liste fest in den Händen haltend, gab sich Miss Milk den Anschein, als ziehe sie dieses Ansinnen ernsthaft in Betracht. Obwohl sie ein völliger Neuling im Hotelgewerbe war, drängte sich ihr der Verdacht auf, die Methoden des Praktikanten seien durchaus verbesserungswürdig.

»Ich fürchte, das ist wirklich nicht möglich. Bei uns sind eine Menge Leute vom Ballett abgestiegen...«

»Ballett? Was für ein Ballett?«

»*Das Bohemian Ballett*.«

»Das schlägt doch dem Faß den Boden aus! Jetzt muß ich diese Absteige auch noch mit einem Haufen windiger Zigeuner teilen. Gene, ich sage dir, das mache ich nicht mit!«

»Wenn du glaubst, daß ich jetzt mitten in der Nacht noch weiterfahre, mein liebes Kind, dann mußt du verrückt sein«, gab Mr. Gorman zurück.

»Einen Moment«, bat Miss Milk, die sich diesmal ehrlich in die Liste vertieft hatte. Ihr war plötzlich eingefallen, das mystische *E* hinter der 12 A könne sich vielleicht auf die Größe des Zimmers beziehen, und so verkündete sie, durch Gays ständige Appelle an Mr. Gorman irregeführt, triumphierend: »12 A ist das Einzelzimmer, nicht das Doppelzimmer.«

Die gestrichelten Augenbrauen des hübschen Mädchens hoben sich einen Zentimeter; sie klatschte sich mit der Hand auf ihr Bein in der eleganten Hose und begann laut zu lachen.

»Ist die alte Jungfer nicht rührend? Sie will mich dir zuschanzen, Gene. Da haben Sie sich aber vertan, meine Beste. Das hier sind Mr. und Mrs. Gorman. Ich bin Miss Shelley.«

Miss Milk errötete über ihren Irrtum und fragte sich, wie in aller Welt sie wohl auf die Idee gekommen war, Miss Shelley und der Mann namens Gene könnten zusammengehören. Jetzt hatte sie glücklich alle in Verlegenheit gebracht, sich selbst eingeschlossen. Auf den Wangen der echten Mrs. Gorman glühten dunkelrote Flecken. Der magenkranke Mann bemerkte grimmig:

»Mit diesem Flederwisch möchte ich nicht für alles Geld der Welt verheiratet sein«, und seine Frau fügte hinzu: »Sie hat sowieso keinen Penny.«

»Na und?« gab Miss Shelley unbeeindruckt zurück. »Was nicht ist, kann ja noch werden, nicht wahr, Schätzchen? Dabei fällt mir ein ... ich habe den ganzen Tag noch keine Zeitung gesehen. Kann ich mir die Ihre kurz ausleihen?«

Sie streckte ungeniert den Arm in Miss Milks Klause und bemächtigte sich der Sonntagszeitung, um sie sodann, mit Ausnahme eines einzigen Blattes, das sie eingehend studierte, Seite für Seite zu Boden flattern zu lassen.

»Ich will nur wissen, was die Sterne mir zu bieten haben«, erklärte sie vertraulich. »Sie haben doch nichts dagegen, meine Liebe? Der Bursche ist ein As, weiß auf alles eine Antwort. Mal sehen, ich muß erst mit den Geburtsdaten klarkommen. Da haben wir's. ›Eine schwere Woche steht Ihnen bevor.‹ Was habe ich gesagt? ... Er legt den Finger direkt auf diese verdammte Matratze. ›Eine lange Reise‹, verflixt, das haben wir doch eben erst hinter uns. ›Finanzielle Probleme.‹ Was will er denn damit sagen?«

»In ganz einfachen Worten: kein Geld«, erklärte Mr. Gorman unerschütterlich geduldig.

»Der Mann ist ein Genie!« rief Miss Shelley.

»Ach Gay«, bat das unscheinbare Mädchen. »Nun hör schon auf mit dem Theater.«

»Nur keine Hektik, Stella. Immerhin habe ich noch kein Zimmer. Das muß ich erst mal mit der alten Sowieso aushandeln. Sie wird sich aus ihrem Nachmittagsschläfchen aufrappeln müssen. Klingeln Sie doch mal bei ihr an, mein liebes Fräulein vom Empfang.«

Während Miss Milk noch überlegte, ob es wohl empfehlenswert sei, diesem Vorschlag zu folgen, ertönte über ihnen von der Treppe her eine körperlose, heiser krächzende Stimme:

»Wen 'aben Sie dann da unten, *hein*?«

Es klang vorwurfsvoll, so als amüsiere sich Miss Milk vielleicht mit irgendwelchen Herrenbekanntschaften. Aber es war Madames normaler Tonfall, und er besagte nichts weiter, als daß sie der Menschheit im allgemeinen ein tiefes Mißtrauen entgegenbrachte.

Die flatterhafte Gay, der diese Stimme wohlvertraut war, ließ auch die letzte Seite der Zeitung fallen und rannte die Treppe hinauf, um das Gesicht zu begrüßen, das jetzt wie geköpft über das Geländer hing. Miss Milk hörte erstaunt, daß die beiden sich benahmen, als wären sie Mutter und Tochter, die sich nach langer, erzwungener Trennung endlich wiedergefunden haben. Aus einem Schwall von Artigkeiten, wobei kein Wort der Klage über Zimmer 12 A laut wurde, schnappte sie eine Einladung zu einem gemeinsamen Umtrunk in Madames Privatwohnung auf.

»Hast du das gehört, Gene?« fragte Mrs. Gorman strahlend ihren Gatten.

»Geh du schon voraus. Ich komme später nach.«

Miss Milk und Mr. Gorman blieben allein zurück.

»Wie glücklich wär ich, hätt' ich keine nur!« zitierte Mr. Gorman nicht ganz korrekt.

Miss Milk überhörte diese Bemerkung.

»Sie haben Zimmer 26«, sagte sie. »Soll ich Ihnen ein Handtuch und ein Stück Seife geben?«

»Und was ist mit der Nagelbürste und dem Bimsstein?«

»Ach, es tut mir so leid... Ich wollte nicht... Es ist eben Vorschrift, und ich habe schreckliche Angst, etwas zu vergessen. Ich bin noch nicht lange hier. Es ist«, fügte sie in einem Anfall von Ehrlichkeit hinzu, »erst mein zweiter Tag.«

»Ich gebe Ihnen eine Woche«, sagte Mr. Gorman.

»Bin ich denn wirklich so schlecht?« fragte sie bestürzt.

Mr. Gorman erwog diese Frage ganz sachlich.

»Ich würde nicht sagen, daß Sie sich dümmer anstellen als die anderen, aber Sie sind ganz bestimmt nicht so abgebrüht. Die Chancen stehen gegen Sie. Ich komme nun schon seit Jahren immer wieder hierher und habe in dieser Kabine noch nie dasselbe Gesicht zweimal gesehen, Familienangehörige natürlich ausgenommen.«

»Außer Gus ... und dem Nachtportier.«

»Ach, die gehören zum Inventar. Ich hätte sagen sollen, dasselbe weibliche Gesicht.«

»Kann man denn als Praktikant zum Inventar gehören?« fragte Miss Milk naiv.

»Hier schon«, erklärte Mr. Gorman düster. »Wo ist übrigens Freund Gus?«

»Er ist leider ins Kino gegangen. Kann ich Ihnen irgendwie behilflich sein?«

»Ich bräuchte jemand, der beim Gepäck mit anfaßt. Diese beiden Traumfrauen kommen gar nicht auf die Idee, ihre Koffer selbst zu tragen.«

»Das kann ich machen, wenn sie nicht zu schwer sind.«

»Es geht nur um die kleinen Stücke. Die Requisiten lasse ich im Wagen, die nehmen wir morgen direkt mit ins Theater. Vielen Dank.«

»Ich lasse die Türen einrasten, dann geht es leichter. Normalerweise wage ich das nicht, weil Lulu sonst hinauslaufen und sich verirren könnte, aber solange sie eingeschlossen ist, ist das kein Problem.«

»Das elende Vieh macht mich ganz rappelig. Hunde, die sich von Pralinen und bitterem Tee ernähren, konnte ich noch nie leiden. Dann kommen Sie. Ich möchte den Wagen loswerden und dann schnellstens zu Bett gehen; ich bin fix und fertig.«

Draußen auf der Straße war es unangenehm frisch, Miss Milk fand freilich nicht den Mut, Mr. Gorman zu erklären, sie wolle erst ihren Mantel holen. Er tat ihr leid; sie fand, er sähe wirklich krank aus, aber sie glaubte nicht so recht, daß er von Natur aus ein besonders liebenswerter Mensch sei.

Der Wagen war ein alter Kombi, der bis oben hin mit allen möglichen Gepäckstücken vollgeschichtet war.

»Wir sind heute in einem Stück von Blackpool bis hierher gefahren. Da, fangen Sie auf.«

»Wie ist es da oben?« erkundigte sich Miss Milk.

»Gräßlich wie immer«, antwortete Mr. Gorman. »Hier ist noch eins. Dieses verrückte Ding mit den Streifen gehört Shelley. Sieht auch danach aus.«

Immer wieder ging die hilfsbereite Miss Milk, bis zum Kinn mit allen möglichen Habseligkeiten von Koffern bis hin zu Pappkartons beladen, zwischen dem Wagen und der Halle hin und her. Aus einer Schuhschachtel, die dem Klirren nach kleine Flaschen oder Kosmetikgefäße enthielt, ragte eine Haarbürste. Mehrere einzelne Äpfel kamen zutage und ein Korb, unter dessen Deckel zerdrückte Halbpfundpäckchen mit Margarine hervorquollen. Miss Milk hatte immer noch Wadenkrämpfe und befürchtete, sich ähnlich wie Lulu zu bewegen, die den eigentümlich steifen Gang aller betagten Spitze hatte. Als sie einen weiteren Packen auf dem Linoleum absetzte, glaubte sie, das Tier an dem Spalt zwischen Tür und Fußbodendielen schnüffeln zu hören, und konnte ein Gefühl der Schadenfreude nicht unterdrücken. Obwohl sie Lulu noch nicht lange kannte, hatte sie sie bereits im Verdacht, im Auftrag der Hotelleitung zu spionieren. Der kleine Hund hatte eine ganz bestimmte Art, mit schräg aufgesetzten Vorderbeinen und einem unverschämten Ausdruck in seinem spitzen, boshaften Gesicht dazustehen, als warte er nur auf eine Gelegenheit, sie bei seinem in ihn vernarrten Frauchen zu verpetzen.

Gerade als sie mit dem Ausladen fertig waren und Miss Milk und Mr. Gorman nachdenklich das Ergebnis ihrer Bemühungen betrachteten, fiel mit unheilverkündendem Klicken eine der aluminiumfarbenen Kugeln der altmodischen Telefonvermittlung herunter, und der Apparat begann zu summen.

»Oje, ich muß wohl rangehen«, sagte Miss Milk und begann, in solcher Eile über die scharfkantigen Koffer zu steigen, daß sie sich eine Laufmasche in ihre zweitbesten Strümpfe riß. Das einzige, was Miss Milk bei ihrer neuen Tätigkeit wirklich eine Heidenangst einflößte, war diese Kiste aus Mahagoni und Hartgummi. Der Praktikant hatte ihr zwar den Umgang damit erklärt, aber da seine Anweisungen sich darin erschöpften, daß er, eine halb aufgerauchte Zigarette im Mundwinkel, auf dem Bürostuhl kauernd, atemberaubend schnell einen Schalter nach dem anderen umlegte und dabei sagte: »Ganz einfach. Wirklich ein Kinderspiel. Sehen Sie?«, war sich Miss Milk ganz und gar nicht im klaren darüber, wie sie die Anlage zu bedienen hatte.

Du darfst jetzt nur nicht den Kopf verlieren, beschwor sie sich selbst. Du darfst nicht nervös werden. Du mußt dich konzentrieren. Es ist ja nicht so, als wäre das eine große Telefonzentrale. Es ist doch alles ganz einfach. Als erstes drückt man den Schalter mit der Nummer der Kugel, die heruntergefallen ist, so. Gar kein Grund zur Aufregung. »Hallo! Hallo!« Lieber Himmel, ich hätte nicht ›Hallo‹ sagen sollen. Das klingt nicht sehr professionell. Aber ich höre nichts. Überhaupt nichts. Vielleicht habe ich den falschen Schalter erwischt. Ich lege ihn besser wieder um.

Sobald sie den Schalter zurückgestellt hatte, begann das Ding erneut zu summen.

Miss Milks gute Vorsätze gingen in einer Welle von Panik unter. Sie begann, willkürlich irgendwelche Schalter zu drücken. Gott sei Dank ist es kein Anruf von außen, dachte sie; nur einer von den Zimmern. Endlich hörte sie etwas. »Verzeihung, wie war das bitte noch einmal, Sir? Tee? Ach so, Kaffee. Kaffee! Entschuldigen Sie vielmals, ich hatte Sie nicht richtig verstanden. Nein. Natürlich kümmere ich mich darum. Für zwei Personen? Wird sofort erledigt. Nein, es dauert nicht lange. Ich beeile mich.«

Mit einem tiefen Seufzer der Erleichterung beendete Miss Milk das Gespräch und stellte triumphierend den Schalter zurück. Der Apparat blieb stumm. Als sie sich umdrehte, bemerkte sie, daß Mr. Gorman sie mit einem süffisanten Lächeln beobachtete.

»O Gott!« stieß sie bestürzt hervor. »Oh, mein Gott!« Sie schlug die Hände vors Gesicht.

»Was ist denn nun passiert?«

»Ich sagte, ich würde ihm ein Kännchen Kaffee für zwei Personen bringen, und dabei kenne ich seine Zimmernummer gar nicht. Ich habe überhaupt nicht auf die Nummer geachtet.«

»Probieren Sie es mit der zweiten von rechts in der dritten Reihe.«

Miss Milk warf ihm einen dankbaren Blick zu.

»Die Vierzehn. Das ist wirklich sehr freundlich von Ihnen!« Sie begann, zwischen den Telefonbüchern herumzufummeln.

»Und was ist jetzt los?«

»Nun, vierzehn ist nicht wirklich vierzehn. Irgendwo muß hier eine Liste stecken. Ach, da ist sie ja. Vierzehn ist nämlich eigentlich zwanzig.«

Mr. Gorman warf hilfesuchend einen Blick zum Himmel und sah dabei Miss Blanche herabkommen. Auch Miss Milk erblickte Miss Blanche in dem Spiegel rechts von der Empfangstheke, der es ihr gestattete, die Treppe im Auge zu behalten. Gewöhnlich fühlte sie sich in Gegenwart dieser Frau ein wenig unsicher, aber im Augenblick war sie dankbar, sie zu sehen.

Miss Blanche warf einen verächtlichen Blick auf Mr. Gormans Habseligkeiten und fragte:

»Was ist das?«

»Es soll nach oben«, erklärte Mr. Gorman.

»Dann mußt du aber mehrmals gehen«, sagte Miss Blanche entschieden. »Hier kann das Zeug nicht bleiben, weil es den Durchgang versperrt, und Gus ist nicht da.« Sie wandte sich an Miss Milk.

»Wer war am Telefon?«

Mr. Gorman klemmte sich ächzend mehrere Taschen unter beide Arme und machte sich an den Aufstieg.

»Der Herr von Nummer zwanzig«, antwortete Miss Milk. »Er hat ein Kännchen Kaffee für zwei Personen bestellt.«

»Dann gehen Sie in die Küche hinunter und sagen Sie es dem Koch«, riet ihr Miss Blanche. »Und richten Sie ihm auch gleich aus, daß er zum Abendessen für alle pochierte Eier zubereiten soll.«

»Soll ich Mr. Gorman helfen, seine Sachen hinaufzutragen?«

»Nein. Das kann er ganz gut alleine. Er zahlt nur den Künstlertarif.«

Nachdem Miss Milk sich auf der völlig unbeleuchteten Küchentreppe fast den Hals gebrochen hätte, fand sie endlich den Koch, der auf einem Stuhl mit kaputter Lehne in der düsteren Küche saß und den Sportteil einer mindestens einer Woche alten Zeitung las. Er trug eine sehr schmutzige, weiße Mütze und einen dazu passenden Kittel, hatte ein Schweißtuch um den Hals und sah aus, als sei er so alt wie Lulu, aber weniger gewitzt. Er warf Miss Milk aus wäßrigen Augen einen Blick zu und wischte sich mit dem Rücken seiner nicht übermäßig sauberen Hand über seinen schlaff herabhängenden Schnurrbart. Zum Sprechen ließ er sich nicht herab.

»Guten Abend«, begann Miss Milk fröhlich. »Könnte ich bitte ein Kännchen Kaffee für zwei Personen haben?«

»Zwei Portionen Kaffee«, wiederholte er, ohne seine Stellung zu verändern.

»Soll ich darauf warten?« erkundigte sich Miss Milk.

»Wie Sie wollen«, antwortete er nicht einmal feindselig. Er rührte sich jedoch nicht von der Stelle.

»Soll ich vielleicht das Tablett fertigmachen?«

»Wie Sie wollen.«

Miss Milk fand ein Tablett, rieb mit einem herumliegenden Lappen so viele Flecken davon ab wie möglich und stellte Tassen, eine Zuckerschale und ein Milchkännchen darauf. Sie fand auch eine Kaffeekanne mit abgeschlagenem Gießer. Alle diese Dinge wurden in einer Art Speisekammer neben der Küche aufbewahrt. Als sie zurückkehrte, saß der Küchenchef noch immer am gleichen Platz wie zuvor.

»Wo ist der Wasserkessel?« fragte sie hilfsbereit.

»Wo würden Sie ihn vermuten?«

Miss Milk überlegte.

»Möchten Sie, daß ich den Kaffee koche?« fragte sie schließlich.

»Das wäre eine Möglichkeit«, stimmte er zu.

Die einzige, wie es schien. Miss Milk ging daran, Wasser aufzusetzen und die Milch zu wärmen. Sie fand auch eine Büchse Kaffee.

»Einen Teelöffel pro Tasse«, sagte der Küchenchef. »So lauten meine Anweisungen. Einen Teelöffel pro Tasse.«

Miss Milk hielt sich daran. Es dauerte ziemlich lange, aber irgendwann war der Kaffee fertig, und sie verließ damit die Küche. Am Fuß der Treppe blieb sie stehen, weil ihr eingefallen war, was man ihr aufgetragen hatte.

»Miss Blanche sagte, zum Abendessen sollte es für alle pochierte Eier geben«, sagte sie.

Nun kam ein wenig Leben in den alten Mann. »Pochierte Eier wollen sie haben, und das von einem Chefkoch«, murrte er und faltete sorgfältig den Sportteil zusammen. »Das hat gerade noch gefehlt. Man verlangt also von einem Chefkoch, daß er Eier pochiert.«

Miss Milk fand den Lichtschalter und eilte mit ihrem Tablett die Treppe hinauf. Sie wagte nicht, sich länger aufzuhalten, denn sonst würde sie irgendwann vermutlich auch noch die Eier kochen.

»Sie haben längst Dienstschluß«, sagte Miss Blanche streng, als sie wieder ins Foyer kam. Miss Blanche saß jetzt hinter der Empfangstheke und strickte an einer Weste mit Rippenmuster.

»Das ist eine gute Idee«, bemerkte Miss Milk. »Hätten Sie etwas dagegen, wenn ich auch zu stricken anfinge? Damit wäre die Zeit doch sinnvoller genutzt als mit Lesen.«

»Wie Sie wollen«, sagte Miss Blanche kalt. »Aber jetzt ziehen Sie Ihren Mantel an und gehen Sie nach Hause.«

»Soll ich den Kaffee aufschreiben? Der Herr hat noch nicht bezahlt.«

»Ich kümmere mich darum.«

»Ach ja, und ich habe Mr. Gorman und die anderen auch nicht gebeten, sich ins Fremdenbuch einzutragen. Ich fürchte, das habe ich ganz vergessen. Miss Shelley ist doch nicht etwa Amerikanerin? Ich meine, sie braucht nicht das Spezialformular auszufüllen?«

»Wie kommen Sie darauf, daß sie Amerikanerin sein könnte?« fragte Miss Blanche leicht belustigt.

»Ich weiß nicht. Sie hat ›Oh, Mann‹ gesagt. Und sie nannte Mr. Gorman ›Gene‹.«

»Sie ist soweit Amerikanerin, wie man es sein kann,

wenn man in Brixton geboren ist. Warum ist die Tür zum Aufenthaltsraum geschlossen? Wir lassen sie eigentlich immer offen.«

»Die arme Lulu! An sie habe ich gar nicht mehr gedacht!« rief Miss Milk. »Mr. Gorman hat die Tür zugemacht.« Ein kurzes Zögern führte Miss Milk zu einer nicht ganz wahrheitsgemäßen Erklärung, denn sie wollte nicht direkt sagen, warum Mr. Gorman die Tür geschlossen hatte. »Wir dachten, sie könnte vielleicht auf die Straße laufen, während wir das Gepäck hereinbrachten.«

»Lassen Sie sie lieber noch raus, ehe Sie gehen«, empfahl Miss Blanche. »Meine Mutter wartet sicher schon auf sie.«

»Du lieber Himmel, ja, natürlich«, sagte Miss Milk.

Ihre Hand umfaßte den dicken, weißen Porzellanknopf, sie öffnete die Tür und spähte ins Zimmer. Ihr Blick wanderte zuerst zu Lulus Lieblingsstuhl, aber obwohl das Polster einen kleinen, runden Abdruck trug, der verriet, daß Lulu schon öfter hier gesessen hatte, war er leer. Schnell sah Miss Milk sich im Raum um. Ihre Augen schweiften ungläubig in die staubigen Ecken und wieder zurück in die Mitte, die seit Einbruch der Dämmerung von einem Kristallüster erhellt wurde. Der Aufenthaltsraum wirkte so trübselig wie ein Wartezimmer, in dem die Leute ohne Zuversicht oder Hoffnung so lange sitzen, bis die Unbequemlichkeit sie vertreibt. Er besaß einen Kaminsims aus Marmor mit einer stehengebliebenen Marmoruhr darauf, deren wenig dekorative Rückseite in einem riesigen, fleckigen, goldgerahmten Spiegel zu bewundern war. Im Kamin darunter war ein winziger Elektrobrenner eingebaut. Auf einer Reihe von kleinen Beistelltischen lagen alte Zeitschriften, außerdem gab es einen Schreibtisch und etwa ein halbes Dutzend verschiedener Stühle in unterschiedlichen Stadien des Verfalls. Eine Glasvase enthielt Narzissen aus Papier, und an einer Wand stand ein altertümliches Klavier der Marke *Collard & Collard* mit gitterförmig durchbrochener Vorderseite.

Alle diese Dinge befanden sich an ihrem angestammten Platz. Nur Lulu war nicht da.

Lulu war nicht da.

Entgeistert drehte sich Miss Milk zu Miss Blanche um, die damit beschäftigt war, die Reihen ihrer Strickarbeit zu zählen, und sagte:

»Sie ist nicht da, Lulu ist nicht da. Wo kann sie nur hingelaufen sein?«

»Sie haben sicher nicht aufgepaßt, und sie ist durch die Tür entwischt, als die Gormans hereinkamen. Ich habe Sie davor gewarnt. Meine Mutter wird nicht sehr erfreut sein.«

»Was soll ich nur machen?« fragte Miss Milk ganz erschüttert. »Soll ich draußen auf der Straße nach ihr suchen?«

»Sie würden sie niemals finden. Wahrscheinlich treibt sie sich in irgendeiner Gasse bei den Mülltonnen herum.«

Miss Milk erinnerte sich, wie dunkel es auf der Straße gewesen war, als sie geholfen hatte, das Gepäck hereinzutragen, und mußte sich eingestehen, daß die Chancen, den Hund zu finden, wahrlich sehr gering waren.

»Aber ich begreife das nicht«, sagte sie. »Ich weiß genau, daß sie hier drin war. Als ich zwei der Koffer abstellte, hörte ich sie noch an der Tür schnüffeln.«

Miss Blanche zuckte die Achseln.

»Wenn sie nicht da ist, muß sie irgendwie herausgekommen sein.«

»Aber ich habe seither den Empfang nicht mehr verlassen. Ich war ständig hier, bis Sie mich abgelöst haben.«

Dieses Mal zuckte Miss Blanche nur vielsagend die Achseln, ohne sich weiter zu äußern.

Miss Milk spürte, wie die kleinen Wellen ihrer Beteuerungen sich kraftlos an der Mauer von Miss Blanches Ungläubigkeit brachen, und sie spürte auch, wie ihr das Blut in die Wangen schoß, als sie sagte:

»Sie müssen mir wirklich glauben. Ich würde es nicht sagen, wenn es nicht wahr wäre.«

»Der Hund ist fort. Sie kann sich doch nicht in Luft aufgelöst haben.«

»Vielleicht ist sie aus dem Fenster gesprungen.«

»Diese Fenster werden nie geöffnet. Der Raum wird durch die Ventilatoren belüftet.«

»Dann steckt sie vielleicht hinter den Gardinen.«

»Sehen Sie nach, wenn Sie wollen. Ich werde Sie nicht daran hindern.«

Miss Milk schoß in den Raum, kam aber bald wieder zurück.

»Nein, da ist sie auch nicht. Ich begreife das nicht.«

»Was begreifen Sie denn nicht?«

Die beiden Frauen sahen auf und erblickten Mr. Gorman auf halber Höhe auf der Treppe. Er war gerade auf dem Weg nach unten, um den Rest seines Gepäcks zu holen.

»Es geht um Lulu«, erklärte Miss Milk eifrig. »Sie ist

verschwunden. Oh, Mr. Gorman, wir hatten sie im Zimmer eingeschlossen, nicht wahr? Und Sie wissen doch auch, daß die Tür nicht wieder geöffnet wurde?«

»Wenn Sie es sagen«, meinte Mr. Gorman, »gebe ich mich damit zufrieden. Außerdem verstehe ich nicht, was die ganze Aufregung soll. Es ist doch nicht das erste Mal, daß sie sich aus dem Staub gemacht hat, und es wird auch bestimmt nicht das letzte Mal sein. Aber Frauen sind nicht auf den Kopf gefallen und wissen, wo etwas zu holen ist. Sie kommt schon wieder.«

»Du meine Güte, hoffentlich«, jammerte Miss Milk.

Mr. Gorman nahm ihren Hut und ihren Mantel vom Haken.

Woher wußte er, daß das meine Sachen sind? fragte sich Miss Milk staunend, ohne zu begreifen, daß ihre Kleider ebenso sehr ein Teil von ihr waren wie die ernste, aufrichtige Miene, die sie jetzt aufgesetzt hatte.

»Sehen Sie zu, daß Sie nach Hause kommen. Überlassen Sie es ihr«, Mr. Gorman deutete mit einem Kopfnicken auf die schweigende Blanche, »Madame die Unglücksnachricht beizubringen.«

2

Man mag vielleicht argwöhnen, wer immer dem Hotel *Bellevue* seinen Namen gegeben habe, er müsse entweder einen unangebrachten Sinn für Ironie oder gar keinen Humor besessen haben. Die vorderen Kellerfenster waren nur dreißig Zentimeter von einer Ziegelmauer entfernt.

Wenn man im Erdgeschoß die schmuddeligen Netzvorhänge des Aufenthaltsraums anhob, blickte man auf drei Häuserfronten auf der anderen Straßenseite: ein kleines, geheimnisumwittertes griechisches Restaurant, ein dem Untergang geweihtes Unternehmen, das sich dem Handel mit Knöpfen verschrieben hatte, und eine *boucherie chevaline*. Von der ersten, zweiten und dritten Etage aus bot sich dem Auge nur die Aussicht auf die gleichmäßig angeordneten, völlig leblosen Fenster des Knopflagers, das sich, ebenso wie die oberen Etagen des *Bellevue*, auf die Nachbargebäude ausdehnte. Auf diesen Fenstern hatte sich eine so dicke Staubschicht abgesetzt, daß sie praktisch undurchsichtig waren, und das Licht einer in den dahinterliegenden Räumen brennenden Glühbirne drang ebensowenig nach außen wie das einer Taschenlampe durch dichten Nebel. Nur wer ein Mansardenzimmer im *Bellevue* bewohnte, konnte, wenn er aus dem Fenster sah, die Bewohner der gegenüberliegenden Räume bei den intimen Verrichtungen der Morgentoilette, manchmal sogar beim Rasieren beobachten.

Für den Namen *Bellevue* gab es jedoch eine recht prosaische Erklärung. Die Lefevres waren im Ersten Weltkrieg aus Belgien nach London geflüchtet und hatten in Ostende eine damals noch gutgehende, direkt am Meer gelegene *pension* zurückgelassen. Was war natürlicher, als daß Papa Lefevre den Wunsch verspürte, dem neuen Etablissement, das er gepachtet hatte, den Namen seines alten Heims zu geben. Die Familie war keineswegs mittellos in London eingetroffen, aber ihre reichverzierten Plüschmöbel, die verschnörkelten Nippesfiguren und die Kristallüster hatte sie nicht mitnehmen können. Das Hotel in England war im Vergleich dazu eher ärmlich ausgestattet, und Papa Lefevre vermißte den verlorenen Glanz schmerzlich. Aber die Pension in Ostende geriet unter schweren Granatbeschuß und bot fortan keinerlei Schutz mehr vor Wind und Wetter: da war man doch lieber in Soho als auf dem Friedhof. Die kleine Blanche, damals sechs Jahre alt, wurde in eine englische Tagesschule geschickt, und Monique, das Kind der späten Jahre, kam in Hörweite der Glocken von St. Patrick zur Welt.

Während des Ersten Weltkriegs, als es in London stets von Soldaten wimmelte, die Geld in der Tasche und Sorgen zu ertränken hatten (was sie allerdings nie im *Bellevue* taten, da es nicht über eine Schankkonzession verfügte), machten die Lefevres gute Geschäfte, und als der Frieden ausgerufen wurde, beschlossen sie zu bleiben. Sie wurden allmählich älter, und noch einmal ganz von vorne zu beginnen, hätte doch zu große Umwälzungen bedeutet. Man lebte sich ein, und im Lauf der Zeit gelang es sogar, recht tragfähige Kontakte zu den Angehörigen der Schauspielzunft aufzubauen.

Als Papa Lefevre schließlich fand, er habe sein Unternehmen auf eine hinlänglich solide Basis gestellt, starb er gerade noch rechtzeitig, um sich all die Sorgen und Kümmernisse eines neuen Krieges zu ersparen. Die armen Lefevres mußten nämlich für ihre Gewinne im Ersten Weltkrieg bezahlen, indem sie im Zweiten alles verloren. Und in Soho lebte man noch gefährlicher als in Ostende. Madame weigerte sich, sich von der Stelle zu rühren, und sie wollte sich auch nicht von Monique trennen, denn sie war, ob nun zu Recht oder nicht, der Ansicht, ein Kind ohne seine Familie sei ein verlorenes Kind. Sie war zwar keineswegs eine besonders mutige Frau, aber störrisch wie ein Maulesel. Als das Personal sie im Stich ließ, ersetzte sie es durch bedürftige alte Frauen, die ebenso dickköpfig waren wie sie selbst und die am Tage zum Reinemachen kamen, nachdem sie die Nacht in einem U-Bahn-Schacht verbracht hatten. Blanche wurde gegen ihren Willen, mit der Begründung, sie sei für ihre Mutter unentbehrlich, vom Kriegsdienst freigestellt, und die beiden Frauen verbrachten mit dem kleinen Mädchen so manche Nacht, in der die Erde bebte und der Himmel schrie, in der Küche des leeren Hotels. Von Edouard Lefevre war ihnen nicht mehr geblieben als ein großes Portrait im Foyer, das eine entfernte Ähnlichkeit mit einem schlechten Druck der Mona Lisa zeigte, der ein respektloser Knabe einen Bart angemalt hatte. Sie vermißten seinen Rat schmerzlich.

Vor diesem Portrait traf Miss Milk Madame an, als sie am nächsten Morgen zur Arbeit kam. Dort war Madame in Zeiten seelischer Belastung stets zu finden.

»Ach, was 'ätte er wohl dazu gesagt?« fragte sie Miss Milk, die sich zum Garderobenständer geschlichen hatte, um Mantel und Hut aufzuhängen. »Sie 'aben mir doch meine kleine 'und verloren, *hein*?«

»Es tut mir sehr leid, Madame, wirklich«, beteuerte Miss Milk aufrichtig. »Ich hatte trotz allem gehofft, sie sei inzwischen zurückgekommen.«

»Isch 'abe die Polizeiwache angerufen, jede Polizeiwache in der Stadt, aber keine Nachricht von meine Lulu. Sie sind böse ... isch glaube, isch sollte Ihnen kündigen.«

»Wenn Sie wollen, daß ich gehe, dann bleibt mir natürlich nichts anderes übrig, obwohl ich wirklich nicht finde, daß es meine Schuld war. Ich habe seit gestern immer und immer wieder darüber nachgedacht, ich habe die ganze Nacht kein Auge zugetan, weil ich mich ständig fragte, wie es passieren konnte.«

»Sie ist sehr unartig, diese Lulu. Sie weiß jeden Vorteil zu nützen. Isch glaube, sie 'at eine kleine Lieb'aber. Obwohl das in ihre Alter nicht nett ist, wie?« Und damit begann Madame, deren Gefühle zwar stets sehr heftig, aber nie von langer Dauer waren, herzlich zu lachen.

Sehr erleichtert, wenn auch nicht gerade übermäßig erheitert, hielt Miss Milk es für angebracht, in das Gelächter einzustimmen.

»Wie kommen Sie in Ihre kleine Kasten zurecht?« erkundigte sich Madame.

»Zu Anfang ist alles noch recht ungewohnt, aber ich bin sicher, ich werde mich bald hineinfinden. Wahrscheinlich ist es größtenteils eine Sache des gesunden Menschenverstandes.«

»Das nun bestimmt nicht«, widersprach Madame entrüstet. »Das 'otel ist eine Beruf. Mein Gemahl war ein guter 'otelier! Er ist über die Kartoffeln dazu gekommen. Zuerst er schälte die Kartoffeln, und dann er kam immer weiter 'inauf.« Madame deutete himmelwärts, wobei sie unglücklicherweise daran erinnert wurde, daß ihr Gatte inzwischen so hoch gestiegen war, daß sie ihn nicht mehr erreichen konnte. Eine große Träne quoll ihr aus dem Augenwinkel, und sie mußte aus ihren umfangreichen schwarzen Röcken ein großes Taschentuch herauskramen.

»Aber für Sie ist es anders«, fuhr sie schniefend fort. »Sie sind nicht die Boss. Sie nur brauchen Befehle auszuführen. Fragen Sie ... immer nur fragen. Selbst wenn Sie glauben, Sie wissen, fragen Sie trotzdem. Und isch gebe Ihnen eine gute Tip, lernen Sie die Stammgäste kennen. Die Künstler, die kommen und ge'en. Leute rufen für sie an ... so ... manchmal unter eine Name, dann wieder unter eine andere. Sie machen Fehler ... Sie bringen durcheinander ... egal!« Hier zuckte sie ihre gut gepolsterten, in schwarzen Satin gehüllten Schultern. »Warum auch? Inzwischen sind sie fort – vielleicht nach Paris, nach Brüssel, sogar nach Amerika. Das nächste Mal 'aben sie vergessen.«

Dabei fiel Miss Milk etwas ein, und sie fragte: »Was ist mit Miss Shelley? Wohnt sie immer noch in 12 A?«

»*Certainement.* Das ist gut genug für die Preis, die sie bezahlt. Ein keckes kleines Äffchen, aber *amusante*. Sie 'at kein Geld. Gorman 'at kein Geld. Das Geld 'at die andere, die so schlecht angezogen ist und immer schmollt. 'aben Sie den Wagen gesehen? Es ist ihre Wagen. Und Gorman, pah! Er ist nicht dumm, aber ganz nach oben kommt er nie. Er 'at Magengeschwüre, seine Gedärme taugen nichts. Nun ... der 'err, der eben 'erauskommt ... Se'en Sie, das ist ein Stammgast. *Bonjour, Monsieur Crabbe.* Merken Sie sich die Name ... Crabbe. Alles nach Ihren Wünschen, Mr. Crabbe?«

»Nicht schlechter als sonst«, gestand Mr. Crabbe zu.

»Mr. Crabbe ist eine berühmte Autor. Er schreibt immer über das Land. Das ist unsere neue Empfangsdame, Mr. Crabbe. Sie kommt vom Land.«

»Tatsächlich?« erkundigte sich Mr. Crabbe und nickte

Miss Milk zu. Er war ein großer, hagerer Mann, und sein Kopf ragte aus einem zwei Nummern zu weiten Kragen hervor, was ihm das Aussehen einer Schildkröte verlieh. »Dann sollte sie meine Bücher lesen. Fragen Sie in der Bücherei danach, meine Liebe, das fördert den Verkauf, und das wäre weiß Gott kein Fehler. Was tut sich denn dort so?«

»Was tut sich wo?« fragte Miss Milk, die durch die Begegnung mit einem leibhaften Autor ein wenig verwirrt war.

»Auf dem Land. Vielleicht können Sie mir ein paar Tips geben. Eine Weile lief es ja ganz gut, aber wenn es so viele von uns ausschlachten, kann es nicht ewig weitergehen. Ich habe inzwischen ein Dorf verbraucht, ein Häuschen umgebaut und eine Farm bewirtschaftet, und jetzt stecke ich offenbar in einer Sackgasse. Ein Jammer, denn das Reservoir an Tanten, die diese Sorte von Büchern zu Weihnachten verschenken und auch selbst gerne bekommen, ist so gut wie unerschöpflich.«

»Haben Sie schon einmal versucht, selbst dort zu leben?« erkundigte sich Miss Milk mit einer Kühnheit, die sie sich selbst nie zugetraut hätte.

»Vielleicht kommt es noch dazu«, erklärte Mr. Crabbe grimmig. »Aber nur, wenn es gar nicht anders geht. Nun ... ich muß an die Schreibmaschine. Die kennt sich auf dem Land mittlerweile schon ebensogut aus wie ich.«

Er winkte ihr zu und begann, die Treppe hinaufzusteigen.

Madame wartete, bis er außer Hörweite war, dann bemerkte sie zu Miss Milk:

»Ein richtiger Witzbold. Aber mit seine alte Schreibmaschine treibt er alle zum Wahnsinn. Klapper, klapper, klapper. Er muß in die oberste Etage schlafen, genau wie die Akrobaten. Aber jetzt werde ich die Zimmermädchen auf die Pelz rücken. Was mein Edouard zu diese Mädchen gesagt 'ätte, weiß isch nicht. Es 'ätte ihm sicher das 'erz gebrochen. Wenn jemand ein Zimmer 'aben will, rufen Sie den Praktikanten. Er wischt die Küche 'eraus, der Chef ist schließlich auch nicht mehr der Jüngste. Ach, diese Treppen sind noch mein Tod.«

Diejenigen Bewohner des Hotel *Bellevue*, die zu diesem Zweck am Morgen herunterkamen, hatten ihr englisches Frühstück bestehend aus amerikanischen Bohnen mit Tomatensauce und einem Stück gestreiftem Leder, das sich als Speck ausgab, bereits eingenommen. Die Mehrzahl der Gäste ließ sich jedoch lieber von den Zimmermädchen auf einem Tablett ein kontinentales Frühstück in die Schlafräume bringen. Sie gingen zwangsläufig spät zu Bett und schliefen deshalb auch so lange wie möglich. Zu den Aufgaben des Praktikanten gehörte es, im Speisesaal zu bedienen, aber sobald er damit fertig war, pflegte er sich eine Atempause in der Küche zu gönnen. Madame mochte sich vielleicht einreden, daß er für den Koch den Boden aufwischte, aber in Wirklichkeit hielt keiner von beiden viel davon, sich nasse Füße zu holen. Sie legten sie lieber auf den Küchentisch, während sie die Morgenzeitungen lasen und Zigaretten rauchten.

Miss Milk machte sich daran, mit Hilfe eines Lappens und eines Pinsels, dem schon ein Teil der Haare fehlte, den Raum hinter der Empfangstheke zu säubern. Überall fanden sich Spuren der Anwesenheit des Nachtportiers, den Miss Milk niemals zu Gesicht bekam, weil er seinen Dienst abends erst antrat, wenn sie schon gegangen war, und ihn am Morgen vor ihrer Ankunft beendete. Er war offensichtlich ein starker Raucher, denn er verstreute wahllos überall Kippen und Asche. Außerdem hinterließ er Taschenbücher mit Bildern von vollbusigen Blondinen in kompromittierenden Situationen. So stand die Blondine von heute mit entblößter Brust vor einem gezückten Dolch. Nichts deutete darauf hin, daß er etwas Stärkeres als Milch trank, die jedoch konsumierte er in großen Mengen, vermutlich aus der Flasche. Miss Milk bückte sich gerade, um eine Reihe von Milchflaschen vor ihren Füßen ordentlich zusammenzustellen, als sie ein diskretes Hüsteln vernahm, sich schnell aufrichtete und feststellte, daß eine ältere Dame ihre Aufmerksamkeit auf sich ziehen wollte.

»Guten Morgen«, sagte die Dame freundlich.

»Guten Morgen«, erwiderte Miss Milk. »Kann ich etwas für Sie tun?«

Die ältere Dame sah sich um, um sich zu vergewissern, daß sie auch wirklich allein waren, und flüsterte dann in vertraulichem Ton: »Sagen Sie, würden Sie dieses Hotel als wirklich ruhig bezeichnen?«

Hin- und hergerissen zwischen der Loyalität gegenüber ihren Arbeitgebern und ihrer Liebe zur Wahrheit, war Miss Milk ein wenig in Verlegenheit. Aber sie glaubte, einen Ausweg aus dem Dilemma zu sehen.

»Zeitweise ist es wirklich sehr ruhig«, sagte sie, und das war völlig richtig. Am Nachmittag war es im *Bellevue* so still wie in einem Leichenschauhaus.

»Da bin ich aber sehr erleichtert. Vielleicht war die letzte Nacht dann doch eine Ausnahme. Im Nebenzimmer spielte nämlich jemand Gitarre, sehr gekonnt, wie ich zugeben muß, aber es dauerte furchtbar lange, bis in die frühen Morgenstunden hinein.«

»Das war vermutlich einer der Tänzer vom Ballett«, sagte Miss Milk. »Heute abend treten sie auf, und ich glaube nicht, daß sie danach noch große Lust haben werden, Gitarre zu spielen.«

»Wohnen wirklich Tänzer mit uns in diesem Hotel? Das ist ja hochinteressant. Als junges Mädchen war ich immer begeistert, wenn jemand gut tanzen konnte. Sagen Sie, ist es ein Geheimnis, oder dürfte ich erfahren, wo sie ihre Vorstellungen geben?«

»Ich bin nicht ganz sicher, aber ich glaube, im *Princes Theatre*.«

»Du meine Güte, das sollte ich mir aber wirklich einmal ansehen. Ich gehe abends nicht gerne zu lange aus, aber ich glaube, in diesem Fall muß ich einmal eine Ausnahme machen und mir hinterher ein Taxi nehmen. Ich bleibe eine Woche hier und warte, bis mein Bruder nachkommt. Er ist Priester, ein wirklich reizender Mensch.

Wissen Sie, es ist merkwürdig, und ich bin sicher eine alte Närrin«, fuhr sie mit liebenswerter Vertrauensseligkeit fort, »aber ich fürchte, ich bin irrtümlich hierhergeraten. Es ist viele Jahre her, seit ich zum letzten Mal in London war, und ich erinnerte mich an ein gutes, kleines Hotel in Bloomsbury, das damals sehr vernünftige Preise hatte. Aber ich hatte keine Ahnung, wie es hieß, und da bat ich den Taxifahrer, den ich am Bahnhof angehalten hatte, ganz langsam zu fahren, damit ich danach Ausschau halten konnte. Und als wir hier vorbeikamen, dachte ich, dieses Haus könnte es sein. Der gute Mann war offenbar ein wenig überrascht, und ich bin inzwischen ganz sicher, daß es gewiß nicht dieses Hotel war. Aber ich glaube, es wird mir hier sehr gut gefallen, und außerdem liegt es so herrlich nahe bei den Geschäften. Nachdem ich Sie jetzt gesehen und mit Ihnen gesprochen habe, bin ich auch ganz beruhigt. Sie dürfen mir nicht böse sein, wenn ich das sage, aber Sie haben ein so nettes, ehrliches Gesicht. Ich bin sicher, Sie wären nicht in einem Haus, wo es nicht anständig zugeht.«

»Das ist sehr freundlich von Ihnen.« Miss Milk war ganz überwältigt. »Aber ich bin selbst noch nicht lange hier. Zuvor habe ich in Bury St. Edmunds gewohnt.«

»Tatsächlich? Wie interessant! Eine wunderbare alte Stadt; Sie sind sicher sehr stolz darauf. Und jetzt sind Sie hier... welch ein Gegensatz!«

»Ich schlafe nicht im Hotel. Ich habe ein möbliertes Zimmer in Bloomsbury und komme nur jeden Tag hierher zur Arbeit.«

»Und Sie fühlen sich nicht einsam?«

»Bisher hatte ich noch keine Zeit dazu.«

»Eines macht mir allerdings Sorgen. Meinen bescheidenen Lunch werde ich in einer dieser praktischen Imbißstuben von Lyons einnehmen, aber ich bin ziemlich ratlos, wie ich mit dem Dinner verfahren soll. Ich habe festgestellt, daß man hier auf Abendmahlzeiten nicht eingerichtet ist, nur auf das Frühstück. Können Sie mir etwas in der Nähe empfehlen, wo ich ein zufriedenstellendes Essen zu einem nicht allzu unerschwinglichen Preis bekommen könnte?«

»Ich weiß nicht so recht, was ich Ihnen da vorschlagen könnte. Direkt gegenüber ist ein griechisches Restaurant.«

»Aber das sieht doch sehr rätselhaft aus, und jedesmal, wenn ich etwas von Griechen höre, muß ich an Ziegen denken. Sicher völlig zu Unrecht und natürlich ein Vorurteil von mir.«

»Dann gibt es nebenan ein chinesisches Restaurant.«

»Das klingt schon verheißungsvoller. Ich hatte liebe Freunde, die jahrelang in Shanghai lebten, und sie waren voll des Lobes über die Chinesen. Dort würde ich sehr gern hingehen, aber ich war noch nie in einem solchen Lokal. Vielleicht ... ach, hoffentlich ist es nicht zu gewagt von mir, nach so kurzer Bekanntschaft bereits ein solches Angebot zu machen, aber wann ist denn Ihr Dienst zu Ende? Glauben Sie, man würde hier Anstoß nehmen, wenn Sie mich begleiten?«

Miss Milk fühlte sich ein wenig überrumpelt, aber auch sie war noch nie in einem chinesischen Restaurant gewesen, und selbst wenn sie für eine Mahlzeit zuviel ausgab, konnte sie das in den nächsten Tagen leicht wieder einsparen, indem sie sich abends mit Brot und Käse begnügte. Ja, entschied sie bei sich, es wird mir gut tun und mich ein wenig von Lulu ablenken. Laut sagte sie: »Ich würde mich sehr freuen, wenn Ihnen sieben Uhr recht wäre, dann ist mein Dienst hier zu Ende.«

»Das paßt mir ausgezeichnet. Und jetzt möchte ich mich noch vorstellen. Mein Name ist Watkins, Emily Watkins.«

»Und ich heiße Jessie Milk.«

»Dann bis sieben Uhr heute abend. Ich freue mich schon auf unseren Ausflug.«

»Vielleicht sollten wir uns gleich im Restaurant treffen«, überlegte Miss Milk. »Es könnte eventuell doch falsch ausgelegt werden, wenn ich mit einem Gast ausgehe.«

»Wunderbar. Bis dann, meine liebe Miss Milk. Ich habe meinen Schlüssel bei mir; ich habe ihn beim Frühstück mitgenommen.«

Nach einer Weile kam der Praktikant, noch mit einer Zigarette im Mundwinkel, aus der Küche herauf. Er warf einen Blick auf Miss Milk und grinste.

»Immer noch da? Ich dachte schon, die alte Dame hätte Sie Hals über Kopf auf die Straße gesetzt. Das hätte sie normalerweise bestimmt getan, aber momentan ist sie wegen der vielen Reservierungen glänzender Laune.«

Miss Milk unterdrückte nur mit Mühe den Wunsch, ihn aufzufordern, er möge doch die Zigarette aus dem Mund nehmen, wenn er mit einer Dame spreche, aber sie sagte sich, er habe offensichtlich keine sehr gute Erziehung genossen.

Er kam an den Empfang und beugte sich über die Theke.

»Schätze, bis nach der Krönung kann Ihnen jetzt nichts mehr passieren – es sei denn, Sie fangen an, sich aus der Geldkassette zu bedienen wie Ihre Vorgängerin.«

»Ich hoffe doch, zwischen mein und dein unterscheiden zu können«, gab Miss Milk schroff zurück.

»Ja, Ihrem Gesicht nach zu urteilen schon«, gab der Praktikant widerwillig zu. »Flößt Vertrauen ein. Haben

Sie sonst noch irgendwelche Fragen? Ich habe die Rechnung für Zimmer 24 fertiggemacht. Sie liegt im Fach. Behalten Sie die Dame im Auge. Sie hat zwar so viel, wie sie braucht, trennt sich aber nur ungern davon.«

»Kann ich nicht irgend etwas tun, um mich zu beschäftigen?«

»Wie sind Sie im Rechnen?«

»So einigermaßen, glaube ich.«

»Dann können Sie für mich ein paar Zahlen zusammenzählen. Bei mir kommt jedes Mal etwas anderes heraus.«

Der Praktikant zog eine zerknitterte Liste aus der Tasche und schob sie über die Theke. Dann verschwand er im Speisesaal, und man konnte hören, wie er das schmutzige Geschirr von den Frühstückstischen abräumte und es in den Speiseaufzug stellte.

Miss Milk hatte geglaubt, die Zahlen, die er ihr gab, hätten in irgendeiner Weise mit dem Hotelgewerbe zu tun, aber als sie die einzelnen Posten sah: Wäsche, ein Shilling drei Pence; Woodbines, fünf Shilling; Kinobesuch mit einem Mädchen, dito, wurde ihr schnell klar, daß sie damit beschäftigt war, die Privatbuchhaltung des Praktikanten zu überprüfen.

Sie war gerade damit fertig geworden, seine Fehler zu korrigieren, als Stella Gorman die Treppe herunterkam.

»Ist die Milch schon da?« fragte sie.

»Ich glaube nicht. Sie wird erst gegen elf geliefert.«

»Wenn sie kommt, könnten Sie dann für uns einen Liter mitbestellen? Ich brauche sie für Gene, der Arzt hat sie ihm verordnet.«

»Soll ich sie hinaufbringen, wenn sie da ist?«

»Ich komme herunter und hole sie mir. Er hatte eine schlechte Nacht, sicher von der langen Fahrt. Ein Glück, daß wir diese Woche nur proben. Er ist nämlich Gene der Flaschengeist, wissen Sie?«

Miss Milk wußte es nicht; sie hatte bisher noch nie Bekanntschaft mit Varietékünstlern und ihren Nummern gemacht. Aber sie fand, Stella Gorman habe von allen Leuten, die sie bisher im *Bellevue* kennengelernt hatte, noch am meisten Ähnlichkeit mit ihr selbst – eigentlich eine ganz normale Person. Deshalb konnte sie auch ganz unbefangen antworten:

»Ich fürchte, ich habe von solchen Dingen überhaupt keine Ahnung. Ist das so etwas wie eine Darbietung?«

»Es ist eine neue Nummer, und sie ist ganz famos. Gene denkt sich immer wieder die tollsten Sachen aus. Aber er hat einen schwachen Magen, und ich muß ständig auf ihn aufpassen. Manchmal ist es höllisch schwer, mit ihm zusammenzuleben.«

Miss Milk schnalzte mitfühlend mit der Zunge.

»Aber ich habe eine Idee. Ich besorge Ihnen eine Freikarte, wenn wir anfangen, dann können Sie einmal am Abend mitkommen. Was halten Sie davon?«

»Ich würde mich sehr freuen. Das ist wirklich nett von Ihnen.«

»Schon gut. Es muß doch ziemlich öde sein, immer nur hinter dieser alten Theke da zu sitzen. Und noch etwas. Ich würde mir wegen dieses Hundes keine Gedanken machen. Gene sagt, wahrscheinlich hat ihn Blanche rausgelassen, als Sie unten waren, um den Kaffee zu holen.«

»Aber warum sollte sie das tun?«

»Um der alten Dame eins auszuwischen. Die beiden stehen ständig auf Kriegsfuß. Und Blanche kann das Tier nicht ausstehen. Wie heißen Sie eigentlich?«

»Ich heiße Milk, Jessie Milk.«

»Wie komisch! Tja, ich muß wieder rauf. Hören Sie, es wäre doch ganz angenehm, wenn Sie die Milch vor die Tür stellen könnten.«

»Ich kümmere mich darum«, versprach Miss Milk.

Nachdem der Praktikant im Eilzugstempo die Frühstückstische abgeräumt hatte, ließ er trotz der verzweifelten Proteste des unten wartenden Küchenchefs den Aufzug mit rasender Geschwindigkeit in den Keller hinabsausen. Danach begann eine jener periodisch eintretenden Verschnaufpausen, wie sie für das *Bellevue* besonders typisch waren. Von oben war das Summen des Staubsaugers zu hören, und die Zimmermädchen brachten die Tabletts mit den traurigen Überresten des Frühstücks, angeknabberten Toastscheiben, verschüttetem Tee, mit Zigarettenasche bestreuter Marmelade, nach unten. Zwei von ihnen waren junge Mädchen mit Dauerwellen, weißen Gesichtern und roten Lippen; die dritte war eine alte Frau, die unter ihrer Last stöhnte.

Miss Watkins begab sich, mit einem langen Regenschirm bewaffnet, auf einen Streifzug durch die Geschäfte. Sie lächelte Miss Milk verschwörerisch zu, als sie ihr den Schlüssel reichte.

Gay Shelley lief die Treppe herunter, rannte durch die Schwingtür und stieß sie so heftig zurück, daß sie noch eine ganze Weile vibrierte.

Der Brotlieferant kam und lud die Pakete auf den Tischen im Speisesaal ab.

Der Milchmann kam und deponierte ein ganzes Bataillon Halbliterflaschen in der Halle. Miss Milk zweigte zwei davon ab und erkühnte sich, den Empfang zu verlassen, um sie vor die Tür der Gormans zu stellen.

Einmal klingelte das Telefon. In der vormittäglichen Ruhe gelang es Miss Milk, mit der Anlage zurechtzukommen, trotzdem war sie sehr erleichtert, als sie feststellte, daß nur jemand falsch gewählt hatte.

Mr. Crabbe riß sich von einem Kapitel über die Freuden des Landgasthofes los, um auszugehen und sich in einer benachbarten Kneipe ein Bier zu genehmigen. Unterwegs blieb er einen Moment an Miss Milks Theke stehen und erklärte mit dramatischem Unterton:

»Sie sind also das Frauenzimmer, das uns von Lulu befreit hat. Herzlichen Glückwunsch! Dieser Hund sah aus, als sei er schon einmal gestorben und dann ausgestopft und wiederbelebt worden.«

»Ich hoffe sehr, daß sie gesund zurückkommt«, sagte Miss Milk.

»Was? Bei den vielen Restaurants? Noch nie von *escalope de veau* gehört?« Er entfernte sich mit einem anzüglichen Grinsen.

Die mondgesichtige Uhr hoch oben an der Wand tickte weiter bis zur Mittagsstunde, dann wurde Miss Milk vom Praktikanten abgelöst, der sich zwar für ihre mathematischen Bemühungen bedankte, den Ergebnissen jedoch weiterhin mißtraute.

»Wenn das stimmt, müßte ich noch etwas übrig haben«,

erklärte er, »und das ist nicht der Fall. Kein einziges Würstchen.«

Seine merkwürdige Verwendung dieses Wortes erinnerte Miss Milk an ihren Lunch. Man hatte ihr die Wahl gelassen, ihn im Hotel oder außerhalb einzunehmen, und sie hatte sich für letzteres entschieden, weil sie schon in diesem frühen Stadium genug über die Gewohnheiten des Küchenchefs in Erfahrung gebracht hatte, um jeden Geschmack an seinen Kreationen zu verlieren. Außerdem behagte es ihr, obwohl sie kein Snob war und aus einfachen Verhältnissen stammte, nicht besonders, zusammen mit den Zimmermädchen zu essen.

Als sie an ihren Arbeitsplatz zurückkehrte, waren diese gerade im Aufbruch. Die beiden jungen Mädchen kamen zusammen an den Empfang und warfen ihr unverschämte, wissende Blicke zu, während sie ganze Hände voll Zimmerschlüssel auf der Theke abluden. Offenbar fanden sie die neue Angestellte komisch, denn Miss Milk hörte sie kichern, als sie durch die Tür gingen.

Sie war gerade dabei, die Schlüssel zu sortieren und sie auf die zugehörigen Haken zu hängen, als die alte Frau schwer atmend folgte. Während die Mädchen schäbige Fähnchen in grellen Farben und aus minderwertigem Material trugen, bevorzugte die alte Frau Sachen aus graubraunem Wollstoff, die so aussahen, als seien sie auf einem Flohmarkt erstanden. Die Mädchen waren barhäuptig, sie hingegen hatte einen Filzhut aufgesetzt, der früher einer Vikarsfrau gehört haben mochte. Als sie Miss Milk ihr Kontingent an Schlüsseln überreichte, sah sie sie mit gutmütigen Augen prüfend an. Sie hatte harte Züge, und wenn sie sprach, klang ihre Stimme so rauh, als sei ihr jemand mit der Muskatreibe über die Stimmbänder gefahren.

»Ich bin Hughes... die alte Hughes«, verkündete sie munter. »Tja, wieder 'n Tag überstanden.«

Miss Milk empfand eine gewisse Sympathie für die alte Frau, die da in ihren aufgeplatzten Schuhen so unbeugsam vor ihr stand, und deshalb sagte sie:

»Sie haben mir richtig leid getan, als Sie mit den vielen Tabletts treppauf, treppab laufen mußten.«

»Das is' aber nicht nötig. Die Tabletts gehen extra, und ich kann jeden Penny brauchen, was aber nicht heißen soll, daß ich auf die Arbeit unbedingt scharf wäre. Keinen Handschlag würd ich machen, wenn's nicht sein müßte, hab in meinem Leben schon viel zuviel gearbeitet. Schon mit dreizehn ham'se mich in Dienst geschickt, und ich hab mir die Augen ausgeweint nach meiner Mum. Nie hab ich genug zu essen gekriegt, und von morgens bis abends hieß es nur auf Trab sein. Erzähl'n Se mir nichts über die guten alten Zeiten, ich hab sie erlebt.«

»Heute ist alles besser.«

»Ja, sicher, für die Jungen. Aber solang ich noch krauchen kann, fall ich, Gott behüte, keinem zur Last. Was ich mit meiner Brust auszustehen hab, ist allerdings furchtbar. Die Bronchien. Der Doktor im Krankenhaus hat zu mir gesagt: ›Mrs. Hughes, Sie keuchen ja wie'n altes Harmonium. Sie müssen mal in den Süden zur Erholung.‹ Aber in diesem Leben nicht mehr, sag ich drauf. Seit Jahren komm ich jetzt schon hierher, auch bei den Luftangriffen war ich da, als die V-1 und die Bomben runtergekommen sind. Aufs Land wollten die mich abschieben. Nicht mit mir. Aber heut hab ich schon gedacht, ich werd überhaupt nicht mehr fertig. Diese faulen Schlampen vom Ballett, ich nenn'se immer nur Ballettratten.« Sie warf Miss Milk einen scharfen Blick zu, um zu sehen, ob diese das Wortspiel auch zu schätzen wußte.

Miss Milk lächelte pflichtschuldigst, und Mrs. Hughes fuhr fort:

»Sie woll'n nicht aufstehen, damit ich das Zimmer aufräumen kann, und dabei ham'se ein Durcheinander da drin, daß es einfach widerlich ist. Irgendwann hab ich einfach mit dem Schlüssel aufgesperrt und um sie rumgefegt, und sie sind in ihren Betten gelegen und haben geschnattert wie'n Käfig voller Affen. Nur gut, daß ich ihre heidnische Sprache nicht versteh. Dann hab ich das Waschwasser ausgeleert und abgestaubt, so gut es eben ging, wo doch überall ihre Kleider rumgelegen sind, und danach bin ich rausgegangen – und hab die Tür hinter mir zugeknallt«, schloß sie triumphierend.

»Ich nehme an, sie hatten am Abend zuvor Proben und waren einfach todmüde.«

»In dem Alter! Diese unverschämten Dinger! Aber Haare ham'se auf'm Kopf, das muß man ihnen lassen, schwarz wie die Nacht, und mit Bändern ganz straff nach hinten gebunden. Erinnert mich an ein Lied, das man früher mal gesungen hat: Pferdchen, heb nur schön den Schwanz.«

»Ich finde, einige von ihnen sind sehr hübsch.«

»Was nützt die ganze Schönheit, wenn's drinnen nicht

stimmt«, bemerkte Mrs. Hughes. Sie blickte sich vorsichtig um und fuhr dann in rauhem Flüsterton fort: »Wie ich höre, hatten Sie gestern abend 'n bißchen Pech. Madame hat sich ganz schön aufgeführt. Der Koch hat's mir erzählt. Ein Glück, daß Sie schon weg waren.«

»Es ist mir wirklich entsetzlich peinlich, daß das passiert ist, und ich kann mir immer noch nicht vorstellen, wie das Tier aus dem Zimmer kommen konnte«, sagte Miss Milk ziemlich steif.

»Schade ist's jedenfalls nicht drum. Ich versteh überhaupt nicht, warum man sich in so 'nem Haus 'n Hund hält. Gesund is' das nich', wenn Sie mich fragen. Wir ham uns unten lang drüber unterhalten, und wir glauben nicht, daß Sie dran schuld waren. Wir glauben eher, es war dieser Gorman.«

»Aber er hatte sie doch eingeschlossen«, wandte Miss Milk ein. »Sobald sie eintrafen, hat er sie im Zimmer eingesperrt.«

»Dann hat er sie wohl rausgezaubert, denk ich mir«, sagte die alte Hughes. »Ich hab ihn mal auf der Bühne gesehen. Ich hab gesehen, wie er eine dicke Frau hat verschwinden lassen, da is' so 'n Spitz doch 'n Kinderspiel für ihn.« Und mit einem gewaltigen Schnauben, das ihre Meinung über Mr. Gorman, seinen Charakter und seine Fähigkeiten zum Ausdruck bringen sollte, machte sie sich auf den Heimweg.

3

Gegen zehn Minuten nach sieben an diesem Abend begann die Einführung der äußerlich ruhigen, innerlich jedoch von dunklen Ahnungen erfüllten Miss Milk in die orientalischen Mysterien des *Tai Ping*-Restaurants.

Als sie durch einen Bambusvorhang in die düsteren Tiefen des Lokals spähte, sah sie sich zu ihrer Erleichterung Miss Watkins gegenüber, die auf einer Art Klappsitz an der hinteren Wand Platz genommen hatte und die Speisekarte in ihrer steifen, schwarzen Hülle so abwehrbereit vor sich in den Händen hielt, als rechne sie damit, sich gegen anstürmende Horden chinesischen Pöbels verteidigen zu müssen.

Die Atmosphäre des *Tai Ping* war jedoch ausnehmend friedlich. Wenn man aus dem *Bellevue* hierherkam, hatte man das Gefühl, die stürmische See hinter sich zu lassen und in einen stillen Hafen einzulaufen. Unter den farbigen Laternen huschten zwei Kellner mit undurchdringlichen Gesichtern auf leisen Sohlen hin und her und trugen kleine, dampfende Schüsseln zu einem Familientisch, der im Augenblick als einziger in dem weitläufigen Raum besetzt war.

»Was bin ich froh, Sie zu sehen!« rief Miss Watkins. »Kommen Sie, setzen Sie sich neben mich.« Damit klopfte sie einladend auf die gebrochenen Sprungfedern. »Ich habe das hier studiert«, fuhr sie fort und schwenkte die schwarze Mappe, »und es klingt alles sehr originell, aber auch sehr verwirrend. Ich habe nicht die leiseste Ahnung, was ich bestellen soll ... haben Sie einen Vorschlag?«

»Ich weiß wirklich nicht, was ich sagen soll«, antwortete Miss Milk, während sie aus ihrem Mantel schlüpfte, das Lokal war nämlich gut geheizt. »Aber jemand hat mir einmal geraten, von allem immer nur eine halbe Portion zu verlangen, sonst würde es zuviel. Sind die Gerichte nicht numeriert?«

»O ja, sie sind numeriert, und eines klingt wirklich *sehr* interessant, aber ich habe eine Fußnote entdeckt, in der steht, man müsse es eine Woche im voraus bestellen, sonst würde es nicht zubereitet. So lange können wir natürlich nicht warten... Aber sehen Sie selbst. Ihre Augen sind jünger als die meinen. Ich muß mich wirklich einmal entschließen, mir neue Gläser anzuschaffen. Ich schiebe es immer wieder auf, obwohl ich wirklich nicht weiß, warum. Es ist ja nicht so, als müsse man zum Zahnarzt. Und was du heute kannst besorgen, das verschiebe nicht auf morgen, wie mein lieber Vater immer zu sagen pflegte.«

Ein unglaublich betagt aussehender chinesischer Kellner, den man sich besser als Kopisten konfuzianischer Schriften hätte vorstellen können, glitt nun hinter einem Lackwandschirm hervor. Seine Wangen waren so dunkel und verrunzelt wie das Äußere einer Nußschale, und seine Stirn war nicht die glatte Kuppel, wie man sie bei einem Chinesen erwartet, sondern von einem prachtvollen Faltengewirr durchzogen.

»Meine Freundin und ich besuchen heute zum ersten Mal ein chinesisches Restaurant«, erklärte Miss Watkins so langsam und deutlich, wie jeder Engländer spricht, wenn er erreichen will, daß ein Ausländer gar nicht anders kann, als seine Sprache zu verstehen, »deshalb verlasse ich mich darauf, daß Sie uns etwas empfehlen, was uns sicher schmecken wird.«

In den tiefliegenden Mandelaugen leuchtete ein Funke auf, und nachdem der Kellner einen Augenblick lang überlegt hatte, was wohl das teuerste Gericht sei, das er anzubieten habe, krächzte er hoffnungsvoll:

»Hunken? Morkel?«

»Schmeckt das gut?«

»Das Ihnen schmecken«, versicherte der Kellner überzeugt.

»Dann brauchen wir wohl noch Gemüse dazu.«

»Glasnudeln?«

Miss Watkins nickte strahlend. »Nudeln sind sehr gut und nahrhaft. Ich habe sie schon einmal im *Corner House* gegessen.«

»Leis?«

Miss Watkins' Kopf hielt mitten im Nicken inne.

»Er meint Reis«, warf Miss Milk ein.

»Ach ja, natürlich. Wie dumm von mir. Ich hätte wissen müssen, daß Reis das Grundnahrungsmittel der östlichen Völkerstämme ist. Mögen Sie Reis, meine Liebe? Dann noch zwei Portionen Reis, bitte. Ich glaube, das genügt für den Anfang. Nein, noch etwas. Ich möchte gerne ein schönes, weiches Brötchen mit einem Stückchen Butter.«

»Flühlingslolle?«

»Nein, ein schönes Brötchen, aber die Kruste darf nicht zu hart sein.«

»Keine Blötchen«, erklärte der Kellner entschieden.

»Du meine Güte, dann eben eine Scheibe einfaches Hausbrot.«

»Kein Blot. Überlassen mir. Kein Hausblot.«

Damit verschwand er auf ebenso geheimnisvolle Weise, wie er aufgetaucht war, und an seine Stelle trat ein wesentlich jüngerer Mann in kurzer, weißer Jacke, der sich erwartungsvoll erkundigte: »Sie möchten tlinken?«

»Für mich nur ein Glas Wasser«, sagte Miss Milk, weil sie dachte, sie würde es vielleicht brauchen.

»Meinen Sie nicht, wir könnten eine kleine Stärkung vertragen?« schlug Miss Watkins vor. »Mir würde ein gutes Gläschen Sherry jetzt sicher munden.«

»Zweimal Shelly«, wiederholte der Kellner entschieden und verschwand.

Miss Milk fragte sich allmählich, ob sie wohl genug in der Geldbörse hatte, um ihren Anteil an der Rechnung bezahlen zu können, aber Miss Watkins, die etwas Derartiges ahnte, legte ihr eine behandschuhte Hand auf den Arm und flüsterte: »Die kleine Feier geht auf meine Rechnung. Ich habe es Ihnen noch nicht gesagt, aber ich habe heute zufällig Geburtstag.«

»Dann wünsche ich Ihnen alles, was Ihr Herz begehrt!« sagte Miss Milk. Sie hatte wirklich keine Ahnung, warum sie sich so schwülstig ausdrückte, es sei denn, ihre Umgebung färbte auf sie ab. Vom Sherry kam es gewiß nicht, denn der wurde erst in diesem Augenblick gebracht.

»Ich danke Ihnen«, antwortete Miss Watkins. »Aber mit zunehmendem Alter werden meine Herzenswünsche immer schwächer und weniger. Irgendwann werden sie sich vermutlich nur noch auf die leise Hoffnung beschränken, daß jemand daran gedacht hat, mir eine Wärmflasche ins Bett zu legen. Ach, da kommt unser Aperitif. Was macht das, bitte?«

Als der Kellner sich nach der Bezahlung und mit einem Trinkgeld von drei Pence diskret zurückgezogen hatte, hob Miss Watkins ihr Glas und verkündete:

»Ich möchte darauf trinken, liebe Freundin, daß Ihre Wünsche, worin sie auch immer bestehen mögen, ebenfalls in Erfüllung gehen!«

»Mein Herzenswunsch hat sich bereits erfüllt«, antwortete Miss Milk schüchtern. »Seit ich ein junges Mädchen war, wollte ich in London leben. Aber ich mußte mich um meine alten Eltern kümmern, die beide nicht bei guter Gesundheit waren.«

»Sie hätten darauf keine Rücksicht nehmen und einfach fortgehen sollen«, erklärte Miss Watkins.

»Aber ich konnte sie doch nicht im Stich lassen! Wer hätte sie denn versorgt?«

»Sie können sicher sein, daß jemand aufgetaucht wäre. Es ist merkwürdig, aber immer wenn jemand ausfällt, der angeblich unersetzlich ist, erscheint jemand anderer auf der Bildfläche, um seinen Platz einzunehmen, und im allgemeinen kommt der wesentlich besser zurecht. Was Sie in Bury St. Edmunds festgehalten hat, meine liebe Miss Milk, war nur Ihr weiches Herz. Über die Abgebrühtheit der Jugend wird eine Menge Unsinn geredet. Glauben Sie nicht daran. Ein junger Mensch ist so weich wie eine Krabbe ohne ihren Panzer; die Alten sind es, die sich zu schützen wissen.«

»Man muß der Stimme des Gewissens folgen«, behauptete Miss Milk tugendhaft.

»Das soll wohl heißen, Sie persönlich müssen das.«

»Nun, wie auch immer, jetzt ist es vorüber, und ich bin hier. Das Problem ist nur, daß ich nie etwas Rechtes gelernt habe. Mein Vater hatte ein kleines Geschäft, und ich habe manchmal an Weihnachten ausgeholfen oder wenn besonders viel Betrieb war. Ich kann ganz gut mit Zahlen umgehen und habe ihm die Bücher geführt und die Rechnungen ausgeschrieben. Als er starb, mußten wir leider verkaufen. Danach lebten wir vom Erlös und von einer kleinen Rente meiner Mutter. Nach ihrem Tod verkaufte ich das Haus und das Mobiliar und versuchte, eine einfache Beschäftigung zu finden, von der ich leben konnte. Aber London ist noch kostspieliger, als ich gedacht hatte. Ich bin jedoch fest entschlossen, bis nach der Krönung hierzubleiben. Danach muß ich vielleicht wieder zurück.«

»Wie traurig, wenn Sie das nicht wirklich wollen. Sie müssen eine Gehaltserhöhung verlangen. Ich bin sicher, daß Sie das der Hotelleitung wert sind.«

»Man darf nicht vergessen, daß ich über keinerlei Erfahrung verfüge. Ich glaube, ich hatte großes Glück, überhaupt eingestellt zu werden, wenn man bedenkt, daß ich keine richtigen Zeugnisse hatte, nur einen Brief von unserem Vikar zu Hause, in dem stand, er kenne mich von Kindesbeinen an, und ich sei ehrlich und vertrauenswürdig, was hoffentlich stimmt.«

»Man braucht Sie nur anzusehen, meine Liebe! Aber wie, wenn ich mir die Frage erlauben darf, haben Sie denn Ihre gegenwärtige Stelle überhaupt gefunden?«

»Sie war in einem der Glaskästen ausgeschrieben, die vor den Zeitschriftenhandlungen hängen.«

Miss Milk begann zu lachen.

»Was erheitert Sie so?«

»Nun, was meine Aufmerksamkeit auf sich zog, war eine andere Anzeige, die ich zuerst falsch gelesen hatte: »Italienerin erteilt Unterricht. Konfusion nach Vereinbarung.« Erst auf den zweiten Blick merkte ich, daß es ›Konditionen‹ hieß. Danach entdeckte ich die Annonce, in der eine Empfangsdame für das *Bellevue* gesucht wurde, und da dachte ich, das wäre vielleicht etwas, was ich machen könnte. Das Inserat klang ziemlich komisch, aber später erfuhr ich, daß Madame es geschrieben hatte, und sie ist Belgierin, das erklärt natürlich vieles. Wenn ich das allerdings vorher gewußt hätte, wäre es mir nicht im Traum eingefallen, eine Anstellung bei einer Ausländerin anzunehmen. Als ich in ihr Zimmer kam, um mich vorzustellen, hatte ich entsetzliche Angst. Glücklicherweise schien ich ihr zu gefallen – der Himmel weiß, warum –, und sie hat mich sofort genommen. Zuerst war ich erschrocken, aber dann fühlte ich mich doch erleichtert. Auf diese Weise blieb es mir erspart, beim Arbeitsamt vorzusprechen. Nicht, daß es irgendwie unschicklich wäre, zum Arbeitsamt zu gehen. Ich glaube, man redet sich da nur manches ein. Ich mußte schließlich auch später hingehen, um mir meine Papiere zu besorgen.«

»Ich verstehe vollkommen. Mir wäre es genauso ergangen. Aber da kommt unser Essen. Ach du meine Güte, das ist ja eine unglaubliche Menge! Sagen Sie jetzt nicht, daß wir mit Stäbchen hantieren müssen. Nein, wie ich sehe, hat er uns Löffel und Gabel bereitgelegt. Sehr aufmerksam, das muß ich sagen!«

Der betagte Kellner grinste so breit, daß sein verschrumpeltes Zahnfleisch zu sehen war, als eine dampfende, blauweiße Porzellanschale nach der anderen vor den beiden Damen abgestellt wurde, bis schließlich fast der ganze Tisch bedeckt war. Als er Miss Watkins, der unter ihrer Brille die Augen fast aus dem Kopf fielen, das letzte Gericht servierte, warf er ihr aus seinen Krötenaugen einen funkelnden Blick zu, als wolle er sagen: ›Was blauchst du jetzt noch Blötchen!‹, dann zog er sich diskret zurück und beobachtete von ferne, wie sie sich darüber hermachten.

»Wir können nur versuchen, dem allem gerecht zu werden«, flüsterte Miss Watkins in ehrfürchtigem Ton. »Wo sollen wir anfangen? Bedienen Sie sich doch aus der Schüssel, die Ihnen am nächsten steht, ich mache es ebenso. Dann tauschen wir. Wie ich sehe, benützt man wohl das eigene Besteck. Ich nehme mir erst einmal von den Nudeln, sie sind das einzige, was ich erkenne.«

»Ach, das sind ja *Pilze*!« rief Miss Milk in plötzlicher Erleuchtung. »Ich habe nur Morkel verstanden. Und dies ist wohl das *Huhn Chop Suey*, und diese kleinen Stäbchen sind die Bambussprossen.«

»Ich muß schon sagen, es sieht alles ganz köstlich aus«, stellte Miss Watkins fest. »Unter den Nudeln habe ich ein wüstes Gemetzel angerichtet, fürchte ich. Sie waren wie ein Kranz über dem angerichtet, was immer dieses Töpfchen enthält.«

»Für den Reis habe ich sicher nicht mehr viel Platz«,

seufzte Miss Milk, »und was sind das für merkwürdige Päckchen? Auf jeden Fall sind zwei davon da, das heißt, eines für jeden.«

Die beiden Damen fühlten sich allmählich recht wohl. Der Sherry hatte die anfängliche Verlegenheit schnell verfliegen lassen, und jetzt waren sie bereit, dieses neuartige Erlebnis möglichst in vollen Zügen zu genießen.

»Was ist das wohl für eine Flüssigkeit in dieser Flasche? Ob wir sie einmal probieren?«

»Es sieht aus wie eine Art Worcestersauce. Ich werde mir ein paar Tropfen an den Tellerrand spritzen. Oje, gewöhnlich spreche ich im stillen ein kurzes Tischgebet, ehe ich zu essen anfange, aber ich weiß nicht, ob das in dieser Umgebung angebracht ist.«

»Es schmeckt wirklich ausgezeichnet«, sagte Miss Milk, nachdem sie eine Weile schweigend gekaut hatten.

»Ja, in der Tat. Ich glaube, jeden Tag würde ich es nicht essen wollen, aber es ist durchaus delikat. Wissen Sie was, ich glaube, ich bestelle mir ein Glas Apfelwein dazu. Könnten Sie dem Kellner vielleicht ein Zeichen geben?«

Im gleichen Maße, wie die kleinen Schalen sich leerten, stieg das Wohlbehagen der beiden Damen. Sie unterhielten sich jetzt wie zwei alte Freundinnen.

Der Alte kam, um die Reste abzuräumen.

»Ihnen schmecken?«

»Sehl gut«, gab Miss Watkins in seiner eigenen Sprache zurück und dabei entfuhr ihr zu ihrer Überraschung ein fast orientalischer Rülpser. Die Wirkung des Apfelweins war jedoch so stark, daß sie über ihr Benehmen nicht etwa bestürzt war, sondern es vielmehr komisch fand.

»Sie mögen Chow-Chow? Litschi? Kumquat?«

»Käse möchte ich, glaube ich, lieber nicht«, sagte Miss Watkins. »Nehmen wir doch das Zeug mit dem lächerlichen Namen. Gummiquark! Klingt richtig unanständig.«

Obwohl Miss Milk die schlimmsten Befürchtungen hatte, mußte sie zugeben, daß die Gummiquarks köstlich schmeckten.

»Wissen Sie, woran sie mich erinnern?« fragte sie. »An diese kleinen Schrumpfköpfe, die die Kannibalen aus ihren Feinden machen, nur müssen das hier kleine Orangen sein oder Mandarinen.«

»Mandarinenköpfe«, pflichtete ihr Miss Watkins leicht lallend bei.

Zum Glück brachte sie der Tee, der in einer großen, braunen Kanne mit zwei winzigen Tassen serviert wurde, wieder auf die Beine. Trotzdem sahen beide die Welt noch immer in ungewohnt rosigem Licht. Inzwischen waren neue Gäste gekommen, aber das Restaurant war keineswegs voll. Und offenbar bestand kein Anlaß, sich zu beeilen. Sie tranken eine Tasse des angenehm duftenden Tees nach der anderen. Sie tauschten Erinnerungen aus. Niemand drängte mit der Rechnung. Niemand wartete auf ihren Tisch.

»So sollte es immer sein«, sagte Miss Milk.

»Ich bin so froh, daß ich Sie eingeladen habe, mein Geburtstagsessen mit mir zu teilen«, sagte Miss Watkins. »Geburtstage sind so traurig, wenn man sie ganz allein verbringt. Was, meinen Sie, ist das da drüben ... das Tier, das mit Goldfaden auf die rote Seide gestickt ist?«

»Ich glaube, das müßte ein Pekinese sein«, entschied

Miss Milk nach einigem Überlegen. »Ja, dort ist das Auge.«

Das lenkte ihre Gedanken auf Hunde, und sie begann, Miss Watkins alles über das seltsame Verschwinden von Madames Lulu zu erzählen. Ihre neue Freundin, deren Geist durch den mäßigen Alkoholkonsum angeregt war, hörte ihr mit lebhaftem Interesse zu.

»Sie glauben doch nicht, daß das Tier wirklich weggezaubert worden sein könnte?« fragte sie schließlich mit einer unbestimmten Handbewegung.

»Nein, nein, natürlich nicht«, wehrte Miss Milk ab, ein wenig verärgert über den unausgesprochenen Zweifel an ihrem gesunden Menschenverstand, »aber man darf nicht vergessen, daß Taschenspielertricks eine Spezialität von Mr. Gorman sind.« Und dann berichtete sie Miss Watkins, was sie von der alten Hughes, dem Zimmermädchen, an weiteren Informationen über die Gormans in Erfahrung gebracht hatte.

»Dann erst muß man feststellen, ob Mr. Gorman irgendwann, als Sie alle in der Halle waren, Gelegenheit hatte, Lulu verschwinden zu lassen.«

»Aber das kann nicht sein. Er stand einfach da – und ich könnte schwören, daß sie noch im Aufenthaltsraum war, als wir das Gepäck hereintrugen. Ich habe sie ganz deutlich schnüffeln hören.«

»Was passierte, nachdem Sie die Sachen hereingebracht hatten?«

»Das Telefon klingelte, und ich nahm ab ...«

»Glauben Sie mir, dies war der Augenblick, in dem die ruchlose Tat vollbracht wurde. Während Sie abgelenkt waren, erdrosselte Mr. Gorman den unglücklichen Hund und stopfte den leblosen Körper in eine der Kisten.«

Miss Milk ließ ein spöttisches Schnauben hören.

»Der Mann stand die ganze Zeit über einen Meter von mir entfernt, und ich kann mir nicht vorstellen, daß Lulu sich so anstandslos hätte umbringen lassen. Sie kläffte doch sonst immer.«

»Aber Sie sagten doch, daß er in allem sehr flink war.«

»So flink nun auch wieder nicht.«

»Die Schwingtür war noch offen, als Sie telefonierten?«

»Ja, als ich an den Apparat ging. Er machte sie zu, während ich das Gespräch führte. Ich habe es deutlich gehört. Solange sie offen war, war es fürchterlich zugig.«

»Aber Sie haben nicht gesehen, wie er sie geschlossen hat?«

»Ich wandte ihm den Rücken zu. Die Vermittlung befindet sich an der Rückseite der Empfangstheke.«

»Ich versuche es mir vorzustellen«, sagte Miss Watkins. »Ja, jetzt habe ich es. Sie sitzen auf Ihrem Bürostuhl, und wenn das Telefon läutet, schwenken Sie ihn herum und nehmen den Hörer von der Gabel. Ist es nicht so?«

»Ja, aber in diesem Fall befand ich mich vor der Theke, ich mußte also erst nach hinten, ehe ich abnehmen konnte. Außerdem standen überall die Koffer und Taschen herum, ich blieb noch mit dem Strumpf an einem der Schlösser hängen. Ich werde ihn nie wieder tragen können.«

»Nehmen wir einmal an, Mr. Gorman hätte die Gelegenheit genutzt, während Sie ihm den Rücken zukehrten, und die Tür zum Aufenthaltsraum geöffnet. Was hätte Lulu gemacht, wenn sie plötzlich freigekommen wäre?«

»Sie wäre entweder die Treppe zu Madames Zimmer hinaufgestürmt oder auf die Straße hinausgelaufen.«

»Ahaaaa!«

»Das hätte ich aber doch hören müssen?«

»Das bezweifle ich, wenn Sie wirklich sehr in Ihr Gespräch vertieft waren. War es eine fesselnde Unterhaltung, wie man so sagt?«

Miss Milk dachte ziemlich schuldbewußt, daß man das zwar nicht behaupten konnte, daß sie aber auf jeden Fall vollauf mit den technischen Anforderungen der Anlage beschäftigt gewesen war. Sie hielt es allmählich für möglich, daß Miss Watkins die Lösung des Problems gefunden hatte, glaubte allerdings immer noch, sie hätte das Kratzen von Lulus Krallen auf dem Linoleum hören müssen, als der Hund aus dem Zimmer schoß.

»*Dann* hat er die Tür geschlossen«, erklärte Miss Watkins mit unheilverkündender Betonung.

»Andererseits sagte mir Mrs. Gorman, vielleicht habe auch Miss Blanche das Tier hinausgelassen, und sie war tatsächlich allein am Empfang, während ich aus der Küche Kaffee holte.«

»Wer ist Miss Blanche?«

»Die älteste Tochter des Hauses. Es gibt noch ein Mädchen, Miss Monica oder Monique, wie ihre Mutter sie nennt, aber sie besucht zur Zeit eine Hotelfachschule und ist den ganzen Tag außer Haus.«

»Warum sollte Miss Blanche den Hund ihrer Mutter entkommen lassen?«

»Nun, offenbar herrscht Zwietracht zwischen ihr und ihrer Mutter, und sie kann den Hund nicht leiden.«

»Nun, das ist alles sehr interessant«, bemerkte Miss Watkins, »und ich muß wirklich sagen, daß ich es nicht bedauere, Ihr Hotel mit dem in Bloomsbury verwechselt zu haben. Ich bin überzeugt, daß dort nie etwas dergleichen passiert wäre. Aber ich weiß nicht so recht, was mein Bruder davon halten wird, wenn er kommt. Er neigt ein ganz klein wenig zur Engstirnigkeit.«

»Aber Sie halten es doch für ein ehrenwertes Haus, nicht wahr?« fragte Miss Milk ziemlich ängstlich.

»Wenn Sie das im engeren Sinne meinen – ›ein Haus, das seinem Namen Ehre macht‹ –, dann bin ich da sehr skeptisch. Wenn Sie aber meinen, ob es sich an die Gesetze hält, dann würde ich ja sagen.«

Für Miss Milk war das ein eher schwacher Trost. »Glauben Sie nicht, wir sollten vielleicht die Rechnung verlangen?« schlug sie vor. »Es ist doch sicher schon ziemlich spät, und ich muß morgen um neun im Dienst sein.«

»Und ich darf auch nicht zu spät ins Bett kommen. Ich hatte gestern wegen der Gitarre eine recht unruhige Nacht, und jetzt muß ich gestehen, daß ich ein wenig müde bin. Aber dieser Abend wird mir unvergeßlich bleiben, meine liebe Miss Milk, ich hätte ihn um nichts in der Welt versäumen mögen. Wenn ich wieder in unserem stillen, kleinen Dorf bin, werde ich oft daran denken und mich im Rückblick daran erfreuen. Was den ach so flinken und geschickten Mr. Gorman angeht, so werde ich mich vor ihm in acht nehmen, und das empfehle ich auch Ihnen. Ja, die Rechnung bitte.«

»Wollen wir getrennt bezahlen, oder möchten Sie, daß ich hinterher mit Ihnen abrechne?«

»Oh, es kommt ja gar nicht in Frage, daß Sie etwas bezahlen. Sagte ich nicht, die kleine Feier ginge auf meine Rechnung?«

»Aber ich muß doch meinen Anteil bezahlen.«

»Ausgeschlossen.«

»Ich bestehe darauf.«

»Keinesfalls, damit würden Sie mich sehr kränken.«

Während sie diese uralte, harmlose Komödie spielten, die man so oft beobachten kann, wenn zwei Frauen ein Restaurant verlassen, hielt sich der betagte Kellner seinen Block dicht an die kurzsichtigen Augen und vertiefte sich in die Aufstellung einer Rechnung, die diesen Namen auch verdiente.

Selbst Miss Watkins, die trotz ihres bescheidenen Auftretens in, wie ihre Freunde es nannten, angenehmen Verhältnissen lebte, erlitt einen leichten Schock, als sie die Endsumme sah. Aber sie stammte aus vornehmem Hause und hatte eine gute Erziehung genossen, daher legte sie die behandschuhte Hand auf den Zettel, um den Betrag zu verdecken, und bezahlte ohne Murren.

»Es war mir wirklich ein Vergnügen«, murmelte sie Miss Milk zu, als die beiden sich vor der Tür des *Bellevue* trennten. »Besonders die Gummiquarks.«

4

»Sie sin' schon wieder zu Gange!« verkündete Mrs. Hughes den Messingstangen des Geländers. Sie war dabei, ›die Treppe zu machen‹, wie sie es nannte, und präsentierte dem staunenden Publikum, das in diesem Fall allein aus der Dame am Empfang bestand, ihre Kehrseite und die Sohlen ihrer Pantoffeln.

»Wer sind ›sie‹?« erkundigte sich Miss Milk und drehte sich halb auf ihrem Bürostuhl herum.

»Die Gormans. Geh'n mit Zähnen und Klauen auf'nander los; ich hab gedacht, man hört's bis zu Ihnen runter. Sie sind alle miteinander auf Zimmer 26, und die Seifenschale ham'se schon zerbrochen.«

»Sie wollen doch wohl nicht behaupten, daß sie sich mit Sachen bewerfen?« fragte Miss Milk ungläubig.

»Die werfen mit allem, was sie in die Finger kriegen. Das einzige, was sie zurückhält, ist, daß sie's auf der Rechnung wiederfinden.«

»Worüber streiten sie sich bloß immer?«

»Da brauchen Se bloß einmal zu raten«, erklärte Mrs. Hughes, die inzwischen das Ende der Treppe erreicht hatte und sich nun schwer atmend, den Besen in der einen, die Kehrichtschaufel in der anderen Hand, aufrichtete. »Es is' immer wieder dasselbe, was uns alle aus'm Häuschen bringt. Die Wurzel allen Übels, wie es in dem alten Lied heißt.«

»Aber was gibt es denn darüber zu streiten?«

»Das versteh'n Se nicht? Wenn die eine es hat, und die beiden anderen scharf drauf sind? Sie kennen die Vorgeschichte nicht, mein Schätzchen. Sie war'n ja noch nicht da, als Gorman und Gay allein hier angetanzt kamen, ohne 'nen lästigen Dritten. Ich schätze, Gay is' nie drüber weggekommen, war 'n richtiger Schlag für sie, aber was is' ihr denn schon übriggeblieben? Sagen Sie mir das mal. Sie müssen sich wohl damit abfinden, sag ich zu ihr, einfach das Beste draus machen. Die kleine Stella is' ja auch gar nicht so übel, und sie is' richtig vernarrt in ihn, das sieht doch 'n Blinder. Aber sie ist stur. Sie spuckt nichts aus. Und recht hat sie. Wenn sie's nämlich tut und die beiden ihr alles abgeluchst haben, dann zischen die ab wie 'n geölter Blitz, und sie steht allein da. Sie kennt ihn nämlich. Sie kennt seinen schwachen Punkt.«

»Alkohol?« vermutete Miss Milk mit gedämpfter Stimme.

»Der doch nicht! Nein, der is' genauso wie mein Alter. Verspielt noch das letzte Hemd. Ach ja, und mit dem eigenen Hemd hört's noch lang nicht auf. Jedesmal, wenn ich heimgekommen bin, hab ich mich umgeschaut, was seit dem letzten Mal verschwunden war. Manchmal war's die Uhr, manchmal 'n paar von meinen Möbeln; einmal warn's sogar die Bettdecken. Dabei hat er's nie bös gemeint. ›Ich kann's nicht ändern, Mädel‹, hat er immer gesagt, und ich glaub, er konnte wirklich nicht anders, obwohl ich ihm jedesmal wieder die Hölle heiß gemacht hab. Zum Schluß hat er ganz den Kopf verloren, und sie ham ihn in die Klapsmühle gebracht. Aber nicht mal dann war er kuriert. Sie ham mir erzählt, daß er sofort den Buchmacher gespielt und Wetten von den anderen Irren angenommen hat.«

»Wie schrecklich«, sagte Miss Milk, die nicht so viel uneingeschränktes Verständnis für das pralle Leben aufbrachte wie Mrs. Hughes.

»Solchen Leuten liegt das irgendwie im Blut. Und um diese Zeit, kurz vor dem National, is' es immer am schlimmsten. Ich fühl mich dann immer ganz flau, weil ich an meinen Alten denken muß. Jetzt liegt er selber unter dem Rasen, der ihn mal so interessiert hat.«

»Aber Mrs. Hughes«, rief der Praktikant, der unvermutet aus dem Speisesaal kam, wo er ganz still hinter der Tür gestanden hatte, »jetzt ist aber genug geklatscht. Sie halten die Dame am Empfang nur von ihrer Arbeit ab. Und Sie haben sicher auch noch anderswo zu tun. Was habe ich da über das National gehört? Wissen Sie vielleicht einen guten Tip?«

»Ich werd mal meinen Freund fragen, den Rennstallbesitzer.« Ihr gackerndes Lachen hallte noch die Küchentreppe herauf, nachdem sie bereits verschwunden war.

»Komisches altes Haus«, bemerkte der Praktikant. »Viel zu frei heraus, nimmt alles zu locker.«

»Ich habe keine Arbeit«, erklärte Miss Milk, die den leisen Verdacht hatte, das könnte auch auf sie zutreffen. »Haben Sie nichts zu tun für mich?«

»Sie können in dem neuen Frühstücksbuch die Linien ziehen. Ach ja, und auf der Theke sollten Sie mal Staub wischen.«

»Aber das habe ich doch schon ein dutzendmal gemacht.«

»Keine Widerrede. Nur frisch ans Werk. Ich gehe jetzt nach unten. Wenn Sie mich brauchen, rufen Sie einfach. Wenn jemand nach mir fragt, ich heize die Wasserkessel wieder an.«

»Ach, dabei fällt mir etwas ein. Mr. Crabbe hat mich gebeten, Ihnen auszurichten, das Wasser sei heute morgen eiskalt gewesen.«

»Dann soll er sich eben nachts rasieren.«

Damit verschwand er, und Miss Milk machte sich auf die Suche nach dem neuen Frühstücksbuch. Ehe sie die Linien ziehen konnte, mußte sie es erst finden, und sie hatte den Verdacht, es könnte noch im Laden liegen und darauf warten, gekauft zu werden. Sie war mit ihren Erkundungen noch nicht sehr weit vorgedrungen, als Miss Gay Shelley die Treppe heruntergelaufen kam. Ihr Zorn war offensichtlich noch nicht verraucht, und sie war gerade in der rechten Stimmung, um alle Welt an ihrem Kummer teilhaben zu lassen.

»Ist das nicht eine Riesengemeinheit?« wandte sie sich an Miss Milk. »Was wäre denn ihre lausige Nummer ohne mich, frage ich Sie? Wer, glauben sie, spricht denn das Publikum an? Ich will ja nicht sagen, daß Gene nicht soweit ganz in Ordnung ist, aber was er macht, ist doch nur Kinderkram. Das einzige, was wirklich rüberkommt, sind meine Beine ... und meine Persönlichkeit«, fügte sie etwas verspätet hinzu. »Aber wenn ich ihn um eine Kleinigkeit bitte, um mich neu einzukleiden, dann führt er sich auf, als will ich ihn ruinieren. Gene ist ganz anders geworden, seit er sich mit dieser ... dieser knausrigen alten Schachtel eingelassen hat. Seitdem haben wir kein Glück mehr. Gene kann allerdings auch ganz schön eklig sein. Es würde mich gar nicht wundern, wenn sie versuchten, mich aus der Show rauszudrängen. Aber die Suppe werde ich ihnen versalzen. Das steht alles schwarz auf weiß in meinem Vertrag ... die beiden sollen sich nur vorsehen ...«

Miss Shelleys Redestrom versiegte. Im Foyer des *Bellevue* war es selten besonders hell, da die gegenüberliegenden Gebäude das Licht abhielten, aber an diesem Morgen schien zufällig die Sonne, und Miss Milk hatte aus Gründen der Sparsamkeit die Lampe über der Empfangstheke ausgeschaltet. Plötzlich war es, als habe sich eine Wolke zwischen das Hotel und die Sonne geschoben. Jemand drückte beide Schwingtüren auf, um sich genügend Platz zu verschaffen, und dann erschien der dickste Mann, den Miss Milk je gesehen hatte. Sein Gesicht unter dem Bowler war blaß, teigig und weich wie ein ungebackenes Brötchen, und die Züge wirkten, als seien sie achtlos daraufgestreut worden. Daß er überdurchschnittlich groß war, kam durch seinen gewaltigen Umfang gar nicht so recht zur Geltung. Sein massiger Körper steckte in einem maßgeschneiderten Mantel aus bestem Stoff.

Für Miss Shelley war er offenbar ein alter Bekannter, denn sie hörte auf zu lamentieren und rief:

»Das ist ja Charlie, der gute alte Charlie Faß!«

Er blinzelte sie aus seinen Korinthenaugen an.

»Gay, nicht wahr? Die kleine Gay Shelley. Was machen die Tricks?«

»Ach, denen geht's gut«, behauptete Miss Shelley lässig. »Jede Menge Engagements ... die Kritiker überschlagen sich ...«

»Habt ihr's diesmal geschafft, ins *Palladium* zu kommen?«

»Nicht ganz. Und wie geht's dir?«

»Soso lala. Im Fernsehen kann ich nicht auftreten, der Bildschirm ist zu klein. Was macht Gene?«

»Immer das gleiche. Muß sich irgendwann einen neuen Magen kaufen.«

»Schade, daß er meinen nicht mitbenützen kann. Und die neue Mrs. Gorman ... wie hält sie sich?«

»Wir sind wie zwei Schwestern.«

»Sag ihr doch bitte, daß ich echt bin«, flehte Mr. Faß mit einem Blick auf Miss Milk hinter der Theke. »Ich brauche meinen Schlüssel.«

Miss Milk war dazu erzogen worden, körperliche Mißbildungen nicht zur Kenntnis zu nehmen, aber Mr. Faß war ein so außergewöhnlicher Anblick, daß sie ihn unwillkürlich fassungslos angestarrt hatte. Jetzt errötete sie jedoch und nahm sich zusammen.

»Sie ist neu hier«, erklärte Miss Shelley. »Das ist Mr. Faß, meine Liebe, er hat hier ständig ein Zimmer gemietet.«

»Der Himmel weiß, warum ... ich benütze es nur alle heiligen Zeiten mal. Aber immerhin liegt es zentral. Ich möchte meine Tasche abstellen. Heute habe ich Nummer einundzwanzig ... den Hausschlüssel habe ich schon ... Ja, Miss, einundzwanzig, in der dritten Reihe.«

»Sie heißt Milk.«

»Sehr passend, muß ich sagen. Ich erwarte einen Anruf, Miss Milk. Stellen Sie sofort durch, wenn er kommt. Wiedersehen, Gay.«

»Bis bald.«

»Warum lassen die bloß keinen Lift einbauen?« murrte Mr. Faß und zwängte seine Fleischmassen die schmale Treppe hinauf.

Kaum war er verschwunden, als Mr. Gorman die Treppe herunterkam; sein Gesichtsausdruck war noch abweisender als sonst.

»War das Miss Shelley, die eben rausgegangen ist?« erkundigte er sich.

»Ja.«

»Wo wollte sie denn hin?«

»Das weiß ich nicht«, antwortete Miss Milk, »aber wenn Sie sich beeilen, holen Sie sie vielleicht noch ein. Sie erwähnte etwas von einer Verabredung.«

Das Telefon begann zu summen, und Miss Milk sah ihn nicht gehen, hörte aber die Tür protestierend quietschen.

Diesmal war es wirklich die Vermittlung.

»Hotel *Bellevue*«, meldete sich Miss Milk zitternd. Das Schicksal war ihr wundersamerweise gnädig gewesen und hatte sie den richtigen Schalter finden lassen. Im Hintergrund war Schreibmaschinengeklapper zu hören, dann drang eine dröhnende Stimme an ihr Ohr. Sie nannte sie ›meine Liebe‹, was ihr ein wenig Selbstvertrauen einflößte.

»Hier spricht Joe«, sagte die Stimme, als sei damit alles erklärt. »Ich möchte Charles Somerset sprechen.«

»Ich glaube nicht, daß wir im Augenblick jemanden dieses Namens im Hause haben. Nein, ganz sicher nicht.«

»Schon gut, meine Liebe. Ich rufe später noch einmal an.« Damit legte Joe auf. Das Schlurfen von Pantoffeln war zu hören, und Miss Milk stellte fest, daß Madame ihr einen ihrer turnusmäßigen Besuche abstattete.

»Wer war das, *hein*?« fragte sie in gewohnt vorwurfsvollem Tonfall.

»Das war ein Herr, der sich Joe nannte«, erklärte Miss Milk kleinlaut. »Er wollte mit einem Mr. Charles Somerset sprechen, und ich sagte, daß wir niemanden dieses Namens im Hause hätten.«

»Aber isch 'abe ihn eben gese'en. Er ist von die Toilette gekommen, von die WC. Warum sagen Sie, er ist nischt 'ier?«

Miss Milk hatte eine plötzliche Erleuchtung. Charlie Faß und Mr. Charles Somerset waren ein und dieselbe Person.

»Du meine Güte«, sagte sie kläglich. »Ich dachte, sein Name sei Faß. Ich hätte mir niemals träumen lassen, daß er Somerset heißen könnte.«

»Künstler 'aben immer zwei Namen; das ist wie bei die Verbrecher, *hein*? Sie 'aben Bühnenname und wirkliche Name. Manchmal sie 'aben sogar drei. Was 'abe isch Ihnen gesagt? Fragen ... immer fragen. Mr. Somerset ist Komiker, lustige Mann, *hein*? Jetzt er verliert vielleicht ein Engagement, und das nur wegen Ihnen.«

»Ach du lieber Himmel. Dabei sagte er auch noch, daß er einen Anruf erwartet. Das ist mir aber wirklich sehr peinlich. Soll ich ihm gestehen, was ich angerichtet habe?«

»Mais non!« rief Madame entsetzt. »Damit stecken Sie nur Ihre Kopf in die Rachen des Löwen. Sie 'alten Ihre Mund.«

»Der Mann sagte, er würde wieder anrufen.«

Madame zuckte gelassen die Schultern. »Solche Dinge erledigen sich immer von selbst. Sie werden noch lernen ...«

Dann fragte sie vertraulich, mit fast kindischer Schadenfreude: »Wie finden Sie ihn? Er ist fett, *n'est-ce pas?* Er 'at eine Doppelbett ganz für sich allein. Isch weiß auch nicht, wer es mit ihm teilen würde, aber er ist raffiniert, er läßt sein Fett für sich arbeiten, und das ist mehr, als die meisten von uns fertigbringen. Pah! Isch möchte schlank werden, aber isch liebe Sahnetörtchen und *pommes sautées*.«

»Ich habe auch zugenommen«, gestand Miss Milk. »Ich fürchte, in meinem Fall ist es Altersspeck.«

»Sie! Sie 'aben nichts zu befürchten. Nur die englische Frauen werden wie Bohnenstange alt. In Belgien ist das anders. Da sind alle dick wie flandrische Stute. In Ostende wäre ich gar nichts, sage ich Ihnen, *mais rien*. Aber dort lohnt es sich auch, zu essen Sahnetörtchen.«

»Die Milch ist da.«

»Das sehe ich. Sie zählen jedesmal die Flaschen. Isch 'abe kein Vertrauen zu diese Milchmann. Seine Rechnung ist immer entsetzlich 'och. Jetzt isch gehe an Empfang, und Sie bringen Milch zu diese Gormans 'inauf. Vielleicht beru'igen sie sich dann. 'aben Sie sie 'eute morgen gehört? Sie sind widerlich, *hein*? Isch sage ihnen, sie sollen sich anständig benehmen, sonst isch will sie in meine 'aus nicht 'aben. Diese Streitereien sind nicht gut für Geschäft. Er 'ätte das nicht geduldet!« fügte sie hinzu und deutete mit dramatischer Geste auf den seligen Monsieur Lefevre.

»Von Lulu hat man wohl noch immer nichts gehört?« fragte Miss Milk, deren Schuldgefühle bei dieser Geste von neuem erwacht waren, und drängte sich an Madame vorbei.

»Immer noch verschollen, die arme Kleine. Aber isch gebe die 'offnung nicht auf. Die Reservierungen sind gut. Das ist die Krönung, *naturellement*. Sie ist noch besser als die Festival, *hein*? Alle Welt will unbedingt dabei sein, isch werde die Leute zusammenquetschen wie die Sardinen. Sie sind nicht kleinlich, kommen aus dem Norden, aus den

Industriestädten. Sie sind nicht wie die Amerikaner, die erwarten, daß jede Zimmer seine eigene Bad 'at. Sie müssen in die Badewanne schlafen.«

»Ich habe notiert, wieviel Milch die Gormans zusätzlich bekommen, und ich weiß jetzt auch, wo ihr Zimmer ist«, sagte Miss Milk.

»Sie sollten sich alle Zimmer von außen ansehen. Dann Sie wissen, wo sie liegen, und können die Leute hinaufführen, ohne auf die Schilder se'en zu müssen; und keiner merkt, daß Sie neu sind. Isch bleibe am Empfang und am Telefon. Sie brauchen sich nicht zu beeilen.«

Miss Milk machte sich mit ihren zwei Halbliterflaschen auf den Weg. Allmählich verstand sie, warum Madame nur zweimal am Tag herunterkam. Es war wie eine Bergbesteigung. Nach der ersten Treppe wurde der Grundriß des *Bellevue* wirklich kompliziert. In beide Richtungen erstreckten sich Korridore, von denen aus kleinere Treppen weiter nach oben führten. Ein Teil der oberen Etagen lag über dem *Tai Ping,* ein anderer befand sich über dem Laden eines Eisenwarenhändlers. Hinter einer Biegung des Ganges führten ein paar kleine, unbeleuchtete Stufen zu einem Gewirr von Badezimmern und Toiletten, in das Miss Milk bisher noch nicht vorgedrungen war. Außerdem gab es dort eine Reihe geheimnisvoller Wandschränke, in denen die Zimmermädchen ihre Reinigungsmittel und Besen aufbewahrten. An den Wänden gaben verschiedene Pfeile einen Hinweis auf die ungefähre Lage der Schlafräume. In jeder Hand eine Flasche, schlich Jessie Milk, von unbezähmbarer Neugier getrieben, auf Zehenspitzen zu Zimmer 12 A, das sich rechts ganz am Ende des Korridors befand. Sie wollte unbedingt wissen, ob unter dem Anstrich wirklich noch die 13 zu sehen war. Es stimmte tatsächlich, und sie hatte Mühe, ein Kichern zu unterdrükken. Am liebsten hätte sie auch noch die Matratze betastet, aber jede Tür besaß ein eigenes Yaleschloß. Sie tadelte sich innerlich für ihre Sensationslust, und dabei fiel ihr ein, daß sie ihre Freundin Miss Watkins an diesem Morgen noch nicht gesehen hatte. Die alte Dame mußte entweder ungewöhnlich früh gefrühstückt haben, oder sie war noch in ihrem Schlafzimmer, um sich von den Nachwirkungen des abendlichen Ausflugs zu erholen. Miss Milk konnte nur hoffen, daß der Gummiquark seinem Namen keine Ehre gemacht hatte.

Auf dem Weg von einem Ende des Korridors zum anderen, einem Pfeil zu Zimmer 26, ihrem eigentlichen Ziel, folgend, stellte Miss Milk zufrieden fest, daß die oberen Regionen des *Bellevue* wesentlich sauberer waren als die unteren. Der Aufenthaltsraum und der Speisesaal waren der sporadischen Betreuung durch den Nachtportier überlassen, aber der schien zu sehr damit beschäftigt zu sein, seine Milch zu trinken und seine Schundromane zu lesen, um sich groß für Staubwischen und Polieren zu interessieren, obwohl das Fach unter der Empfangstheke stets eine Sammlung schmutziger Lappen enthielt, die ihm wohl als eine Art Alibi dienten. Vielleicht trug er damit mehr Schmutz auf, als er entfernte. Miss Milk zweifelte freilich daran, ob sie selbst um ein oder zwei Uhr morgens ein sehr großes Interesse für Reinlichkeit aufbringen würde.

Am Ende des Korridors befand sich Madames Privatwohnung, die aus einem Schlafzimmer und dem Salon bestand, wo Miss Milk sich damals vorgestellt hatte. Wie hatte sie sich vor diesem Gespräch gefürchtet! Dabei war Madame, dessen war sie sich jetzt sicher, auf ihre Art ein gutherziger Mensch, wenn es auch eine sehr komplexe, für Miss Milk praktisch unverständliche Art von Gutherzigkeit war.

Von der ersten Etage an erstreckte sich das Bellevue über drei Häuserfronten. Es waren Häuser im georgianischen Stil, die zwar die flachen Fenster ihrer Zeit hatten, aber schlecht gebaut waren und im Lauf der Jahre seit ihrer Entstehung so viele Veränderungen durchgemacht hatten, daß sie jetzt eigentlich nur noch aus einem schäbigen Labyrinth kleiner, durch schmale Wendeltreppen miteinander verbundener Kämmerchen bestanden. Dem abgelegensten dieser Zimmer strebte Miss Milk nun einigermaßen zielsicher zu, denn sie hatte den Gormans schon einmal ihre Milchration gebracht und wußte daher, wo der Raum lag.

Sie stellte die Flaschen ab und klopfte schüchtern an die Tür, bereit, gleich wieder zu gehen. Aber noch ehe sie den langen Weg nach unten antreten konnte, wurde die Tür geöffnet, ein tränenverschmiertes Gesicht schaute heraus, und eine Stimme sagte kleinlaut: »Ach, Sie sind es.«

»Ich habe Ihnen die Milch gebracht«, erklärte Miss Milk.

»Ja, richtig. Ich dachte, es sei Gene. Er war so wütend, als er wegging. Haben Sie ihn gesehen?«

»Er ist am Empfang vorbeigekommen.«

»Sah er immer noch so zornig aus?«

»Ich habe nicht darauf geachtet«, log Miss Milk.

»Kommen Sie doch herein. Ich fühle mich so elend, ich muß mit jemandem sprechen.«

»Ich kann mich höchstens ein paar Minuten aufhalten«, sagte Miss Milk und bückte sich, um die beiden Flaschen wieder aufzunehmen.

Als sie eingetreten war, suchte sie nach einem Platz, um sie abzustellen. Der Raum sah aus wie ein Schlachtfeld. Die Betten standen im rechten Winkel zueinander und waren mit den verschiedensten Kleidungsstücken und offenbar auch mit Wurfgeschossen überhäuft, denn sie bemerkte unter anderem diverse Haarbürsten und sogar eine Hälfte der zerbrochenen Seifenschale. Als ihr Blick zu Mrs. Gorman zurückwanderte, trat die Frage, wo sie die Flaschen deponieren sollte, in den Hintergrund, und sie stellte sie einfach auf den Boden.

»Oh, man hat Sie aber schlimm zerkratzt!« sagte sie entsetzt.

»Ja, das war Gay. Wenn sie richtig in Fahrt ist, überlegt sie nicht mehr, was sie tut.«

»So scheint es. Kommen Sie, ich wasche Ihnen die Wunde aus. Haben Sie irgendwo Watte ... oder Mull?«

»Irgendwo müßte Watte sein, aber ich weiß nicht, wo man mit dem Suchen anfangen könnte.«

»Schon gut. Ich habe ein sauberes Taschentuch. Sollen wir auf dem Gaskocher Wasser erhitzen, oder kommt es noch warm aus der Leitung?«

»Zu dieser Tageszeit kommt es nie warm aus der Leitung. Aber Gene hat sich zum Rasieren im Kessel etwas warmgemacht, es müßte noch ein Rest drin sein, falls es nicht kalt geworden ist.«

»Hier sind Streichhölzer. Ich wärme es noch einmal. Sie setzen sich jetzt hin und ruhen sich ein wenig aus. Ich mache Ihnen auf dem Bett einen Platz frei.«

Miss Milk war ein praktischer Mensch, und so dauerte es nicht lange, bis sie heißes Wasser hatte und an Stellas Kratzern herumtupfte. Als Stella sich so umsorgt fühlte, brach sie wieder in Tränen aus.

»Still, das dürfen Sie nicht«, beschwichtigte Miss Milk. »Sie machen ja meine ganze Behandlung wieder zunichte.«

»Es ist so herrlich, wenn ausnahmsweise einmal jemand gut zu mir ist. Sie sind beide so gräßlich. Aber sie werden es nicht bekommen. Fällt mir gar nicht ein. Warum sollte ich ihnen mein bißchen Geld geben, nur damit sie es zum Fenster hinauswerfen können? Sie haben doch keine Ahnung, wie man vernünftig damit umgeht.«

»Ganz sicher nicht. Und Sie haben völlig recht. Wenn das Geld Ihnen gehört, dann halten Sie es fest. Die beiden verdienen doch sicher selbst etwas, das können sie ja ausgeben.«

»Es gab so viele Schulden zu bezahlen, als wir Blackpool verließen, und sie haben das Geld so sinnlos verpraßt. Sie mußten vor der Abreise unbedingt für alle eine Party geben, das hat natürlich Unsummen gekostet, und dann hat sich Gene dabei noch den Magen verdorben, und deshalb ist er jetzt so gereizt. Aber wenn ich versuche, ihnen so etwas auszureden, dann sagen sie, ich verstehe ihre Art zu leben nicht. Und das stimmt auch. Ich wurde anständig erzogen, man hat mir beigebracht, daß man bar bezahlt, was man haben will, und wenn ich nicht genug gespart hatte, dann mußte ich eben so lange warten, bis es reichte. Und man sollte auch etwas auf die hohe Kante legen. Wenn Tante Aggie das nicht getan hätte, dann hätte sie mir auch nichts vererben können. Dann hätte ich keinen Penny gehabt, und ich hätte Gene niemals kennengelernt.«

Miss Milk lag es auf der Zunge zu sagen, das wäre kein großer Verlust gewesen, aber sie beherrschte sich und war froh, als Stella fortfuhr:

»Ich liebe ihn doch so. Und als wir jung verheiratet waren, war er einfach großartig.«

»Wie haben Sie ihn denn kennengelernt?«

»Daheim, im Varietétheater. Solange Tantchen noch lebte, bin ich nie dorthin gegangen, aber als sie tot war und ich immer allein in dem Haus saß, wurde es mir so unheimlich, daß ich froh war, wenn ich ein wenig rauskam. Dann hat Gene gesagt, jemand aus dem Publikum solle ihm bei einem Trick helfen, und ich weiß bis heute nicht, was damals über mich gekommen ist. Ich bin ganz frech aufgestanden, und als ich oben auf der Bühne war, unter all den Lichtern, habe ich mich großartig gefühlt, ich hatte kein bißchen Angst. Das lag an Gene. Wissen Sie, er hat mir Vertrauen eingeflößt. Aber als ich wieder von der Bühne runterstieg, bin ich gestolpert und der Länge nach hingefallen. Sie hätten mich sehen müssen! Ich sah schlimmer aus als heute. Das Blut strömte mir nur so aus der Nase. Dann begann das Publikum zu lachen, und Gene sagte: ›Ruhe bitte, die junge Dame hat sich verletzt‹, und sofort waren alle still. Es war phantastisch, wie er sie unter Kontrolle hatte. Ich kann es nicht begreifen, denn eigentlich ist er doch gar nicht das, was man gutaussehend nennt, oder?«

»*Ich* finde nicht, nein. Aber schließlich kenne ich ihn ja auch kaum«, antwortete Miss Milk.

»Gay ist auch ganz verrückt nach ihm. Deshalb ist sie ja so gehässig. Aber ich habe ihn schließlich gekriegt. Er kam immer wieder zu mir ins Haus, um zu sehen, wie es mir ging, und ich habe ihm alles über mich erzählt und wie einsam ich war. Dann, kurz bevor sie die Stadt verlassen wollten, hat er mich um meine Hand gebeten, und ich habe ja gesagt. Es war einfach Liebe auf den ersten Blick. Und er hat mir geholfen, einen Makler zu finden, der das Haus verkauft, und er hat mir alle geschäftlichen Sorgen abgenommen. Aber das Geld habe ich behalten«, fügte sie hinzu.

›*So dumm bist du also gar nicht*‹, dachte Miss Milk und erhob sich mit dem Rest der Seifenschale, die sie als Wasserbecken benützt hatte, von den Knien.

»Ich glaube, jetzt ist es schon besser«, sagte sie laut.

»Jedenfalls viel angenehmer. Sie sind ein feiner Kerl. Wissen Sie, Gene ist komisch. Es war ihm gar nicht recht, als ich Freikarten haben wollte, damit Sie sich unsere Show ansehen können. Aber das ist meine Sache, und ich werde Ihnen statt dessen das Geld geben, damit Sie sich selbst eine Karte kaufen können.«

»Das dürfen Sie nicht tun. Es ist reizend von Ihnen, aber ich kann nicht einfach Geld von Ihnen annehmen. Ich werde mir die Show trotzdem anschauen, an einem meiner freien Abende. Werde ich Sie auf der Bühne sehen?«

»Sie werden mich sehen, aber Sie werden nicht wissen,

daß ich es bin«, sagte Mrs. Gorman geheimnisvoll. »Das ist auch so ein Punkt. Gay mäkelt ständig an meiner Figur herum, dabei ist sie nicht schlechter als die ihre. Wir sind beide das, was man eine ›Venus im Taschenformat‹ nennt. Jedenfalls können die Leute uns nicht auseinanderhalten, wenn wir auf der Bühne sind. Es ist nur mein Gesicht«, sagte sie ziemlich kläglich. »Aber Gay ist hübsch, nicht wahr?«

»Das stimmt, aber Schönheit geht nicht unter die Haut, heißt es«, erklärte Miss Milk.

»Das ist doch auch gar nicht nötig, oder?«

»Vielleicht haben Sie recht. Wenn es Ihnen jetzt besser geht, sollten Sie vielleicht ein wenig Ordnung schaffen. Wenn Mr. Gorman zurückkommt, möchte er sicher, daß dieses Durcheinander beseitigt ist.«

»Das mache ich. Was wohl das arme Tantchen zu diesem Zimmer gesagt hätte?«

Stella stand auf. Zum ersten Mal sah sie Miss Milk lange und fest an, und als sie das Mitleid in ihren Augen erkannte, rief sie leidenschaftlich aus:

»Es stimmt einfach nicht, was Sie denken. Gene ist nicht in Gay verliebt. Er haßt sie.«

»Ich muß an den Empfang zurück«, sagte Miss Milk. »Wer weiß, was Madame sich inzwischen denkt. Leben Sie wohl, Mrs. Gorman und passen Sie gut auf sich auf.«

»Darauf können Sie sich verlassen«, versicherte Stella grimmig. »Ich werde auf mich *und* auf mein Geld aufpassen.«

5

Am nächsten Tag hatte Miss Milk ihren freien Nachmittag.

Nach Dienstschluß schlenderte sie über den Soho Square, der sich zur Zeit in der destruktiven Phase des Wiederaufbaus befand, und stürzte sich ins Gedränge der Oxford Street. Sie war in gedrückter Stimmung und daher nicht geneigt, sich so schnell zwischen verschiedenen Übeln zu entscheiden, wie es nötig ist, wenn man sich seinen Lunch an einem Fließband zusammenstellen will. Auch die andere Möglichkeit, ihn nämlich in einem jener Etablissements einzunehmen, wo die bunten Leuchtröhren an der Decke den Salat blau und die Tomaten wie zerschnippelte Finger aussehen lassen, sagte ihr nicht zu. So mied sie ihre gewohnten Imbißlokale und suchte eine kleine Teestube auf. Sie hungerte, ja, sie hungerte richtig nach einem Essen im trauten Familienkreis in einem stillen Raum, wo man von einem Gericht soviel nehmen konnte, wie man wollte, von einem anderen dagegen lieber etwas weniger.

Als Miss Milk den Entschluß faßte, nach London zu gehen, hatte der Vikar ihr eine alte Bekannte von ihm empfohlen, die vor kurzem Witwe geworden war und nun mit einer alleinstehenden Frau von solidem Lebenswandel die Wohnung und die Miete teilen wollte. Miss Milk ging nur zu gerne auf diesen Vorschlag ein und suchte Mrs. Mattson sofort nach ihrer Ankunft am Bahnhof Liverpool Street auf. Die Witwe war freundlich, wirkte aber etwas konfus. Nachdem sie ihrer künftigen Untermieterin das in Frage kommende Zimmer gezeigt hatte, sagte sie:

»Natürlich würden Sie in Wirklichkeit gar nicht hier wohnen, oder wenn, dann nur als meine Freundin, die mich für längere Zeit besucht. Das ist nämlich alles im Mietvertrag enthalten, jedenfalls hat man mir das gesagt, ich selbst habe keine Ahnung davon. Als mein Mann noch lebte, brauchte ich mich um solche Dinge natürlich nie zu kümmern, und ich habe nicht vor, in meinem Alter jetzt noch damit anzufangen. Das Geld können Sie mir trotzdem geben ... sonst weiß ich wirklich nicht, wie ich die Miete bezahlen soll. Heutzutage ist alles so teuer geworden. Ich koche überhaupt nicht mehr selbst. Für mich ist es billiger, auswärts zu essen. Hohe Gasrechnungen kann ich mir nicht leisten, aber Sie können sich Teewasser kochen, wenn Sie wollen. Sehen möchte ich Sie dabei allerdings lieber nicht. Ich bin es nicht gewöhnt, eine andere Frau in der Küche oder in der Wohnung zu haben. Geht mir irgendwie gegen den Strich. Andererseits ist mir die Vorstellung, alleine hier schlafen zu müssen, unerträglich. Sie verstehen das doch, nicht wahr?«

Miss Milk hoffte es zu verstehen. Sie besaß sogar so etwas wie einen Schlüssel zu Mrs. Mattsons Gefühlsleben und hoffte, das würde genügen, um mit der Leidgeprüften zurechtzukommen. Sie einigten sich darauf, es auf dieser Basis erst einmal miteinander zu probieren, und bisher war alles gut gegangen. Miss Milk bemühte sich, des Nachts beruhigend, aber möglichst unauffällig in der Wohnung anwesend zu sein und pünktlich jeden Freitag in einem Briefumschlag ihre Miete abzuliefern. Aber obwohl sie einen eigenen Schlüssel erhalten hatte, kam sie sich jedesmal, wenn sie das Haus betrat, wie eine Verschwörerin vor, die von den Spitzeln des Hauswirts genau beobachtet wurde, und diese Ängste wurden durch das Benehmen des uniformierten Portiers, der tatsächlich die Angewohnheit hatte, alle Leute gleichermaßen finster anzublicken, noch kräftig geschürt.

So spielte sie zwar jetzt, nachdem sie ein trockenes Sandwich und ein Glas Milch zu sich genommen hatte, sehnsüchtig mit dem Gedanken, sich in die Wohnung zu schleichen und sich auf ihr gut gefedertes Sofa zu legen, aber das schien ihr nicht ratsam zu sein. Also entschloß sie sich zu einem kleinen Schaufensterbummel und schlenderte zu diesem Zweck zur Oxford Street zurück, wo sie sofort von einem Menschenstrom verschlungen wurde, der das gleiche Ziel hatte.

Miss Milk hatte den Eindruck, als habe jede englische Hausfrau, ganz gleich ob aus der Provinz, aus den Vororten oder aus dem East End, dem dringenden Wunsch nachgegeben, mit einem Minimum an Kosten und einem Maximum an Genuß den Oxford Circus zu erreichen.

Aus der Gegenrichtung war der Fußgängerverkehr nur spärlich; Miss Milk bot sich lediglich die Aussicht auf eine Unmenge verschiedenster Kehrseiten in unterschiedlicher Kleidung; breit und schmal, eckig und rund, mollig und knochig, alle schwankten sie einträchtig vorwärts.

Hier sind nun Hunderte von Rücken, dachte Miss Milk mutlos und verzagt, und ich kenne keinen einzigen davon. Der Gedanke ließ sie erschauern, aber gerade, als er ihr durch den Sinn ging, wurde er auch schon schlagend widerlegt. Sie erblickte nämlich einen Rücken, den sie sofort erkannte.

Es war Lulu! Ganz unverwechselbar Lulu. Lulu, die sich zu einem Zweck, der leicht zu durchschauen, aber für empfindsame Gemüter höchst unerfreulich war, an die Ladenfronten heranschob.

Vielleicht hatte Lulu auch selbst einige Zweifel an der Schicklichkeit ihres Verhaltens, denn sie blickte sich mit scharfen Augen verstohlen um, entdeckte Miss Milk, änderte ihren Entschluß und trabte in flottem Tempo davon. Aber Miss Milk hatte ebenso schnell einen Entschluß gefaßt und nahm, sich zwischen den dahinschlendernden Rücken hindurchdrängend, die Verfolgung auf.

»Was drängeln Sie denn so?«

»Glauben Sie, der Gehsteig gehört Ihnen, Miss?«

»Immer mit der Ruhe, Mädchen.«

Lulu trottete unaufhaltsam weiter, schob sich zwischen den Beinen der Fußgänger hindurch und hielt sich so nahe an den Schaufenstern wie nur möglich, weil sie dort für ihre Verfolgerin am schwersten zu fassen war. Verschwommen nahm Miss Milk eine bunte Fülle von Schuhen wahr: hohe und niedrige Absätze, Sandalen und derbe Straßentreter, Wild- und Lackleder, sogar ein Paar Stiefel; aber sie verlor ihr Opfer nie länger als eine Sekunde aus den Augen, obwohl Lulu einen kostbaren Vorsprung gewann, indem sie bei Rot eine Seitenstraße überquerte. Ein Hund ohne Begleitung ist in der Oxford Street eine Seltenheit, und bald dämmerte es der Menge, daß Lulu verfolgt wurde. Niemand versuchte, sie aufzuhalten. Die Öffentlichkeit genießt kaum etwas so sehr wie ein sportliches Ereignis. Als die Leute begriffen hatten, worum es ging, setzten sie auch Miss Milk weniger Widerstand entgegen.

Großmütter wurden zur Seite gezogen und Kinder von den Füßen gerissen, um den beiden Gegnern freie Bahn zu schaffen.

Miss Milk war feuerrot im Gesicht; Lulus Beine bewegten sich so unermüdlich auf und ab wie die Kolben einer Dampfmaschine. Plötzlich schlug der kleine Hund einen scharfen Haken und schlüpfte durch die Schwingtüren eines großen Kaufhauses. Das Gebäude hatte zwei Eingänge hintereinander, aber kaum hatte sie den ersten hinter sich gebracht, als sie auch schon Gelegenheit fand, durch den zweiten zu huschen, gefährlich knapp an einer entrüsteten Dame in einem langen, engen Rock vorbei, die sie fast zu Fall gebracht hätte. Miss Milk war ihr dicht auf den Fersen. Ungehindert ging die Jagd vorbei an Kurzwaren, Strümpfen und Regenschirmen. Dann entdeckte Lulu die Fahrstühle. Inzwischen war jedoch ein hakennasiger Kaufhausangestellter auf die Sache aufmerksam geworden, streckte die Hand aus und hielt das arme Tier so lange an seinem Halsband fest, bis Miss Milk keuchend herangekommen war.

»In diesem Haus sind Hunde an der Leine zu führen, gnädige Frau«, bemerkte er streng.

»Ich weiß«, antwortete Miss Milk knapp. »Bitte, geben Sie sie mir.«

»Sie meinen, ich soll sie hochheben?«

»Wie Sie es machen, ist mir egal.«

Der Angestellte packte Lulu, als sei sie ein Fuchspelz von sehr minderer Qualität – eine gewisse Ähnlichkeit war tatsächlich vorhanden –, und überreichte sie Miss Milk.

»Möchten Sie nicht gleich eine Leine für das Tier kaufen? Durch den Torbogen und dann...«

»Ich nehme sie lieber auf den Arm«, erklärte Miss Milk. Sie fühlte sich ringsum eingeschlossen von Gesichtern, die alle das gleiche, töricht nachsichtige Lächeln zeigten.

Den Hund, der wie von einem Uhrwerk angetrieben immer noch mit den Beinen strampelte, fest an sich drükkend, verließ Miss Milk das Kaufhaus. Der Angestellte begleitete sie bis zum Ausgang und öffnete ihr übertrieben schwungvoll die Türen. Auf dem Gehsteig angelangt, winkte sie ein vorüberfahrendes Taxi herbei, bat den Fahrer, sie zum Hotel *Bellevue* zu bringen, und lehnte sich dann erleichtert in dem kalten Ledersitz zurück, um ihre Verwirrung zu verbergen. Einen Augenblick später bemerkte sie, daß sie ihre Gefangene noch immer krampfhaft festhielt, und nachdem sie sich vergewissert hatte, daß die Fenster geschlossen waren, setzte sie Lulu auf den Kokosteppich, wo das Tier sie keuchend und zutiefst bösartig anfunkelte.

Jessie Milk begann leise zu lachen, denn ihr war plötzlich der Verdacht gekommen, sie könnte den falschen Hund eingefangen haben. Ein Blick auf Lulus Halsband beruhigte sie jedoch.

»Du ungezogenes Ding«, sagte sie. »Wo bist du nur gewesen?«

Darauf gab Lulu begreiflicherweise keine Antwort. Miss Milk bezahlte den Taxifahrer und betrat mit dem Hund in den Armen das Hotel.

Am Empfang saß ein hübsches junges Mädchen und war damit beschäftigt, sich die Fingernägel zu lackieren. Sie legte den Pinsel beiseite, starrte Miss Milk belustigt an und sagte:

»Ach, das ist ja Lulu.«

»Und Sie müssen Monica sein. Ja, ich habe sie durch die halbe Oxford Street gejagt. Ich bin Jessie Milk.«

»Soll ich bei Ma anklingeln? Sie wird vor Freude ganz außer sich sein. Warum setzen Sie die kleine Bestie nicht ab? Sie ist doch sicher schwer wie Blei.«

»Nachdem ich sie verloren habe, möchte ich sie gerne auch selbst hinaufbringen. Sie haben doch nichts dagegen?«

»Natürlich nicht. Ganz wie Sie wollen. Sie kennen vermutlich den Weg?«

»Ja, vielen Dank.«

Miss Milk stieg mit dem Fellbündel die Treppe hinauf. Sie wollte kein Risiko eingehen. Endlich klopfte sie an Madames Tür.

»Entrez!«

Miss Milk trat ein.

»Lulu! Meine Baby! Lulu!«

»Ich habe sie in der Oxford Street gefunden.«

»Ma pauvre petite! Komm zu *maman*! Oh, Miss Milk, Sie sind eine gute Engel. Captain 'omes, was 'at dieser Engel getan? Sie 'at eine Wunder vollbracht. Sie 'at meine Lulu gefunden, die verloren war, verirrt, meine Lulu, ohne die isch bin nichts. Meine kleine Schatz... war sie 'alb ver'ungert? Captain 'omes, geben Sie ihr eine Schluck Tee... sie trinkt ihn aus der Schale mit viel Milch und Zucker. Lulu meine isch, nicht die gute Miss Milk, aber sie soll auch eine Tasse 'aben. Das ist Captain 'omes, Miss

Milk. Er ist seit vielen Jahren eine gute Freund der Familie. Das ist Miss Milk, Captain 'omes. Sie ist unsere neue 'ilfe am Empfang.«

Während Madame ihrem Entzücken freien Lauf ließ, schüttelte Miss Milk dem Captain, einem Mann mittleren Alters mit buschigen Brauen und überraschend blauen, belustigt funkelnden Augen, die Hand. Augenblicke zuvor hatte er sich noch eine leidenschaftliche Schmährede gegen Miss Milk anhören müssen, die Sünderin, die Lulu hatte entkommen lassen.

»Der Captain 'at mich das neue Fernsehgerät repariert. Von Beruf ist er Detektiv... er 'at entdeckt, warum isch plötzlich se'en die Beine oben und die Köpfe unten. Aber isch kann ihm sagen, warum. Das war diese schreckliche alte 'ughes, die überall mit ihre Staubtuch 'erumfummelt, auch wenn man ihr sagt, sie soll die Finger davon lassen.«

»Es war wirklich eine Kleinigkeit«, erklärte der Captain bescheiden. »Ich brauchte nur an einem Knopf zu drehen.«

»Ah, aber welche Knopf! Das muß man doch erst einmal wissen! Sie finden, wir sind Verschwender, weil wir Fernse'en 'aben wollen, *hein*?« wandte sich Madame mit einem scharfen Blick an Miss Milk. »Sie finden, es paßt nicht in diese alte Bruchbude? Nun, Sie 'aben recht. Aber isch 'aben es für die Krönung angeschafft... damit mehr Leute kommen. Danach, wer weiß? Vielleicht sie nehmen es zurück, *hein*? Alle liegen mir in die Ohren, isch soll es kaufen, aber die Kosten! Soll isch Ihnen sagen, was sie denken? Sie denken, dann bleibt die alte Frau in ihre Zimmer; dann ist sie beschäftigt. Aber isch... ich mag nicht die Fernse'en, nur diese Andy Pandy. Der ist drollig, *n'est-ce pas*? Wirklich niedlich. Und Lulu ist auch niedlich. Sie lieben ihre neue Tante Milk, die so nett war und sie zu ihre arme *maman* zurückgebracht 'at.«

Letzteres hielt Miss Milk allerdings für eher unwahrscheinlich.

»Und jetzt 'at sie Ihnen ihre freie Nachmittag verdorben, nicht wahr? Wir müssen uns eine kleine Belohnung ausdenken ... eine Entschädigung. Wie wäre es, wenn der Captain mit Ihnen geht in die Kino, *hein*?«

Miss Milk spürte, wie ihr das Blut in die Wangen schoß.

»Das kommt gar nicht in Frage«, sagte sie hastig.

»Dann gewähren Sie mir vielleicht an einem anderen Tag das Vergnügen?« schlug der Captain grinsend vor.

»Wundervoll! Sie sind beide einsam. Und er ist eine anständige Mann, Sie brauchen keine Angst zu 'aben. Er ist kein Künstler ... er ist Detektiv.«

»Ich muß jetzt gehen«, bemerkte Miss Milk, durch diese Wendung des Gesprächs in höchste Verlegenheit gebracht.

»Dann begleite ich Sie, wenn ich darf«, sagte der Captain prompt. »Ich muß auch in diese Richtung.«

»In w-welche Richtung?«

»Fort mit euch beiden«, sagte Madame. »Und nützt eure Chancen«, fügte sie mit einem lüsternen Grinsen hinzu. »Wer weiß schon, wie lange es ihm beschieden ist, in diese Jammertal zu leben, was, Lulu, *ma chérie*?«

»Worauf warten wir noch?« fragte der Captain energisch. »Nach Ihnen, Miss Milk. *Au revoir, Madame.*«

Miss Milk lief die steile Treppe hinunter, als sei ihr der Teufel auf den Fersen.

»Abend, Monica.«

»Na, hat Mutter sich gefreut, ihre Ausreißerin wiederzusehen?«

»Das kann man wohl sagen.«

»Dann ist sie die einzige.«

»Man kann es nicht jedem recht machen. Kommen Sie, Miss Milk.«

Miss Milk zögerte an der Tür, die er für sie offenhielt.

»Es tut mir leid, daß ich Sie in der Aufregung beim Vornamen genannt habe, Miss Lefevre.«

»Ach, ich bin nicht hochmütig. Meine Freunde nennen mich ›Monkey‹, das Äffchen.«

»Und das paßt auch zu ihr. Bis bald, Monkey.«

»Guten Abend, Miss Lefevre«, sagte Jessie Milk schüchtern.

»Puh!« stöhnte der Captain, als sie draußen auf dem Gehsteig waren. »Endlich hatte ich eine Ausrede, um mich zu verdrücken. Das ganze Zimmer stinkt nach dieser verflixten Lulu. Warum mußten Sie sie nur zurückbringen?«

»Wahrscheinlich, weil ich dafür verantwortlich war, daß sie überhaupt verlorenging.«

»Wo wohnen Sie nun eigentlich?« fragte er. »Sagen Sie nicht, in Bethnal Green. So weit begleite ich Sie nämlich nicht.«

»Es ist gar nicht sehr weit weg. Gleich beim Russell Square.«

»Gut. Auf diese Weise bin ich beschäftigt, bis der Laden aufmacht. Warum mußten Sie mich so blamieren?«

»Ich fürchte, ich bin an Schwindeleien nicht gewöhnt.«

»Nein. Das ist das erste, was einem an Ihnen auffällt.«

»Jetzt sagen Sie bitte nicht auch noch, ich hätte ein ehrliches Gesicht. Das kann ich nämlich wirklich nicht mehr hören.«

»An den Tatsachen können Sie nichts ändern. Dieser Platz sieht furchtbar aus, finden Sie nicht? Jetzt überqueren wir erst einmal diesen Höllenstreifen...« damit war die Oxford Street gemeint. Der Captain nahm den Arm seiner Begleiterin und lotste sie geschickt zwischen den hoch aufragenden Bussen und den Taxis hindurch.

Miss Milk empfand es durchaus nicht als unangenehm, so eskortiert zu werden.

»Dann biegen wir in die Hanway Street ein, überqueren sie dort, wo der Polizist steht, und gehen die Bedford Avenue entlang«, fuhr Captain Homes fort. »Ich lebe seit Jahren hier und hasse die Gegend aus tiefster Seele.«

»Warum bleiben Sie dann?«

»Wahrscheinlich reine Gewohnheit. Früher dachte ich immer, wenn ich in Pension gehe, würde ich gerne ein Landgasthaus übernehmen.«

»Und warum haben Sie es nicht getan?«

»Ich kam zu der Ansicht, daß ich mich wahrscheinlich innerhalb eines Jahres zu Tode trinken würde.«

Das Gespräch versiegte. Sie gingen an der Rückseite des Britischen Museums vorbei.

»Liegen Museen und Galerien mehr auf Ihrer Linie?« fragte der Captain.

»Eigentlich nicht. Das sind Dinge, von denen man sich auf dem Lande gerne einbildet, daß sie einem fehlen.«

Der Captain schnaubte. »Sie sind also nicht nur ehrlich,

sondern auch ein Mensch. Ich dachte schon, ich hätte Sie beleidigt.«

»Wieso denn nur?«

»Hätte ja sein können, daß Sie eines von diesen schrecklich tugendhaften Wesen sind. Hören Sie, haben Sie es wirklich so eilig, nach Hause zu kommen? Könnten wir uns nicht irgendwo hinsetzen und ein wenig plaudern? Wissen Sie, was die alte Dame sagte, stimmt nämlich. Ich bin verdammt einsam. So sind die Städte, die einsamsten Plätze auf der Welt.«

»Na schön.«

»Braves Mädchen. Was dagegen, wenn ich mir eine Pfeife anzünde?«

Sie sah ihm dabei zu und fragte dann ziemlich schüchtern:

»Wie gefällt Ihnen die Arbeit bei der Polizei?«

»Du meine Güte! Diese Art von Detektiv bin ich nicht.«

»Ach so«, sagte Miss Milk ein wenig betreten. Wenn er nicht bei der Polizei war, gehörte er dann vielleicht zu den Männern, die in ihrer Arbeitszeit verheiratete Personen dabei bespitzelten, wie sie auf Abwege gerieten? Captain Homes beobachtete, wie ihre Gedanken sich in aller Unschuld auf ihrem ehrlichen Gesicht spiegelten, und sagte mit breitem Grinsen:

»Nein, ganz so schlimm ist es nicht. Ich bin das, was man einen Warenhausdetektiv nennt. Ich arbeite in einem Buchladen und habe ein Auge auf die Leute, die sich gern ihre Regale füllen, ohne dafür bezahlen zu wollen.«

»Aber ist das nicht außerordentlich schwierig?«

»Die einzigen Anforderungen sind ein scharfes Auge,

ein gutes Gedächtnis, schnelle Reflexe und eine gewisse Hartnäckigkeit.«

»Ach so.«

»Nun, ich war früher bei der Handelsmarine, und bei den jetzigen Lebenshaltungskosten komme ich mit meiner Pension nicht über die Runden.«

»Ich wollte damit nicht sagen, daß ich an der Tätigkeit an sich etwas auszusetzen hätte. Ich finde nur, sie paßt nicht zu Ihnen.«

»Und wie ist das mit Ihnen? Wie sind Sie hierher gekommen? Das ist doch auch nicht Ihr Milieu.«

Miss Milk erklärte es ihm.

»Wann gehen Sie wieder zurück?« fragte er unvermittelt, als sie fertig war.

»Aber warum sollte ich zurückgehen?«

»Das werden Sie schon noch merken.«

»Ist mit den Lefevres etwas nicht in Ordnung?«

»Oh, sie sind nicht übel, jedenfalls bis zu einem gewissen Grad. Ich habe den alten Knaben vor vielen Jahren kennengelernt. Wissen Sie, ich kannte Ostende ganz gut, und er hat sich gern mit mir darüber unterhalten. Jeder redet gern über seinen Heimatort; und irgendwie waren sie auch immer sehr nett zu mir. Aber sie sind nicht der richtige Umgang für Sie.«

»Ist sie nicht hübsch?« fragte Miss Milk, wehmütig vom Thema abschweifend.

»Wer?«

»Monica Lefevre.«

»Habe nie darauf geachtet. Kann schon sein, wenn man den Typ mag.«

»Ich kann gut verstehen, warum der arme Gus so verrückt nach ihr ist.«

»Wieso sagen Sie ›der arme Gus‹?«

»Er ist so einfältig ... so schlampig ... so ...«

»Lassen Sie den armen Gus in Ruhe. Er ist viermal soviel wert wie Monica. Er arbeitet sich für einen Hungerlohn zu Tode, und dabei ist er die Zuverlässigkeit in Person. Für sie ist Monkey genau der richtige Name. Bei ihr muß man ständig auf irgendwelche Dummheiten gefaßt sein. Obwohl sie den ganzen Tag über in dieser Hotelfachschule ist, ist meistens sie für die Schwierigkeiten zwischen ihrer Mutter und Blanche verantwortlich.«

»Aus Miss Blanche werde ich überhaupt nicht klug.«

Der Captain schob seine Pfeife in den Mundwinkel, dann sagte er:

»Es gibt Schiffe, denen hängt der Ruf an, daß sie immer nur Unglück haben. Es mag ein Fehler in der Konstruktion sein oder schlechte Führung, vielleicht gibt es auch überhaupt keinen verdammten Grund dafür. Ich schätze, Miss Blanche kann man einzig und allein auf diese Weise begreifen.«

Miss Milk fröstelte leicht.

»Ist Ihnen kalt?«

»Ja, ein wenig. Ich muß jetzt gehen.«

»Schön, ich lasse Sie frei, wenn Sie mir versprechen, an einem anderen Abend mit mir auszugehen. Wenn Sie keine Filme mögen, könnten wir's ja mit einem Theater probieren.«

»Ich würde mir gerne die Nummer der Gormans ansehen. Wenn man jemanden kennt, ist es doch viel interessanter, und außerdem habe ich Mrs. Gorman versprochen, ich würde kommen.«

»Dieser Gorman gehört zu der Sorte Menschen, die sich nichts dabei denken würden, mit einer kompletten *Encyclopaedia Britannica* abzuhauen.«

»Das glaube ich Ihnen, aber ich möchte die Nummer trotzdem gerne sehen.«

»Sie wissen aber, daß die Gormans nicht im West End auftreten. Das Theater ist sicher irgendwo am Stadtrand.«

»Wäre das zu weit für uns?«

»Nein. Sie sagen mir, wann Sie Zeit haben, und ich besorge die Karten. Aber machen Sie mir keine Vorwürfe, wenn es Ihnen dann nicht gefällt.«

Sie verabschiedeten sich an der Ecke des Wohnblocks. Miss Milk achtete sorgfältig darauf, dabei außer Sichtweite des uniformierten Portiers zu bleiben.

»Jetzt weiß ich auch, wo Sie wohnen«, sagte Captain Homes und drückte ihr so fest die Hand, als wolle er sie zerquetschen.

»Aber ich weiß nicht, wo Sie wohnen.«

»Im *Bellevue* natürlich.«

»Aber bis heute habe ich Sie noch nie gesehen.«

»Ich gehe zur Arbeit, ehe Sie kommen, und ich bin sehr darauf bedacht, nicht zu früh nach Hause zu gehen. Ich habe ein Mansardenzimmer ganz oben unter dem Dach: das ist billig, und man kann den Himmel sehen.«

6

Miss Milk hatte geträumt, sie nehme an der Hochzeit des Captains mit Blanche Lefevre teil, und als sie erwachte, stellte sie fest, daß sie den Wecker überhört hatte. Folglich kam sie eine gute Viertelstunde zu spät ins *Bellevue*, aber statt daß man sie mit Vorwürfen und Beschuldigungen empfing, grinste Gus, der am Empfang saß, über das ganze Gesicht.

»Sie sehen sehr zufrieden aus«, sagte sie und hängte hastig ihren Mantel und ihren Hut auf. Außer dem Grinsen kam ihr an seinem Aussehen noch etwas merkwürdig vor. Schließlich dämmerte ihr, was es war.

»Sie haben sich die Haare schneiden lassen. Das ist wirklich eine Verbesserung, Gus.«

»Jedenfalls hat es gewirkt«, gab er verlegen zu. »Sie ist mit mir in die zweite Vorstellung gegangen. Kommen Sie rein, stehen Sie nicht so lange vor dem Spiegel, um an sich herumzuzupfen. Ich muß schließlich die Tische abräumen.«

»Ich habe Monica gestern nachmittag gesehen.«

»Ich weiß, sie hat es mir erzählt. Sie hat gesagt, Sie hätten sich den Captain gegrapscht.«

»Was für ein Unsinn. Wir haben nur zufällig zur gleichen Zeit das Hotel verlassen. Sie ist ein bildhübsches Mädchen, Gus.«

»Hm ... nicht übel jedenfalls. Ein bißchen zu dicke Fesseln«, sagte der Praktikant, der bemerkenswert gesprächig wurde, wenn man ihn auch nur ein bißchen ermunterte.

»Was wollte sie denn eigentlich hier? Ich dachte, sie müßte in der Schule sein.«

»Sie hatten eine Vorlesung über Abwassersysteme, und die hat sie geschwänzt.«

»Kann sie sich das denn leisten?«

»Sie würden sich wundern, was sie sich alles leistet.«

»Was in aller Welt ist das denn für ein Päckchen mit meinem Namen?« fragte Miss Milk verwundert.

»Vom Captain stammt es nicht, also kein Grund zur Aufregung. Es ist von Madame. Der Himmel weiß, was drin ist. Irgendein Schund wahrscheinlich, den sie gerade zur Hand hatte. Eine Belohnung, weil Sie Lulu gefunden haben.«

»Wie nett von ihr.«

Als Miss Milk das Päckchen öffnete, fand sie eine weniger als halb volle Flasche Parfüm. Sie war gerührt, obwohl sie ebensowenig auf die Idee gekommen wäre, Parfüm zu verwenden, wie sich die Brust zu tätowieren.

»Aber bilden Sie sich ja nicht ein, daß sonst noch jemand glücklich darüber ist. Dabei fällt mir ein, Sie brauchen sich gar nicht erst häuslich niederzulassen. Sie sollen nämlich zu Blanche hinaufkommen.«

»Wo finde ich sie?«

»In ihrem Zimmer. Dritter Stock, am Ende des Korridors. Da, wo auch Madames Zimmer liegt, nur eine Etage höher. Sie hat eine gräßliche Laune.«

Inzwischen war Miss Milk mehr oder weniger vertraut mit der Anlage des *Bellevue* und brauchte nicht mehr auf die Hinweistafeln zu schauen, die sie immer an das Martyrium des heiligen Sebastian erinnerten. Aber sie erreichte das dritte Stockwerk nicht ohne Herzklopfen und hoffte, daß es nur an der Treppe lag und nicht an der Aussicht auf die Unterredung mit Miss Blanche.

Eine kalte Stimme rief: »Herein«, und sie trat ein. Miss Blanche saß an einem Tisch am Fenster und schien sehr beschäftigt zu sein.

Endlich ließ sie ihre Arbeit liegen, drehte sich auf ihrem Stuhl herum und fragte mürrisch: »Ja? Was wollen Sie?«

»Gus ... der Praktikant ...« Falls Miss Milk den Familiennamen des Praktikanten überhaupt jemals gekannt hatte, jetzt war er ihr jedenfalls entfallen. »Der Praktikant sagte, Sie wollten mich sprechen.«

»Ach ja. Ich werde heute nachmittag nicht hier sein, und Mutter hat beschlossen, Freunde zu besuchen. Gus muß nach dem Lunch zum Victoria-Bahnhof, um Gepäck abzuholen, deshalb müssen Sie, soweit ich das übersehe, etwa eine Stunde lang allein zurechtkommen. Meine Mutter meint, Sie würden das schon schaffen. Ich halte es nicht für ratsam, aber sie trägt schließlich die Verantwortung. Offenbar glaubt sie, in der Oxford Street einen Hund zu finden sei ein ausreichender Ersatz für Erfahrungen in der Führung eines Hotels. Ich nehme an, Sie sind in der Lage, jemandem ein Zimmer zu geben und eine Quittung auszuschreiben?«

»Ich ... ich glaube schon, wenn mir jemand wie üblich eine Liste aufstellt, damit ich weiß, welche Zimmer frei sind.«

»Etwas mehr gehört schon dazu. Sie brauchen eine gewisse Menschenkenntnis. Nehmen Sie nie jemanden ohne Gepäck, höchstens gegen Vorkasse. Und auch dann nicht in jedem Fall. Es treibt sich immer merkwürdiges Volk herum. Wenn Sie nicht sicher sind, dann sagen Sie einfach, wir sind voll belegt. In einem Haus wie diesem muß man sorgsam auf die Moral achten.«

»O ja«, stimmte Miss Milk zu, die von Gus schon ähnliche Anweisungen erhalten hatte, allerdings weniger höflich formuliert.

»Wenn Sie wirklich Probleme haben, müssen Sie eben den Küchenchef rufen. Er ist in seinem Zimmer. Aber Sie dürfen keinesfalls den Empfang verlassen.«

Jessie Milk lag es auf der Zunge zu bemerken, es sei unmöglich, den Küchenchef zu Hilfe zu holen, ohne den Empfang zu verlassen, aber da dies ohnehin das letzte war, was ihr jemals in den Sinn gekommen wäre, unterdrückte sie die Äußerung.

»Dann ist wohl alles klar?«

»Ja, Miss Blanche.«

»Sie fragen sich vielleicht, was ich hier mache?«

Als Miss Milk sie verständnislos ansah, fügte sie ungeduldig hinzu: »Ich meine, hier auf dem Tisch, nicht im allgemeinen, denn das weiß Gott allein. Aber kommen Sie ruhig näher und sehen Sie es sich selbst an.«

Miss Milk gehorchte.

Auf einem Brett auf der Tischplatte war ein Bild aufgesteckt, wie man es oft auf Kalendern findet, die kostenlos verteilt werden. Ein Häuschen im Grünen, ein gewundener Pfad, Stockrosen, eine Blumenrabatte, nichts fehlte. Auf diesen Untergrund brachte Miss Blanche winzige Teilchen der gleichen Farbe auf, die sie aus abgelösten Briefmarken ausschnitt. Mit einer Pinzette hielt sie die winzigen Schnipsel fest, um sie erst mit Kleber einzustreichen und dann an die jeweilige Stelle zu setzen.

Miss Milk verschlug es die Sprache. Sie starrte auf diese sinnlose Arbeit hinab, die so viel Geduld und Konzentration erforderte, und ein Angstschauder lief ihr über den Rücken. Obwohl sie ein Leben lang Wohltätigkeitsbasare besucht hatte und über reichhaltige Erfahrungen mit den Irrwegen verfügte, die unverheiratete Damen bei der Beschäftigung mit Kunst und Kunstgewerbe manchmal einschlagen, etwas so Schreckliches hatte sie noch nie gesehen.

»Ich habe das vollkommene Medium gefunden, meinen Sie nicht auch?« erkundigte sich Miss Blanche in eisigem Ton. »Zur Selbstverwirklichung. Diese Arbeit nimmt meine ganze Energie in Anspruch, sie ist nämlich keineswegs einfach. Der Kostenaufwand ist gering, und an diesem speziellen Stück arbeite ich nun bereits seit sechs Wochen. Na« – die Worte rissen ab wie ein durchtrennter Faden –, »was halten Sie davon?«

Miss Milk schloß die Augen und wich vom Rand des Abgrunds zurück.

»Ich... ich glaube, es wird sehr hübsch.«

Das Schweigen zwischen den beiden Frauen weitete sich zu einer Kluft, die keine von ihnen zu überbrücken vermochte.

»Sie können jetzt gehen, Miss Milk. Erinnern Sie Gus daran, daß er Ihnen etwas Kleingeld in der Kassette läßt.«

Unten fand sie Gus im Gespräch mit der alten Mutter Hughes, die ein noch unberührtes Frühstückstablett in den Händen hielt.

»Sie sagt, sie will nicht aufstehen. Sie sagt, sie ist krank. Ich nehme jedenfalls an, daß sie das sagt. Sie spricht ja kein Wort *King's English**.«

»Sie meinen sicher *Queen's English*?«

»Ich weiß schon, was ich meine, Sie Frechdachs.«

»Wer ist ›sie‹?« fragte Miss Milk und zwängte sich hinter ihre Theke.

»Die mit den großen schwarzen Augen und der fettigen Haut.«

»So sehen sie alle aus«, behauptete Gus. »Sie meint die, die den Solotanz macht. Jedenfalls muß sie aufstehen. Kann der Kerl sie nicht dazu bringen?«

»Er versucht's gar nicht erst. Er sitzt nur neben ihrem Bett und klimpert todtraurig auf seiner alten Gitarre rum. Und überall auf'm Boden liegen Bananenschalen ... und noch schlimmere Sachen. Man darf gar nicht dran denken.«

»Dann denken Sie eben nicht daran. Ihnen ist es doch eigentlich vollkommen egal, ob sie aufsteht oder nicht. Ein Bett weniger zu machen. Wissen Sie, Miss Milk, ich finde, man sollte die alte Hughes ausstopfen und sie mit einem Schild ›Cockneyhumor‹ in ein Museum stellen.«

»Nur nicht unverschämt werden, Freundchen.«

»Na, schon gut. Angeblich waren sie früher alle so, sogar diese muffeligen Trampel von Busschaffnern.«

»Und das ganze schöne Essen wird verschwendet«, jammerte die alte Mrs. Hughes.

»Keine Sorge, das wird alles auf die Rechnung gesetzt.

* engl. Hochsprache, die sich am Sprachgebrauch des Königshauses orientiert.

Tragen Sie's in die Küche, Ma, und sagen Sie dem Koch, ich werde gleich das Frühstücksgeschirr runterlassen.«

»Der wird ganz schön geladen sein.«

»Ich kann's nicht ändern. Ich mußte warten, weil Miss Milk oben bei Blanche war.«

»Was wollte Sie denn von Ihnen, meine Liebe?« erkundigte sich Mrs. Hughes mitfühlend. »Sie ist fuchsteufelswild, weil Lulu wieder da ist.«

»Ich muß heute nachmittag allein zurechtkommen, das ist alles.«

»Ach du liebe Güte, das macht Ihnen doch wohl kein Kopfzerbrechen, oder? Am Nachmittag könnte 'n Wikkelkind mit diesem Haus fertigwerden. Ich muß los.«

Kaum war Gus in den Speisesaal verschwunden, als Miss Emily Watkins mit hochrotem Gesicht die Treppe heruntergetrippelt kam.

»Ach, da sind Sie ja, meine liebe Miss Milk«, rief sie erleichtert. »Seien Sie doch bitte so freundlich und machen Sie mir meine Rechnung fertig. Ich ziehe aus. Dieser Mann mit seiner Gitarre! Seit sechs Uhr morgens spielt er ohne Unterbrechung. Und jetzt ruft jemand ständig: ›Hopp!‹ direkt über meinem Kopf. Das hält kein Mensch aus.«

»Oje, ich fürchte, das sind die Akrobaten. Aber das sollten sie hier nicht machen.«

»Nun ja, ich glaube, es ist am besten so. Ich weiß jetzt, wo ich hingehe, und wenn ich dort eingetroffen bin, werde ich meinen lieben Bruder anrufen und ihm sagen, wo er mich finden kann. Hier hätte es ihm vielleicht doch nicht sehr gefallen. Ich glaube, ich sagte Ihnen schon, daß er ein ganz klein bißchen engstirnig ist.«

»Entschuldigen Sie mich bitte einen Augenblick, Miss Watkins. Ich werde mich wegen der Rechnung erkundigen.«

Miss Milk schlüpfte hinter der Theke hervor und eilte in den Speisesaal, um sich neben dem Speiseaufzug flüsternd mit Gus zu beraten.

»Miss Watkins will ihre Rechnung. Sie reist ab.«

»Höchste Zeit. Diese alte Nörglerin.«

»Was soll ich ihr berechnen?«

»Den Pauschalpreis für eine Woche.«

»Aber sie ist doch keine ganze Woche geblieben.«

»Das ist ihre Sache.«

Miss Milk kehrte an die Theke zurück.

»Ich fürchte, es gibt keine Ermäßigung, obwohl Sie früher abreisen«, entschuldigte sie sich.

»Das macht gar nichts, meine liebe Miss Milk. Man muß immer für seine Erfahrungen bezahlen. Haben Sie das noch nicht festgestellt? Ich werde jetzt meine Sachen packen, während Sie meine Rechnung fertigmachen, und dann kann dieser ungehobelte junge Mann die Koffer herunterbringen.«

Miss Watkins senkte die Stimme zu einem dramatischen Flüstern und fügte hinzu:

»Glauben Sie, Sie sind hier sicher, so ganz auf sich allein gestellt?«

»O ja, ich glaube schon.«

»Ich hinterlasse Ihnen jedenfalls meine Adresse, meine Heimatadresse, damit wir in Verbindung bleiben können. Ich werde unseren höchst vergnüglichen Ausflug nie vergessen. So etwas erlebt man nicht jeden Tag.«

Um zwölf Uhr kam ein Anruf aus dem Zimmer des Paares mit der Gitarre, und eine besorgte männliche Stimme sagte:

»Ich möchte etwas zu essen für meine Freundin bestellen, ja? Sie ist hungrig.«

»Augenblick bitte«, sagte Miss Milk und wandte sich wieder an Gus.

»Sagen Sie ihm, er soll dafür sorgen, daß sie aufsteht. Hier bekommt sie nichts zu essen.«

»Wir servieren hier außer dem Frühstück leider keine Mahlzeiten«, erklärte Miss Milk ins Telefon.

»Nur kleine Erfrischungen«, erinnerte Gus.

»Nur kleine Erfrischungen«, wiederholte Miss Milk gehorsam.

»Was ist das? Ich nicht verstehen. Meine Freundin wollen *saumon ... saumon* und *salade*.«

»Lachs und Salat«, übersetzte Miss Milk für Gus.

»Ausgeschlossen.«

»Ich fürchte, das führen wir nicht«, sagte Miss Milk.

»Aber ich auch hungrig.«

»Er hat auch Hunger.«

»Hier, geben Sie mir den Hörer. Ja? Also was soll das? Nein. Ich sagte nein. Das verstehen Sie doch, oder nicht?«

Gus knallte den Hörer heftig auf die Gabel.

Eine Sekunde später fiel die Kugel erneut herunter.

»Gehen Sie nicht ran«, riet Gus. »Er wird es bald aufgeben. Passen Sie auf, Sie schwirren jetzt ab zum Lunch. Ich kümmere mich darum.«

Als Miss Milk zurückkehrte – auf die Minute pünktlich, um ihre morgendliche Verspätung wiedergutzumachen –, hatte sich die Lage verschlechtert. Gus lehnte an der Wand und grölte ins Telefon:

»In Ordnung... in Ordnung... ich lasse etwas raufbringen. In Ordnung... hören Sie nicht, ich sage, in Ordnung. Sie haben gewonnen.«

Er knallte den Hörer auf die Gabel zurück und wandte sich an Miss Milk.

»Seien Sie doch so nett und laufen Sie in die Küche hinunter, der Koch soll eine Büchse Tomatensuppe aufmachen. Ach ja, und rösten Sie ein paar Scheiben Toast. Tomatensuppe und Toast für zwei Personen. Und ein bißchen flott. Den Kerl sollte man zu den Waffenstillstandsverhandlungen schicken.«

Der Koch war gerade mitten in einem langen Monolog.

»Ja«, sagte er, »ich schätze, ich könnte auch ein Buch schreiben, und es wäre nicht schlechter als die in der öffentlichen Bücherei. Da würden sie alle zusammenzukken, das garantiere ich. Vertrauliche Informationen über einige der größten Hotels in England...«

»Warum nicht gleich in der ganzen Welt«, unterbrach June, das Zimmermädchen, die gerade ihren Mantel anzog, um nach Hause zu gehen.

»Ich lese hier«, fuhr er fort und klopfte dabei mit einem Daumennagel mit Trauerrand auf die letzte Sonntagszeitung, »daß ein Bursche auf einem Berg steht und sagt, die Autos auf der Straße sehen aus wie viele schwarze Käfer. Das ist noch gar nichts. Ich habe Käfer gesehen, die fast genauso aussehen wie Autos. Sie kommen oben in die Kühlschränke hinein, tatsächlich. Ja, Miss, was ist?«

»Könnten Sie bitte eine Büchse Tomatensuppe aufmachen, für zwei Personen? Eine Bestellung aufs Zimmer. Mit zwei oder drei Scheiben Toast?«

»Wer hat das gesagt?«

»Gus.«

»Ich war Chefkoch in den besten Häusern, und jetzt ist es soweit gekommen, daß ich Büchsen mit roter Brühe aufmachen soll.«

Miss Milk trug das Tablett vorsichtig aus der Küche nach oben. Unterwegs blieb sie stehen und fragte den Praktikanten: »Sind Sie noch da, wenn ich zurückkomme?«

»Nein.«

»Haben Sie mir Kleingeld hiergelassen?«

»Ja, und auch die Liste. Es sind genügend Zimmer frei, aber nehmen Sie niemanden für eine Nacht. Das lohnt die frische Wäsche nicht. O. K.?«

»O. K.«, erklärte Miss Milk skeptisch. »Sie bleiben nicht länger weg als unbedingt nötig, nicht wahr?«

»Kalte Füße?«

»Nein, natürlich nicht«, sagte Miss Milk, denn das hätte sie niemals zugegeben.

Sie konzentrierte sich auf das Nächstliegende. Die Suppe neigte dazu, über den Tellerrand zu schwappen, und bis sie sie oben abgeliefert hatte, war sie sicher nur noch lauwarm. Das ferne Klimpern einer Gitarre wies ihr den Weg.

Sie klopfte an die Tür, die Gitarre verstummte, und

dann erschien ein ängstliches, dunkles Gesicht mit üppigen Koteletten in einem Spalt.

»Kommen Sie rein«, sagte der Mann.

Aus einem zerwühlten Bett sahen Miss Milk zwei dunkle, streitlustige Augen an, ein durchdringender Blick, beschwörend wie der eines verwundeten, in einem Dikkicht gefangenen wilden Tieres. Eine tiefe, klangvolle, samtweiche Stimme fragte:

»*Saumon et salade,* ja?«

Miss Milk schüttelte den Kopf.

»Tomatensuppe.«

Sie trug das Tablett näher an das Bett heran. Die Ballerina aus Böhmen betrachtete es. Sie entblößte ihre makellosen Zähne und schrie aus voller Kehle:

»Miese Klitsche!«

Und dann spie sie aus.

Um drei Uhr fuhr Madame Lefevre mit Lulu in einem Taxi ab, um ihre Freundin in Chelsea zu besuchen.

Sobald sie fort war, kam der Küchenchef die Treppe heraufgestiegen und schlich, den Wecker an die schmutzige, weiße Jacke gedrückt, nach oben. Als er am Empfang vorüberkam, richtete er seine wäßrigen Augen kurz auf Miss Milk und bemerkte:

»Ich schlafe wie ein Toter.«

Das war deutlich genug, fand Miss Milk.

Jetzt waren sie alle fort – die Zimmermädchen, der Praktikant und auch Miss Blanche. Die Sonne schien durch die Glasscheiben der Tür, und die nachmittägliche Schläfrigkeit senkte sich über das in allen Fugen ächzende, alte Gebäude. Wer anwesend war und wer nicht, wußte sie nicht so genau, aber sie warf einen Blick auf das Schlüsselbrett und stellte fest, daß ein ziemlich großer Teil der Schlüssel dort hing. Die Sache mit den Schlüsseln, die ihr am Anfang so kompliziert erschienen war, war bereits Routine geworden, ihre Hände fanden wie von selbst die richtigen Haken an dem Zahlenbrett, und sie brauchte die ›Stammgäste‹, über deren Bedeutung Madame sie so eindringlich belehrt hatte, nicht mehr nach ihrer Zimmernummer zu fragen. Sogar die Telefonvermittlung wurde allmählich zu einem alten Freund, der zwar zu unberechenbaren Launen neigte, aber nicht länger ganz und gar gehässig war. Es war ihr sogar allein und ohne fremde Hilfe gelungen, Charlie Faß mit einem Teilnehmer in Paris zu verbinden. Sicher, das Fräulein vom Amt hatte genörgelt, als sie sich hinterher nach den Kosten für das Gespräch erkundigte, weil sie zuvor nicht das richtige Kennwort angegeben hatte, aber das war doch wohl eher eine Kleinigkeit.

Sie sah sich die Liste des Praktikanten durch, überprüfte den Inhalt der Kassette und machte es sich dann bequem, um in aller Ruhe ein wenig zu lesen.

7

Am nächsten Morgen knisterte die Luft im *Bellevue* vor Spannung.

Madame war nach ihrem Nachmittagsausflug mit frischen Kräften aufs Schlachtfeld zurückgekehrt; Feiertage für die Vorgesetzten bedeuten oft Ärger für die Untergebenen. Nur Miss Milk war als Lulus Retterin noch von einem Bannkreis umgeben und daher in Sicherheit. Madame beglückwünschte sie sogar, weil sie so geschickt jede größere Katastrophe vermieden hatte, solange das Hotel in ihrer Obhut war, und Miss Milk fand den Mut zu fragen, ob man ihr für Notfälle nicht einen Hauptschlüssel anvertrauen würde, als Beispiel führte sie an, daß ja in einem der Zimmer ein Feuer ausbrechen könne.

»C'est juste«, pflichtete Madame ihr bei. »Eine gute Argument. Ich werde dafür sorgen, daß Sie einen er'alten. Zu *Ihnen* isch 'abe Vertrauen«, fügte sie geheimnisvoll hinzu.

Monica, die offenbar samstags von der Mühsal der Hotelfachschule befreit war, schnitt eine Grimasse und suchte schnell das Weite. Auch Gus war nicht ungeschoren davongekommen. Er war in einen heftigen Streit über das Stapeln des Frühstücksgeschirrs im Speiseaufzug verwikkelt worden, in dessen Verlauf mehrfach der Name des seligen Edouard Lefevre beschworen wurde.

»Die alte Dame will Blut sehen«, murmelte er auf dem Weg hinunter in den Küchentrakt, den er offenbar für ein sicheres Versteck hielt, da die Kellertreppe zu halsbrecherisch steil war, als daß Madame sie auf sich genommen hätte.

Miss Milk erlebte zum ersten Mal, daß ihre Arbeitgeberin sich wirklich auf dem Kriegspfad befand. Sie war bereits im Begriff gewesen, einen schweren Fehler zu begehen. Bei ihren ersten Begegnungen mit Madame war sie sehr mißtrauisch und nervös gewesen, aber dann war sie von Tag zu

Tag mehr dazu übergegangen, ihre Chefin als eine Art Witzfigur zu betrachten. Jetzt erkannte sie, daß ihre ersten Eindrücke zutreffender gewesen waren. Madame Lefevre verfügte über große Reserven an Energie und Entschlossenheit, die sie im allgemeinen voll beherrschte. In jüngeren Jahren hatte sie vielleicht verschiedene Möglichkeiten gehabt, ihren Mitmenschen ihren Willen aufzuzwingen; jetzt war ihr nur noch die Schikane geblieben. Es fiel ihr nicht schwer, anderen Angst einzujagen, sie brauchte dazu nur ihrem Temperament ein wenig die Zügel schießen zu lassen. Den Rest besorgte ihr Unterbewußtsein. Der große Nachteil bei dieser Methode bestand darin, daß es einfacher war, sich gehenzulassen als sich wieder in den Griff zu bekommen, und gelegentlich kam es vor, daß Madame nicht nur ihr jeweiliges Opfer erschreckte, sondern auch sich selbst. Nach ihren Verbalexzessen war sie stets zu Tode erschöpft und mußte sich in ihr Zimmer einschließen und die Gardinen vorziehen, bis sie sich wieder erholt hatte. Oft schlief sie mehrere Stunden lang, erwachte mit trockenem Mund und weinte über ihre Sorgen, über den Verlust ihres geliebten Edouard, über Blanches irrationales Verhalten, über die Unsicherheit ihrer finanziellen Lage und schließlich, und das war am schlimmsten, über das nahende Alter, das ihr von Jahr zu Jahr weniger Kraft ließ, mit ihren Schwierigkeiten fertigzuwerden. So war es auch heute, und gegen zwölf Uhr mittags senkte sich Frieden über das schwer erschütterte Hotel herab.

Als Miss Milk aus ihrer Mittagspause zurückkam, machten sich die Zimmermädchen gerade auf den Heimweg. Zuerst kam April mit immer noch verquollenen Lidern und gedunsenen Wangen. Ein paar Sekunden später erschien June und schleuderte ihre Schlüssel mit solcher Heftigkeit durch das Fenster, daß die meisten über den Rand der Theke schlitterten und auf den Boden fielen. Obwohl sie Miss Milk so unverschämt ansah wie immer, brachte sie doch so viel Anstand auf, sich zu entschuldigen, und kam sogar nach hinten, um ihr zu helfen, die Schlüssel wieder aufzusammeln.

»Das war vielleicht ein Vormittag!« sagte sie. »Ich frage mich, warum ich mir das eigentlich gefallen lasse. Jeder weiß, daß die Alte komplett verrückt ist, und Miss Blanche ist kein bißchen besser. Schätze, die alte Ma Hughes hatte Glück, daß sie heute ihren freien Tag hat. Sie ist zum Bootsrennen gegangen. Mir gibt das nichts ab, zu viel frische Luft. Ich mag Sport in der Halle am liebsten. Na, dann bis morgen!«

»Wiedersehen«, antwortete Miss Milk automatisch und sah June nach, als diese mit schwingenden Hüften durch die Tür stolzierte. Sie hat einen kariösen Zahn, dachte sie. Das sollte sie in Ordnung bringen lassen, ehe sie einundzwanzig ist, denn bis dahin ist die Behandlung noch kostenlos.

Die Treppe zitterte und knarrte, und Charlie Faß erschien. Er versperrte Miss Milk den Blick auf die *boucherie chevaline*, als er ihr mit seinen Riesenfingern die Schlüssel reichte.

»Ich fahre weg. Vielleicht komme ich erst Montag wieder.«

Miss Milk hätte gerne eine liebenswürdige Antwort gegeben, aber die Worte blieben ihr in der Kehle stecken.

Er musterte sie mit seinen von dicken Fettwülsten umgebenen Schweinsäuglein. »Ich weiß, was Sie jetzt denken«, sagte er pathetisch.

»Tatsächlich?« hauchte Miss Milk.

»Sie finden mich absolut widerlich.«

Damit hatte er so genau ins Schwarze getroffen, daß sich auf ihrem ehrlichen Gesicht Bestürzung malte.

»Ich weiß ... oh, ich weiß es genau! Sie können mich nicht täuschen. Aber glauben Sie mir, Miss ... äh ... Milk, auf der Bühne ist die Wirkung eine völlig andere. Dort ist ohnehin alles doppelt so groß wie im wirklichen Leben ... Gefühle ... Leidenschaften ... in Ausnahmefällen sogar die Honorare. Im Rampenlicht wirke ich also nicht abstoßend, sondern maßlos komisch. Ja, das ist das richtige Wort ... maßlos. Die Bühne, die Heimat aller verlorenen Seelen, das ist für mich der richtige Platz.«

Seine Stimme dröhnte wie ein Sturm. Miss Milk fiel nichts anderes ein als jene alberne Floskel: »Das ist wirklich sehr nett.«

»Aber ist das auch die Wahrheit?« fragte Mr. Faß. »Haben Sie sich, während Sie hier an Ihrer Hotelkasse sitzen, jemals gründlicher mit den Problemen und Schwierigkeiten eines dicken Menschen beschäftigt? Nein, gehen wir noch weiter zurück, haben Sie sich auch nur in Ansätzen mit den Problemen und Schwierigkeiten seiner Eltern befaßt? Denn auch der dickste Mann hat Eltern. Können Sie sich vorstellen, wie es ist, wenn der anfängliche Stolz allmählich in Bestürzung und Angst umschlägt, weil der Nachwuchs schwerer und schwerer wird, bis der Apotheker um seine Waage fürchtet? Wenn der Junge aus seinen übergroßen Hosen zu platzen droht, während sie, diese armen Toren, sich besorgt darüber unterhalten, ob sie ihm zum Geburtstag ein Fahrrad schenken sollen? Und wenn er später als junger Mann drei Karten kauft und versucht, irgendein Mauerblümchen dazu zu bewegen, ihn ins Kino zu begleiten? Muß ich noch mehr sagen? Von da an wird die Sache nämlich ein wenig delikat.«

Du hast schon viel zuviel gesagt, dachte die arme Jessie, denn diese in rollendem Baß vorgetragenen Absurditäten hatten sie den Tränen nahegebracht. Aber sie erklärte tapfer:

»Sie wollen mich nur auf den Arm nehmen, Mr. Faß. Wie ich sehe, sind Sie nicht nur auf der Bühne Humorist.«

»Tja, es würde mir nicht leicht fallen, Ihnen dieses Kompliment zurückzugeben, Miss Milk. Sagen Sie«, fuhr er in verändertem Tonfall fort, »weilt Gay Shelley noch bei uns?«

»Ja, sicher, aber ich glaube nicht, daß sie im Moment im Hause ist. Soll ich ihr etwas ausrichten?«

»Ich habe auf meinem Zimmer eine Nachricht von ihr vorgefunden. Sagen Sie ihr ... ja, sagen Sie ihr folgendes, Miss Milk. Die Antwort ist nein, außer unter einer Bedingung, auf die sie gewiß nicht eingehen würde. Merken Sie sich das bitte genau ... haben Sie verstanden?«

»Die Antwort ist nein, außer unter einer Bedingung, auf die sie gewiß nicht eingehen würde.«

»Ausgezeichnet! Sie lernen schnell.«

Er sah Miss Milk ein paar Sekunden lang reglos an, und sie hielt seinem Blick stand, ohne mit der Wimper zu zucken.

»Sie sind eine gütige, mitfühlende Seele«, sagte er plötzlich und ging.

Miss Milk notierte sich die Nachricht auf der Rückseite des Frühstücksbuchs.

Um fünf Uhr telefonierte Madame aus ihrem Zimmer herunter und fragte, ob ihr die gute Miss Milk wohl eine Kanne Tee aufbrühen und nach oben bringen könne. Ihre Stimme klang heiser und müde und verriet ausgeprägtes Selbstmitleid. Als Miss Milk klopfte und eintrat, stand Madame in ihren Pantoffeln in sich zusammengesunken mitten in ihrem Schlafzimmer. Sie wirkte völlig aufgelöst. Auch in dem Raum, den sie sonst peinlich in Ordnung hielt, herrschte ein wüstes Durcheinander.

»Ge'en Sie nicht weg«, befahl sie, als Miss Milk das Tablett abstellte. »Bleiben Sie 'ier und leisten Sie mir Gesellschaft.«

Miss Milk zögerte.

»'assen Sie misch auch?«

»Das ist es nicht«, sagte Miss Milk, »aber der Empfang ist nicht besetzt.«

»Zum Teufel mit dem Empfang! Der Empfang ist auch noch da, wenn isch schon in die Grube liege. Auch Kannen mit Tee wird es dann noch geben... und Sahnetörtchen. Aber was 'abe isch davon?«

Als sie so ihren Gefühlen freien Lauf ließ, sah sie aus wie ein Kind, das man um einen Sixpence betrogen hatte. Lulu schlief zusammengerollt auf der Eiderdaunendecke und schnaufte laut.

»Isch bin so betrübt«, jammerte Madame. »Isch brauchen Mitgefühl... Zuneigung. Und an wen kann isch mich wenden außer an diese kleine Tierchen, das da auf dem Bett schnarcht? Se'en Sie sich meine Bilder an... *très intéressantes*. Sie sind von Künstlern aus der ganzen Welt. Se'en Sie nur, was da steht: An die liebe Madame Lefevre, an *chère Madame*... auf ewig dein... bis die 'ölle zufriert... für alle Zeiten. An manche kann isch mich erinnern, manche 'abe isch vergessen, aber wo sind sie jetzt?«

Miss Milk schlenderte gehorsam herum, starrte schimmernde Zähne an, wandte den Blick von aufreizend posierenden Gliedmaßen ab. Sie hatte allmählich den Verdacht, daß das Pathos im Theatergewerbe sehr verbreitet sein mußte. Das sind lauter von glühender Begeisterung erfüllte Menschen, dachte sie, die den harten Weg zu Ruhm und Ehre einschlagen, ohne sich von feuchten Betten und Käsesandwiches abschrecken zu lassen.

Madame schlürfte geräuschvoll ihren Tee.

»Sie waren dankbar, aber meine Kinder sind nicht dankbar. Diese Monique, sie sagen, das 'otel ist erledigt. Ich lasse sie zum 'otelier ausbilden, und zwar nicht auf dem Weg über die Kartoffeln, sondern durch Vorlesungen. Das Leben sein einfach für sie, *hein? Bien!* Isch sagen zu ihr: ›Monique, die Vorbestellungen sind ganz ordentlich. Kann sein, wir kaufen zwei Paar schöne Laken, einige neue 'andtücher. Du kannst uns beraten.‹ Und was antworten sie? ›Pah! Laken man kauft im großen, nicht paarweise.‹ Isch sagen: ›Monique, der Koch 'at seine freie Abend. Mach uns eine schöne *omelette*.‹ Was sagt sie? ›Du 'ast keine Pfanne in die richtige Form!‹ Na schön! Isch sage Ihnen, sie 'at noch eine Menge zu lernen.«

»Sie hat ein reizendes Gesicht und eine sehr hübsche Figur«, sagte Miss Milk.

»*Moi aussi.* Sehen Sie mich nur an!«

»Sie wird sicher heiraten.«

Madame hob ratlos die Arme. »Und was soll dann aus die 'otel werden? Was soll aus mir werden? Sie werden sagen – Mademoiselle Blanche. Darauf isch antworte Ihnen, daß sie schon vor langer Zeit gekommen ist und mich angefleht hat, ich soll sie ge'en lassen. Aber ihr Platz ist an meine Seite, müssen Sie wissen. Wenn ich eine Sohn 'ätte, wäre alles anders. Edouard 'ätte das gleiche gesagt. Bei ein Familienunternehmen muß der Älteste die Tradition fortsetzen. ›Na schön‹, sagt sie zu mir. ›Isch werde tun, was isch tun muß, aber im übrigen isch kümmere mich um meine eigenen Angelegen'eiten.‹ Ihre Angelegen'eiten! Blumenkleben ... Mosaik ... Korbflechten ... sogar Plastillin *comme un enfant.* Da stimmt doch etwas nicht, *hein*? Ich lassen eine Arzt kommen und sie untersuchen. Er sagen: ›Ihre Tochter sollten 'eiraten.‹ Isch sagen: ›*Je comprends.*‹ Isch tue, was ich kann, um eine Mann zu finden. Isch sprechen mit die Captain; er ist eine gute Freund von die Familie, aber er ist nicht an Blanche interessiert.«

»Das kann ich mir denken!« rief Miss Milk.

»Und warum nicht? Sie 'at zwei Beine wie alle anderen auch«, erklärte Madame nachsichtig.

»Aber nicht unter solchen Bedingungen. Sie können doch über einen Menschen nicht einfach verfügen wie ... wie über ein Päckchen Tee. Miss Blanche hätte einem solchen Handel sowieso niemals zugestimmt.«

»Das glaube isch auch nicht«, pflichtete Madame ihr bei, »aber wozu bezahle ich die Arzt, wenn ich seine Rat nicht befolge? Nein, isch 'abe es ihm nicht erzählt, weil es ihn nichts angeht, aber Blanche hatte über'aupt nur Augen für eine Mann ... für diese Taugenichts von Gorman.«

»Aber Mr. Gorman ist schon verheiratet.«

»Er war nicht ver'eiratet, als er vor viele Jahre zum ersten Mal 'ier'er kam. Und er war auch noch nicht die Freund von Miss Shelley. Damals wäre es für Mr. Gene Gorman ganz angenehm gewesen, eine Verbindung mit Blanche einzugehen.«

»Und warum haben sie es dann nicht getan?« fragte Miss Milk verständnislos.

»Weil isch es nicht erlaubt 'abe! Er 'atte nicht mehr als das 'emd auf dem Leibe, und das war voller Löcher. 'ätte Edouard so etwas zugelassen? Aber sie 'at es mir nie verzie'en. Sie war verrückt nach ihm.«

»Sie war eine sehr gehorsame Tochter, wenn sie ihn aufgab, nur weil Sie es verlangten.«

»Nicht sie. Er war derjenige, der Schluß gemacht 'at. Er wollte Blanche nur mit einer *dot.* Er braucht Geld, um es mit die Pferde zu verschwenden. Eine Krank'eit ist das. Es ist un'eilbar.«

Als Miss Milk wieder nach unten kam, saß Gay Shelley doch tatsächlich hinter der Theke und sah sich den Inhalt des Briefständers an. Im ersten Augenblick empfand Jessie nichts als herzlose Erleichterung darüber, daß sie die kärglich bestückte Geldkassette zuvor hinter dem Papierkorb versteckt hatte.

»Hallo, meine Liebe«, rief Miss Shelley unbefangen. »Lassen Sie sich durch mich nicht stören. Ich dachte nur, der Dicke hätte mir vielleicht ein *billet doux* hinterlassen.«

»Ich soll Ihnen tatsächlich etwas von ihm ausrichten«, sagte Miss Milk. »Wenn Sie mich reinlassen, werde ich gleich nachsehen. Ich habe es mir aufgeschrieben, damit ich den genauen Wortlaut nicht vergesse.«

»Ich kann es kaum erwarten«, sagte Miss Shelley sarkastisch. »Worte sind es allerdings nicht, was ich von ihm will.«

»Er sagt... ja, hier habe ich es... es klingt etwas merkwürdig, aber ich weiß, daß ich es richtig notiert habe, er hat nämlich sogar verlangt, daß ich es noch einmal wiederhole.« Miss Milk holte tief Luft und zitierte: »Er sagt: ›Die Antwort ist nein, außer unter einer Bedingung, auf die sie gewiß nicht eingehen würde.‹«

»Dieses dreckige Schwein!« rief Miss Shelley, und dann drängte sie sich, ohne diese Bemerkung näher zu erläutern, an Miss Milk vorbei und stieg die Treppe hinauf.

Miss Milk warf noch einen Blick auf die Worte, die solchen Anstoß erregt hatten, obwohl sie sie doch nur ganz arglos wiederholt hatte.

»Sie sehen so schuldbewußt aus«, sagte der Captain, der so unvermutet durch die Schwingtüren kam, daß sie zusammenfuhr. »Sie kommen mir fast vor wie der alte Mann mit dem Bowlerhut, der ein nicht bezahltes Exemplar von *Juda der Unberühmte* in der Tasche hat. Tut mir leid, daß ich mich so lange nicht gemeldet habe. Wir hatten viel zu tun. Die Leute stehlen oben die Bücher und wollen sie uns im Keller wieder verkaufen. Aber unseren kleinen Ausflug habe ich nicht vergessen. Wie wär's mit Donnerstag? Würde Ihnen das passen?«

»Nur, wenn ich dann meinen freien Nachmittag habe, sonst wird die Hetzerei zu groß.«

»Überlassen Sie das mir.«

Ein Geräusch auf der Treppe ließ sie beide aufblicken. Miss Blanche kam gerade herunter.

»'n Abend, Miss Blanche«, sagte der Captain, etwas zu schnell für einen Mann, dem ganz wohl in seiner Haut ist.

»Guten Abend, Captain Homes. Sie können jetzt gehen, Miss Milk. Haben Sie Ihren Schlüssel, Captain?«

»Oh, danke, vielen Dank«, sagte der Captain und nahm seinen Schlüssel aus Miss Milks Händen entgegen. Er hatte überlegt, ob er sie nicht bis zu ihrer Wohnung begleiten sollte, aber jetzt fehlte ihm dazu der Mut. Miss Blanche hielt die Nadeln ihres Strickzeugs so angriffslustig auf ihn gerichtet – oder bildete er sich das nur ein?

8

Der Captain stand zu seinem Wort, und an ihrem nächsten freien Nachmittag saß Miss Milk mit einem Viertelpfund Pralinen und einem Programm auf dem Schoß und einem Begleiter neben sich in der fünften Reihe im Parkett eines Vorstadtvarietés.

Miss Milk war sich mit einigem Herzklopfen bewußt, daß ihre Mutter Darbietungen dieser Art ohne Umschweife als vulgär bezeichnet hätte, aber wenn sie verstohlen in die Runde blickte, fand sie, daß es hier im ganzen gesehen gesitteter zuging, als sie erwartet hatte. Es war die erste Vorstellung, und im Publikum saßen hauptsächlich Familien mit Kindern; sie bemerkte eine Reihe von kleinen Mädchen mit Schleifen im Haar, die sich in dieser Umgebung so unbefangen bewegten, wie es nur regelmäßigen Besuchern möglich war. Es roch wie in einem Krankenhaus.

Der Captain versprach sich von den einzelnen Darbietungen nicht allzuviel, aber er genoß es, mit Miss Milk auszugehen. Obwohl er sicher war, daß sie die Vierzig niemals wiedersehen würde, kam er sich unwillkürlich vor wie ein wohlwollender Onkel, der seine Lieblingsnichte in den Zirkus führt.

»Es ist ein großes Haus, nicht wahr?« bemerkte Miss Milk und verrenkte sich fast den Hals, um die vergoldeten Amoretten an der Decke betrachten zu können. »Genauso groß wie einige Londoner Theater und ebenso bequem.«

»Oder unbequem.«

»Wann treten wohl die Gormans auf?«

»Sagen Sie es mir nicht«, bat der Captain. »Lassen Sie mich raten. Unmittelbar vor der Pause.«

»Vollkommen richtig. Ach so, Gay ... Miss Shelley ... hat es Ihnen verraten.«»

»Keineswegs.«

»Dann haben Sie die Vorstellung schon einmal gesehen.«

»O nein. Sie unterschätzen meine Fähigkeiten. Zuerst kommt die Ouvertüre, dann folgt eine Gesangs- und Tanznummer und danach ein zweitklassiger Komiker. So läuft es immer. Die Gormans können eigentlich nur an der Stelle kommen, an der ich gesagt habe.«

»Hier steht nur ›Gene der Flaschengeist‹. Die anderen werden gar nicht erwähnt.«

»Nun ja, er ist die Seele des Ganzen. Die beiden Mädchen stehen wahrscheinlich nur in ihren Trikots herum und reichen ihm die Requisiten zu.«

Im Orchestergraben hatte sich der Dirigent erhoben. An den Proszeniumslogen leuchtete eine rote Eins auf. Er klopfte mit seinem Stab auf das Notenpult, und das Orchester stürzte sich in ein Marschpotpourri, während der Mann mit dem Kontrabaß noch damit beschäftigt war, sich möglichst unauffällig anzuziehen. Die roten Samtvorhänge öffneten sich, dahinter wurden weitere Vorhänge aus goldfarbenem Chenille sichtbar. Das Orchester schmetterte einen energischen Schlußakkord, der Dirigent nahm den eher flüchtigen Applaus entgegen, dann gingen die goldfarbenen Chenillevorhänge hoch, und die zweite Nummer begann.

Captain Homes behielt recht. Zwei Mädchen und ein Junge führten hingebungsvoll ein paar schnelle Steptänze vor, danach trat ein amerikanisch gekleideter Herr auf, der mit starkem Lancashire-Akzent recht gewagte Geschichten erzählte.

Ihm folgten zwei junge Damen, die sich (so stand es jedenfalls im Programm) bereits im Radio einen Namen gemacht hatten, schwermütig ins Mikrophon jaulten und schließlich drei Balancekünstlern in mitteleuropäischer Livree Platz machten. Zwei von diesen kletterten in atemloser Stille auf Leitern, die der massigste Mann der Truppe auf verschiedenen Partien seines Körpers balancierte. In schwindelnder Höhe angelangt, gingen sie in den Kopfstand und jonglierten mit allen Gliedmaßen, die gerade frei waren. Seit Miss Milk im *Bellevue* beschäftigt war, hatte sie täglich Kontakt mit den Akrobaten, die das Zimmer oberhalb von Miss Watkins bewohnten und diese mit ihrem lauten ›Hopp!‹ belästigt hatten, und wußte daher, daß es anständige, rechtschaffene Männer waren, die ein sehr häusliches Leben führten; einer von ihnen hatte sie sogar um Stopfgarn gebeten. Sie wußte auch, daß ihre Arbeit großes Geschick und enorme Konzentrationsfähigkeit verlangte und daß sie ständig im Training bleiben mußten. Dennoch fand diese Nummer bei weitem nicht so viel Anklang wie zuvor die beiden untalentierten jungen Frauen. Sehr fair erschien ihr das nicht. Der massige Mann, der bei der Darbietung am meisten geleistet hatte, sprang mit ziemlich rotem Gesicht auf, um sich zu verneigen. Er wirkte schon ziemlich alt, und Miss Milk hoffte, es gebe jemanden, der am Abend nach der Vorstellung eine schöne Tasse Kakao für ihn bereithielt.

Nach den Akrobaten trat ein Bauchredner mit seiner Puppe auf, und dann waren endlich die Gormans an der Reihe. Sobald der Bauchredner sich mit einer Verbeugung verabschiedet hatte, begann das Orchester, das Publikum einzustimmen. Gedämpfte Musik mit Trommelbegleitung ertönte, während der Vorhang aufging und eine dunkle Bühne mit schwarzem Samthintergrund enthüllte. Im Zuschauerraum wurde es still; Miss Milk, an die Illusion des Theaters nicht gewöhnt, hielt den Atem an und umklammerte ihre Pralinenschachtel. Zuerst bewegte sich nichts auf der Bühne, in der Mitte stand jedoch eine riesige, kompakte Flasche aus einem Material, das wie schwarzes Glas wirkte und in dem sich die Lichter funkelnd spiegelten. Dann kam, von einem Scheinwerfer angestrahlt, eine zierliche Gestalt aus den Kulissen gelaufen. Es war Gay, in einem kurzen Kleidchen in kräftigem, leuchtendem Rot, kaum mehr als ein Hemd, das ihre hübschen Beine freiließ. Auf dem Kopf trug sie eine Perücke, deren blonde Strähnen ihr über die weißen Schultern fielen. Es mochte Glückssache oder ein Ergebnis ausgeklügelter Berechnungen sein, jedenfalls vermittelte dieses Kostüm den Eindruck kindlicher, ja märchenhafter Unschuld. Man hatte Gay mit guten Worten und Drohungen so lange bearbeitet, bis sie sich fügte: ihre Aufgabe war es nicht, das Publikum zum Lachen zu bringen, was sie viel lieber getan hätte, sondern vielmehr die gespannte, erwartungsvolle Stimmung aufrechtzuerhalten. Nun erblickt sie die Flasche; sie bleibt stehen. Aus der Flasche dringt ein gedämpfter, dünner Schrei. Sie lauscht, fürchtet sich sehr. Der Schrei wiederholt sich. Auf Zehenspitzen nähert sie sich der Flasche, in der sich ihr rotes Hemdchen spiegelt; schüchtern berührt sie die Oberfläche, versucht, ins Innere zu spähen, schleicht außen herum. Eine falsche Bewegung würde alles verderben; bei einem Varietépublikum ist es viel schwerer, einen Lacher zu verhindern, als ihn zu provozieren. Sie bewegt den Kopf, das blonde Haar fällt nach hinten zurück, sie starrt zu dem Stöpsel im Flaschenhals hinauf. Mit weit ausgebreiteten Armen beginnt sie, das Glasgebirge zu erklimmen. Das Orchester spielt *pianissimo*; wieder ist der gedämpfte Schrei zu hören. Gay erreicht den Stöpsel. Ein Trommelwirbel setzt ein, erst ganz leise, dann langsam anschwellend, *crescendo.* Mit der rechten Hand greift sie nach dem Stöpsel, zieht ihn triumphierend heraus, streckt den bloßen Arm mit dem Stöpsel in der Hand weit von sich. Gleich darauf steigt langsam ein Rauchfaden aus dem Flaschenhals, wird dicker, breitet sich nach allen Seiten aus; und aus dem Rauch, anscheinend aus ihm entstehend, erhebt sich der Flaschengeist.

Von Rauchschwaden umgeben schwebt er auf die Bühne und steht dort als feste Gestalt. Nichts an dieser Gestalt läßt an einen magenkranken, nicht mehr ganz jungen Mann in einem schmutzigen Regenmantel denken. Ein weißes Gesicht mit stark ausgeprägten Zügen, auf dem Kopf ein kleines Käppchen mit grünen Hörnern. Der Körper ist geschmeidig wie der einer streunenden Katze. Gay hängt mit ausgebreiteten Armen und Beinen unbeachtet an der Glasflasche, die Aufmerksamkeit des Publikums gehört ihm allein. Dann, hokuspokus fidibus, ein Magnesiumblitz, und sie ist nicht mehr da. Im gleichen Augenblick deutet der Geist auf eine Stelle auf der äußersten, rechten Seite des Vorhangs hoch über seinem Kopf, der Scheinwerfer folgt, und da ist sie, angeheftet wie ein Schmetterling, den Flaschenstöpsel noch immer in den Händen. Eine schnelle Bewegung des Handgelenks, und abermals ist sie verschwunden – ganz links läßt er sie auf den Brettern wieder erscheinen. Weg ist sie – und jetzt schwebt sie auf halber Höhe genau im Zentrum der Bühne. Nun beginnen die Scheinwerfer hierhin und dorthin zu zucken wie Irrlichter, aber wohin sie sich auch richten, stets sind die Geste des Mannes und der Körper des Mädchens einen Augenblick vor ihnen da. Er materialisiert und entmaterialisiert sie nach Belieben.

Endlich wird er des Spiels müde, er zeigt auf seine Füße, und da kauert verängstigt das Mädchen. Er nimmt ihr den Stöpsel aus den kraftlosen Händen und wirft ihn in die Kulissen.

Dann war plötzlich alles vorüber. Gay verbeugte sich, der Magier verbeugte sich, und Miss Milk und der Captain saßen wieder in der fünften Reihe im Parterre eines Vorstadtvarietés. Bühnenarbeiter schoben die Flasche hinaus. Gay sprang in die Kulissen und kehrte mit einigen Zauberrequisiten und mit seinem Cape zurück. Sobald der Umhang um seine Schultern lag, war er nur noch ein ganz gewöhnlicher Salonunterhalter; besser als die meisten, aber nicht der größte. Mit sicherer Hand verband und trennte er Metallringe, füllte Gläser mit Flüssigkeiten und zauberte das übliche Quantum farbiger Tücher und zum Abschluß, ein Tribut an das Krönungsjahr, den Union Jack herbei. Dann bat er um Unterstützung aus dem Zuschauerraum (auf diese Weise hatte Stella ihn kennengelernt, dachte Miss Milk), jemand mußte ihn mit fest verknoteten Stricken fesseln, aus denen er sich mühelos befreite. Schließlich endete er mit jenem altehrwürdigen Schauspiel, dem Zersägen einer Frau. Aber die Faszination war dahin ... Miss Milk öffnete ihre Pralinenschachtel und offerierte sie dem Captain, ohne die Pause abzuwarten.

Die zweite Hälfte der Vorstellung war um einiges besser als die erste und schloß mit ausgelassenen Späßen eines

Komikers, der die Zugnummer des ganzen Programms war.

Miss Milk und der Captain ließen sich in einer überfüllten U-Bahn nach Hause schaukeln, und da die Nacht noch jung war, gingen sie in eine Eckkneipe, um Kaffee zu trinken und Sandwiches zu essen.

Jessie Milk nippte gedankenverloren an ihrem großen weißen Plastikbecher.

»Nun, was halten Sie davon?« fragte der Captain. »Auf jeden Fall hat es Sie zum Lachen gebracht.«

»Ach, ich habe mich glänzend amüsiert; ausgenommen vielleicht bei dem Komiker am Anfang. Es war wirklich sehr nett von Ihnen, die Karten zu besorgen, noch dazu so teure Plätze.« Sie versank wieder in Schweigen.

»Sie sind so nachdenklich.«

»Ja? Ich denke über die Gormans nach. Ich hätte ihn niemals erkannt, als er aus der Flasche kam, wenn ich nicht gewußt hätte, daß er es sein muß. Ich hätte nie geglaubt, daß er so sein kann.«

»Wie meinen Sie das? Sozusagen nackt?«

Miss Milk errötete. »Ja, das ist das eine. Aber das war es nicht allein.« Sie suchte nach den richtigen Worten. »Für mich ist das alles ganz neu, deshalb lasse ich mich wohl auch leicht beeindrucken. Aber... ich will mich ja nicht aufspielen... aber ich glaube, das war echte Kunst.«

»Schade, daß er das Niveau nicht halten konnte. Die Eröffnung war verdammt gut, aber der Bursche ist wie diese Pferde, auf die er setzt – kein Durchhaltevermögen.«

»Wie ist er nur mit seinen Schultern durch die schmale Öffnung gekommen?«

»Fragen Sie ihn doch«, riet der Captain.

»Das würde ich nicht wagen. Ich dürfte ihn ja eigentlich gar nicht gesehen haben.«

»Was zum Teufel soll das nun wieder heißen!«

»Die kleine Mrs. Gorman wollte mir eine Freikarte besorgen, weil ich ihnen immer die Milch hinaufbringe, aber sie sagte, er wollte nichts davon hören. Ich weiß allerdings nicht, warum.«

»Pure Knausrigkeit, wenn Sie mich fragen. Überhaupt ein zwielichtiger Bursche, Sie sollten sich nicht mit ihm einlassen. Das gilt nebenbei bemerkt auch für die beiden anderen, nur damit Sie gewarnt sind. Mit denen nimmt es noch ein schlimmes Ende, denken Sie an meine Worte. Ich habe die alte Dame immer wieder bekniet, sie rauszusetzen, aber sie ist störrisch wie ein Maulesel. In Wahrheit hat sie Angst vor Blanche.«

»Aber was könnte Blanche denn schon machen?«

»Drohen, sich aus dem Fenster zu stürzen, wie sie es immer tut, wenn etwas nicht nach ihrem Kopf geht. Ich glaube nicht, daß sie es wahrmachen würde, aber ganz auszuschließen ist es nie. Und so kurz vor der Krönung ein Skandal im Haus, das wäre nicht gut.«

Bei diesen Worten entdeckte Miss Milk ein spöttisches Funkeln in den Augen des Captains, es war also nicht alles so ernst gemeint.

»Dann stimmt es tatsächlich«, fragte sie, »daß Blanche einmal in Mr. Gorman verliebt war?«

»Soviel ich weiß, ist sie das immer noch. Wenn er im Hotel ist, benimmt sie sich noch schlimmer als sonst.«

»Ich fand Gay heute im ersten Teil großartig.«

»Hm ... Gene hat mir erzählt, daß er einen Monat gebraucht hat, um ihr einzutrichtern, was sie zu tun hat. Sie ist nicht dumm und eine gute Schauspielerin, aber sie kann nicht selbständig denken. Gene muß jeden Schritt für sie planen, und sie lernt dann alles auswendig wie ein Papagei.«

Plötzlich fiel Miss Milk etwas ein.

»Aber wo war Stella?« fragte sie.

»Was meinen Sie mit ›Wo war Stella‹?«

»Ich habe sie nicht gesehen ... aber sie hat mir erzählt, daß sie in der Nummer mitwirkt.«

»Mein liebes Kind! Unsere Gay ist zwar ein kleiner Springinsfeld, aber auch sie kann nicht überall gleichzeitig sein.«

»Was bin ich für ein Dummkopf! Jetzt wird mir auch klar, warum sie sagte, ihre Figur sei genauso gut wie die von Gay. Man könne sie nicht auseinanderhalten. Aber ... was ist mit dem Stöpsel?«

»Für jede ein eigener Stöpsel. Noch eine Tasse Kaffee?«

»Ja, bitte. Und worauf wollten Sie hinaus, als Sie sagten, daß es mit den Gormans noch ein schlimmes Ende nehmen würde? In welcher Hinsicht?«

»Nun, zum einen sitzen sie auf dem trockenen. Für diese Woche haben sie ein Engagement, aber wenn man sie fragt, ob sie danach noch etwas in Aussicht haben, sind sie stumm wie die Fische, und dabei neigen sie doch sonst nicht dazu, ihr Licht unter den Scheffel zu stellen.«

»Stella hat doch etwas Geld.«

»Ja, aber Stella wird allmählich ein wenig vernünftiger, wenn auch ziemlich spät. Die beiden anderen haben ihr

Postsparbuch in einem solchen Tempo geplündert, daß nicht mehr viel davon übrig sein kann. Dem hat Stella jetzt einen Riegel vorgeschoben. Das erklärt auch, warum man ihr gelegentlich das Gesicht zerkratzt. Früher oder später muß einer von den dreien verschwinden. Seit dieses Dreieck konstruiert wurde, stehen seine Seiten unter Spannung.«

»Stella wird ihn nie verlassen«, erklärte Miss Milk überzeugt. »Wenn man jemanden so liebt, kann man ihn gar nicht verlassen.«

»Ach!«

»Und jetzt muß ich nach Hause.«

»Hören Sie mal«, sagte der Captain, »ich habe die Möglichkeit, für die Krönung zwei Plätze auf einer offenen Tribüne zu bekommen. Allein würde ich nicht hingehen, aber würden Sie mich vielleicht begleiten?«

Miss Milks Augen wurden riesengroß.

»Das wäre ja wunderbar! Nein, unmöglich ... ich habe sicher Dienst.«

»Und wer soll Ihre Dienste in Anspruch nehmen? Sie glauben doch wohl nicht, daß die Gäste im *Bellevue* herumsitzen werden? Die sind sicher alle draußen auf den Straßen. Die alte Dame wird zu Hause bleiben und sich die Feierlichkeiten im Fernsehen ansehen, und der Koch käme nicht einmal aus seiner Küche, wenn der Zug direkt am Hotel vorbeimarschierte. Die beiden können doch die Stellung halten. Ich werde das schon regeln, wenn Sie mir versprechen, daß Sie mitkommen.«

»Dürfte ich dann meinen Platz selbst bezahlen?«

»Das können wir ein andermal klären. Dazu haben wir

noch wochenlang Zeit, aber ich muß morgen Bescheid geben, ob ich die Plätze haben will.«

»Ich finde es reizend von Ihnen, daß Sie mich fragen. Ich hätte mir niemals träumen lassen, eine solche Chance zu bekommen.«

»Ja oder nein?«

»Ja«, sagte Miss Milk und wurde dann blutrot, weil es sich anhörte wie das Jawort bei einer Trauung. »Da ist unser Mädchen. Bitte, verlangen Sie die Rechnung.«

Als der Captain Miss Milk nach Hause begleitete, verlief die Unterhaltung etwas gezwungen. Aber als er den Hut abnahm, um gute Nacht zu sagen, bemerkte er:

»Zerbrechen Sie sich wegen der Gormans nicht den Kopf, Jess. Das ist nicht Ihr Begräbnis.«

»Was sagen Sie da?«

»Ich sagte, das ist nicht Ihr Begräbnis. Das heißt, es geht Sie nichts an. Die drei haben überhaupt nichts mit Ihnen zu tun.«

»Nein ... wie haben Sie mich eben genannt?«

»Das weiß ich nicht mehr. Ach so, ich habe wohl Ihren Vornamen benützt ... ich wollte Sie aber nicht kränken. Das ist mir nur so herausgerutscht.«

»Seit mein Vater gestorben ist, hat mich kein Mensch mehr Jess genannt. Es klang so ungewohnt. Gute Nacht, Captain Homes ... und vielen Dank für den schönen Abend.«

9

Zwangsläufig und obwohl Gus sie alles andere als umfassend informierte, erfuhr Miss Milk im Lauf der Zeit eine ganze Menge über die Führung des *Bellevue*. Sie hatte sich sogar an die Bücher herangewagt, jene beeindruckend gewichtigen Schwarten, zwischen deren marmorierten Einbänden sich eindeutige Hinweise auf die finanzielle Lage des Unternehmens fanden. Hin und wieder brachte ein sehr betagter, scharfzüngiger Herr von pessimistischem Wesen diese Wälzer auf den neuesten Stand. Ganze Nachmittage lang saß er dann in Gus' sogenanntem Büro (einem winzigen Glaskasten an einem Ende des Speisesaals) und mühte sich ab, um Soll und Haben in Einklang zu bringen.

Solange er damit beschäftigt war, suchte Gus Zuflucht am Empfang und verdrängte Miss Milk, die sich mit dem Platz neben dem Heizkörper begnügen mußte. Wenn der alte Herr eine Tatsache oder eine Zahl bestätigt haben wollte, kam er nicht etwa zu Gus heraus, dessen Aufenthaltsort ihm durchaus nicht unbekannt war, sondern drückte lieber auf die Klingel im Speisesaal, die mit den Kellerräumen verbunden war. Gus konnte zwar die Klingel nicht hören, weil sie in der Küche läutete, aber er konnte durch die Milchglasscheiben der Speisesaaltür deutlich sehen, wie der alte Herr auf den Knopf drückte.

Da Gus ein sehr unsystematischer Mensch war, brachte er es immer wieder fertig, Unterlagen über irgendwelche Geschäftsvorgänge zu verlieren oder zu vernichten, die für die Buchhaltung von größter Wichtigkeit gewesen wären. Sein Respekt vor seinem Peiniger war freilich so groß, daß er in solchen Fällen wie besessen nach etwas suchte, von dem beide wußten, daß es nicht mehr vorhanden war, und auch Miss Milk damit beauftragte.

Pünktlich um halb fünf, nachdem es ihm, ganz gleich, was fehlte, irgendwie gelungen war, eine gewisse Ordnung in das Chaos zu bringen, warf der alte Herr seinen Stift weg. Gleich darauf brachte ihm Miss Milk, um ihn wieder zu beschwichtigen, eine Tasse Tee, in die er seinen ungepflegten Schnurrbart tauchte. Manchmal verlangte er, ehe er ging, Madame in ihrem Zimmer aufzusuchen. In diesem Fall zog die Niedergeschlagenheit noch weitere Kreise, und es war durchaus möglich, daß die alte Dame einen ihrer Wutanfälle bekam, die sich freilich nie direkt gegen ihren Ratgeber richteten. Dazu war sie zu klug.

Daß der alte Herr die Lage nur in den düstersten Farben sah, war offensichtlich, und auch Miss Milk, für welche die Wissenschaft der Buchhaltung nicht unbedingt ein Buch mit sieben Siegeln war, mußte erkennen, daß die Ausgaben mit den Einnahmen mehr als mithalten konnten. Madame war, abgesehen von jenen Momenten, in denen sie von ihrem Ratgeber schonungslos aufgeklärt wurde, in Geschäftsdingen ein reines Kind. Wenn alle Zimmer vermietet waren, blühte sie auf; stand ein großer Teil davon leer, sah sie den Ruin vor der Tür. Aber daß dieser Ruin die ganze Zeit das Haus bedrohte, ob es nun voll oder leer war, diese Tatsache wollte ihr nicht einleuchten. Doch leider war es die Wahrheit. Dem Personal mußte für erheblich weniger Leistung erheblich mehr bezahlt werden als in den glücklichen Tagen des seligen Edouard Lefevre, die Steuern waren höher und die Nahrungsmittel teurer geworden, aber Madames Zimmerpreise waren im Vergleich dazu nur wenig gestiegen. Sie konnte sich auch gar nicht leisten, mehr zu verlangen, denn dann wäre ihr Hotel leer gewesen; andererseits konnte sie es sich ebensowenig leisten, sie auf dem gegenwärtigen Stand zu halten, denn damit deckten sie nicht einmal die allgemeinen Unkosten.

Im Moment sah sie die Zukunft jedoch in so glänzendem Licht, daß sie sogar für die finsteren Prognosen des alten Herrn blind war. Die Krönung! Auf dieses Ereignis setzte Madame nun mit einem fast fanatischen Vertrauen alle ihre Hoffnungen ... aber wie es eine dauerhafte Lösung für alle Schwierigkeiten des *Bellevue* bringen sollte, das überstieg Miss Milks Begriffsvermögen. Na schön, es war nicht ihr Begräbnis, wie der Captain sagen würde. Und das war auch gut so, dachte sie, sie hätte sich schönstens dafür bedankt.

Mr. Crabbe kam mit müden Schritten die Treppe herunter und ließ seinen Schlüssel aus seiner Handfläche auf die Theke gleiten.

»Wie geht es mit dem Buch voran?« fragte Miss Milk. Es war ein Zeichen für ihr wachsendes Selbstvertrauen, daß sie ihm diese Frage von sich aus stellte, anstatt zu warten, bis er sich selbst dazu äußerte.

»Vorangehen?« wiederholte Mr. Crabbe schwermütig. »Ich stecke fest. Bis Kapitel sechs bin ich gekommen, Kapitel sechs habe ich schon immer gehaßt, und dann war Feierabend. Seit Tagen steckt dasselbe Papier in der Schreibmaschine. Niemand in dem ganzen, verdammten Dorf will auch nur einen Finger rühren, um mir da rauszuhelfen.«

»Sie sind wohl alle in Streik getreten?«

»Genau. Stellen Sie sich vor, letztes Wochenende war ich so verzweifelt, daß ich dreißig Meilen weit aus der Stadt rausgefahren bin, um Stoff zu sammeln. Ich habe mich in einer Kneipe mit einer Gruppe von Einheimischen zusammengesetzt, und dann hockten wir schweigend da, bis es Zeit zum Gehen war, weil mein Zug fuhr. Am Kamin saß ein großartiger, alter Knabe, und endlich, als ich gerade aus der Tür wollte, tat er seine ehrwürdigen Kiefer auseinander, von denen der weiße Bart herabquoll, und was glauben Sie, was er sagte? ›Tschüs denn.‹ So wahr ich hier stehe: ›Tschüs denn.‹«

Miss Milk schnalzte mißbilligend mit der Zunge.

»Ich leide unter einem so katastrophalen Mangel an Ideen, daß ich wohl noch etwas über eine Krönungsfeier auf dem Dorf zusammenfaseln muß. Glauben Sie, das nimmt mir das Publikum ab?«

»Ich fürchte, wenn die Krönung einmal vorüber ist, haben die Leute so genug davon, daß sie ihr ganzes Leben lang kein Wort mehr darüber hören wollen.«

»Vielleicht haben Sie recht. Ja, ich bin sogar verdammt sicher, daß Sie recht haben. Nun, dann muß ich eben anderswo nach Inspirationen suchen. Tschüs denn.«

Ähnlich wie Mr. Crabbe fand auch Miss Milk jetzt, nachdem sie allmählich mehr Sicherheit gewann, das Leben erstaunlich eintönig. Bis auf die Gormans. In der Woche nach ihrem Besuch im Varieté hatten sie zweimal einen erstklassigen Streit, der zweite bescherte Gorman selbst ein blaues Auge und schwere Magenblutungen. Zum

Glück hatten sie im Moment kein Engagement; aber Stella mußte einen Arzt rufen. Sie plauderte nicht mehr so oft mit der Empfangsdame wie früher, sondern huschte wie ein Schatten, das unscheinbare, kleine Gesicht ganz verhärmt vor Sorgen, durch das Hotel.

Eines sonnigen Nachmittags, kurz nachdem Gorman wieder auf den Beinen war, tauchte Charlie Faß auf.

»Behalten Sie ruhig Platz«, sagte er, und seine Stimme hallte dröhnend durch das kleine Foyer. »Ich bleibe nicht hier, meine Liebe; ich wohne im *Savoy*. Ich wollte mich nur schnell erkundigen, ob Sie unserer Freundin Gay die kleine Nachricht übermittelt haben, die ich Ihnen damals anvertraute.«

Da es sehr warm war, sah er abstoßender aus denn je. Eine leichte Schweißschicht bedeckte seine Stirn, und auf seiner fleischigen Oberlippe standen winzige Tropfen. Miss Milk versuchte sich in Erinnerung zu rufen, daß er ihr einmal leid getan hatte, aber es fiel ihr schwer.

Sie stammelte: »Ja, Mr. Faß. Ja . . . ich habe es ausgerichtet.«

»Genauso, wie ich es gesagt habe?«

»O ja. Ich hatte es mir n-notiert.«

»Und was hat sie darauf geantwortet?«

Miss Milk suchte verzweifelt nach einer Möglichkeit, Gays Bemerkung zu umschreiben. Charlie Faß' ekelhaft großflächiges Gesicht schien näher und näher an den Empfangsschalter heranzuschweben. Gerade als ihr klar wurde, wie sich ein Kaninchen fühlt, wenn es von einer Schlange fixiert wird, löste sich die Spannung, denn hinter ihr ertönte schrill und wütend Gays Stimme von der Treppe:

»Ich sagte, du bist ein dreckiges Schwein... und dabei bleibe ich auch!«

Mr. Faß alias Somerset gab darauf keine Antwort, aber über sein riesiges Gesicht kroch langsam ein Ausdruck tiefsten Hasses. Dann drehte er sich auf dem Absatz um, stieß mit seinen unförmigen Armen beide Flügel der Schwingtür auf und verschwand.

Die Sonne kam wieder heraus.

Gay stieg weiter die Treppe herunter und trat an den Empfangsschalter. Sie legte eine Hand auf die Theke und trommelte mit den Fingern auf das Holz. Miss Milk hob den Blick, und was sie sah, erstaunte sie. Das Mädchen schien heftig geweint zu haben; tiefe Erregung verwüstete das hübsche Gesicht.

Ihre Stimme klang gepreßt und rauh, als sie sagte: »Ich habe Angst.«

Miss Milk spürte diese Angst so vehement, als könne man sie mit Händen greifen, sie hing nicht etwa wie ein Gespenst in der Luft, sondern stand eher so fest und real wie ein häßlicher Zwerg vor ihr.

Sie mußte selbst schlucken, und dann sagte sie: »Ich glaube nicht, daß Sie Grund dazu haben. Es liegt nur an seinem Aussehen. Außerdem bleibt er sowieso nicht hier, er wohnt im *Savoy*.«

»Das ist typisch für ihn. Er scheffelt das Geld nur so. Streicht jede Woche zweihundert ein. Vor diesem Fettkloß fürchte ich mich nicht.«

»Vor wem... wovor denn dann?«

»Vor Gene, diesem Teufel. Ich sage Ihnen, diese Stella ist ein Kind, sie hatte keine Ahnung, was sie tat, als sie sich mit ihm einließ. Sie kommt aus dem gleichen Stall wie Sie, und Sie haben beide nie erlebt, wie es im Dschungel zugeht. Ich wurde praktisch auf der Varietébühne geboren, und meine Ma ist daran gestorben. Dann bin ich mit meinem Alten rumgezogen und er hat versucht, mit dem Wunderkind Geld zu machen. Mit sechs hat er mir Riesenstiefel verpaßt und versucht, mich als Klein Tich zu verkaufen. Ich war auf sechsundvierzig Schulen, und Wörter mit mehr als einer Silbe kann ich nicht buchstabieren. Eine gutgezielte Bombe hat den Alten mitten in der schlechtesten Nummer der Welt ins Jenseits befördert, und danach habe ich mich mit Gene zusammengetan. Na ja, ich war schließlich volljährig, nicht wahr? Jedenfalls fast... Das kann er mit mir jedenfalls nicht machen.«

»Aber was will er denn machen?« fragte Miss Milk, nach deren Ansicht das Schlimmste ja bereits geschehen war.

»Er will mich rauswerfen... oder sie will es. Es läuft auf das gleiche hinaus, weil sie die Moneten in der Hand hat. Ich gehe jedenfalls nicht, soviel ist klar. Wir haben immer alles geteilt, die mageren Zeiten und die fetten, und nur weil die Engagements knapp sind, braucht er nicht zu glauben, daß er mich einfach auf die Straße setzen kann. Mich wird er nicht los... und wenn er mich deshalb umbringt.«

Wenn man ihr künstlerisches Temperament in Rechnung stellte und einige Abstriche machte, klang diese Aussage durchaus glaubwürdig.

»Aber so kann er doch nicht vorgehen«, wandte Miss Milk nüchtern ein.

»Das kann er nicht, glauben Sie? Daran merkt man, wie

wenig Sie Gene kennen. Alles, was nicht vier Beine hat, kümmert ihn nicht. Das einzige, was ihm wirklich wichtig ist, ist die Form. Seit seiner Taufe war er nie mehr in einer Kirche. Er ist das, was man amoralisch nennt … das heißt, er hat keine Moral. Wenn ihm mein Zimmer wichtiger ist als meine Gesellschaft, was soll ihn daran hindern?«

»Der Gedanke, daß er dafür gehängt werden könnte«, bemerkte Miss Milk trocken.

»Pah! Gene würden Sie nie erwischen. Dazu ist er viel zu gerissen.«

»Warum kann er dann seine Gerissenheit nicht dazu verwenden, sich seinen Lebensunterhalt auf anständige Weise zu verdienen?«

»Weil die verflixten Amateure ihm die Tour vermasselt haben. Gehen Sie doch mal nach Holborn, dann sehen sie, wie sie sich ihre dummen, dicken Nasen an den Fenstern des Zauberladens plattdrücken. Sie halten sich alle für Freizeitmagier. Damit haben sie den Profis das Geschäft ruiniert und alles auf das Niveau eines Kinderfests runtergezerrt.«

»Wenn er so gefährlich ist, wie Sie glauben, warum verlassen Sie ihn dann nicht?«

Unter den geröteten Lidern blitzten die Augen des Mädchens auf.

»Wenn ich ihn nicht verlassen habe, als er mir diesen dreckigen, miesen Streich gespielt und Stella geheiratet hat, glauben Sie wirklich, dann würde ich es jetzt tun?«

Damit war Miss Milk zum Schweigen gebracht, denn auf dieses Argument gab es nichts mehr zu sagen.

Eine solche Demütigung mußte für eine Frau von Gays Temperament fast unerträglich gewesen sein. Alle Welt wußte von ihrer Beziehung zu Gene; Miss Milk konnte sich die versteckten Blicke, die derben Witzeleien gut vorstellen. Es mußte sie mehr gekostet haben, in die kleinen Hotels und Pensionen zurückzukehren, wo sie vorher regelmäßig abgestiegen waren, als sie jemals von Stellas Postsparbuch zu sehen bekommen hatte. Gay fuhr in theatralischem Ton fort:

»Das Schicksal ist gegen mich! Sofort, als diese alte Hexe mich in die 13 steckte, wußte ich, daß ich hier nie wieder lebend rauskommen werde.«

»Das ist doch dummes Zeug! Sie glauben doch wohl nicht wirklich, daß eine Zimmernummer Einfluß darauf hat, was mit Ihnen passiert? Und überhaupt«, fügte Miss Milk aus Loyalität zu ihrer Arbeitgeberin hinzu, »ist es gar nicht die 13, sondern die 12 A.«

»Und wer redet jetzt dummes Zeug? Sie erwarten doch wohl nicht, daß sich das Schicksal mit einem Pinselstrich beschummeln läßt?«

»Was erwarten Sie denn von der Hotelleitung – daß sie das Zimmer leerstehen läßt?«

»Man sollte den Koch reinsetzen, diesen dreckigen, alten Mann. Von dem würde das Schicksal garantiert die Finger lassen.«

Das glaubte Miss Milk ohne weiteres.

»... Und haben Sie mein Horoskop für diese Woche gesehen?«

»Ich dachte, ich hätte jedes Wort in der Sonntagszeitung gelesen, aber das muß mir entgangen sein.«

»›Hüten Sie sich vor Verrat‹, stand da. Verrat... das hört sich nicht gut an.«

»Sie sind sich aber doch sicher im klaren darüber, daß alle Leute, deren Geburtstag in diese Woche fällt, in der gleichen Lage sein müßten?«

»Die anderen sind mir egal«, erklärte Gay. »Was mir Sorgen macht, das bin einzig und allein ich.«

10

Der nächste Morgen blieb dank der Abreise des *Bohemian Ballett* allen unauslöschlich in Erinnerung. Im *Bellevue* waren natürlich nicht die wichtigsten Mitglieder der Truppe einquartiert worden, aber sie machten an Lärm wett, was ihnen an Prestige fehlte. Die jungen Damen mit ihrem zu Pferdeschwänzen gebundenen Haar kreischten, weil sich ihre riesigen Koffer nicht schließen wollten, so sehr sie sich auch daraufsetzen mochten. Da sie ihre Garderobe einfach hineingeworfen hatten, ohne etwas zusammenzufalten, und außerdem Geschenke für unzählige Verwandte zu Hause eingekauft hatten, war das eigentlich nicht verwunderlich. Miss Milk wurde zu Hilfe gerufen, und während die Mädchen schnatterten wie die Elstern, holte sie alle Kleidungsstücke heraus und packte neu. Aber wenn sie dafür Dank erwartet hatte, so wurde sie schnell enttäuscht, denn da sich die Koffer jetzt schließen ließen, waren ihre Besitzerinnen fest davon überzeugt, daß sie einen Teil des Inhalts beiseite geschafft hatte.

Als endlich alle Gepäckstücke mit viel Gepolter nach

unten befördert worden waren, traf ein kleiner, leicht erregbarer Mann ein, der Manager der Truppe.

Er flehte unentwegt irgendeine Gottheit um Geduld an, und das nicht ohne Grund, denn man bedrängte ihn von allen Seiten mit Fragen und Beschwerden, während er noch damit beschäftigt war, die im Hotel angefallenen Schulden zu begleichen. Ein heftiger Streit entbrannte um die genaue Anzahl der von dem Mann mit der Gitarre konsumierten Coca-Colas, für die dieser aus eigener Tasche aufzukommen hatte. Madame kam in ihren Pantoffeln oben an die Treppe, und die Schlacht tobte über das Geländer hinweg. Madame ging schließlich als Siegerin hervor. Der Mann mit der Gitarre kapitulierte plötzlich, zuckte mürrisch seine zu gut gepolsterten Schultern und hielt Miss Milk eine Handvoll Kleingeld hin, aus dem sie sich die geforderte Summe zusammensuchte. Dabei spürte sie ständig, wie zwei Augen sie mit bösem Blick fixierten, die Augen seiner Geliebten nämlich, die Lachs und Salat verlangt und Tomatensuppe bekommen hatte.

Endlich zogen sie alle mit einer ganzen Flotte von Taxis ab, der Manager bestieg den letzten Wagen.

»Warten Sie nur, bis ich die Bande wieder in ihren Wohnwagen habe«, schrie er Gus zu, als sie davonfuhren. Als letztes erblickte Miss Milk die Gitarre in ihrem Kasten, die sehr wackelig quer über einen Stapel Koffer auf das Taxidach geschnallt war.

Alle, die mitten im Getümmel gewesen waren, fühlten sich ein wenig erschöpft, und Gus begab sich nach unten und holte für Miss Milk und sich selbst zwei Flaschen Coca-Cola herauf.

»Die trinken wir jetzt auf Kosten des Hauses«, sagte er. »Ich weiß nicht, wie viele der Bursche wirklich hatte, aber ich bin beim Aufstellen der Rechnung auf Nummer Sicher gegangen.«

Einige Zeit später kam Mrs. Hughes keuchend und schnaufend die Treppe herunter und trat an den Empfang.

»Als wenn man einen Stall ausmisten müßte«, vertraute sie Miss Milk an. »So 'n Kuddelmuddel hab ich im ganzen Leben noch nicht geseh'n. Ich hab erst mal die Fenster aufgemacht und frische Luft reingelassen. Den Hintern sollte man ihnen versohlen, wenn Sie mich fragen.«

»Ich glaube, ich habe Sie seit vier Tagen nicht mehr gesehen«, bemerkte Miss Milk.

»Ich hab eben so viele gesellschaftliche Verpflichtungen.«

»Wie hat Ihnen das Bootsrennen gefallen?«

»Das war 'ne Enttäuschung«, gestand Mrs. Hughes. »Ich hab's mir bei meiner Tochter am Fernsehen angeschaut. Normalerweise seh ich so was lieber hautnah wie alle anderen Leute auch, aber mir haben meine Füße so wehgetan, und deshalb bin ich zu ihr rübergegangen. Kann allerdings nicht behaupten, daß sie sich besonders gefreut hätte. Sie hatte 'n paar Nachbarn zu Besuch, und die halten nicht viel von der alten Hughes, die is' für sie nicht gut genug. Aber ich will keinen Streit mit ihr anfangen, könnte ja sein, daß ich doch mal 'nen Blick auf die Krönung werfen möchte.«

»Ich bekomme möglicherweise sogar einen Sitz.« Miss Milk konnte diese Neuigkeit nicht für sich behalten.

»So einen hab ich schon«, erklärte die alte Hughes. »Bin damit auf die Welt gekommen.«

Miss Milk konnte sie bis in den Keller hinunter lachen hören, und als sie dort weitere Liebenswürdigkeiten mit dem Küchenchef austauschte, schallte noch ein weiteres, gespenstisches Echo herauf.

Gegen halb drei Uhr nachmittags fand Gus, er habe genug gearbeitet, und da Monica nicht verfügbar war, begab er sich wie gewöhnlich ins Kino, um sich zu trösten. Er ließ nie ein Wort über die Filme verlauten, die er sah. Wenn er nicht irgendeine Freundin mitnahm, dann saß er, wie Miss Milk sich vorstellte, wohl einfach da und ließ alles über sich hereinbrechen wie eine Riesenwoge, die ihn so lange mit Lärm überschwemmte, bis er sich wieder frisch genug fühlte, um ins Hotel zurückzukehren.

Madame war zu der Ansicht gekommen, der Scheck des *Bohemian Ballett*, der sich auf eine fast dreistellige Summe belief, gestatte ihr durchaus eine weitere Taxifahrt, diesmal nach Chiswick. Als sie mit Lulu die Halle durchquerte, hätte Miss Milk schwören können, daß der Hund sie höhnisch angrinste; sie und dieses Tier hatten ganz bestimmt nichts gemeinsam.

»Sie kommen doch alleine zurecht?« fragte Madame. »Miss Blanche ist oben in ihre Zimmer; wenn jemand nach Zimmern fragt, wenden Sie sich an sie. Seien Sie brav und vermieten Sie alle Betten, dann bleiben wir Freunde, *hein*?«

Bald darauf stieg der Koch, seinen Wecker an sich drükkend, von unten herauf.

Miss Milk richtete sich hinter ihrer Theke ein.

Gay und Mr. Gorman kamen zusammen die Treppe herunter und schienen sich ausnahmsweise einmal glänzend zu verstehen; Gay hatte sich voll Besitzerstolz bei ihm eingehängt. Vor drei Wochen hätte dieser plötzliche Umschwung Jessie vielleicht noch überrascht, aber jetzt fand sie es nicht mehr verwunderlich, daß ein Mädchen, das erst tags zuvor einen Mann beschuldigt hatte, sie töten zu wollen, diesen nun als ›Liebling‹ titulierte. Miss Milk hatte nicht einmal den Verdacht, Gay könne in einem dieser Fälle nicht ganz aufrichtig gewesen sein, sie hatte inzwischen gelernt, daß in Theaterkreisen die Gefühle sehr schnell wechselten.

»Wieder ganz allein, wie ich sehe«, bemerkte Mr. Gorman in einem für seine Verhältnisse freundlichen Ton. »Meine Frau liegt mit Kopfschmerzen im Bett. Seien Sie doch bitte so nett und bringen Sie ihr um vier Uhr eine Tasse Tee hinauf.«

»Gerne.«

Lachend und scherzend gingen die beiden in den Sonnenschein hinaus. Gay trug ein buntes Sommerkleid und sah aus, als kenne sie keine Sorgen. Miss Milk seufzte. Es war ja schön und gut, daß man sie bat, brav und nett zu sein, was blieb ihr denn schon anderes übrig? Nach der ungewohnten Plackerei mit den Koffern überkam sie nun eine gewisse Lethargie; sie saß müßig da und verspürte nicht einmal Lust, dem Nachtportier seine Arbeit wegzunehmen.

Als Gay zwanzig Minuten später allein zurückkehrte, saß sie noch immer in derselben Haltung auf ihrem Stuhl.

Das Mädchen war so verwandelt, daß es Miss Milk den Atem verschlug.

Ihr Gesicht sah entsetzlich aus, die Wimperntusche war ihr über die Wangen gelaufen, und sie zog krampfhaft schluchzend mit zusammengebissenen Zähnen die Luft ein.

»Geben Sie mir meinen Schlüssel ... schnell ... meinen Schlüssel.«

Miss Milk sprang auf, reichte ihn ihr und sah ihr dann nach, als sie die Treppe hinauflief. Schließlich setzte sie sich von vager Unruhe erfüllt wieder hin. Sie warf einen Blick auf die mondgesichtige Uhr, die friedlich durch den Nachmittag tickte. Plötzlich war sie gar nicht mehr so sicher, jede Situation meistern zu können, die sich im Hotel vielleicht ergeben mochte. Um sich zu beruhigen, rief sie sich ins Gedächtnis, wie oft die Gormans und Miss Shelley bereits für Aufregung gesorgt hatten, aber die düstere Vorahnung ließ sich nicht vertreiben. Da wurde irgend etwas Neues ausgebrütet, und ihr Instinkt warnte sie, daß es eher ein Krokodil sein könnte als ein Küken. Sie stieg sogar ein Stück weit die Treppe hinauf, aber als sie nichts hörte, kam sie wieder herunter. Sie überlegte, ob sie in die Küche hinuntergehen und das Teewasser aufsetzen sollte, entschied sich aber, den Empfang lieber nicht zu verlassen. Außerdem war es ja noch viel zu früh.

Nach einer Weile kam Gene Gorman herein, sein Gesicht trug den gewohnt abweisenden, maskenhaft starren Ausdruck. Er nahm Miss Milk hinter ihrer Theke gar nicht zur Kenntnis, sondern ging geradewegs nach oben. Nun war es halb vier geworden. Noch nie hatte die Zeit sich so langsam dahingeschleppt. Draußen gab es nichts Bedrohliches; die Sonne schien immer noch, auf der Straße gingen Menschen vorbei, drei tiefbraune Herren, die gewöhnlich an der Ecke standen, schlenderten plaudernd vorüber, und Miss Milk, die sie früher einmal für unheimlich gehalten hatte, war heute froh, sie zu sehen.

Um drei Uhr vierzig hörte Miss Milk jemanden im ersten Stock an eine Tür hämmern und vermutete, es sei Gays Tür; sie hörte auch jemanden sprechen und erkannte Gormans Stimme.

Um drei Uhr fünfzig kam Gorman herunter und sagte:

»Gay antwortet nicht. Sie sagte, sie wolle hierher zurückkommen. Ist sie denn nicht in ihrem Zimmer?«

»Meines Wissens schon. Sie hat sich den Schlüssel geholt und ist sofort nach oben gegangen.«

»Ich war bei meiner Frau. Sie hat sie nicht gesehen. Ich muß mit Gay sprechen. Könnten Sie nicht einmal hinauftelefonieren?«

Während Miss Milk das tat, spürte sie die ganze Zeit Mr. Gormans Blick in ihrem Rücken. Sie ließ das Telefon mehrmals läuten, aber niemand meldete sich.

»Vielleicht schläft sie?« meinte sie zaghaft.

»Wenn sie das Telefon nicht hört, müßte sie aber schlafen wie eine Tote.«

Seine Wortwahl war etwas unglücklich. Er und Miss Milk starrten sich schweigend an, bis er schließlich sagte:

»Hören Sie, mir gefällt das nicht. Haben Sie einen Hauptschlüssel hier?«

»Ja... aber ich weiß nicht, ob wir ihn benützen sollten. Vielleicht will sie nicht gestört werden.«

»Ich übernehme die Verantwortung«, erklärte Mr. Gorman grimmig. »Sie kommen mit mir hinauf. Wir müssen in dieses Zimmer.«

Sie holte den Schlüssel aus dem untersten Fach der Geldkassette, wo sie ihn versteckt hatte, und stieg vor ihm die Treppe hinauf. Ihr Herz pochte heftig.

»Vielleicht ist sie heruntergekommen und wieder weggegangen, ohne ihren Schlüssel abzugeben.«

»Das kann nicht sein. Ich hätte sie gesehen.«

Inzwischen hatten sie Gays Tür erreicht. Miss Milk spürte, wie ihre Augen unwillkürlich von der Drei angezogen wurden, die immer noch schwach unter der darübergemalten Zwei zu sehen war.

»Ich werde noch einmal klopfen«, sagte Mr. Gorman, aber es war vergeblich. Kein Laut war zu hören. Die Tür hatte einmal ein gewöhnliches Schlüsselloch gehabt, aber das war zugespachtelt und überstrichen worden.

»Riechen Sie Gas?« fragte Mr. Gorman.

Miss Milk roch tatsächlich Gas, aber dann fiel ihr ein, daß es nur die frische Tünche aus dem Badezimmer war. Die Andeutung allein hatte freilich schon gereicht; wenn Gas ausgeströmt war, dachte sie, würde der Farbgeruch es wirksam überdecken. Mit zitternden Fingern steckte sie den Hauptschlüssel ins Schloß. Sie öffnete die Tür.

Zuerst empfand sie nur überwältigende Erleichterung. Sie wußte nicht, was sie eigentlich erwartet hatte. Zwei hübsche Beine, die unheilverkündend in der Luft hingen – einen vor der Gasheizung hingestreckten Körper?

Statt dessen sah sie niemanden ... niemanden ... und das erstaunte sie vielleicht am meisten.

Mr. Gorman war hinter ihr eingetreten, schloß nun die Tür und lehnte sich mit dem Rücken dagegen.

»Ich möchte nicht, daß das ganze verdammte Hotel von dieser Sache erfährt.«

Sie wandte sich ihm zu und sah gerade noch, wie ein flüchtiger Ausdruck über sein Gesicht zuckte, das gleich darauf wieder abweisend und undurchdringlich wurde, ein merkwürdig triumphierender Blick. Sofort fiel ihr ein, daß sie diesen Ausdruck schon zweimal gesehen hatte, seit sie Gorman kannte.

»Sie muß hier irgendwo sein«, sagte Miss Milk kleinlaut.

Der Raum bot jedoch kaum Möglichkeiten, sich zu verstecken. Die Einrichtung war spärlich, ein Bett, ein Tisch, auf dem das Telefon stand, eine wackelige Frisierkommode und ein kleiner, in die Wand eingelassener Kleiderschrank. Auf letzteren ging Miss Milk ängstlich zu, aber nichts fiel heraus, als sie die Tür öffnete, obwohl er zum Bersten mit Gays Kleidern und Mänteln gefüllt war.

Fröstelnd bis ins Mark, ohne jedoch Mr. Gorman aus den Augen zu lassen, hob Miss Milk mit Daumen und Zeigefinger die Bettdecke an. Unter dem Bett war jedoch nichts Schlimmeres zu finden als ein Paar schäbige Schlappen, ein gestreifter Koffer und Massen von Staubflocken.

Die Vernunft gewann wieder die Oberhand, sie richtete sich auf und sagte:

»Sie muß auf die Toilette gegangen sein.«

»Und ihren Schlüssel auf der Bettdecke liegengelassen haben?« fragte Mr. Gorman mit einer Handbewegung.

»Vielleicht hat sie ihn vergessen, das ist Mr. Walsh neulich auch passiert.«

»Das läßt sich leicht nachprüfen. Wollen Sie gehen, oder soll ich?«

»Vielleicht lieber ich.« Doch gleich darauf fiel ihr ein, daß im Zimmer nichts berührt werden durfte, falls wirklich etwas geschehen sein sollte, und sie fragte: »Können wir nicht beide gehen?«

Mr. Gorman verneigte sich spöttisch. »Nach Ihnen. Sollen wir die Tür angelehnt lassen?«

»Nein, wir machen sie zu. Ich habe meinen Schlüssel.«

Die Toilette war leer. Miss Milk bemerkte, daß neues Toilettenpapier benötigt wurde, aber das hatte nichts mit ihren Ermittlungen zu tun.

»Wäre es nicht vielleicht möglich, daß sie in Ihr Zimmer hinaufgelaufen ist, während Sie bei mir am Empfang waren?«

Mr. Gorman zuckte die Achseln. »Für sehr wahrscheinlich halte ich es nicht, aber wir können gerne nachsehen.«

Das Zimmer der Gormans befand sich auf der nächsten Etage, lag aber nach hinten hinaus, während man aus Gays Fenster auf die Straße sah.

Mr. Gorman klopfte laut an die Tür, und Stella öffnete. Sie trug einen alten Morgenmantel und war offensichtlich eben erst aufgestanden. Ihr Haar war zerwühlt, und sie schien über die Störung nicht sehr erfreut.

»Ich wünschte, du würdest nicht ständig rein- und rauslaufen«, fuhr sie ihren Mann mürrisch an, dann erblickte sie Miss Milk hinter ihm und fügte scharf hinzu: »Was will sie denn hier?«

»Wir können Gay nicht finden. Ist sie vielleicht zu dir heraufgekommen?«

»Nein, natürlich nicht.«

»Möchten Sie sich selbst davon überzeugen?« wandte sich Mr. Gorman mit süffisantem Lächeln an Miss Milk.

Ohne sich von seiner Haltung abschrecken zu lassen, drängte sie sich an Stella vorbei ins Zimmer. Hier herrschte das gleiche Chaos wie beim letzten Mal. Stellas Tantchen mochte ja eine bewundernswerte Frau gewesen sein, aber es war ihr nicht gelungen, ihrer Nichte Sinn für Ordnung beizubringen. Miss Milk vermutete, sie müsse wohl der aufopfernde Typ gewesen sein, der ein Kind von hinten und vorne bediente und ihm alle Sachen sofort ordentlich zusammenfaltete, wenn es sie auszog.

Aber auch in dem Durcheinander von Kleidungsstükken, die sich auf den Stühlen und auf der Kommode stapelten, oder im Schrank, dessen Tür offenstand, konnte Gay nicht versteckt sein. Miss Milk ging ans Fenster, aber unten auf den Pflastersteinen des Hinterhofs war kein Körper mit ausgestreckten Armen und Beinen zu sehen.

»Sie muß an Ihnen vorbeigekommen und durch die Vordertür hinausgegangen sein«, sagte Mr. Gorman.

»Ich weiß genau, daß das nicht der Fall ist«, gab Miss Milk knapp zurück.

»Vielleicht nimmt sie hier oben ein Bad. Sie hat immer darüber gestöhnt, daß sie das Badezimmer auf ihrer Etage nicht benützen konnte«, bemerkte Stella, griff nach einer Haarbürste, die dringend einer Reinigung bedurfte, und zupfte ein paar Haare heraus. »Gene, ich habe vier Aspirin genommen, aber mein Kopf ist noch immer am Zerspringen.«

Es klang weinerlich.

»Ich werde nachsehen«, sagte Miss Milk.

Sie kehrte bald zurück.

»Nichts?« erkundigte sich Mr. Gorman.

»Nein.«

Eine Pause trat ein, während er und Miss Milk offenbar mit sich zu Rate gingen.

»Wie soll es jetzt weitergehen?« fragte er schließlich.

»Das fragen wir besser Miss Blanche.«

»Was! Diese Schwachsinnige?«

Miss Milk preßte die Lippen zusammen. »Ich kann die Verantwortung nicht übernehmen.«

»Soll ich mitkommen?«

»Ich glaube, es wäre besser.«

Sie stiegen eine Treppe hinunter, eine Treppe hinauf und gelangten so zu Miss Blanches Zimmer.

Miss Blanche öffnete die Tür. Sie hatte ihre Pinzette noch in der Hand, offensichtlich war sie wieder mit ihrem Meisterwerk beschäftigt.

»Was wollen Sie?« Sie schien nicht sehr erbaut über die Störung.

»Dürfen wir hereinkommen? ... Es könnte wichtig sein.«

Miss Blanche entdeckte Mr. Gorman, der hinter Miss Milk stand, und rief schroff:

»Er kommt mir nicht in mein Zimmer!«

»Du wirst mich leider ertragen müssen. Ich habe nicht vor, auf dem Korridor stehenzubleiben«, antwortete er. Miss Blanche wich ein Stück zurück, und sie traten beide ein.

»Sagen Sie es ihr«, forderte er Miss Milk auf. Er selbst

schlenderte zum Tisch hinüber und musterte mit hochgezogenen Augenbrauen das im Entstehen begriffene Werk.

Miss Milk erzählte ihre Geschichte noch einmal ohne Ausschmückungen. Selbst für ihre eigenen Ohren klang sie ein wenig lächerlich. Als sie fertig war, fragte Miss Blanche: »Na und?«

»Was soll ich tun?«

»Was wollen Sie denn tun?«

»Wir können es doch nicht einfach dabei belassen.«

»Warum denn nicht? Sie ist fort, sagen Sie. Wahrscheinlich haben Sie nicht aufgepaßt, was um Sie herum passierte. Hatten Sie wieder einmal die Nase in irgendein Buch gesteckt?«

»Ich bin nicht so dumm, daß ich nicht weiß, ob jemand am Empfang vorbeigeht, wenn ich dort sitze«, erklärte Miss Milk, zum Widerspruch gereizt.

»Das Mädchen war doch eine Landplage. Wenn sie fort ist, um so besser.«

Aber Miss Milk hatte genug von unerklärlichen Geschehnissen.

»Ich ... ich finde, man sollte die Polizei benachrichtigen«, erklärte sie zitternd.

»Sie sagten, sie war verstört?« fragte Miss Blanche. Ihre Stimme klang kalt.

»Sie sah ... verzweifelt aus.« Es fiel Miss Milk schwer, das richtige Wort zu finden.

»Was hast du zu ihr gesagt, das sie in einen solchen Zustand versetzt hat?« wandte sich Miss Blanche an Mr. Gorman.

»Das geht dich nichts an.«

»Die Führung des Hotels geht mich etwas an.«

»Du wirst dich doch von dieser Frau nicht dazu verleiten lassen, die Polizei zu benachrichtigen. Wenn du das tust, bist du noch verrückter, als ich gedacht hätte.«

»Halte deinen unverschämten Mund!«

»Gay wird heute abend gesund und munter hereinspazieren, und dann wird das ganze Hotel über dich lachen. Und sie wird sicher auch nicht begeistert sein.«

»Verlaß sofort mein Zimmer!«

Mr. Gorman zuckte die Achseln und ging.

Einen Augenblick lang rang Miss Blanche um Fassung.

Dann wandte sie sich an Miss Milk: »Warum müssen Sie hier hereinplatzen und mich stören? Ich kann meine Zeit nicht auf Belanglosigkeiten verschwenden.«

»Es tut mir leid, Miss Blanche, aber Mr. Gorman dachte anfangs selbst, daß etwas nicht stimmte – ich verstehe nicht, warum er seine Meinung plötzlich geändert hat. Das Mädchen ist nicht auf ihrem Zimmer. Ich kann mir nicht erklären, wie sie weggegangen sein soll, ohne von mir gesehen zu werden, und sie hat nichts mitgenommen. Ihre Handtasche und der Schlüssel liegen noch auf dem Bett.«

»Sie glauben doch wohl nicht, daß Gorman sie um die Ecke gebracht hat, oder?«

»Nein, natürlich nicht.«

Und doch war genau das ihre Meinung, sie wollte es nur nicht zugeben: Erst Lulu und jetzt Miss Gay Shelley.

»Es gibt sicher für alles eine ganz einfache Erklärung. Wer sitzt jetzt am Empfang?«

»N-n-niemand«, stammelte Miss Milk. »Es war niemand da, der mich hätte ablösen können.«

»Dann sollten Sie aber sofort wieder hinuntergehen. Was glauben Sie eigentlich, wofür Sie bezahlt werden? Meine Mutter sieht es gar nicht gerne, wenn der Empfang nicht besetzt ist.«

»Mrs. Gorman sagte, sie hätte gerne eine Tasse Tee.«

»Dann muß sie warten, bis der Koch herunterkommt. Wo ist der Praktikant?«

»Gus ist ins Kino gegangen.«

»Sind hier eigentlich alle der Meinung, daß das Hotel von selbst läuft? Ich sehe schon, ich muß hinunterkommen. Sie gehen wieder an den Empfang. In zehn Minuten löse ich Sie ab.«

Ihre Haltung, eine Mischung aus Tüchtigkeit und Wahnsinn, war so bestimmt, daß Miss Milk ohne weitere Einwände gehorchte. Zumindest hatte sie getan, was in ihren Kräften stand, und ihre geheimen Befürchtungen zum Ausdruck gebracht.

Trotzdem verbrachte sie eine äußerst unangenehme Viertelstunde am Empfang, ehe sie abgelöst wurde, immer wieder warf sie verstohlene Blicke auf die Telefonanlage und fragte sich, ob sie die Sache nicht doch besser selbst in die Hand genommen hätte.

Als sie an diesem Abend zu Bett ging, konnte sie nicht einschlafen, obwohl sie sehr müde war. Immer wieder überdachte sie die Ereignisse des Nachmittags. Es mußte einen Schlüssel zu diesem Rätsel geben, genauso, wie es einen Schlüssel zu dem Zimmer gab. Jedesmal, wenn sie einnicken wollte, sah sie kurz Mr. Gormans Gesicht vor sich, erst böse und dann mit seiner maskenhaften Ausdruckslosigkeit, und schon war sie abermals hellwach.

Immer wieder gingen ihr quälend Gays Worte durch den Sinn: ›Mich wird er nicht los ... und wenn er mich deshalb umbringt.‹

Obwohl Miss Milk überzeugt war, daß solche Dinge einfach nicht passierten, roch sie nicht länger Gas oder Badezimmertünche. Jetzt roch sie Mord.

II

Miss Milk hatte nie Schwierigkeiten mit der Polizei gehabt und brachte ihr daher nur die herzlichsten Gefühle entgegen, besonders ihren berittenen Vertretern. Aber zwischen Bewunderung aus der Ferne und einem dienstlichen Verhör besteht doch ein gewisser Unterschied, und auch die Tatsache, daß die Polizei in diesem Fall von einer gepflegten, jungen Frau repräsentiert wurde, genügte nicht, um diesen Unterschied zu verwischen.

Entgegen den Voraussagen von Mr. Gorman war Gay am Abend nicht zurückgekehrt. Ihr Bett blieb unberührt, und am nächsten Morgen begab sich Gus mit einem sauberen Kragen, aber dafür um so schmutzigeren Gedanken zur nächsten Polizeiwache, um sie als vermißt zu melden. Bei seiner Rückkehr erzählte er Miss Milk, er habe ein langes Formular ausfüllen und eine Beschreibung ihres Aussehens samt aller besonderen Kennzeichen liefern müssen. Der Praktikant hatte eine etwas andere Vorstellung von einem angenehmen Sonntagvormittag, aber schließlich war an diesem Morgen nichts angenehm gewesen. Madame empfand keineswegs die gleiche Wertschätzung für die Polizei wie Miss Milk. Ihre persönlichen Erfahrungen mit dieser Institution hatten sie zu der Auffassung gebracht, es handle sich dabei um eine Bande von Wichtigtuern, die sich in alles einmischten, und sie sei durchaus in der Lage, ihr Hotel ohne Hilfe von dieser Seite zu führen. Sie wußte, daß eine Meldung unvermeidlich war, aber dieses Wissen ließ einen erheblichen Groll in ihr aufkommen, und sie gab mit Ausnahme des Kochs der Reihe nach allen die Schuld für das, was geschehen war. Wenn man ihr zuhörte, war alles nur ein Komplott, um den Namen des *Bellevue* in den letzten paar Wochen vor der Krönung noch in Verruf zu bringen. Ihre erste Regung war, die Gormans mit Sack und Pack auf die Straße zu setzen. Gus wußte, daß die Polizei das Paar sicher würde verhören wollen, aber er war klug genug, Madame nicht mit dieser Begründung zu widersprechen. Statt dessen huschte er nach oben und informierte Miss Blanche. Diese Strategie erwies sich als wirksam. Mutter und Tochter gingen mit Zähnen und Klauen aufeinander los, und er war zuversichtlich, daß Miss Blanche am Ende Sieger bleiben würde. Sie blieb es immer.

Gus informierte die Polizei nur in den knappsten Zügen über den Vorfall. Auf die Hirngespinste, die Miss Milk vor seinen unwilligen Ohren ausgebreitet hatte, ließ er sich nicht ein. Wenn Gay unbedingt in einem Sommerkleid abschwirren und ihre Habseligkeiten zurücklassen wollte, war das schon schlimm genug; daß die Geschichte noch weiter ausgeschmückt wurde, war seiner Ansicht nach völlig überflüssig.

Er war sich mit Madame darüber einig, daß die Polizei aus neugierigen Schnüfflern bestand, und deshalb überraschte es ihn nicht, daß man jemanden herschickte, um den Fall zu untersuchen. Er hatte freilich nicht damit gerechnet, daß sich dieser Jemand als junge, gutaussehende Polizistin herausstellen würde und wünschte sich nachträglich, auf der Polizeiwache ebensoviel Glück gehabt zu haben.

Es war ein Jammer, wenn man sich vorstellte, daß Miss Milk mit dieser reizvollen Dame hinter der fest verschlossenen Speisesaaltür saß und er nichts hören konnte als das An- und Abschwellen ihrer Stimmen. Außerdem fragte er sich, was in aller Welt die Empfangsdame denn so lange zu erzählen hatte: hoffentlich ging ihre Phantasie nicht mit ihr durch.

Miss Milk hatte es erst einmal die Sprache verschlagen. Die Polizistin hatte jedoch Erfahrung im Umgang mit gehemmten Menschen, sie senkte die Stimme und sagte in vertraulichem Ton:

»Nur keine Aufregung, Miss ... äh« – sie warf einen Blick auf ihre Aufzeichnungen – »Miss Milk. Ich werde Sie nicht gleich verhaften und vor den nächsten Richter schleppen.«

Miss Milk lächelte verlegen. So ganz wohl war ihr immer noch nicht bei der Sache.

»Es geht nur darum, ein paar Einzelheiten zu überprüfen. Ich habe das Zimmer gesehen und die Dinge, die Miss Shelley zurückgelassen hat. Ich habe mich mit Mr. Gorman unterhalten, und er hat mir mehr oder weniger erzählt, was vorgefallen ist – daß Miss Shelley ziemlich verstört ins Hotel kam und danach noch einmal ausgegangen sein muß.«

»Aber das stimmt eben nicht«, unterbrach Miss Milk

unglücklich. »Ich saß die ganze Zeit über am Empfang und hätte es bemerken müssen, wenn sie noch einmal ausgegangen wäre.«

»Aber anders kann es doch nicht gewesen sein, nicht wahr?« bemerkte die Polizistin freundlich, aber vernünftig. »Einen anderen Ausgang gibt es nicht, also muß sie irgendwie an Ihnen vorbeigekommen sein, ohne daß Sie sie gesehen haben. Wissen Sie, so etwas geschieht ganz leicht. Manchmal ist man vielleicht mit seinen Gedanken anderswo.«

»Die meiste Zeit dachte ich nur an sie.«

»Wieso das denn? Bitte, sehen Sie mich nicht so erschrocken an, ich nehme das nicht zu Protokoll. Wir führen nur ein privates Gespräch.«

»Sie war mehr als nur verstört. Sie schien mir verzweifelt zu sein; sie weinte.«

»Hat sie etwas zu Ihnen gesagt?«

»Nein, sie hat nur ihren Schlüssel verlangt.«

»Glauben Sie, sie könnte vielleicht die Absicht gehabt haben, sich das Leben zu nehmen?«

»Wie sollte sie denn, wenn sie nicht da war, als ich die Tür aufschloß?«

Die Polizistin sah, daß Miss Milk sich in eine *idée fixe* verrannt hatte.

»Miss Milk, sind Sie sicher, daß sie den Empfang wirklich keinen einzigen Augenblick lang verlassen haben, nachdem Miss Shelley nach oben gegangen war?«

»Vollkommen sicher.«

»Hätte sie unbemerkt an Ihrer Theke vorbeikommen können, indem sie sich tief bückte? Ich meine, vielleicht hatte sie ja keine Lust, mit jemandem zu sprechen. Das ist oft so, wenn man verstört ist.«

»Wie Sie vielleicht bemerkt haben, hängt unter der Uhr ein Spiegel, den ich im Blickfeld habe, wenn ich hinter der Theke sitze. Darin sehe ich jeden, der die Treppe herunterkommt. Ich bin nicht sicher, ob er die ganze Person zeigt, aber die Beine auf jeden Fall. Ein Tier... ein Hund könnte um die Theke herumlaufen, ohne daß ich ihn bemerke; aber bei einem erwachsenen Menschen halte ich das für unmöglich.«

Die Erwähnung des Wortes ›Beine‹ hatte die Polizistin auf eine neue Überlegung gebracht.

»Ich habe hier ein Foto von Miss Shelley. Sie ist ein hübsches Mädchen, nicht wahr?«

»Sehr hübsch und attraktiv und voller Vitalität.«

»Ein Mädchen, dem sicher niemand etwas Böses will?«

»N-nein.« Miss Milk war ein wenig skeptisch.

»Sehr überzeugt klingt das aber nicht.«

»Miss Shelley war eine sehr starke Persönlichkeit. Solche Menschen machen sich nicht nur Freunde, sondern auch Feinde.«

»Haben Sie Kenntnis von einem bestimmten Feind?«

»Nein«, erklärte Miss Milk entschieden. Sie hatte nicht die Absicht, sich festzulegen. Ihr ging durch den Sinn, daß sie Charlie Faß ganz sicher gesehen hätte, wäre er zur Zeit von Gays Verschwinden irgendwo in der Nähe gewesen, und ein nervöses Lächeln zuckte um ihre Lippen.

»Warum lächeln Sie?«

»Ich finde, daß alle Bühnenkünstler ziemlich wenig Hemmungen haben.«

»Ja, natürlich, Miss Shelley trat mit Mr. Gorman in einer Varieténummer auf. Er wird sie vermissen, nicht wahr? Jedenfalls schien er das so zu empfinden. Er wird für ihre Rolle jemand anderen ausbilden müssen. Es liegt ihm sehr am Herzen, daß sie aufgespürt wird.«

Ach ja, tatsächlich? dachte Miss Milk. Darüber kann man sicher geteilter Meinung sein.

»Haben Sie eine Ahnung, weshalb Miss Shelley so verstört war?«

»Nein, eigentlich nicht.«

Die Polizistin sah sie nachdenklich an und fragte dann: »Wäre es Ihnen lieber, wenn ich Ihnen meine Fragen anderswo stellte? Bei Ihnen zu Hause zum Beispiel?«

»Ich glaube nicht. Das heißt, ganz sicher nicht«, fügte Miss Milk hastig hinzu, als sie sich an die Hauswirte ihrer Vermieterin erinnerte. Eine Polizistin in der Wohnung würde sicher alles in Aufruhr versetzen.

»Dann seien Sie offen mit mir. Ich glaube, Sie haben eine Ahnung, was Miss Shelley so in Verzweiflung gestürzt haben könnte.«

»Nein, ich weiß es wirklich nicht, außer, daß sie eifersüchtig auf die junge Mrs. Gorman war und daß die beiden nicht gut miteinander auskamen.«

»Drei ist immer eine schlechte Zahl, finden Sie nicht? Nun, Miss Milk, ich glaube, das wäre alles. Vielen Dank für Ihre Hilfsbereitschaft. Ich nehme an, daß wir Miss Shelley bald ausfindig machen werden. Wir werden nämlich Abzüge ihres Fotos verbreiten.« Sie erhob sich von dem Bugholzstuhl, auf dem sie gesessen hatte, und lächelte beruhigend.

»Sie scheinen sich immer noch Sorgen zu machen. Ich fürchte, Sie glauben, sie sei irgendwie zu Schaden gekommen. Nun, das ist natürlich möglich. Junge Mädchen sind nicht immer vernünftig. Vielleicht ist sie irgendwie in Schwierigkeiten geraten und hat nur noch einen Ausweg gesehen. Aber ich kann Ihnen versichern, daß viele, sehr viele Frauen verschwinden, ohne daß ihnen deshalb etwas Schlimmes zugestoßen wäre. Sehr oft leben sie glücklich und zufrieden in einer ganz neuen Umgebung... mit einem anderen Mann zum Beispiel.«

»Aber lassen sie in solchen Fällen ihre Geldbörsen und ihre Mäntel zurück?« fragte Miss Milk eindringlich.

»Das tun sie in der Tat. Wenn es Sie erleichtert, es war nicht viel in der Geldbörse. Etwa zehn Shilling in kleinen Münzen.«

Miss Milk äußerte sich nicht dazu, obwohl sie selbst erlebt hatte, wie Gay versuchte, sich aus verschiedenen Quellen Geld zu beschaffen, und daher überzeugt war, daß diese Summe vermutlich ihren ganzen Besitz darstellte.

»Sie werden sehen, sie taucht wieder auf«, lächelte die Polizistin.

»Ich dachte schon, Sie kommen gar nicht mehr raus«, bemerkte Gus, als die Polizistin gegangen war. »Manche Leute ziehen einfach immer das große Los. Ich mußte natürlich den Sergeant erwischen. Hoffentlich haben Sie Ihre Vermutungen für sich behalten.«

»Sie hat sowieso nicht mitgeschrieben.«

»Pah, das hat doch bei einer Frau wie ihr nichts zu bedeuten. Die behält das alles in ihrem hübschen, kleinen

Köpfchen. Verstand hat sie ja. Was für ein Jammer! In jeder Beziehung.«

»Sie hat mir kein Wort geglaubt, als ich sagte, Gay sei nicht mehr ausgegangen.«

»Ich auch nicht«, sagte Gus. »Passen Sie auf... ich hab mir heute morgen den Hauptschlüssel genommen und mir das Zimmer mal angesehen, ehe ich auf die Polizeiwache ging. Sie kann unmöglich durch das Fenster auf die Straße gelangt sein... und warum sollte sie auch? Mir ist nichts aufgefallen, was mir komisch vorgekommen wäre, und in Luft konnte sich das Mädchen schließlich nicht auflösen. Sie haben geträumt, Kindchen. Das kommt davon, daß sie erst die Koffer für dieses Zigeunervolk gepackt und dann in dieser stickigen Empfangskabine gesessen haben. Ach ja, ich weiß, Sie hatten die Tür offen, aber dadurch wurde es für Gay nur noch leichter, schnell hinauszuschlüpfen. Sie sind ein paar Minuten eingenickt, das ist alles. Ein Nickerchen für ältere Damen.«

»Sie sind unverbesserlich, Gus.«

»Nur, wenn es ums Rechnen geht.«

»Nein, Gus, selbst, wenn es so gewesen wäre, was ich keineswegs zugebe, erklärt das nicht, warum sie ohne Mantel und Tasche davongelaufen sein soll und ihren Schlüssel auf dem Bett liegengelassen hat.«

»Wenn Gay richtig in Fahrt ist, dann überlegt sie nicht mehr. Sie handelt erst und denkt nicht einmal hinterher, darin unterscheidet sie sich von der Redensart.«

»Aber da ist noch etwas. Als sie mit Gorman wegging, waren die beiden noch ein Herz und eine Seele, und sie hatte sich sogar bei ihm eingehängt. Was in aller Welt kann er in der kurzen Zeit zu ihr gesagt haben, was sie so zur Verzweiflung getrieben hat?«

»Keine Ahnung. Vielleicht hat er ihr erklärt, daß sie die Truppe verlassen muß.«

»Aber das war doch nichts Neues. Sie hat mir erst kürzlich erzählt, daß er ihr das gesagt hat und daß sie dabei auf keinen Fall mitspielen würde. Sie war fest entschlossen, bei ihm zu bleiben, und deshalb habe ich auch Angst um sie. Gus, Sie glauben doch nicht, daß sie sich das Leben genommen hat, oder?«

»Verdammt, wie soll ich das wissen? Paßt irgendwie nicht zu ihr. Das Mädel war viel zu sehr in sich selbst verliebt, um sich was anzutun.«

»Vielleicht liebte sie Gene noch mehr.«

»Das kann ich nicht sagen. Wieso wirkt dieser Bursche eigentlich auf Frauen wie Baldrian auf Katzen? Ich muß mir wohl doch noch ein Zwölffingerdarmgeschwür zulegen.«

Zur Teezeit kam der Captain an den Empfang. Wie er seine Sonntage verbrachte, wußte Miss Milk nicht, und er klärte sie auch nicht auf. Die Wahrheit lautete, daß er bis in den Nachmittag hinein tief und fest schlief und nicht einmal zum Essen ausging. Sein Beruf war wie der eines Kellners anstrengend für die Beine, und er brauchte die Sonntage, um wieder eine Woche durchhalten zu können. Nun war er frisch rasiert, hatte saubere Wäsche angezogen und sah vom Scheitel bis zur Sohle wie ein Seemann aus.

»Hätten Sie Lust, heute abend mit mir eine Kleinigkeit essen zu gehen?« fragte er.

»Nichts lieber als das.«

»Ich kenne da ein kleines Lokal eine Straße weiter. Könnten wir uns dort treffen, sobald Sie hier fertig sind? Sie gehen einfach rein, ich sitze an einem Tisch in der Nähe der Tür.«

»Wie heißt es denn?«

Der Captain sagte es ihr. »Der Name ist französisch, aber die Küche italienisch. Stört Sie das?«

»Ich habe noch nie italienisch gegessen, aber ich glaube, solange nicht zu viel Olivenöl verwendet wird, könnte es mir schmecken.«

»Ich werde für Sie bestellen. Auf Wiedersehen. Bis dann.«

Miss Milk fand das Lokal ohne Mühe, und dort wartete auch schon ein Glas Sherry auf sie.

»Wie extravagant«, murmelte sie.

»Nun, ich habe nicht oft das Vergnügen, Sie auszuführen, nicht wahr? Er ist *medium*, hoffentlich mögen Sie ihn so.«

»Ich verstehe nicht genug davon, um eine Sorte von der anderen unterscheiden zu können. Auf Ihr Wohl, Captain Homes.«

»Ich heiße Joseph ... Joe für meine Freunde. Auf Sie, Jess, und auf Ihre sichere Rückkehr ins Landleben.«

»Das klingt ja fast so, als könnten Sie es nicht erwarten, mich loszuwerden«, bemerkte Miss Milk ziemlich kokett, wie man leider sagen muß.

»Um ehrlich zu sein, ich habe Ihretwegen ein ungutes Gefühl. Ich fürchte irgendwie, sie könnten ebenso plötzlich verschwinden wie unsere Freundin Gay.«

Der Kellner kam, und Miss Milk sagte: »Hoffentlich haben Sie keine Spaghetti bestellt. Damit komme ich nämlich im Leben nicht zurecht.«

»Nein, ich habe mich Ihrer erbarmt und mich für Ravioli entschieden. Das ist so ziemlich das gleiche, aber in kleinen Päckchen.«

Miss Milk schmeckte es. Sie waren beide hungrig, und während sie aßen, ruhte das Gespräch.

Aber als sie auf den nächsten Gang warteten, gestattete sie sich einen langen Blick auf den Captain. In ihrer Phantasie sah sie ihn immer auf der Brücke eines Schiffes stehen und prüfend den Horizont absuchen, nicht aber in einem Buchladen umherschleichen und verstohlene Blicke auf verdächtige Kunden werfen. Diese Vorstellung war schließlich viel romantischer. Aber jetzt entdeckte sie in seinen strahlend blauen Augen einen ziemlich besorgten Ausdruck, so als sähe er, wie sie es bei sich selbst nannte, schwere See voraus.

»Sie wirken so, als hätten Sie etwas auf dem Herzen«, bemerkte sie.

»Dieser unangenehme Vorfall im Hotel hat mich nachdenklich gemacht.«

»Mich auch.«

»Ja, ich habe schon gehört, wie Sie die Sache sehen.«

»Und Sie halten mich vermutlich für verrückt?«

»Ich glaube, Sie stecken vielleicht tiefer drin, als Ihnen bewußt ist. Oh, ich weiß, Sie sind eine Frau in mittleren Jahren und durchaus fähig, auf sich aufzupassen, aber ich sähe es nicht gerne, wenn Sie in irgendwelche unsauberen Geschichten hineingezogen würden.«

Miss Milk war ein wenig gekränkt. In letzter Zeit wurde einfach zu viel von mittleren Jahren und älteren Damen gesprochen. Man ist so jung, wie man sich fühlt, dachte sie, um sich zu trösten, doch gleich darauf sagte sie sich, daß nur Leute, die den ersten Frühling bereits hinter sich haben, sich dieses Beruhigungsmittels bedienen.

»Warum lächeln Sie?«

»Ach, ich habe nur eben etwas ziemlich Dummes gedacht.«

»Tja, ich habe Sie davor gewarnt, sich mit den Gormans einzulassen«, sagte der Captain, der trotz seiner scharfen Augen nicht sah, was hinter der Stirn seiner Begleiterin vorging.

»Aber in diesem speziellen Fall blieb mir doch gar nichts anderes übrig.«

»Das mag schon sein. Dieses Gericht nennt sich übrigens *Escalope Milanaise*, und sie machen es hier recht gut. Hoffentlich ist für Sie nicht zuviel Öl dran.«

»Es sieht großartig aus, aber es erinnert mich an den Tag, als Lulu verschwand.«

»Warum denn das in aller Welt?«

»Ach, Mr. Crabbe machte damals einen kleinen Witz. Er sagte, Lulu würde nie zurückkommen, es gäbe zu viele Restaurants in der Gegend, und sie würde als *escalope de veau* enden.«

»So komisch finde ich das gar nicht«, sagte Captain Homes steif. »Der Bursche ist ein alter Esel. Hoffentlich ermuntern Sie ihn nicht noch, sich mit Ihnen zu unterhalten.«

Eine plötzliche Wärme durchströmte Miss Milk. Er war

eifersüchtig... sie war seiner Meinung nach vielleicht nicht mehr ganz jung... stand schon mit einem Fuß im Grab... aber er war eifersüchtig. Sofort war ihre Welt wieder in Ordnung. Sie lächelte erneut, aber diesmal so rätselhaft wie die Mona Lisa.

»Joe«, sagte sie. »Im Ernst, was, glauben Sie, ist mit Gay passiert?«

»Ich will mich da nicht festlegen, aber von jetzt an behalte ich diesen Gorman im Auge, und wenn ich dafür bis zur Krönung meine ganze Freizeit opfern muß.«

»Was hat die Krönung damit zu tun?«

»Bei solchen Anlässen sind die Gauner am geschäftigsten. In meinem Metier ist der Unterschied nicht sehr groß, auf Bücherpakete haben sie es nicht abgesehen. Sie sind eher auf Pelze und Juwelen und auf leerstehende Häuser scharf. Solange die Reichen sich amüsieren und ihren gesellschaftlichen Verpflichtungen nachgehen und die Polizei die Menge in Schach hält, haben die Diebe freie Bahn.«

»Dann bekommen sie aber nichts von den Festlichkeiten zu sehen.«

»Pah.«

»Aber Gorman ist kein Dieb, oder doch?«

»Wenn er einer ist, soll mir das egal sein. Aber er ist ein Gauner. Haben Sie noch nie etwas von Ablenkungsmanövern gehört?«

»Nein, was ist das?«

»Damit arbeiten die Zauberkünstler, wenn sie wollen, daß alles wie gebannt auf etwas schaut, was nichts mit ihrer eigentlichen Absicht zu tun hat. Wenn die rechte Hand die

Aufmerksamkeit auf sich zieht, während die linke die Arbeit macht. Wenn Blitz und Donner den Mechanismus der Illusion verdecken. Für einen Gauner ist die Krönung das größte Ablenkungsmanöver, das man sich denken kann, und es wird ihm gratis geliefert, ohne daß er sich dafür anzustrengen braucht. Essen Sie doch weiter, Jess. Oder schmeckt es Ihnen nicht?«

»Ich genieße jeden Bissen.«

Die Andeutung genügte. Miss Milk verstummte, aber während sie kaute, hatte sie genug Zeit zum Nachdenken. Sie ließ sich alles durch den Kopf gehen, was Joe gesagt hatte, besonders in bezug auf Ablenkungsmanöver. War sie auf so etwas hereingefallen, als Lulu verschwand; als Gay verschwand? Wenn ja, so zeigte gerade das letzte Beispiel, daß Gorman ein Meister dieser Kunst sein mußte. Aber es war natürlich sein Beruf, und sie selbst hatte gesehen, daß er ihn mit großem Geschick ausübte. Es fiel ihr nicht schwer, sich zu vergegenwärtigen, wie er in den ersten Augenblicken seiner Nummer das Publikum in seinen Bann geschlagen hatte. Die Faszination hatte nicht angehalten, aber man hatte doch einen kleinen Eindruck von seinen Fähigkeiten bekommen.

Den Telefonanruf, als Lulu verschwand, hatte er wohl nicht arrangieren können, aber er besaß zweifellos genügend geistige Wendigkeit, um sich eine Gelegenheit zunutze zu machen, die sich ihm gerade bot. Aber hatte es in Gays Fall eine ähnliche Möglichkeit gegeben? Sie hatte die Episode immer und immer wieder an sich vorüberziehen lassen. Jetzt ging sie ein weiteres Mal alles durch, aber sie sah nicht, an welchem Punkt man sie hätte täuschen können.

Wie der Captain war auch sie entschlossen, von jetzt an jede Bewegung Gormans zu beobachten ... wenn es noch eine solche Darbietung gab, würde sie sie durchschauen. Und in diesem Augenblick lief es ihr eiskalt über den Rücken, denn ihr wurde eines klar: Wenn der furchterregende Mr. Gorman noch einen Trick im Ärmel hatte, dann konnte diesmal nur Stella davon betroffen sein.

Als der Kaffee serviert wurde, kam sie noch einmal auf das Thema zurück.

»Was glauben denn die Lefevres, was mit Gay passiert ist?«

»Madame interessiert sich nur dafür, wie die Hotelrechnung bezahlt wird. Blanche könnte nicht zufriedener sein, wenn sie das Mädchen selbst um die Ecke gebracht hätte, und Monkey hat gar nichts dazu gesagt, sie wollte nur wissen, wer wohl ihre Kleider bekommt. Ein paar davon würden ihr wohl auch gefallen.«

»Haben sie denn gar kein Herz?«

»Nein, sie sehen alles vom praktischen Standpunkt aus, wie die meisten Belgier. Aber jetzt lassen Sie uns von etwas anderem reden. Ich habe genug von den Gormans. Sie rauchen nicht, aber stört es Sie, wenn ich es tue?«

»Natürlich nicht.«

»Wollen wir, nachdem Sie Ihren Kaffee getrunken haben, einen kleinen Spaziergang machen, um zu sehen, wie weit man mit dem Straßenschmuck gekommen ist?«

»Das wäre sehr nett«, erklärte Miss Milk sittsam.

»Hat es Ihnen geschmeckt?«

»Ausgezeichnet.«

Die Rechnung war bescheiden, aber sie hatte doch

einige Skrupel, ihn bezahlen zu lassen. Sie hatte nicht die leiseste Ahnung, wieviel er verdiente oder wie hoch seine Pension war. Trotzdem hatte sie nicht den Mut, ihm anzubieten, ihren Anteil selbst zu übernehmen. Es war eine heikle Frage, und sie wollte ihn nicht verärgern.

Man verabschiedete sie sehr höflich, und sie traten auf die Straße hinaus, wo Reihen von großen, am Randstein geparkten Wagen davon zeugten, wie unterschiedlich das Preisniveau der Restaurants war, die sich von außen so trügerisch ähnlich sahen. Sie schlenderten an einer Gruppe farbiger Untertanen Ihrer Majestät vorbei zur Shaftesbury Avenue und von da aus weiter zum Piccadilly, wo die Arbeiter bereits begonnen hatten, den Eros in einen Käfig zu sperren. Vielleicht war die Idee doch gar nicht so schlecht, auch wenn die Franzosen sich darüber lustig machten. Der Gott hatte immerhin Flügel, und war nicht die Liebe selbst einem Vogel ähnlicher als einem Jungen mit einem Pfeil? Sie flog einem mitten ins Herz, und dort in der Gefangenschaft klang ihre Stimme noch heller. Miss Milk warf einen schuldbewußten Blick auf den Captain und bemerkte, daß seine blauen Augen nachdenklich auf sie gerichtet waren.

»Für solche Dummheiten sind wir zu alt, Jess«, sagte er, fast, als habe er ihre Gedanken gelesen. Aber dabei nahm er ihren Arm, ein merkwürdiger Schlag durchfuhr ihren alternden Körper, und sie fragte sich ein wenig erschrokken, ob das denn wirklich stimmte.

Es war schön, neben ihm durch die Straßen zu bummeln. In seiner Begleitung empfand sie den Kontakt mit der Menge als angenehm und nicht als beängstigend. Sie gingen die Lower Regent Street hinunter, überquerten Pall Mall, stellten sich oben auf die Treppe des Duke of York und sahen hinüber zur Westminsterabtei mit ihren Türmen und Zinnen. Dann stiegen sie in die Mall hinab und schlossen sich den Schaulustigen an, die dem Buckinghampalast zustrebten.

12

Wenn Gene Gorman in seiner Eigenschaft als Flaschengeist darauf gebaut hatte, daß ihm das mysteriöse Verschwinden seiner Assistentin eine Woge nützlicher Publicity bescheren würde, eine Überlegung, die sowohl Captain Homes als auch die Polizei angestellt hatten, so wurde er enttäuscht. Zwar erschien, hauptsächlich dank der Bemühungen Mr. Crabbes, der nicht zögerte, seine Insiderinformationen gewinnbringend zu verwerten, eine Meldung darüber in den Abendzeitungen, aber sie starb einen schnellen Tod. Es gab keine weiteren Entwicklungen, die sie von neuem zum Leben erweckt hätten, und so wurde die verschrumpelte Leiche dieser überholten Neuigkeit schon am nächsten Tag ausgemustert, um Platz für einen weiteren Artikel über irgendeinen Aspekt der Krönung zu schaffen.

Die Theatermanager schienen nicht besonders erpicht auf Mr. Gormans Dienste zu sein, und auch sein Agent blieb beunruhigend schweigsam. Mr. Gorman mochte sich bei der Polizei darüber beklagen, daß er seine wichtigste Mitarbeiterin verloren habe und deshalb seine Nummer ruiniert sei, aber der Captain wußte genau, daß er nötigenfalls hundert Mädchen hätte finden können, die Gays Rolle sofort übernommen hätten. Niemand ist unersetzlich, und nirgendwo weniger als auf der Varietébühne. Es gab Dutzende von jungen Damen, die über ebenso schlanke Beine, ebenso hübsche Gesichter und ebenso große schauspielerische Fähigkeiten verfügten wie Gay. Und das war auch ihr selbst klar gewesen, so sehr sie das Gegenteil beteuert haben mochte.

In den Zeitungen wurde der Name des *Bellevue* nicht genannt. Es wurde einfach als ›ein Londoner Hotel‹ bezeichnet, und das half, Madame zu beschwichtigen. Vorfälle dieser Art sind dem Ruf eines Hotels nicht förderlich, ganz gleich, ob es nun in Soho steht oder in der Park Lane.

»Ein Glück für uns, daß es keine Leiche gab«, bemerkte Gus zu Miss Milk. »Niemand will in einem Zimmer schlafen, in dem eine Leiche gefunden wurde, nicht einmal in einem solchen Jahr. Aber gar nichts ... das ist etwas anderes. Kein Gast kann sich über gar nichts beklagen.«

In der Tat war die 12 A schon wieder belegt. Ein paar Tage lang hatte man Gays Sachen unberührt gelassen, dann hatte Madame jedoch den Gormans erklärt, sie seien dafür verantwortlich und müßten sie entfernen. Die Polizei hatte nicht verlangt, daß sie an Ort und Stelle bleiben sollten, und deshalb war Stella ein paarmal hin und her gegangen und hatte die Kleider auf den Bügeln und die Koffer in ihr eigenes Zimmer hinaufgeschleppt. Ihres Wissens, sagte sie, hatte Gay keine Verwandten, und was diese selbst Miss Milk von ihrem früheren Leben erzählt hatte, bestätigte diese Aussage.

»Sie glauben also, daß ... der armen Gay etwas Schreckliches zugestoßen ist?« beschuldigte Miss Milk den Praktikanten.

»Das habe ich nie gesagt. Keine Leiche – kein Beweis. Nichts auf der Welt ist so schwierig, wie eine Leiche zu beseitigen. Das weiß jeder Mörder. Irgendwann taucht sie immer wieder auf. Der Bursche mit dem Säurebad kam der Lösung am nächsten. Aber Frauen verschwinden unentwegt, das ist ein Hobby von ihnen, und solange keine Leiche auftaucht, kann man nicht viel dagegen machen. Denken Sie nur an Notting Hill.«

»Es ist einfach entsetzlich.«

»Ich wundere mich schon, daß Sie noch nicht gekündigt haben und in die Provinz zurückgeflüchtet sind.«

Manchmal wunderte sich auch Miss Milk darüber. Aber sie hatte zwei gute Gründe zum Bleiben; sie wünschte sich sehnlichst, die neu gekrönte Königin zu sehen, und sie konnte sich einfach nicht vom ersten Liebesabenteuer ihres Lebens losreißen. Außerdem gab es noch ein drittes Motiv, das sie sich freilich selbst kaum eingestehen wollte; sie glaubte, sie sei vielleicht in der Lage, Stella zu helfen, falls sich ein Anlaß dazu bot. Aber wie sollte das möglich sein? Sie spielte doch nur die Rolle des Zuschauers. Und Stella hatte offensichtlich nicht die Absicht, an ihrer eigenen Rettung mitzuwirken. Ihre Haltung hatte sich geändert. Sie war nicht mehr so freundlich, blieb nicht mehr stehen, um mit Miss Milk ein paar Worte zu wechseln, und bat sie auch nicht mehr ins Zimmer, wenn sie die Milchflaschen für Mr. Gorman hinaufbrachte. Miss Milk fragte sich unwillkürlich, ob sie vielleicht mehr über Gays Verschwinden wußte, als sie zugeben wollte und, falls ein Verbrechen stattgefunden hatte, ob sie daran beteiligt gewesen war. Wenn dem so war, dann belastete sie das nicht etwa, die Veränderung ging eher in die andere Richtung. Die Anspannung, unter der sie stand, schien nicht größer, sondern vielmehr geringer geworden zu sein. Überdies merkte man, daß sich die Beziehungen der Gormans entscheidend verbessert hatten, seit sie nur noch *à deux* waren. Stella hatte sogar Gays Rechnung beglichen, so daß Madame keinen Anlaß mehr hatte, sie hinauszuwerfen, selbst wenn Miss Blanche das zugelassen hätte.

Miss Blanche hatte sich wieder in ihre Festung zurückgezogen, und die Empfangsdame bekam sie kaum zu Gesicht. Wenn das Landhäuschen mit Garten inzwischen fertiggestellt war, mußte sie mit einem anderen Bild begonnen haben. Im Moment kamen zahlreiche Briefe mit ausländischen Marken, und alle Umschläge mußten für sie aufbewahrt werden.

Das *Bellevue* war voll belegt, aber Gus hatte noch immer Anweisung, Reservierungen anzunehmen. Madame mußte wohl eine Vorstellung haben, wo sie die Leute unterbringen wollte, aber sonst wußte es niemand. Miss Milk brauchte nicht länger den Anschein zu erwecken, als sei sie beschäftigt; es gab genug zu tun, man zog sie sogar dazu heran, beim Ausbessern von Tischtüchern zu helfen, weil davon nicht genügend vorhanden waren. Die Telefonvermittlung kam gar nicht mehr zur Ruhe, die Empfangsdame lief ständig treppauf, treppab, und manchmal wurde sie sogar von ihren eigentlichen Aufgaben freigestellt und zum nächsten Straßenstand geschickt, um Salat für Sandwiches zu kaufen. Die Nachfrage nach kleinen Erfrischungen stieg sprunghaft an, und mit Käse und Salat ließ sich der höchste Gewinn bei geringstem Aufwand erzielen. Für den Koch war es inzwischen zu einer festen Einrichtung geworden, daß Miss Milk in seiner Küche erschien, äußerst lästig, aber unvermeidlich. Er gestattete ihr sogar, eines seiner Messer zu benützen, um Brotkrusten abzuschneiden.

Die Tage vergingen wie im Flug. Manchmal ging sie abends mit Joe aus. Der Captain war nicht darauf erpicht, seine Füße allzu lange zu strapazieren, und Miss Milk erging es ebenso, seit sie neuerdings so gefordert wurde, also fuhren sie mit den Bussen. Sie saßen gerne ganz vorne auf dem Oberdeck, wo sie von einer Seite zur anderen schwankten und gelegentlich fast von den Sitzen gerissen wurden, wenn der Fahrer scharf auf die Bremse trat. Auf diese volkstümliche Art lernte Miss Milk große Teile der Hauptstadt kennen. Der Captain wies sie begeistert auf verschiedene Wahrzeichen hin, die er allerdings oft beim falschen Namen nannte. Am besten gefiel ihr London bei Nacht von der Waterloobrücke aus. Dann war es trotz seiner Häßlichkeit wieder eine zauberhafte Stadt. Die Lichter spiegelten sich vielfältig im dunklen Wasser, auf dem sorglos die verschiedensten Schiffe dahinglitten. Der Fluß schenkte ihnen jenes ganz spezielle Gefühl der Entspannung und Beschaulichkeit inmitten des Getriebes, das für ihn charakteristisch ist.

Manchmal mischten sie sich in die Menge, die sich über den Piccadilly Circus schob oder sich auf dem Leicester Square drängte. Es schien, als habe noch nie eine Stadt so von Menschen gewimmelt und als müsse sich London ebenso wie das *Bellevue* auf irgendeine Weise ausdehnen, um all die Besucher fassen zu können. Schon jetzt waren Bürger aus dem ganzen Commonwealth in Scharen herbeigeströmt, um den Krönungssommer in England zu verbringen.

»Das wird noch schlimmer werden«, warnte der Captain und meinte damit eher die Menschenmassen als das Wetter.

»Wo schlafen sie nur alle!« staunte Miss Milk.

»Dabei sind die ganzen Provinzler noch gar nicht da. Mir tun nur die armen Tröpfe leid, die im Zentrum arbeiten und jeden Tag hin- und herfahren müssen.«

Wenn Miss Milk nicht schon den ganzen Tag lang zuviel mit ihren Mitmenschen zusammengekommen war, fand sie deren Gesellschaft immer noch recht angenehm, aber sie war immerhin soweit, daß sie zugab, wenn sie in Massen aufträten, seien sie sehr anstrengend. Wie konnte man diese unglaubliche Vielfalt in Ruhe betrachten, wenn einem ständig jemand in den Rücken stieß oder auf die Zehen trat?

»Haben Sie im Laden sehr viel zu tun?« erkundigte sie sich taktvoll.

»Da geht es zu wie beim Pokalendspiel ohne Schiedsrichter; aber in gewisser Hinsicht erleichtert mir das die Arbeit.«

»Wie meinen Sie das?«

»Man kann unmöglich sehen, wer sich gerade selbst bedient, und ich war noch nie ein Mensch, der das Unmögliche versucht.«

Trotz einer Vielzahl von anderen Aufgaben hatte die Polizei Gay Shelley nicht völlig vergessen. Die attraktive Polizistin war noch zweimal ins Hotel gekommen. Beim ersten Mal hatte sie ein Gespräch mit Gorman geführt, beim zweiten Mal war er nicht da, und sie hatte Miss Milk gebeten, sie zu Mrs. Gorman hinaufzuführen.

»Man hat sie noch nicht gefunden?« wagte Miss Milk zu fragen.

»Noch nicht, obwohl man uns mit Briefen überschwemmt. Aber zum Teil liegt das vermutlich an der Beschreibung. Sie könnte auf Tausende von Mädchen zutreffen. Dem Schriftverkehr nach zu urteilen, scheint die ganze weibliche Bevölkerung dieses Landes unterwegs zu sein. Sind Sie jetzt etwas mehr mit sich ins reine gekommen? Oder glauben Sie etwa immer noch, daß sie nie durch diese Tür gegangen ist?«

»Ich glaube es noch immer, aber ich denke nicht mehr so häufig daran. Um ehrlich zu sein, ich habe keine Zeit dazu.«

»Dann sind Sie also voll belegt, genau wie alle anderen?«

»Ja, voll bis unters Dach.«

»Was ist mit ihrem Zimmer? Ist es wieder vergeben?«

»Ja. Sollte das nicht sein?«

Die Polizistin zuckte elegant die Achseln. »Ich finde, man kann nicht verlangen, daß man es ewig leerstehen läßt. Könnten Sie Mrs. Gorman kurz anrufen und mich dann vielleicht hinaufbegleiten? Allein finde ich mich in diesem Haus niemals zurecht.«

Als sie nicht lange danach wieder herunterkam, sagte sie: »Die Dame da oben möchte, daß Sie ihr eine Kanne Tee hinaufbringen. Sie hat mich gebeten, es Ihnen zu sagen.«

»Hätten Sie nicht auch gern eine Tasse?«

»Mit Vergnügen, aber im Dienst trinke ich nichts. Auf Wiedersehen. Machen Sie sich keine Sorgen; vergessen Sie nicht, die Polizei ist großartig.«

Gus tauchte gerade rechtzeitig aus dem Speisesaal auf, um den adretten Rock durch die Tür verschwinden zu sehen.

»Warum haben Sie mir denn nicht gesagt, daß sie hier ist? Jetzt habe ich meinen ganzen Charme auf die Schreibmaschine in meinem Kämmerchen verschwendet. Wenn ich nur wüßte, ob man sie auch dazu anstellen würde, nach mir zu suchen, falls ich verschwinden sollte?«

»Wenn Sie nun schon einmal hier sind, könnten Sie mich vielleicht freundlicherweise am Empfang vertreten, damit ich Mrs. Gorman eine Kanne Tee hinaufbringen kann.«

»Gern, wenn ich auch eine Tasse bekomme. Ich sterbe vor Durst.«

»Ich glaube, Sie sind da drin eingeschlafen.«

»Das wäre Ihnen auch passiert, wenn Sie die ganze Nacht aufgewesen wären. Der Nachtportier hatte nämlich frei.«

»Du meine Güte, ich dachte, er verläßt nie das Haus.«

»Ich glaube, einmal die Woche geht er in einen Nachtclub. Er hat mir einmal erzählt, er findet es unnatürlich, im Dunkeln im Bett zu liegen.«

Der Küchenchef machte gerade ein Nickerchen, deshalb konnte Miss Milk das Wasser aufsetzen, ohne sich seine Klagen anhören zu müssen. Der Küchenboden war mit einer schlammigen Flüssigkeit bedeckt, und sie schloß daraus, daß er ihn wohl mit dem Mop bearbeitet hatte. Sie ging auf Zehenspitzen umher, suchte sich das Geschirr zusammen und stellte es auf ein einigermaßen sauberes Tablett. Inzwischen glaubte sie zu wissen, wo er Tee, Zucker und Milch aufbewahrte, aber es gelang ihm noch immer, sie zu überraschen. Heute entdeckte sie das Päckchen mit dem Tee schließlich im Brotkasten.

Nachdem sie eine Tasse für den Praktikanten eingegossen und auch selbst eine getrunken hatte, brachte sie den Rest zu Stella hinauf. Sie war froh, einen Grund zu haben, mit ihr zu sprechen. Der Besuch der Polizistin hatte all die quälenden Zweifel wiederaufleben lassen, die durch die Arbeitslast und die inzwischen vergangene Zeit schwächer geworden waren. Sie klopfte an Stellas Tür und wurde zum Eintreten aufgefordert.

»Oh, herrlich, danach habe ich mich gesehnt. Seien Sie so lieb und stellen Sie das Tablett irgendwo ab. Wie gefällt Ihnen mein neuer Hut?«

Stella hatte einen großen Strohhut auf. Er war sehr hübsch, aber da sie dazu den schmuddeligen Morgenrock trug, in dem Miss Milk sie schon öfter gesehen hatte, kam er nicht so recht zur Geltung.

»Er ist ganz reizend.«

»War auch sündhaft teuer, aber ich habe mein restliches Geld vom Postsparbuch abgehoben, und da dachte ich, das muß gefeiert werden.«

Die beiläufige Bemerkung verriet einen gewissen Leichtsinn, und Miss Milk wurde das Herz schwer. Es ging sie nichts an, was Stella mit ihrem Geld machte, aber sie wäre doch so viel sicherer gewesen, wenn sie es auf der Bank gelassen hätte.

Sie stellte das Teetablett auf dem Fensterbrett ab.

»Glauben Sie, es kippt, wenn ich es hier stehenlasse?«

»Ach, schenken Sie mir doch gleich eine Tasse ein. Vielen Dank. Gene findet, der Hut steht mir gut.«

Er macht ihr armes Gesicht noch unscheinbarer, dachte Miss Milk bekümmert. Auch der schmachtende Tonfall gefiel ihr nicht. Sie verschob die Teekanne ein wenig, damit das Tablett sicherer stand, und sagte ziemlich schroff:

»Es sieht so aus, als wäre in diesem Sommer ein Regenmantel mit Kapuze eher angebracht.«

»Ach, so einen habe ich auch. Gene wollte, daß ich ihn mir kaufe. Setzen Sie sich doch ein wenig. Dort, auf Genes Bett; diese faulen, tolpatschigen Zimmermädchen ziehen die Laken ohnehin nie richtig straff. An mein Bett lasse ich sie gar nicht erst ran. Ich habe Sie ja ewig nicht gesehen, und wir haben lange nicht miteinander geplaudert. Gene paßt es ja eigentlich nicht, wenn ich mit Ihnen rede, aber er ist ins Kino gegangen, also, was soll's? Hinterher wollte er noch nachsehen, ob der Wagen in Ordnung ist, damit wir jederzeit losfahren können.«

»Sie reisen doch nicht etwa ab, oder?«

»Vielleicht, vielleicht auch nicht. Ich bin gar nicht so scharf auf die Krönung. Viel Rummel und nichts dahinter, wenn Sie mich fragen. Wissen Sie, Künstler fahren ständig in der Welt herum, ohne sich was dabei zu denken. Sogar diese Schlampen vom *Bohemian Ballett* waren schon in Paris.«

»Haben Sie Madame Bescheid gesagt?«

»Warum sollten wir?«

»Ich meine nur, sie wäre froh, wenn sie das Zimmer jemand anderem anbieten könnte. Wir sind hoffnungslos überbelegt.«

»Das ist ihre Sorge. Außerdem habe ich nicht gesagt, daß wir wirklich abreisen... ich habe nur gesagt, es könnte sein.«

»Könnten Sie denn weg, obwohl Gay – Miss Shelley – immer noch vermißt wird?«

Stella warf unmutig den Kopf unter ihrem neuen Hut.

»Ich wüßte nicht, warum uns das hindern sollte. Schließlich sind wir ja nicht mit ihr verwandt.«

»Es beunruhigt Sie nicht, daß man sie nicht finden kann?«

»Ich will Ihnen etwas sagen... als sie noch hier war, hat sie mich viel mehr beunruhigt als jetzt. Seit sie fort ist, ist Gene wie umgewandelt. Er ist ganz reizend zu mir, genau wie damals, in der ersten Zeit nach unserer Hochzeit.«

Miss Milk war über diese Eröffnung nicht etwa erleichtert, sondern eher noch mehr beunruhigt als zuvor. Sie wechselte das Thema.

»Wie gefällt Ihnen die Polizistin?«

»Ich fand, sie war wirklich nett. Sie hat mir zwei Briefe gebracht und mich deshalb um Rat gefragt. Sie sagte, sie hätte sie aus einem ganzen Stapel aussortiert, weil sie dachte, es lohne sich, sich genauer damit zu befassen. Aber wenn eines von diesen Mädchen Gay war, esse ich meinen Hut auf. Der eine Brief stammte von einer Hauswirtin in Inverness. Was in aller Welt hätte Gay denn im Norden von Schottland zu suchen?«

Miss Milk hatte keine Ahnung.

»Dem zweiten war ein Schnappschuß beigelegt.« Mrs. Gorman kicherte. »Nur gut, daß Gay ihn nicht sehen konnte. Er war nicht sehr schmeichelhaft. Wenn dieses Mädchen vermißt wird, muß der Personalmangel schon sehr groß sein.«

»Aber irgendwo muß Gay doch sein.«

»Und da kann sie von mir aus auch bleiben bis zum Sankt Nimmerleinstag. Gene sagt, man wird sie niemals finden, und ich habe weiß Gott nichts dagegen.«

Ach du meine Güte, dachte Miss Milk.

»Hören Sie«, sagte Stella plötzlich, als sei ihr eben eine glänzende Idee gekommen, »möchten Sie nicht ein paar von ihren Sachen haben ... ein Kleid vielleicht oder einen oder zwei Röcke?«

»Ganz gewiß nicht!«

»Na, kein Grund, gleich hochnäsig zu werden. Manches ist noch kaum getragen.«

»Darum geht es nicht. Aber das ist, als wäre man sicher, daß sie sie nie wieder braucht ... daß sie nie mehr zurückkommt.«

»Es sieht ihr nicht ähnlich, einfach wegzugehen und mir das Feld zu überlassen. Ich persönlich glaube, daß sie wieder mal einen Rappel hatte, kopflos weggerannt ist – Sie wissen doch, wie sie war, wenn sie einen ihrer Anfälle bekam, Sie haben mir einmal das Blut abgewaschen, erinnern Sie sich nicht mehr? – und von einem Bus angefahren wurde.«

Miss Milk war sich immer bewußt gewesen, daß Stella, auch wenn sie noch so großes Mitleid mit dem Mädchen hatte, nicht besonders intelligent war, aber so viel Schwachsinn war selbst ihr zu viel.

»Wenn das passiert wäre«, erklärte sie geduldig, »hätten die Krankenhäuser es doch gemeldet.«

»Vielleicht war sie so verstümmelt, daß man sie nicht mehr erkennen konnte.«

Miss Milk kam zu dem Schluß, daß es ihr ziemlich egal war, was aus den Gormans wurde; doch gleich darauf erkannte sie mit Schrecken, daß dies genau die Einstellung war, die Stella in bezug auf Gay vertrat.

Es ging nicht darum, ob jemand ein liebenswerter Mensch war oder nicht; die weniger sympathischen Leute hatten ebenso ein Recht auf ihr Leben wie die Musterexemplare an Rechtschaffenheit, vielleicht sogar noch mehr, weil eine Verlängerung ihrer Existenz ihnen die Möglichkeit gab, ihre Taten zu bereuen.

Oder bin ich jetzt einfältig? überlegte sie. Kann eine Frau wirklich so dumm sein, wie diese hier sich jetzt gibt? Ist das nur Tarnung, weiß sie in Wirklichkeit ganz genau, was mit Gay passiert ist, hatte sie vielleicht sogar die Hand mit im Spiel? Noch ein Aspekt war zu berücksichtigen. Es bestand die wenn auch entfernte Möglichkeit, daß Mr. Gorman wirkliche Zuneigung für dieses unscheinbare, verachtete Kind empfand, daß die Macht der Liebe sie ihm in rosigem Licht erscheinen ließ. Er hatte sie nicht immer gut behandelt, aber dafür mochte auch Gay verantwortlich sein. War er nun, nachdem Gay fort war, vielleicht bereit, häuslich zu werden, ein Mustergatte mit allen Tugenden außer der Fähigkeit, sich seinen Lebensunterhalt zu verdienen? War es denn ganz gerecht, einen Mann nach seinem Verhalten zu beurteilen, wenn der Schmerz ständig wie eine Ratte an ihm nagte?

»Sie finden sicher, es war dumm von mir, daß ich mein Geld abgehoben habe«, bemerkte Stella. Gelegentlich zeigte sie Ansätze von Scharfsichtigkeit, die Miss Milk erstaunten. »Aber Sie brauchen nicht zu glauben, daß ich es Gene übergeben habe. Nein, ich sitze darauf« (und hier kicherte sie) »und bewahre es für Notfälle auf.«

Wieviel war es wohl? Fünfhundert, zweihundert, einhundert Pfund? Wie auch immer, man hatte Frauen schon für zwei Pfund fünfzehn und manchmal für noch weniger den Schädel eingeschlagen.

»Werden Sie die Nummer nie wieder aufführen?« fragte Miss Milk. »Ich habe sie nämlich gesehen, und ich verstehe zwar nicht viel davon, aber ich fand sie wirklich ausgezeichnet, besonders den ersten Teil.«

»Vielleicht ... irgendwann. Ich müßte Gays Rolle übernehmen, und wir bräuchten ein anderes Mädchen, das für mich einspringt. Aber Gene geht es gesundheitlich gar nicht gut. Wir werden erst einmal richtig Urlaub machen. Es liegt an diesem unsteten Leben. Es ist nicht leicht, man ist ständig auf Achse ... deshalb habe ich ihm ja den Wagen gekauft. Wir haben ihn gebraucht bekommen, aber er hat immer noch genug gekostet. Jetzt wünschte ich, wir hätten noch gewartet; sie sind inzwischen sehr viel billiger geworden. Ich wette, Tantchen hätte sich niemals träumen lassen, daß ich einmal in meinem eigenen Wagen durch die Gegend fahre.«

Nein, das ganz bestimmt nicht, dachte Miss Milk, und dann überlegte sie, daß die Toten manchmal recht unangenehme Überraschungen erleben würden, wenn sie sehen könnten, was mit denen geschieht, die sie zurückgelassen haben. Ihre eigene Mutter zum Beispiel: wie hätte sie wohl auf die Anwesenheit ihrer Tochter im Hotel *Bellevue* reagiert, hätte sie es gebilligt, daß sie spätabends Arm in Arm mit einem Warenhausdetektiv über den Piccadilly bummelte?

Plötzlich verspürte sie Mitleid mit der törichten Stella. Sie hatte doch etwas mit ihr gemeinsam. Beide waren sie aus einem biederen, eintönigen Leben ausgebrochen und auf die Suche nach einem anderen Dasein gegangen, das zwar aufregender war, aber auch weniger Sicherheit bot. Sie waren beide Opfer ihrer romantischen Vorstellungen geworden.

Sie seufzte tief auf und sagte: »Ich muß an den Empfang zurück. Gus fragt sich sicher schon, wo ich bleibe.«

Stella sah sie trotzig über den Rand der Teetasse hinweg an und sprach dann die Worte, die Miss Milk auch dann noch im Gedächtnis bleiben sollten, nachdem sie den Rest dieses aufschlußreichen Gesprächs längst vergessen hatte:

»Es hat sich gelohnt.«

13

Am nächsten Tag, es war Samstag, wurden die Menschen, die anläßlich des arbeitsfreien Tages in die Hauptstadt geströmt waren, mit einem Wolkenbruch empfangen.

Der Brotlieferant stieß mit dem Fuß die Schwingtür auf und schleppte einen ganzen Stapel in Scheiben geschnittener Brotlaibe herein, von deren glänzender Verpackung ihm das Wasser über die Hosenbeine rann. Der Linoleumboden des Foyers war mit nassen, schmutzigen Fußspuren übersät. Eine Prozession geöffneter Regenschirme zog durch Miss Milks Blickfeld. In ihrer kleinen Kabine war es abwechselnd kalt und heiß; an diesem Morgen zog es aus allen Ecken. Der Himmel war schwarz, was sie allerdings von ihrem Platz aus nicht sehen konnte, und die Straße wirkte wie ein Tunnel. Sie hatten alle Lampen einschalten müssen. Heute verdeckte Charlie Faß nicht die Sonne, als er plötzlich auftauchte, Wasser verströmend wie ein Flußpferd, das im Zoo aus seinem Becken steigt.

»Geben Sie mir den Schlüssel, meine Liebe«, sagte er. »Ich habe eine fürchterliche Erkältung, ich werde mich jetzt mit Aspirin und Whisky vollstopfen und versuchen, sie zu verschlafen. Die Schau muß weitergehen ... haben Sie diese edlen Worte schon einmal gehört? Wenn ich den Mann finden könnte, der sie als erster gesprochen hat, würde ich ihn mit bloßen Händen erwürgen.«

Er streckte ihr seine Hände entgegen, während er das sagte; sie waren makellos sauber und abscheulich; hastig legte sie den Schlüssel hinein.

»Von unserer gemeinsamen Freundin hat man wohl nichts mehr gehört?« fragte er und studierte angelegentlich seine manikürten Fingernägel.

»Meinen Sie Miss Shelley?«

»Wen sonst?«

»Leider nicht.«

»Und so wird es auch bleiben. Aber *er* weiß Bescheid, ihr Hausfreund ... ihr schäbiger Liebhaber ... er weiß, wo sie zu finden ist.«

»So, so.«

»Ja, meine Beste, denn sie hat sich einer anderen Truppe angeschlossen; der Truppe der Schatten nämlich.«

»Sie haben kein Recht, solche Behauptungen aufzustellen, ohne Beweise dafür zu haben«, belehrte Miss Milk ihn zitternd.

»Sie war überzählig – sie war für diesen teuflisch gerissenen, skrupellosen Burschen zu einer Belastung geworden – was braucht es da noch für Beweise?«

»Ich wußte nicht einmal, daß Sie von ihrem Verschwinden gehört hatte.«

»Ich habe meine Spitzel. Sie suchen mich im *Savoy* auf, verstecken sich hinter den Topfpflanzen.« Seine Stimme wurde leiser, schwächte sich zu einem Bühnengeflüster ab. »Mein liebes Kind, in der ganzen Welt des Varieté redet man von nichts anderem. Niemand will mehr etwas mit Gorman zu tun haben – wir sind sehr liberal in unseren Ansichten, aber an Mördern finden wir keinen Geschmack. Sie wußten doch – aber sicher wußten sie –, daß Gay sogar mich um finanzielle Hilfe angehen mußte?«

Ja, das wußte Miss Milk. Auf ihrem ehrlichen Gesicht spiegelte sich ihr Wissen um die gesamte Episode, einschließlich Gays letzter Worte zu diesem Thema.

»Sie glauben, ich trage ihr ihre Freimütigkeit nach? Ein geringerer Mensch würde das vielleicht tun, aber ich bin kein geringerer Mensch, soviel ist offensichtlich. Hier handelt es sich um Dinge, die über kleinliche, persönliche

Gehässigkeiten hinausgehen. Es gibt so etwas wie abstrakte Gerechtigkeit. Ich sage Ihnen, ich wußte, daß Gays Schicksal besiegelt war. Ich spürte es in meinen Kno ... in jedem Gramm meines üppigen Leibes. Wußten Sie nicht, daß alle dicken Männer den Ruf haben, übersensibel zu sein?«

»Ich weiß noch etwas, was man ihnen nachsagt«, gab Miss Milk bedächtig zurück, »nämlich das Bestreben, anderen Leuten einen Schauder über den Rücken zu jagen.«

Aus irgendeinem Grund war Mr. Faß über diese Antwort sehr belustigt. Sein massiger Leib bebte vor Heiterkeit; die Dielenbretter zitterten. Sein ansteckendes Lachen dröhnte bis zu den Mansarden hoch. Er folgte dem herrlich vollen Klang schwerfällig die Treppe hinauf.

Die Zimmermädchen waren in letzter Zeit sehr beschäftigt gewesen. June hatte mehrmals ihre Papiere verlangt, aber Gus vergaß immer wieder, sie ihr zu geben, und inzwischen arbeitete sie zwar weiter, wurde aber von Tag zu Tag aufsässiger. April war ständig in Tränen aufgelöst. Miss Milk betrachtete sie allmählich eher als chemische Formel denn als Individuum. Sogar die alte Hughes nahm sich nur noch selten Zeit für einen Plausch, an diesem Morgen blieb sie jedoch an der Theke stehen und sagte:

»Sieht mir ganz so aus, als wollten sich die Gormans bei Nacht und Nebel aus'm Staub machen. Ich glaub, sie sollten Madame mal 'n Tip geben.«

»Meinen Sie wirklich? Bisher haben sie aber voll bezahlt.«

»Halten Sie's, wie Sie wollen. Ich hab Sie jedenfalls

drauf aufmerksam gemacht. Je eher die zwei aus'm Haus sind, desto lieber isses mir. Ihr Zimmer mach ich immer selber. Die Mädels laß ich nicht in die Nähe. Ich find's nicht richtig, wenn die jungen Dinger mit solchen Galgenvögeln auf du und du stehen müssen.«

Die anderen waren also der gleichen Ansicht? Miss Milk mahnte Ma Hughes mit einer Handbewegung zum Schweigen und sagte: »Ich werde auf jeden Fall Gus informieren, er wird schon wissen, was zu tun ist.«

Sie hatte inzwischen Madames Gunst verloren. Das unbedingte Vertrauen der Hotelbesitzerin in Miss Milk war ebenso plötzlich erloschen, wie es entstanden war. Man hatte das Hotel in ihrer Obhut gelassen, und in dieser Zeit war etwas geschehen, was dem Ansehen des Hauses abträglich war. Das genügte. Madame zog die grüne Jalousie ihrer Nationalität zwischen sich und diesem englischen Emporkömmling herunter. Nach der Krönung mußte sie gehen – bis dahin war es nicht empfehlenswert, sich nach einem Ersatz umzusehen. Man würde sie auf jeden Fall nie wieder allein lassen – nie wieder. In diesem Fall hatte Blanche recht gehabt; man mußte in das Hotelgewerbe hineingeboren sein, um es zu verstehen. Der wahre Hotelbesitzer hatte einen sechsten Sinn, der ihn warnte, wenn etwas nicht in Ordnung war. Und was hatte ihr die Fahrt nach Chiswick eingebracht außer stechenden Kopfschmerzen, einer Reaktion ihrer Galle auf ein Übermaß an Sahnetörtchen? Ach, aber diese Frau verstand sich darauf, Törtchen zu machen ... man fühlte sich richtig an Ostende erinnert!

Gus kam in die Halle, und Miss Milk teilte ihm mit, was

Mrs. Hughes gesagt hatte – allerdings nur den ersten Teil. Gus kratzte sich den Kopf.

»Wenn ich das der alten Dame erzähle, ist das für sie sofort ein Anlaß, noch mehr Vorbestellungen anzunehmen. Ich glaube, wir warten zunächst noch einmal ab. Ich will erst sehen, in welcher Stimmung sie beim Lunch ist.«

Stella kam in ihrem neuen Regenmantel herunter, begleitet von Gorman. Trotz des schlechten Wetters schienen die beiden bester Laune zu sein. Gorman klopfte Gus gönnerhaft auf den Rücken und erzählte ihm einen schlüpfrigen Witz. Stella warf ihrem Gemahl zärtliche Blicke zu. Arm in Arm verließen sie das Hotel.

Die Szene erinnerte Miss Milk zu sehr an Gays und Gormans Abgang an dem Tag, als Gay verschwunden war, und sie mußte wohl gefröstelt haben, denn sie hörte Gus sagen: »Wenn Sie frieren, schalten Sie den Strahler im Aufenthaltsraum an. Diese verdammten Heizungsrohre sind praktisch eiskalt. Ich muß ein Wort mit dem Koch sprechen.«

Und eine Tasse Kaffee trinken, wie Miss Milk richtig vermutete. Er kam jedoch gleich wieder vom Keller heraufgestürmt und brachte auch ihr eine Tasse mit. Der größte Teil des Kaffees stand zwar im Unterteller, aber Miss Milk stellte fest, daß Gus ihr allmählich richtig ans Herz wuchs. Der Captain hatte recht ... Gus war zuverlässig ... er war loyal. Selbst wenn ihm die Krawatte wie ein Schnürsenkel herunterhing und sein Kragen einen Schmutzrand zeigte, wo er mit seinem Hals in Berührung kam, was war das alles gegen eine Tasse Kaffee an einem trüben Tag?

Eine halbe Stunde später kehrte Gorman allein mit dem Kombi zurück. Er schob die Eingangstür auf, klemmte sie fest und fing an, Koffer hereinzutragen. Miss Milk fühlte sich ziemlich peinlich an den Tag erinnert, als die Gormans angekommen waren, und sie fragte schüchtern:

»Brauchen Sie Hilfe? Soll ich Gus Bescheid sagen? Er ist unten beim Koch.«

»Die Koffer sind alle leer. Stella braucht sie zum Packen. Gott weiß, warum Frauen solche Massen von Gerümpel ansammeln. Ich mußte sogar einen Teil der Requisiten rauswerfen.«

»Dann könnte ich doch einen oder zwei für Sie hinauftragen, das erspart Ihnen einen Weg.«

»O.K. Gehen Sie mit den beiden hier voraus, ich nehme den großen.«

Die alte Hughes hatte also recht, dachte Miss Milk, nahm den Schlüssel der Gormans vom Haken und stieg vor ihm die Treppe hinauf.

Als er nachgekommen war, ließ sie ihn im Zimmer allein und kehrte an ihren Platz zurück, vorher schloß sie jedoch noch schnell die Tür, um Kälte und Nässe auszusperren. Aber die Zeit verging entsetzlich langsam, und sie war froh, als sie abgelöst wurde und zum Lunch gehen konnte. Es regnete noch immer, und da sie nicht weit laufen wollte, suchte sie das chinesische Restaurant nebenan auf, wo sie an jenem glorreichen Tag, der jetzt so weit in der Vergangenheit lag, mit Miss Watkins gewesen war. Seither aß sie keineswegs zum ersten Mal hier; sie hatte es sich sozusagen zur Gewohnheit gemacht, und die Kellner kannten sie gut. Da sie inzwischen auch erfahren hatten, welche Stellung sie im *Bellevue* bekleidete und wie es um ihre finanziellen Mittel bestellt war, machten sie keinen Versuch mehr, der Rechnung jenes festlichen Abends nachzueifern. Sie pflegte ein bescheidenes Gericht und hinterher wohlriechenden Tee zu bestellen und fragte sich oft, wie es wohl zu erklären war, daß sie so wenig zu bezahlen brauchte. Vielleicht hatte der verschrumpelte, chinesische Weise etwas damit zu tun; er freute sich immer, sie zu sehen, und war ein notorisch schlechter Rechner. Im allgemeinen irrte er sich zugunsten des Unternehmens, deshalb konnte er es sich möglicherweise leisten, gelegentlich einmal seiner Freundin zuliebe ein paar Fehler einzubauen. Sie hielt dieses Lokal immer noch für das beschaulichste in ganz London, und ertappte sich jetzt bei dem Gedanken, daß das Mysterium, mit dem sich Mr. Gorman möglicherweise umgab, eher synthetischer Natur war. Diese Orientalen verfügten über das wahre Geheimnis, denn sie vermochten in einer Atmosphäre allgemeiner Hektik und Betriebsamkeit die Illusion von Ruhe und Vernunft zu erzeugen.

Erfrischt kehrte sie zurück. Gorman lag im bequemsten Sessel des Aufenthaltsraums und schlief. Der Elektrostrahler brannte immer noch, aber das Licht hatte er ausgeschaltet. Er wirkte erschöpft und krank.

Ich muß verrückt sein, sagte sie zu sich selbst, daß ich einem so fahlen, ausgebluteten Mann böse Absichten unterstelle. Gorman hatte im Moment eher eine gewisse Ähnlichkeit mit dem Kellner von nebenan. Auf Zehenspitzen verließ sie den Raum, setzte sich hinter ihre Theke und nützte, nachdem sie sich vorher mit dem nötigen

Zubehör versehen hatte, die Gelegenheit, um einen längst überfälligen Brief an den Vikar zu Hause zu schreiben und ihm mitzuteilen, wie wohl sie sich in Mrs. Mattsons Wohnung fühlte.

Der Regen war inzwischen in ein stetiges Nieseln übergegangen, er glitt durch die Dachrinnen und stahl sich wispernd durch den Rinnstein. Die Feder kratzte behäbig über das Papier. Die Uhr maß die Zeit ab, der Heizkörper zischelte, und Miss Milk fühlte sich so friedlich und entspannt wie eine Katze am Kamin. Im *Bellevue* gab es, außer für die Zimmermädchen und den Küchenchef, zu Mittag nie etwas anderes als einen kleinen Imbiß. Madame und ihre Töchter sowie Gus nahmen ihre Hauptmahlzeit am Abend ein. Gus und Madame aßen oft zusammen eine Kleinigkeit in Madames Zimmer, während Miss Blanche sich immer ein Tablett nach oben bringen ließ und allein speiste. Heute waren die ›Mädels‹, wie Madame die Zimmermädchen nannte, früher fertiggeworden, die Schlüssel hingen bereits an den Haken, als Miss Milk vom Essen zurückkam.

Miss Milk beschrieb dem Vikar, was sie von den geschmückten Straßen gesehen hatte; zweifellos würde er mit dem Mütterverein eine Busfahrt in die Hauptstadt unternehmen, um sich alles anzusehen. Sie hatte eine angenehme Stellung gefunden, schrieb sie, doch dann hielt sie inne und ließ die Feder über dem Papier verharren. Sie fragte sich, ob sie wirklich noch so aufrichtig war wie früher. Andere kleine Ungenauigkeiten gingen ihr durch den Sinn. Sie opferte das Blatt, schrieb den Satz um und ersetzte ›angenehm‹ durch ›interessant‹.

In diesem Augenblick kam der Koch wie gewöhnlich mit seinem Wecker unter dem Arm aus dem Keller. Miss Milk gab ihm durch Gesten zu verstehen, daß im Aufenthaltsraum jemand schlief, und er schlich übertrieben behutsam auf Zehenspitzen die Treppe hinauf.

Als sie die Adresse auf den Umschlag geschrieben hatte und gerade dabei war, die Marke aufzukleben, kam Gus herunter.

»Wie sind gestürzt die Helden«, spottete er.

»Was soll das heißen?«

»Während der Arbeitszeit Privatbriefe zu schreiben. Schämen sollten Sie sich. So etwas wäre Ihnen früher nie in den Sinn gekommen.«

Miss Milk spürte, wie sich ihr Gewissen meldete, und sie fragte sich, in welcher Beziehung ihre Grundsätze wohl sonst noch fast unmerklich ins Wanken geraten waren.

»Tja, ich muß einiges für die Direktion in die Maschine hämmern. Falls jemand nach mir fragt, ich bin in meinem Büro.« Damit verschwand er im Speisesaal. Sobald Miss Milk das unregelmäßige Klappern der Schreibmaschine hörte – Gus tippte mit zwei Fingern –, fiel ihr wieder ein, daß sie vergessen hatte, ihn zu fragen, ob er Madame etwas über die eventuell bevorstehende Abreise der Gormans erzählt hatte. Aber da einer der Betroffenen in fünf Metern Abstand schlief, wäre dies vielleicht ohnehin nicht der günstigste Zeitpunkt gewesen.

Wenn sie sich so weit zurücklehnte, daß sich ihr die Tasten der Telefonvermittlung in den Rücken bohrten, konnte sie ihn in seinem Stuhl liegen sehen, den Kopf weit zurückgelehnt, die Halsmuskeln angespannt, die geschlossenen Augen auf den Lüster in der Mitte der Zimmerdecke gerichtet.

Nach einer Weile erwachte er. Er wirkte nicht so, als sei er zuerst benommen, um sich dann allmählich in seiner Umgebung zurechtzufinden; eben hatte er noch geschlafen, im nächsten Augenblick war er wach und im Vollbesitz seiner Fähigkeiten. Er blickte auf seine Armbanduhr, stand auf, blieb ein oder zwei Minuten lang vor dem Kamin stehen und rief dann eindringlich: »Miss! *Miss!*«

Miss Milk ging in den Aufenthaltsraum, um zu sehen, was los war.

»Dieser verdammte Strahler. Hören Sie sich das an; es klingt, als würde er gleich explodieren.«

Sie beugte sich gehorsam hinab und lauschte, und dabei hörte sie, wie die Schwingtür aufgestoßen wurde.

Sofort sagte Gorman: »Schon gut, ich sehe nach, wer es ist. Ach, du bist es, Stella. Ich habe den Schlüssel. Hier, nimm ihn!«

Miss Milk hörte Stella mit ihrer tonlosen Stimme »Vielen Dank, Gene« sagen und richtete sich auf.

Sofort schoß ihr wieder der alte Argwohn gegen Gorman durch den Kopf. Was hatte der Captain in bezug auf Ablenkungsmanöver gesagt? Sie drängte sich an Gorman vorbei in die Halle, und Stella sah sie ein wenig überrascht mit hochgezogenen Augenbrauen an. Verlegen kehrte Miss Milk ins Zimmer zurück, um den beanstandeten Strahler weiter zu begutachten.

»Ich glaube nicht, daß er ernsthaft defekt ist. Er zischt, aber hier zischt alles. Sie müßten meinen Heizkörper draußen in der Halle hören. Soll ich Gus rufen, damit er ihn sich ansieht? Er ist gleich nebenan.«

»Wenn Sie sagen, er ist in Ordnung, dann ist das nicht nötig. Ich habe nur einen Horror vor elektrischen Geräten, seit ich mich einmal verbrannt habe, als ich mit einer Nagelschere einen stromführenden Draht durchschneiden wollte.«

Miss Milk drehte sich um und wollte an den Empfang zurück.

»Nun laufen Sie doch nicht gleich weg. Man könnte ja fast meinen, Sie hätten Angst vor dem armen, alten Gene. Was gefällt Ihnen denn eigentlich nicht an mir, hm?«

Die Worte waren vielleicht etwas rührselig, aber sie wurden in einem Tonfall gesprochen, der ihnen alles Anstößige nahm, beiläufig, ironisch, wie von einem Berufskomiker. Eigentlich, überlegte sie, waren die Leute in der Schellenkappe oft Typen wie Gorman, satirisch, bitter, von einem körperlichen Leiden geplagt.

Hatte sie ihm denn wirklich etwas vorzuwerfen, was greifbarer gewesen wäre als die Illusionen, die er selbst erzeugte?

Mr. Charles Somerset (oder Faß) und die Zimmermädchen hatten es leicht, sich gleichzeitig als Richter und Geschworene aufzuspielen und ihn zu verurteilen, ohne sich seine Verteidigung auch nur anzuhören; es gab keinen Funken eines Beweises dafür, daß er etwas mit Gays Verschwinden zu tun hatte.

Sie errötete, wußte aber nicht, was sie sagen sollte.

Seine Hand verschwand in seiner Tasche und zog ein Päckchen Karten heraus.

»Darf ich Ihnen ein paar einfache Tricks zeigen, um uns den regnerischen Nachmittag zu vertreiben?«

Miss Milk schauderte unwillkürlich zusammen. Glücklicherweise ersparte ihr das Öffnen der Schwingtüren eine Antwort. Sie bat Mr. Gorman, sie zu entschuldigen, und zog sich in die Halle zurück. Es waren jedoch nur drei der farbloseren Gäste des *Bellevue*, zwei junge Männer und eine Frau aus dem Norden Englands. Mit finsteren Gesichtern entledigten sie sich ihrer Regenmäntel, verärgert, weil ihnen das Wetter einen Strich durch ihre Pläne gemacht hatte.

»He, ich dachte, Regen gibt's nur bei uns in Manchester«, sagte einer von ihnen in komischer Entrüstung.

Mr. Gorman mischte nachdenklich seine Karten. Jetzt, da er Aussicht auf Publikum hatte, hob sich seine Stimmung. Die drei wußten anfangs nicht, daß sie einen Berufszauberer vor sich hatten, aber bald errieten sie es und erkannten, daß ihnen eine Gratisvorstellung von überragender Qualität geboten wurde. Die jungen Männer gehörten jenem Heer von Amateurtaschenspielern an, von Salonmagiern, über die Gay so wütend hergezogen hatte. Sie beobachteten staunend mit den mißtrauischen Blikken der Provinzler, wie Gene mit den Karten umging, wie sie ihm durch die Finger liefen, als seien sie lebendig.

Er stellte sich mit dem Rücken vor den immer noch zischenden Elektrostrahler und begann, ihnen salopp und offenbar mühelos einen Trick nach dem anderen vorzuführen, bis ihnen fast die Augen aus dem Kopf traten.

»Fehlt nur noch, daß er sie reden läßt, Lil.«

Mr. Gorman verneigte sich spöttisch und bat das Mädchen, eine Karte zu ziehen.

Die frostige Atmosphäre im Aufenthaltsraum taute auf. Gelächter und Stimmengewirr war zu hören. Lils Lachen klang wie das einer Hyäne. Sie schien jedesmal selbst überrascht, wenn es einfach aus ihr herausbrach.

»He, das möchten wir aber bei Licht sehen!«

Miss Milk drückte auf den Schalter vor der Tür, und der Lüster flammte auf, aber Gene war noch immer zu flink, zu geschickt für ihre scharfen Augen. Er war an das Rampenlicht gewöhnt, da konnten ihn die paar Watt, die Madame zur Verfügung stellte, gewiß nicht aus der Fassung bringen.

Von der ungewohnten Heiterkeit angelockt, ließ Gus seine Schreibmaschine im Stich und mischte sich unter die Zuschauer. Nach einer Weile schlich er zu Miss Milk hinaus und sagte:

»Er macht das wirklich gut. Sie sollten es sich ansehen. Ich hätte ihm gar nicht zugetraut, daß er so eine verdammte Schau abziehen kann. Da drin ist die Hölle los.«

Miss Milk kam wieder hinter der Theke hervor, lehnte sich gegen den Türpfosten und sah und hörte zu. Zwei weitere Leute kamen herein und wurden in das Spiel mit einbezogen. Der Regen strömte an den Fenstern herab, aber der Aufenthaltsraum hatte sich plötzlich in eine Oase ausgelassener Freude verwandelt.

Es war ein Wunder, daß Madame noch nicht oben an der Treppe erschienen war, um ihre übliche Frage zu stellen: »Was ist da unten los, *hein*?«

»Können Sie nur Kartentricks?« erkundigte sich einer der jungen Männer.

Achselzuckend schob Mr. Gorman das Kartenpäckchen in seine Tasche zurück, holte drei kleine Elfenbeinbälle heraus und begann damit zu jonglieren. In gemächlichem Rhythmus flogen sie in einem Halbkreis herum.

»Kinderkram«, spöttelte der junge Mann.

Mr. Gorman trat in drohender Haltung auf ihn zu, schüttelte seine Faust und zog ihm einen Ball aus der Nase. Lil entfuhr wieder ihr Lachen, und sie hielt sich entschuldigend die Hand vor den Mund. Der Ball schien aus ihren Fingerspitzen zu kommen und schwebte wieder mit den anderen durch die Luft. Offenbar konnten die kleinen Dinger sich überall hinbewegen, sobald sie einmal dem verzauberten Halbkreis entronnen waren. Sie kamen aus Genes Hosenaufschlägen, aus dem glasierten Blumentopf, in den der Nachtportier gewöhnlich seine Zigarettenkippen entleerte, aus dem Werk der Marmoruhr. Es war vielleicht ein kindisches Spiel, aber Gormans Geschwindigkeit und Fingerfertigkeit verliehen ihm einen gewissen Reiz.

Eine Aluminiumkugel fiel herab, das Telefon summte. Es war Madame, und sie verlangte nach Gus. Gus verzog das Gesicht, eilte aber sofort nach oben.

Mr. Gorman hatte genug vom Spiel mit den Bällen und begann mit Taschentüchern zu experimentieren, mit seinem eigenen und zwei anderen, die er sich ausgeliehen hatte. Wie die Bälle verschwanden sie plötzlich und tauchten an anderer Stelle wieder auf. Dann knüpfte er sie mit komplizierten Knoten zusammen und trennte sie mit einer schnellen Bewegung seines Handgelenks.

»Brauchen Sie vielleicht 'ne Assistentin?« kicherte Lil.

»Ich wüßte nicht, was ich mit ihr anfangen sollte«,

erklärte Mr. Gorman mit einem verschmitzten Lächeln. Miss Milk bemerkte jedoch, daß ihm der Schweiß auf der Stirn stand, und kam zu dem Schluß, daß in der Kunst nichts ohne Mühe erreicht wird. Das Geheimnis liegt nur darin, alles mühelos erscheinen zu lassen.

Endlich hatte er genug, oder er fand, die anderen hätten genug. Er gab die Taschentücher ihren Besitzern zurück; mit seinem eigenen wischte er sich die Stirn ab.

»He, Sie haben nie rausgelassen, daß Sie 'n Profi sind«, protestierte Lil.

Gorman legte einen Finger an die Lippen.

»Erzählen Sie es niemandem. Ich möchte keine Schwierigkeiten mit meiner Gewerkschaft bekommen.«

»Wie wär's mit 'nem Schluck Tee? Schätze, wir sind jetzt alle durstig.«

»Wäre nett, wenn Sie mir 'n paar Tips geben könnten«, sagte einer der jungen Männer. »Ich zaubere 'n bißchen bei Kinderfesten. Aber an Sie komm ich natürlich nicht ran.«

»Ganz bestimmt nicht«, sagte Lil. »Er gehört mehr zu der ›Warum-hat-das-jetzt-wieder-nicht-geklappt‹-Sorte. Na, Schätzchen«, fragte sie und trat auf den Gang heraus, »wie wär's mit 'nem Täßchen Tee? Das ist doch 'ne kleine Erfrischung, oder nicht?«

»Ja-a.« Miss Milk zögerte. »Es ist nur so, ich muß erst warten, bis jemand herunterkommt, vorher kann ich nicht vom Empfang weg.«

»Ach so... da kümmere ich mich drum. Ich bin zu Hause Kassiererin, Sie können sich auf mich verlassen, Mädel.« Ihr Lachen sprudelte wieder aus ihr heraus, und dann sagte sie ganz leise, wie zum Ausgleich für den Lärm:

»Nun laufen Sie schon und bringen Sie ’ne Extratasse für den Magier mit, wir trinken alle gemeinsam. Ich komme an die Küchentreppe und rufe Sie, wenn ein Gast kommt.«

In ihrer Stimme lag eine gutmütige Autorität, die Miss Milk bewog, sich ihren Wünschen zu fügen. Außerdem hatte sie selbst Durst. Zu warten, bis der Koch herunterkam, war lächerlich, das würde noch mindestens eine Stunde dauern. Die Gäste wollten schließlich keine Butterbrote, also brauchte sie nur den Kessel aufzusetzen und ein paar Tassen und Untertassen zusammenzusuchen.

Sie brühte den Tee auf und brachte ihn herauf. Niemand war gekommen, sagte Lil. Alle saßen im Aufenthaltsraum und plauderten freundschaftlich, Gorman war mittendrin. Miss Milk schlich hinaus, holte sich die Tasse, die sie für sich selbst eingegossen hatte, und trug sie an die Theke zurück, dann setzte sie sich und trank dankbar in kleinen Schlucken.

Einmal wurde sie unterbrochen, weil Gus anrief und sich eine Leitung geben ließ. Auf diese Weise konnte er von Madames Zimmer aus direkt nach draußen telefonieren. Sie trank den Rest ihres Tees, der inzwischen kalt geworden war. Etwa zehn Minuten später sah sie, wie Mr. Gorman aufstand, leise gähnte und sich mit den Worten: »Ich muß raufgehen und sehen, was aus meiner Frau geworden ist«, von den übrigen verabschiedete.

Bei diesen Worten ergriff etwas von Miss Milks Denken Besitz, das stärker war als alle Vernunft. Eben hatte sie noch ganz sorglos und angenehm entspannt auf ihrem Bürostuhl gesessen – gleich darauf wurde sie von einer unerträglichen Anspannung erfaßt, die alle ihre Sinne vibrieren ließ. Ihre gesamten Ängste brachen wie eine große Welle über sie herein. Ihr Blick war auf Gorman gerichtet, sie beobachtete fasziniert jede seiner Bewegungen, die ihr unglaublich kontrolliert vorkamen, wie in Zeitlupe ausgeführt. Das Gefühl der Spannung war so stark, daß sie kaum atmen konnte, sie saß wie erstarrt da und sah ihm nach, bis seine Beine aus dem Spiegel verschwunden waren. Sie war überzeugt, daß die Geschichte im Begriff war, sich zu wiederholen.

Sie brauchte nur dazusitzen und zu warten, zu warten, während die Minuten vergingen, bis er zurückkam und sie bat, den Hauptschlüssel zu holen.

Es dauerte lange; er mußte zwei Treppen hinaufsteigen, er mußte an die Tür klopfen, mußte noch einmal klopfen, vielleicht mit lautem Rufen Einlaß begehren. Aber wenn sie seine Rückkehr noch weiter hätte hinausschieben können, hätte sie es getan. Als sie wieder seine Schritte hörte, drehte sie sich nicht einmal um. Sie sah ihn im Spiegel herunterkommen, ebenso wie sie ihn hatte hinaufgehen sehen.

Sie wartete, bis er sprach. Als er es tat, waren der Schwung, die Lebhaftigkeit, die er den ganzen Nachmittag über gezeigt hatte, wie weggeblasen. Er sprach wie ein etwas einfältiges Kind, das etwas wiederholt, was es unter Zwang auswendig lernen mußte.

»Sie antwortet nicht«, sagte er. Und als Miss Milk nichts sagte – weil sie dazu im Moment nicht fähig war – wiederholte er: »Haben Sie nicht gehört? Sie gibt keine Antwort. Wir werden noch einmal Ihren Hauptschlüssel brauchen.«

Ihre Hände zitterten so sehr, daß sie ihn kaum schnell

genug aus der Kassette holen konnte. Sie streckte ihn Gorman entgegen.

»Sie müssen mit mir hinaufkommen«, flüsterte er.

»Wo ist Gus?«

»Was kümmert mich Gus? Sie müssen mit mir hinaufkommen. Ich werde keinen Augenblick lang von Ihrer Seite weichen.«

Sie ging ihm voran nach oben, fast wie hypnotisiert oder wie unter einem Zauberbann, der es ihr unmöglich machte, nach Madame oder nach Gus zu rufen. Wenn Madame auf den Treppenabsatz herausgekommen wäre, hätte das die Rettung bedeutet. Und doch wußte sie, daß beide ganz in der Nähe waren. Ihre Kehle war wie ausgetrocknet.

Sie stiegen die nächste Treppe hinauf. Sie standen vor der Zimmertür der Gormans.

»Stella ... Stella!« rief Miss Milk, den Mund dicht an den Türspalt haltend. Sie brachte nur ein Krächzen zustande.

Eine Hand mit der anderen stützend, führte sie den Schlüssel ins Schloß ein. Dann nahm sie alle ihre Kräfte zusammen und riß die Tür weit auf.

Nichts war da. Von Stella war nicht das geringste zu sehen, im Zimmer herrschte das chaotische Durcheinander, in dem sie immer lebte, aber von ihr selbst gab es keine Spur.

Gorman schnellte ins Zimmer wie ein Pfeil von der Sehne. Er war nicht länger der Schlafwandler, der Mann in einem bösen Traum. Er rannte wie wild hin und her, stürmte vom Waschtisch zur Kommode, schaute unter das

Bett, in den Schrank, aus dem Fenster. Dann fing er an, die Kleidungsstücke von den Stühlen zu reißen, von den Betten, oder wo immer sie lagen, und warf sie in die Luft, bis es Fetzen zu regnen schien.

»Sie muß hier sein! Ich sage Ihnen, sie muß hier sein! Warum suchen Sie denn nicht nach ihr? Eine Frau löst sich doch nicht einfach in Luft auf. Sie ist nicht heruntergekommen, nicht wahr? Nun, ist sie, oder ist sie nicht? Sie waren am Empfang oder jedenfalls ständig in der Nähe. An Ihnen kommt doch nichts und niemand vorbei, nicht wahr?«

Seine Stimme war immer lauter geworden, und jetzt schrie er fast. Die ganze Vorstellung wirkte lächerlich theatralisch, und plötzlich hatte Miss Milk eine Vision, die alles andere auslöschte. Es war nichts als ein Witz. Mr. Gorman war kein Mörder, er hatte sie nur an der Nase herumgeführt. Unten im Aufenthaltsraum hatte er eine großartige Schau abgezogen, und dies war der Höhepunkt. Das war die Erklärung. Aber jetzt war er zu weit gegangen. Er hatte sein raffiniertes Spiel zerstört, indem er seine Rolle überzog. Sie fiel nicht länger auf ihn herein.

Sie begann keuchend zu lachen. Es war alles so irrsinnig komisch. Zuerst das Verschwinden der gräßlichen Lulu, dann dieses dumme Ding von Gay, die jetzt wahrscheinlich in Brighton Urlaub machte, und schließlich das! Alles fügte sich zusammen zu einem einzigen, gewaltigen Schabernack, den sie eben erst durchschaut hatte.

Ihr Lachen wurde immer lauter, es klang noch schlimmer als bei Lil, es drängte aus ihr heraus wie ein Fallschirm nach dem Ziehen der Reißleine.

»Hoo-hoo-hoo! Hoo-hoo-hoo!«

Mr. Gorman hörte auf zu schauspielern. Er blieb stocksteif mitten im Zimmer stehen und starrte sie entgeistert an.

Dann brüllte er:

»Hören Sie auf, Sie haben wohl den Verstand verloren! Ich sage, Sie sollen den Mund halten!«

»Hoo-hoo-hoo! Hoo-hoo-hoo!«

»Hören Sie! Ich halte das nicht aus!« schrie Gorman plötzlich. »Ich kann diesen Heidenlärm nicht länger ertragen. Ich gehe.«

Sie hörte ihn die Treppe hinunterlaufen, als seien ihm alle Teufel der Hölle auf den Fersen.

»Hoo-hoo-hoo! Hoo-hoo-hoo!« Sie lachte immer weiter ... erstickte fast dabei. Doch als sie sich mit der Hand über das Gesicht fuhr, bemerkte sie überrascht, daß ihr die Tränen über die Wangen strömten.

14

Es war ein schlichter Fall von Hysterie. Als sie wieder zu sich kam, lag sie in Madames Zimmer auf Madames Couch und war triefend naß. Madame hatte sie mit einem ganz einfachen Hausmittel kuriert, indem sie im Badezimmer einen Krug mit Wasser füllte und ihn über ihr auskippte. Das Wasser lief durch ihr Haar, drang in den schwarzen Stoff ihres Kleides ein und sickerte in die Federn der Sofakissen.

Sie sah sich von funkelnden Knopfaugen beobachtet,

die Lulu gehörten. Der Hund hockte vor ihr auf den Hinterbeinen und schien ganz deutlich sagen zu wollen: »Na, diesmal hast du dich aber wirklich gründlich zum Narren gemacht!«

Sie setzte sich auf und fühlte sich wieder normal, wenn auch etwas zittrig.

»Es tut mir so leid. So etwas ist mir in meinem ganzen Leben noch nie passiert.«

»*N'importe*... das macht nichts«, sagte Madame. »Hier. Nehmen Sie eine 'andtuch... trocknen Sie sich ab.« Es klang gleichgültig und müde. Miss Milk warf einen schnellen Blick auf ihr Gesicht und sah, daß ihre Züge den gewohnt scharfen Ausdruck verloren hatten; ihre Wangen sahen aus wie eine runzlige Gummiblase, aus der langsam die Luft entweicht. Allen Anzeichen nach hatte sie eben einen ihrer Wutausbrüche hinter sich.

»Nicht Ihre Schuld. Es war ein Schock«, sagte Gus, der ebenfalls im Zimmer war. Miss Milk fragte sich schuldbewußt, wer wohl am Empfang saß, und wie um ihre unausgesprochene Frage zu beantworten, fügte er hinzu: »Keine Sorge. Blanche hält die Stellung.«

»Sie wissen also alles über Mrs. Gorman?«

Ein verlegenes Schweigen trat ein, dann sagte eine weitere Stimme in ihrem Rücken:

»Ja, sie wissen Bescheid.«

Miss Milk drehte sich auf dem Sofa herum und erblickte den Captain. Sofort fiel ihr ein, wie sie aussehen mußte... ganz sicher nicht wie die Venus, die den Meereswogen entsteigt.

»Was für ein dummer Streich!« sagte sie und frottierte

sich mit dem Handtuch das Haar. »Und auch grausam, finde ich. Aber Gus hat Ihnen sicher erzählt, was heute nachmittag los war. Er hat sich selbst übertroffen. Der Mann schien wirklich vom Teufel besessen.«

»Reden Sie von Gorman?« fragte Gus.

»Von wem sonst? Aber sie müssen natürlich alle mitgemacht haben. Wie mögen sie sich amüsiert haben, als ich hinunterging, um den Tee zu holen. In dieser Zeit muß Stella hinausgehuscht sein. Diese Lil kam mir eigentlich ganz vernünftig vor, aber ich nehme an, sie hatte gar keine Ahnung, welche Wirkung das alles auf mich haben würde. Ich glaube, sie wußte nicht einmal etwas von Gays Verschwinden. Ich hätte es spätestens erraten müssen, als Gorman so betont darauf hinwies, daß Stella gekommen war ... er hat mich noch eigens darauf aufmerksam gemacht. Er ist auf jeden Fall ein sehr raffinierter Mensch. Man brauchte nur aus der Nähe zu sehen, wie er seine Zauberkunststücke vollführte, dann war einem das klar. Ach, aber ich glaube, er hat auch seinen Denkzettel bekommen. Er muß furchtbar erschrocken sein, als ich so durchdrehte. Ich habe gehört, wie er die Treppe hinuntergerast ist. So etwas macht er sicher nicht noch einmal.«

Im Zimmer herrschte Schweigen, bedeutsames Schweigen. Es wurde erst gebrochen, als Lulu begann, sich zu kratzen. Bumm, bumm, bumm schlug dabei ihr Hinterbein auf den Boden.

»Tais-toi!« rief Madame streng. Das Klopfen hörte auf.

»Sie haben Stella kommen sehen?« fragte der Captain. »Um welche Zeit war das?«

»Etwa gegen halb drei, nehme ich an. Der Koch war

jedenfalls schon hinaufgegangen, und Gus war im Speisesaal und tippte. Sie kam herein, und Gorman gab ihr den Zimmerschlüssel, den er wohl in der Tasche hatte.«

»Sagte sie etwas zu Ihnen, als sie hereinkam?« fragte der Captain.

»Nicht zu mir direkt. Dazu gab es keinen Anlaß; aber etwas sagte sie. Ach ja, jetzt erinnere ich mich, es ist ein Lieblingssatz von ihr. ›Vielen Dank!‹ Das war es. ›Vielen Dank, Gene!‹«

Miss Milk hatte den Eindruck, daß sie ihrer Zunge zu freien Lauf ließ. Aber sie fühlte sich noch immer etwas schwindlig. Das alles hatte sich zu lange in ihr aufgestaut. Sie wollte nicht, daß die anderen, besonders der Captain, zu dem Schluß kamen, sie sei die vollkommene Landpomeranze. Warum war er überhaupt schon so früh zu Hause, fragte sie sich; sie sollte ja nicht erfahren, daß er auf Gus' Anruf hin gekommen war.

Sie gestattete sich ein kleines, bescheidenes Lachen, um zu zeigen, wie belustigt sie war, ohne daß die anderen erschraken und auf die Idee kamen, sie würde schon wieder hysterisch werden.

»Wahrscheinlich hätte ich noch immer nicht gemerkt, daß es ein Witz sein sollte, aber Gorman hat übertrieben. Er hat sich ganz anders verhalten als damals, als Gay verschwand. Er rannte im ganzen Zimmer herum und tat so, als suche er nach ihr. Beim letzten Mal hat er das Suchen mir überlassen.«

Sie merkte, daß ihr alle ungeteilte Aufmerksamkeit widmeten.

»Sie muß nach 'ause«, sagte Madame schwach.

»Auf jeden Fall muß ich aus den nassen Kleidern heraus.«

»Also dann ab mit Ihnen, nehmen Sie ein Bad und gehen Sie dann sofort zu Bett«, riet ihr der Captain.

»Nehmen Sie den Sonntag frei und kommen Sie erst am Montag nachmittag wieder«, sagte Gus.

»Oh, aber bis morgen ist sicher alles wieder in Ordnung mit mir ...«

»Das ist eine Befehl. Ich sage es ...« unterbrach Madame.

»Nun, das ist sehr freundlich von Ihnen.«

Der Captain half ihr, von der Couch aufzustehen. Sie hatte einige Schwierigkeiten mit ihren Füßen, sie waren zwar da, aber sie hatte den merkwürdigen Eindruck, als gehörten sie jemand anderem. Ihre Zähne begannen zu klappern. Sie sah den Captain an:

»Falls Sie vielleicht zufällig in meine Richtung gehen ...?«

»Er 'at andere Dinge zu tun«, verkündete Madame.

»Ja, das stimmt, Jess, ich habe leider wirklich ziemlich viel zu tun. Ein andermal vielleicht.«

»Wie 'aben Sie sie genannt?« fragte Madame in argwöhnischem Tonfall.

»Ich habe sie Jess genannt, weil sie so heißt«, erklärte der Captain kühl. »Gus, bringen Sie Jess doch bitte bis zum Ausgang.«

»Hier geht es ja allmählich recht familiär zu, nicht wahr?« hörte Miss Milk sich zu ihrer eigenen Überraschung sagen, während sie dankbar die Hilfe des Praktikanten annahm. Sie fühlte sich immer noch recht komisch und war froh, daß Gus neben ihr war und ihr im Foyer in den Mantel half. Der Aufenthaltsraum war leer, und jemand hatte den Heizstrahler ausgeschaltet. Wahrscheinlich Miss Blanche, die jetzt mit ihrem Strickzeug beschäftigt hinter der Theke saß wie eine alte Frau, die vor der Guillotine wartet.

»Glauben Sie, Sie kommen zurecht?«

Tiefe Falten durchzogen sein biederes Gesicht, und Miss Milk nahm fälschlicherweise an, er mache sich ihretwegen Sorgen.

»Ich werd's überleben«, sagte sie. »Sobald ich nach Hause komme, mache ich mir etwas Heißes zu trinken.«

Das hörte sich etwas wehleidig an, weil niemand hier dafür gesorgt oder es ihr auch nur angeboten hatte. Wenn Miss Blanche überhaupt bemerkte, wie durchnäßt sie war, so hielt sie diese Tatsache offenbar nicht für erwähnenswert.

»Vergessen Sie nicht, sich morgen richtig auszuschlafen«, riet Gus.

»Ja, das mache ich.« Sie nieste zweimal, wünschte den beiden eine gute Nacht und ging durch die Schwingtür. Sie fühlte sich aus mehreren Gründen elend, nicht zuletzt wegen der Abfuhr, die der Captain ihr erteilt hatte. Merkwürdig war, daß sie aufgehört hatte, sich irgendwelche Sorgen um die Gormans zu machen. Sie fand nur, London sei eine abscheuliche Stadt, stark überschätzt, zu voll mit Menschen und zu arm an Freundlichkeit.

Sie schlich durch einen stetigen Nieselregen, in dem sie nicht nässer werden konnte, als es ohnehin schon der Fall war, nach Hause und schleppte sich die Treppen zu Mrs.

Mattsons Wohnung hinauf. Noch nie war sie so froh gewesen, den sicheren Hafen ihres Zimmers zu erreichen. Sie zog ihr Nachthemd an und braute sich das heiße Getränk, das sie sich versprochen hatte. Erst als sie im Bett lag, begannen sich ihre Gedanken mit einer äußerst seltsamen Frage zu beschäftigen.

Wie in aller Welt hatten eigentlich Madame, Gus und der Captain wissen können, daß Stella verschwunden war? Zuvor war sie sehr dankbar dafür gewesen, keine ausführlichen Erklärungen abgeben zu müssen. Aber sie war mit Gorman allein im Zimmer gewesen, als sie zu ihrer Schande so töricht die Nerven verloren hatte, und er war geradewegs die Treppe hinunter- und vermutlich auf die Straße hinausgelaufen.

Warum hatten die anderen sie nicht gefragt, was geschehen war, sondern statt dessen so getan, als wüßten sie bereits über alles Bescheid?

Sie warf sich unruhig hin und her und zerbrach sich so lange den Kopf über den Teil der ganzen Sache, der ihr jetzt am unbegreiflichsten vorkam, bis die körperliche Erschöpfung sie schließlich übermannte und sie in einen tiefen Schlaf sank.

Sie blieb den ganzen Sonntag über und bis kurz vor Montag mittag im Bett, dann ging sie aus, kaufte sich ein Paket Sandwiches und aß sie ohne große Begeisterung. Danach begab sie sich zum Hotel. Als sie dort ankam, fühlte sie sich immer noch ziemlich ernüchtert, und obwohl es sie überraschte, vom Captain empfangen zu werden, erkundigte sie sich nicht, warum er an einem Tag, an dem er gewöhnlich nicht frei hatte, anwesend war. Sie war niedergeschlagen und verspürte keine Lust, sich für irgend etwas zu interessieren, was außerhalb ihres normalen Aufgabenbereichs lag.

»Ich muß mit Ihnen sprechen, Jess«, erklärte der Captain ernst. »Kommen Sie mit in den Speisesaal, dort wird uns niemand stören... wenigstens nicht in den nächsten paar Minuten.«

Gus saß am Empfang. Er sah Miss Milk nicht an und sprach auch nicht mit ihr. Sein Gesicht war nie sehr ausdrucksvoll, aber heute wirkte es besonders hölzern.

Captain Homes hielt eine zusammengefaltete Zeitung in der Hand.

»Ich fürchte, Ihnen steht ein Schock bevor, Jess«, sagte er. »Wie fühlen Sie sich jetzt, nach dem Wochenende? Der kalte Guß hat hoffentlich keine Nachwirkungen hinterlassen?« Mit seiner freien Hand stellte er einen Gewürzständer von einem Tisch auf einen anderen.

»Mit mir ist alles in Ordnung, vielen Dank. Ich weiß nicht, was am Samstag über mich gekommen ist. Sie brauchen nicht zu befürchten, daß so etwas sich wiederholt. Worum geht es denn?«

»Man hat Stellas Leiche gefunden.«

Nach einer Weile sagte Miss Milk tonlos: »Dann hatte ich also die ganze Zeit über recht.«

»Was wollen Sie damit sagen?«

»Ich glaube, im Innersten wußte ich die ganze Zeit, daß sie tot war.« Sie sprach mit dumpfer, teilnahmsloser Stimme. »Ich konnte es mir nur selbst nicht eingestehen. Es mußte ein Scherz sein... es durfte einfach nicht anders sein.«

»Es ist nicht gut, über solche Dinge zu lange nachzugrübeln. Ihre Schuld ist es nicht. Es hatte nichts mit Ihnen zu tun, und Sie konnten nichts daran ändern.«

»Ich werde mir das nie verzeihen. Niemals. Zuerst Gay … und jetzt Stella. Es *war* meine Schuld, Joe. Ich hätte den Mund aufmachen und sie warnen müssen. Aber irgendwie war mir das nicht möglich. Ich habe solche Leute noch nie kennengelernt und bin auch noch nie mit so etwas in Berührung gekommen.«

»Natürlich nicht«, beschwichtigte der Captain. »Außerdem hatten Sie keine Beweise. Worauf lief denn alles hinaus? Auf ein paar unbestimmte Vermutungen. Ich sage Ihnen, Sie haben keinen Grund, sich Vorwürfe zu machen.«

»Die Leiche war also die ganze Zeit über im Zimmer. Wo war sie versteckt?«

»Sie war nicht dort. Sie wurde heute morgen von den Müllmännern in einem Sack entdeckt, der am Eingang der Knopffabrik gegenüber lehnte. Sie … Sie brauchen sich deshalb keine Gedanken zu machen, Jess.«

»In was für einer Art von Sack?«

»Ach, Sie kennen die Sorte sicher … man verwendet sie vor allem für Pappkartons und Papier. Magentarot … rotbraun … ich habe keine Ahnung, wie man die verdammte Farbe nennt.«

»Ich weiß. Ich habe sie schon öfter dort stehen sehen.« Sie stieß einen erstickten Schrei aus. »Joe … diese Säcke sind den ganzen Sonntag über draußen. Soll das heißen, daß die arme Stella den ganzen Sonntag lang dort im Freien stand?«

»Ich weiß nicht, wann man das Ding hingestellt hat. Aber das ist auch nicht unsere Sache.«

»Aber Sie wissen alles. Sie wissen, wie sie ... getötet wurde?«

»Man hat sie erdrosselt. Jetzt denken Sie nicht lange darüber nach. Es hört sich schlimm an, aber es muß sehr schnell gegangen sein, und ich glaube nicht, daß das arme Ding leiden mußte, jedenfalls nicht halb so viel, wie manche Leute auf ihrem Sterbebett oder nach einem Unfall leiden müssen.«

»Möchten Sie gerne so sterben?«

»Ich bin mehrmals knapp dem Tod entronnen, und jedesmal wäre es ein schlimmerer Tod gewesen«, sagte der Captain grimmig. »Feuer auf See zum Beispiel. Es gibt gar nicht so viele angenehme Möglichkeiten, aus diesem Leben zu scheiden. Dieser Aspekt der Geschichte beunruhigt mich nicht. Ich wollte Sie nur darauf vorbereiten, daß die Polizei Sie sicher verhören wird. Heute morgen gab es eine Menge zu tun, und sie waren beschäftigt, aber heute nachmittag können Sie mit ihnen rechnen. Sie müssen sich überlegen, was Sie aussagen wollen. Reden Sie so wenig wie möglich, Jess. Sie sollten sich nicht tiefer in die Sache hineinziehen lassen als unbedingt nötig.«

»Ich brauche ihnen doch nur die Wahrheit zu sagen, oder?«

»Ja, aber auch nicht mehr. Es ist nicht nötig, sich in Vermutungen zu ergehen. Was Sie sich denken, gehört nicht dazu. Sie brauchen nur zu berichten, was wirklich geschehen ist, soweit Sie davon wissen.«

»Ich weiß nur, daß Gorman die ganze Zeit dort drüben

im Aufenthaltsraum war. Er hat direkt vor unseren Augen Kunststücke vorgeführt. In dieser Zeit kann Gott sei Dank nichts passiert sein. Er muß es getan haben, nachdem er hinausgelaufen war... Wo ist er jetzt, Joe? Hat man ihn erwischt?!«

»Wen? Gorman? Er liegt im Charing Cross Hospital und hat das hieb- und stichfesteste Alibi, das man sich nur vorstellen kann. Als er das Hotel verließ, rannte er direkt auf die Charing Cross Road und brach auf der Straße zusammen. Er wurde mit einem Krankenwagen ins Hospital gebracht, und erst heute morgen hat man hier erfahren, wo er sich aufhält. Er hat erst heute früh seinen Namen genannt, und er hatte nichts bei sich, was den Leuten dort verraten hätte, wer er war oder woher er kam. Oh, er ist ein gerissener Teufel, das muß man ihm lassen.«

»Aber das Personal eines Krankenhauses läßt sich doch nicht so einfach hinters Licht führen.«

»Das war auch nicht nötig. Diese Anfälle hatte er schon öfter. Den Zustand seiner Eingeweide hat er nicht vorgetäuscht. Hoffentlich schneiden sie ihn auf dem Operationstisch in kleine Stücke.«

»Aber Joe, ich verstehe das nicht! Sie halten ihn für einen Mörder, aber er kann es doch gar nicht gewesen sein. Ich sage Ihnen, er hat den ganzen Nachmittag lang den Aufenthaltsraum nicht verlassen, das können mindestens fünf Leute bezeugen, und als er dann nach oben ging, kam er sofort wieder herunter und forderte mich auf, ihn zu begleiten und den Hauptschlüssel mitzunehmen. Und wenn er im Krankenhaus lag, wie kann er da eine Leiche in einen Sack gesteckt und sie irgendwo hingebracht haben?

Joe, wo waren Sie eigentlich gestern abend und am Samstag?«

»Seit wann habe ich mich Ihrer Meinung nach auf Mord verlegt? Zerbrechen Sie sich meinethalben nicht den Kopf, Mädchen. Mein Alibi ist fast so gut wie seins, und wenn es nötig ist, werde ich auch damit rausrücken. Ich habe nicht die Absicht, mich für ihn hängen zu lassen. Aber ich sage Ihnen, Jess, er ist für Stellas Tod so verantwortlich, als hätte er ihr selbst den Strumpf um den Hals gelegt.«

»Dann ...«

»Nein, Jess, mehr verrate ich Ihnen nicht. Lassen wir es dabei. Wir sind, dem Himmel sei Dank, nicht Scotland Yard! Sie haben uns heute morgen alle schon durch die Mühle gedreht, sogar den großen Charlie Faß. Der Bursche hat nicht das geringste Gefühl für Diskretion. Wenn er den Mund aufmacht, brüllt er wie ein Löwe, so daß alle Welt ihn hören kann. In Varietékreisen war allgemein bekannt, daß er sich an Gay rangemacht und sich eine Abfuhr geholt hatte. Als er dann mit Verdächtigungen um sich warf, weil sie nicht gefunden wurde, da vermuteten selbst seine besten Freunde, daß er etwas mit ihrem Verschwinden zu tun hatte, und schrieben deshalb wohlmeinende Briefe an die Polizei. Wenn man den Anschein vermittelt, über etwas beunruhigt zu sein, steht es zehn zu eins, daß einem das als Schuldbewußtsein ausgelegt wird. Jetzt versucht man, ihm Stellas Tod in die Schuhe zu schieben. Verdammt, wenn sie ihn hängen wollen, brauchen sie eine Stahltrosse.«

»Joe!«

»Tut mir leid, Jess. Ich bin ein bißchen überreizt. Kümmern Sie sich nicht um mein Gerede, außer, wenn ich Ihnen einen Rat gebe. Ich möchte Ihnen doch nur nahelegen, Ihre Aussage auf ein Minimum zu beschränken. Die Sache liegt jetzt nicht mehr in unserer Hand. Wir sind Zuschauer, keine Akteure, das ist Ihnen doch hoffentlich klar.«

»Wenn ich irgend etwas weiß, was der Polizei helfen könnte, die Person zu finden, die den Tod von Gay und Stella arrangiert hat, werde ich nicht zögern, es auszusprechen«, erklärte Miss Milk entschlossen.

Der Captain warf ihr einen langen, eigenartigen Blick zu.

»Ach ja«, sagte er dann, »daran zweifle ich nicht.«

Kriminalinspektor Court von der Kripo war noch nie ein Freund von Montagen gewesen, und dieser Montag gab ihm keinen Anlaß, seine Meinung zu ändern.

Nachdem man ihn mit einem Gefolge von Fotografen und Spurensicherungsleuten sowie einem Zivilfahrzeug für den Transport der Leiche an den Tatort gerufen hatte, befragte er als erstes einen verschreckten Müllmann mit einem Australierhut, der jeden Satz mit der Wendung: ›Meine Kumpel und ich ...‹ begann, so als habe er das Gefühl, in der Menge sicherer zu sein.

»Sobald ich das Ding angefaßt hatte, war mir klar, daß da was nicht stimmte«, jammerte er. »Meine Kumpel und ich ...«

»Es war mit einem Strick zugebunden?«

»Nee, Chef, das war 'n Strumpf.«

»Ich meine nicht die Leiche. Ich meine den Sack.«

»Das is' richtig, Chef. Meine Kumpel und ich ... ich hatte 'n Messer dabei und hab' den Strick durchgeschnitten. Hab'n ganz schönen Schrecken gekriegt, als ich die Hand reingesteckt und ihren Kopf gespürt hab. Hat mir richtig den Magen umgedreht.«

»Sie hätten den Sack auf jeden Fall ausgeleert, ganz gleich, was drin war?«

»Ja, das stimmt. Die Kartons kommen nämlich oben auf den Wagen. Niemand will das Zeug haben, aber im Interesse der Wirtschaft wird's getrennt gesammelt. Das is' eben so Vorschrift.«

»Und die Säcke sind immer zugebunden?«

»Ja, aber der hat sich anders angefühlt, irgendwie schwammig. Na ja, Kartons, das is' was anderes, da spürt man harte Kanten. Meine Kumpel und ich ...«

»Lassen Sie Ihre Kumpel mal weg. Ich brauche Ihren Namen und Ihre Adresse, und Sie müssen Ihre Aussage auf der Polizeiwache zu Protokoll geben, aber das soll Sie nicht beunruhigen. Es ist kein Verbrechen, eine Leiche zu finden.«

»Ich hab meine Lektion gelernt ... das mach ich nie wieder ... richtig den Magen hat's mir umgedreht.«

Inzwischen war der Polizeiarzt eingetroffen. Nachdem er die Leiche ein paar Minuten lang untersucht hatte, richtete er sich auf und erklärte:

»Ich kann hier nicht viel tun, Inspektor. Ich werde den Körper pathologisch untersuchen, und Sie bekommen so bald wie möglich meinen Bericht. Todesursache Strangulation. Todeszeit ... na ja, sie ist seit mindestens vierundzwanzig Stunden tot, wahrscheinlich schon länger. Man hat sie wohl in den Sack gesteckt, ehe die Leichenstarre einsetzte. Sie wollen mir doch wohl nicht erzählen, daß sie den ganzen Sonntag auf offener Straße hier gelegen hat?«

»Doch, und der Streifenpolizist ist auf seiner Runde zweifellos mehrmals vorbeigekommen. Haben Sie ein Herz, Doktor. Diese Säcke stehen immer über Sonntag draußen, weil am Montagmorgen die Müllabfuhr kommt, und wenn man ihn nicht genau abgetastet hat, sah dieser Sack nicht anders aus als alle anderen.«

»Sehr unhygienisches Verfahren, finde ich. Was passiert, wenn es regnet?«

»Dann werden die Säcke naß. Aber sie sind dicker als gewöhnliche Müllbeutel.«

»Was für eine widerliche Farbe. Und was für eine passende Umgebung; direkt neben einem Pferdemetzger. Sie ist sehr klein, nicht wahr?«

»Sehr. Zu unseren Stammkunden gehört sie nicht. Ich habe noch nichts gefunden, woran man sie identifizieren könnte. Gewisse Menge Make-up, aber das tragen sie heute alle.«

»Stenotypistin ist sie jedenfalls nicht, das sieht man an den Fingerspitzen. Gut genährt, und eine hübsche Figur. Revuetänzerin vielleicht? Irgendwo aus dem Theatermilieu? Aber das ist Ihre Sache, nicht die meine. Ich gebe nur Hinweise. Fragen Sie mich nicht, woher ich das weiß, aber das da gegenüber ist eine Pension, in der oft Theaterleute absteigen.«

Der Inspektor blickte über die Köpfe seiner Polizeiposten hinweg zum *Bellevue*, und dabei fiel ihm etwas Merkwürdiges auf.

In Soho ist der Morgen, wenn die Büros öffnen, nicht gerade die aktivste Zeit, und im Knopflager und in den darüberliegenden Wohnungen herrschte trotz der allgemeinen Aufregung wie immer tiefe Stille. Aber sonst hatte die Anwesenheit der Polizei entlang der ganzen Straße die Bewohner auf den Plan gerufen, und überall standen Leute in den Türen. Sogar im Eingang des *Tai Ping* drängten sich mehrere Söhne des Himmels und beobachteten interessiert, was sich da tat. Nur an der Schwingtür des *Bellevue* war niemand zu sehen, und diese Tatsache war bemerkenswert.

»Warten Sie doch noch einen Moment, ja?« bat Court, schob seine Untergebenen zur Seite, überquerte mit langen Schritten die Straße und verschwand im Hotel.

Auch er kannte es vom Hörensagen, wußte allerdings nichts direkt Negatives, da ein chaotisches Management und ein unkonventionelles Publikum an sich keine Vergehen sind, die ein Eingreifen der Polizei erfordern. Wegen seiner Lage war das *Bellevue* ganz im Gegenteil stets mit einer moralischen Strenge geführt worden, die selbst einem Quäker nicht mißfallen hätte.

Der Inspektor machte sich mit Gus bekannt, der am Empfang saß.

»Vermissen Sie zufällig jemanden von Ihren Gästen?« erkundigte er sich. »Gibt es jemanden, der gestern nicht nach Hause gekommen ist?«

»Sogar zwei«, sagte Gus knapp. »Ein Ehepaar, Varietékünstler, Gorman heißen sie. Wo der Mann ist, habe ich eben erfahren ... ein Anruf vom Charing Cross Hospital. Er wurde am Samstag dort eingeliefert, auf der Straße zusammengebrochen. Wo die Frau sich aufhält, weiß der Himmel.«

»Ich auch, glaube ich«, sagte der Inspektor ein wenig grimmig. »Kommen Sie doch mal bitte mit mir über die Straße.«

Court verabschiedete den Arzt und ließ die Leiche wegbringen, schickte einen seiner Männer los, um Erkundigungen bei den Inhabern der Räume über dem Knopfmagazin einzuziehen, und kehrte dann ins Hotel zurück. Von Madames Zimmer aus telefonierte er mit dem Krankenhaus, verlangte die Oberschwester, erfuhr von ihr, um welche Zeit Gorman eingeliefert worden war, und trug ihr auf, dafür zu sorgen, daß ihm die Nachricht vom Tod seiner Frau so schonend wie möglich beigebracht wurde. Außerdem meldete er sich für den frühen Nachmittag zu einem Besuch an. Danach schickte er Gus ins Leichenschauhaus, damit er die Leiche identifizierte. Nachdem dies alles erledigt war, machte er sich daran, die Aussagen zu Protokoll zu nehmen.

Er hatte jetzt kaum mehr Zweifel daran, daß hier die Lösung seines Problems zu finden war; fraglich war nur, wie lange er unter den ungünstigen Bedingungen, die er in diesem Haus vorfand, dazu brauchen würde. Das *Bellevue* wimmelte von Gästen, und den meisten davon war nichts Schlimmeres vorzuwerfen, als daß sie den Wunsch gehabt hatten, zur Krönung nach London zu kommen. Die drei aus Manchester zum Beispiel, die Mr. Gormans Nachmittagsvorstellung im Aufenthaltsraum beigewohnt hatten. Es bestand kein Anlaß, sie der Mittäterschaft an irgendeiner Straftat zu verdächtigen; sie hatten noch nie in diesem Hotel gewohnt, es war ihnen lediglich von Freunden empfohlen worden.

»Nein, von *ehemaligen Freunden*«, bemerkte einer der jungen Männer verärgert, nachdem er eine Reihe bohrender Fragen über sich hatte ergehen lassen müssen. Sein Ton ließ deutlich erkennen, daß diese Freundschaft nicht weiterbestehen würde.

»Was soll das eigentlich?« fragte Lil, die junge Frau. »Der arme Kerl liegt doch im Krankenhaus. Ich find's schon komisch, wenn er seinen Freunden nicht ein paar Zauberkunststücke vorführen darf, ohne daß ihm deshalb gleich die Polente im Nacken sitzt.«

Irgend etwas hatte sie auf die Idee gebracht, Gorman habe mit seiner Gratisvorstellung im Aufenthaltsraum gegen eine polizeiliche Vorschrift verstoßen.

Von Madame Lefevre mußte sich Inspektor Court ein langes Klagelied über Stellas Schlampigkeit anhören. Dies war der einzig klare Teil ihrer Aussage, die der Sergeant jetzt in stenographischen Schnörkeln in seinem Notizbuch festhielt. Wenn der Beamte insgeheim bei dem Gedanken schauderte, diese Aufzeichnungen in Reinschrift übertragen zu müssen, so erging es ihm nicht schlechter als seinem Vorgesetzten, der lange Zeit den starken Verdacht hegte, Madame hielte einen Mann namens Edouard für den Täter. Zu seiner Erleichterung gelang es ihm jedoch irgendwann, dieses Individuum anhand des Portraits im Foyer zu identifizieren. Da Court aus Madames Aussage nicht klug wurde, hoffte er, bei ihrer Tochter Blanche, die sich offenbar in klarem Englisch und nicht nur in einem Kauderwelsch aus drei verschiedenen Sprachen auszudrücken verstand, mehr Glück zu haben. Er sollte jedoch eines Besseren belehrt werden.

Miss Blanche erklärte gleich am Anfang sehr forsch:

»Bitte halten Sie Ihre Fragen so kurz und sachlich wie möglich. Falls ich in irgendeiner Weise Grund zur Klage haben sollte, werde ich nicht zögern, mich an Ihre Vorgesetzten zu wenden.«

Der Sergeant konzentrierte sich angestrengt auf die leere Seite seines Notizbuchs.

Der Inspektor blies die Backen auf, vermied aber vorerst jeden Kommentar, um sich die Sache nicht noch schwerer zu machen. Als er sie drängte, ihm genau zu sagen, was sie von Stella wisse, antwortete sie:

»Ich kann in diesen Fragen keinen Sinn erkennen. Diese Frauen, Gay und Stella, taugten beide nichts, und ich betrachte es als reine Verschwendung öffentlicher Mittel, den Wohltäter der Allgemeinheit zu suchen, der für ihre Beseitigung verantwortlich ist.«

Court fiel die Kinnlade herunter. Von Gay hatte er bisher noch kein Wort gehört. Obwohl er das nicht gerne eingestehen wollte, blieb ihm nichts anderes übrig, als zu fragen: »Diese Gay ... was soll denn mit ihr geschehen sein?«

»Gay Shelley? Sie war Gormans zweite Partnerin. Sie ist verschwunden und wurde der Polizei als vermißt gemeldet. Es spricht nicht sehr für die Kooperation zwischen Ihren Abteilungen, wenn Ihnen das nicht bekannt ist.«

»Wir arbeiten noch nicht lange an dem Fall. Zu gegebener Zeit wäre ich schon darüber informiert worden. Finden Sie es nicht merkwürdig, daß beiden Assistentinnen von Mr. Gorman ein solches – äh – Mißgeschick widerfahren ist?«

»Eigentlich nicht. Ich könnte mir denken, daß Gene etwas damit zu tun hatte. Wir waren früher einmal aneinander interessiert, und ich denke oft, er würde zu mir zurückkehren, wenn er wieder frei wäre.«

»Hat er das je gesagt?« fragte der Inspektor matt.

»Direkt ausgesprochen wurde nichts, aber ich hatte durchaus Grund zu dieser Annahme. Er hat Anteil an meiner Arbeit genommen.«

»Und worin besteht Ihre Arbeit?«

»Sehen Sie es sich doch selbst an. Sie liegt hier auf dem Tisch.«

Der Inspektor tat, wie ihm geheißen. Nachdem er eine Weile überlegt hatte, sagte er: »Sehr hübsch ... hm ... machen Sie häufig solche Dinge?«

»Im Augenblick ist das meine Hauptbeschäftigung.«

»Nun, Miss Lefevre, wenn ich Ihnen einen Rat geben darf, dann konzentrieren Sie sich auf Ihre Arbeit und seien Sie sehr vorsichtig in Ihren Äußerungen. Es gibt keinen Beweis, daß außer Stella Gorman irgendeiner anderen Frau etwas zugestoßen ist, und Mr. Gorman war den ganzen Nachmittag über in Gesellschaft von drei oder mehr anderen Personen. Danach ging er aus, brach auf der Straße zusammen und wurde geradewegs ins Krankenhaus gebracht.«

»Vielleicht kenne ich Mr. Gorman besser als Sie. Und ich habe ein Recht auf meine eigene Meinung.«

»Gewiß, und mich interessiert auch alles, was Sie zu sagen haben. Ich möchte nur andeuten, daß es vielleicht klüger wäre, bei allgemeinen Gesprächen ...«

»Reden Sie bitte nicht mit mir, als wäre ich schwachsinnig, Inspektor. Und verschonen Sie mich mit Ihrer zweifellos gutgemeinten Freundlichkeit.«

Der Inspektor fragte ruhig:

»Was haben Sie selbst denn am Samstag nachmittag gemacht?«

»Ich war bis nach vier Uhr hier in meinem Zimmer, dann habe ich die Empfangsdame abgelöst. Es muß immer jemand am Empfang sein. Sie fühlte sich nicht wohl und ging früher nach Hause, deshalb blieb ich dort, bis meine Schwester Monica kam und meinen Platz einnahm.«

»Das ist wohl das junge Mädchen, von dem Ihre Mutter sagte, sie besuche eine Hotelfachschule?«

»Ja, sie ist das verwöhnte Nesthäkchen der Familie.«

»Und wo sind Sie dann hingegangen?«

»Wieder in mein Zimmer. Später aß ich unten mit meiner Mutter und Monica zu Abend, in dieser Zeit war der Praktikant am Empfang. Danach kam ich wieder hierher, und anschließend trat dann der Nachtportier seinen Dienst an.«

»Ach ja, den möchte ich auch gleich noch sprechen.«

»Am Vormittag werden Sie kein vernünftiges Wort aus ihm herausbekommen. Da schläft er immer. Haben Sie mich in Verdacht, Stella Gorman in der Nacht ermordet zu haben?«

»Nein«, sagte Court brüsk.

»Welch ein Glück. Für die Nacht kann ich Ihnen nämlich leider kein Alibi liefern. Ich bin es gewohnt, allein zu schlafen.«

»Wenn Sie mich fragen, ist die reif für die Klapsmühle«, erklärte der Sergeant *sotto voce,* als er hinter dem Inspektor die Treppe hinunterstieg.

»Ich habe Sie aber nicht gefragt«, antwortete Court. »Rufen Sie sofort vom nächsten Polizeiapparat aus die Vermißtenabteilung an. Ich brauche einen vollständigen Bericht über diese Gay Shelley.«

Als der Sergeant zurückkehrte, war sein Vorgesetzter gerade dabei, Gus zu verhören. Hatte Madame Lefevres Aussage an einem Zuviel an Einzelheiten gelitten, so zeigte sich Gus der Polizei gegenüber etwa so entgegenkommend wie eine Schnecke in Anwesenheit einer Drossel. Da der Inspektor mit seinem Wesen nicht vertraut war, gelangte er zwangsläufig zu der Schlußfolgerung, der Praktikant sei von Natur aus unfähig sich auszudrücken und schwer von Begriff. Deshalb beschränkte er sein Verhör auf kurze, einfache Fragen, um diesen unterentwickelten Geist nicht zu überfordern. Die Feststellung, daß Gus kurz davorstand, sein sechstes Jahr als Praktikant in diesem Hotel zu beenden, war an sich schon kein sehr verheißungsvoller Anfang.

»Was ist mit Ihrem Wehrdienst?«

»Wie?«

»Waren Sie in der Armee?«

»Nein.«

»Besondere Gründe?«

»Plattfüße.«

»Würden Sie mir sagen, was Sie hier verdienen?«

»Zwei Pfund zehn bei freier Kost und Wohnung.«

»Das ist sehr wenig, nicht wahr?«

»Hm.«

»Tja ... nun ... wann schließen Sie denn nun Ihr Praktikum ab und suchen sich eine bessere Stellung?«

Gus zuckte resigniert die Achseln, so als habe er eine solche Möglichkeit noch nie in Betracht gezogen.

Schritt für Schritt holte der Inspektor die Vorgänge des Nachmittags aus ihm heraus, jedenfalls so viel, wie Gus davon preiszugeben bereit war, bis sie schließlich zu dem Augenblick kamen, in dem Madame nach ihm telefoniert hatte.

»Was wollte sie?«

»Sie wollte wissen, was unten für ein Krach war.«

»Ich höre zum ersten Mal etwas über einen Krach. Wer hat sich denn gestritten?«

»Nicht diese Art von Krach. Lärm. Radau.«

»Aha. Und Sie haben es ihr gesagt?«

»Natürlich. Hätten Sie's nicht getan?«

Der Sergeant, der die Antworten protokollierte, senkte den Kopf, um ein Grinsen zu verbergen.

«Sie waren also mit ihr zusammen, bis Sie Miss ... Miss Milk ... die Empfangsdame, aus Zimmer 26 rufen hörten?«

»Sie hat nicht gerufen ... sie hat gelacht.«

»Sie fand das also komisch?«

»Nein, sie war ganz aus dem Häuschen. Hysterisch.«

»Was haben Sie dann gemacht?«

»Wir haben sie in Madames Zimmer runtergeführt, und die alte Dame hat sie wieder zu sich gebracht.«

»Wie ... mit Ohrfeigen?«

»Nein, sie hat sie mit Wasser übergossen.«

»Sie haben Mr. Gorman ausgehen hören?«

»Wir hörten jemanden die Treppe runterlaufen, aber wir wußten nicht, daß er's war.«

»Danach ging Miss Milk nach Hause, wie ich von Madame Lefevre hörte.«

»Ja, sie war ja ganz naß. Sie konnte schließlich nicht naß am Empfang sitzen.«

»Und Miss Blanche Lefevre ist für sie eingesprungen?«

»Richtig.«

»Sitzt denn immer jemand am Empfang?«

»Sollte jedenfalls so sein. Manchmal ist er ein paar Minuten lang unbesetzt, wenn jemand was zu trinken bestellt.«

»Aber das Hotel hat doch gar keine Schanklizenz.«

»Noch nie was von Coca-Cola gehört?«

»Ich habe vor allem noch nicht gehört, was Miss Milk zu erzählen hat. Mit ihr will ich mich heute nachmittag unterhalten. Wir werden bald Mittagspause machen. Madame Lefevre sagt, sie kommt nach dem Lunch ... Miss Milk meine ich. Ist das richtig?«

»Ja. Wenn sie's nicht auch erwischt hat.«

»Was meinen Sie damit?« fragte der Inspektor scharf.

»Daß sie auch verschwunden ist.«

»Ist das denn wahrscheinlich?«

»Sie verstehen wohl keinen Spaß?«

»Ich kann es nicht komisch finden, wenn eine junge Frau erdrosselt wird. Wann sind Sie Samstag abend zu Bett gegangen?«

»Halb drei.«

»Was! Ist das nicht ziemlich spät?«

»Spät oder früh, wie man's nimmt. Ich habe mit dem Koch in seinem Zimmer Karten gespielt.«

»Muß ja ein faszinierendes Spiel gewesen sein, wenn Sie so lange nicht aufhören konnten?«

»Es war Bettelmann, wenn Sie's genau wissen wollen.«

»Waaas!«

»Das ist das einzige Spiel, das er kennt.«

Gus hielt es nicht für nötig zu erklären, daß der Koch auf diesem einfachen Spiel ein äußerst kompliziertes Wettsystem aufgebaut hatte, bei dem sie beide ständig ihren mageren Lohn verloren oder gewannen.

Der Inspektor wechselte das Thema.

»Als Sie die Leiche von Mrs. Gorman identifizierten, fiel es Ihnen nicht sehr schwer, sie zu erkennen?«

»Warum auch? Die Gormans wohnen doch seit Wochen hier.«

»Ihre Beziehungen gingen nicht über das hinaus, was sich normalerweise zwischen einem Hotelangestellten und einem Gast abspielt?«

Gus sah ihn völlig verständnislos an, und Court rief gereizt: »Na, waren Sie nun mit ihr befreundet?«

»Nein; aber auch nicht verfeindet. Und Sie brauchen mich gar nicht in die Mangel zu nehmen. Um 'ne Frau umzubringen, braucht man ein Motiv.«

»Sie brauchen mich nicht zu belehren, wie ich meine Ermittlungen zu führen habe. Sie gehen doch gelegentlich in den Keller hinunter, nicht wahr?«

»Ja, sicher.«

»Haben Sie dort jemals einen Sack gesehen wie den, in dem die Leiche gefunden wurde?«

»Kann schon sein, so oder so ähnlich.«

»Haben Sie diesen speziellen Sack erkannt?«

»Das einzige, was ich erkenne, sind Mülltonnen!«

»Das reicht jetzt. Behalten Sie Ihre plumpen Scherze für sich.«

»Verzeihung. Das letzte habe ich nicht verstanden.«

»Ach, lassen Sie's gut sein«, rief der Inspektor verzweifelt. »Wir sprechen uns später noch. Jetzt gehen Sie am besten erst mal an Ihre Arbeit zurück.«

»Wird auch höchste Zeit«, bemerkte Gus. »Sonst ist hier nämlich bald die Hölle los.«

»Sie haben gesagt, Sie sollen zurückrufen«, verkündete der Sergeant, als Gus das Zimmer verlassen hatte.

»Wer hat das gesagt?«

»Die Vermißtenabteilung. Sie haben gesagt, in einer Viertelstunde könnten Sie die Informationen haben.«

»Soll das heißen, daß ich selbst an den Polizeiapparat muß?«

»Warum rufen Sie nicht von hier aus an, Sir?«

»Damit man jedes Wort belauscht? Bestimmt nicht. Sie setzen sich jetzt hin und fangen an, Ihre Notizen zu übertragen. Ich bin früh genug zum Lunch zurück.«

»Sie sind sicher wieder da, ehe ich es geschafft habe, aus diesem Gekritzel schlau zu werden«, erklärte der Sergeant erbittert.

Als Court zurückkam, beschloß er, sich im Keller noch einmal mit Gus zu unterhalten.

Dann ging er wieder nach oben und forderte den Sergeant auf: »Nehmen Sie Ihr Notizbuch mit. Wir werden jetzt einen Herrn befragen, der im Bett liegt. Haben Sie den großen Charlie Faß schon einmal gesehen?«

»Noch nicht mal von ihm gehört.«

»Dann steht Ihnen eine Überraschung bevor. Im Schlafanzug müßte er besonders gut aussehen.«

Mr. Somerset lag noch immer mit einem fürchterlichen Schnupfen zu Bett.

Niemand hatte ihm von Stellas Tod erzählt, was nicht verwunderlich war, da nicht einmal ein Zimmermädchen sein Zimmer betreten hatte. Er war halb tot und nicht geneigt, besonders freundlich zu sein.

»Mein lieber Mann«, bemerkte er matt. »Mich plagt ein widerwärtiger, böser Schnupfen ... was führt Sie zu mir?«

»Ich dachte, Sie hätten vielleicht einen Hinweis für mich. Nach allem, was man hört, hatten Sie über das Verschwinden der ersten jungen Dame eine Menge zu sagen.«

»Wen meinen Sie ... Miss Shelley? Was ist denn passiert? Damals hat niemand auf mich gehört. Warum sollte es jetzt anders sein, wenn ich mich wiederhole? Ich sagte damals, und dabei bleibe ich, daß es in diesem Melodram nur Platz für einen Schurken gibt. Sein Name – Gene Gorman. Sein Bühnenname – Gene der Flaschengeist.«

»Würde es Sie überraschen zu erfahren, daß er ein unerschütterliches Alibi beibringen kann?«

»Mein lieber Mann, auch wenn er hundert unerschütterliche Alibis beibringen könnte, würde das meine persönliche Überzeugung nicht erschüttern. Er ist der Bösewicht.«

»Könnten Sie mir vielleicht kurz berichten, was Sie selbst getan haben, seit Sie am Samstag ins Hotel kamen? Reine Routine. Mein Assistent wird sich ein paar Notizen machen und ein kurzes Protokoll vorbereiten, das Sie dann unterschreiben können.«

»Ich nehme an, mir bleibt keine andere Wahl?«

»Wenn Sie wollen, können Sie es so ausdrücken. Sie können sich weigern, eine Aussage zu machen, aber davon würde ich Ihnen abraten. Es könnte unter anderem einen ungünstigen Eindruck machen.«

»Gehen Sie doch zum Teufel!« brüllte Mr. Faß. »Hoffentlich habe ich Sie und Ihren Lakaien mit einer Million dreckiger Bazillen überschüttet. Meine Aussage ist folgende: Ich habe dieses Bett trotz der Überredungskunst meines Managers und außer, um einem natürlichen Bedürfnis nachzugeben, nicht verlassen, seit ich mich am Samstag morgen hineingelegt habe. Ich habe seither auch von den Gormans nichts gesehen oder gehört und auch nicht mit ihnen gesprochen. Aber heute abend werde ich wohl aufstehen und mich auf die Bühne stellen müssen, selbst wenn es das letzte Mal ist. Ich habe Fieber, und meine Laken sind schweißgetränkt. Wenn Ihre Experten eine Probe davon nehmen, können sie daran vielleicht feststellen, ob meine Erklärung richtig oder falsch ist. Da ich trotz gegenteiliger Gerüchte kein Schwerenöter bin, kann ich Ihnen keine weiteren Zeugen benennen, die sie bestätigen könnten.«

Er begann zu niesen. Die Laken wogten auf und ab wie in schwerem Seegang. Er nieste so lange, bis er seine Peiniger aus der Tür getrieben hatte. Dann, erst dann legte sich der Krampf, und er ließ sich in triumphierendem Elend in seine Kissen zurücksinken.

»Und jetzt werden wir erst einmal einen Happen essen«, sagte der Inspektor und wischte sich die Stirn.

Auch der Sergeant fand, daß sie sich das verdient hätten.

15

Dem Künstler Gorman mochten von Kollegen und Bekannten magische Kräfte zugeschrieben werden, Kriminalinspektor Court vom C.I.D. hingegen kannte seine eigenen Grenzen. Er konnte nicht an mehreren Orten gleichzeitig sein, auch wenn sein Sergeant insgeheim der Ansicht war, daß er diesem Ziel sehr nahe kam. Er hatte, seit Stella Gormans Leiche entdeckt worden war, keinen Augenblick vergeudet: seiner Meinung nach wurden die wichtigsten Ergebnisse oft in den ersten zwölf Stunden einer Ermittlung erreicht, und er dankte seinen Sternen, daß es in diesem Fall keine Verzögerung gegeben hatte, wie es manchmal vorkam, wenn er in die Provinz geschickt wurde, um bei der Aufklärung eines Verbrechens zu helfen. Aber er hatte eine Eigenheit, seine Untergebenen nannten es eine Schwäche: er erledigte gerne von seiner Arbeit soviel wie nur irgend möglich selbst. Für ihn war ein Fall wie ein komplizierter Knoten, der in letzter Instanz nur von den Fingern eines einzelnen aufgelöst werden konnte.

Sobald sie gegessen hatten, schleppte er den Sergeant mit ins Krankenhaus. Zuerst sahen sie die Unterlagen ein und stellten fest, daß Gorman am Samstag nachmittag um fünf Uhr von einem Krankenwagen in die Ambulanz gebracht worden war, wo man einen Kollaps diagnostizierte. Danach hatte man ihn stationär aufgenommen und auf die Intensivstation verlegt.

Der Polizeiarzt war noch nicht in der Lage, Stella Gormans genaue Todeszeit anzugeben, dazu mußte erst die Autopsie abgeschlossen sein; dem äußeren Anschein nach setzte er den Zeitpunkt zwischen fünfzehn und achtzehn Uhr am Samstag nachmittag fest. Man konnte unmöglich annehmen, daß Gorman zwischen dem Augenblick, als er aus dem Hotel rannte, und dem, als er auf der Straße gefunden wurde, seine Frau ermordet, die Leiche in den Sack gepackt und diesen fortgeschafft haben sollte. Er lag jetzt auf einer allgemeinen Station, wo ihn Court, durch Wandschirme vor Beobachtung geschützt, eine Viertelstunde lang besuchen durfte. Es war nicht der günstigste Augenblick, um einem Mann mitzuteilen, daß seine Frau erdrosselt worden war, aber die Krankenhausverwaltung hatte diese Aufgabe der Polizei überlassen und sich darauf beschränkt, Gorman lediglich über Stellas Tod zu informieren. Court fand diese Pflicht natürlich nicht sehr angenehm, aber er wollte unbedingt sehen, welche Reaktion seine Nachricht auslöste, denn er dachte, wenn er Gorman unter Druck setzte, würde dieser vielleicht einen Hinweis liefern, der sofortiges Eingreifen verlangte.

Viel Erfolg hatte er freilich nicht. Gorman wirkte benommen und schien zu sehr mit seinem eigenen Zustand beschäftigt, um über den Verlust seiner Frau besonders betroffen zu sein. Es war schwer zu erkennen, ob die

Ursache seiner Gleichgültigkeit in seiner Krankheit zu suchen war oder in seiner Abgebrühtheit.

»Gibt es noch andere nahe Verwandte, die man benachrichtigen sollte?« wollte der Inspektor wissen.

»Nein. Sie war Waise und ein Einzelkind. Eine Tante hat sie aufgezogen, aber die alte Dame starb vor unserer Hochzeit.«

Er behauptete, nicht zu wissen, was Stella getan hatte oder was mit ihr geschehen war, nachdem er ihr den Zimmerschlüssel gegeben hatte.

»Sie haben nicht zufällig beobachtet, wie sie das Hotel wieder verließ?«

»Wäre ich denn sonst nach oben gegangen, um nach ihr zu sehen?«

»Kamen Sie mit Ihrer Frau gut aus?«

»Ausgezeichnet sogar, seit die Shelley, dieses Biest, uns sitzengelassen hatte.«

»Ja, davon habe ich gehört, aber ich möchte jetzt nicht näher darauf eingehen. Uns interessiert hauptsächlich Ihre Frau. Können Sie mir noch etwas genauer erzählen, was Sie selbst im Laufe des Nachmittags gemacht haben?«

»Fragen Sie doch die anderen«, flüsterte Gorman müde und drehte den Kopf auf dem Kissen zur Seite. »Die Leute aus ... Manchester war es, glaube ich ... und die Frau am Empfang. Lassen Sie mich in Ruhe ... sehen Sie denn nicht, daß das alles zuviel für mich ist? Die anderen wissen ebensoviel darüber wie ich.«

Die Schwester erschien und sah den Inspektor vorwurfsvoll an, also stand er auf und ging mit ihr hinaus.

»Sie können morgen wiederkommen, wenn Sie wollen.

Lassen Sie ihm Zeit, sich von dem Schock zu erholen. Er wird Ihnen nicht weglaufen.«

»In Lebensgefahr schwebt er nicht?«

»Nein, es sei denn, Sie haben ihn mit Ihrer Nachricht soweit gebracht. Wir werden ihn auf jeden Fall ein paar Tage lang zur Beobachtung hierbehalten.«

Court verließ das Krankenhaus und atmete mit neuem Behagen die verpestete Luft des Strand ein. Er wußte, daß Krankenhäuser bewundernswerte Einrichtungen waren; als einfacher Polizist hatte er oft in solchen Häusern gewartet, um von Opfern irgendwelcher Gewalttaten Informationen zu erhalten, dennoch hatte er einen Abscheu davor, der noch aus seiner Kindheit herrührte, als man ihm die Mandeln herausgenommen hatte.

Am Telefon hatte er mit der Polizistin gesprochen, die die ersten Ermittlungen im Fall Gay Shelley geführt hatte. Die Geschichte, die sie ihm erzählte, war ihm etwas befremdlich erschienen, allerdings nicht merkwürdiger als so manches andere, was er schon erlebt hatte. Er hatte seit langem erkannt, daß die Wahrheit seltsamer ist als jede Erfindung, die Natur phantastischer als die Kunst, und hatte daher keine besonders hohe Meinung von den Einfällen der Kriminalschriftsteller.

So war er nicht unvorbereitet auf den Bericht, den er wahrscheinlich von Miss Milk zu hören bekommen würde. Was ihn freilich überraschte, war Miss Milk selbst. Er hatte eine dreiste Blondine erwartet; als er ihr ehrliches, vernünftiges Gesicht sah, faßte er wieder Mut. Endlich hatte er jemanden gefunden, der sich durchaus als zuverlässiger Zeuge erweisen mochte.

Er stand mit seinem Assistenten im Foyer des *Bellevue* und beobachtete, wie Miss Milk zwei Gäste, beides Männer, in Empfang nahm. Sie wirkte kompetent und ruhig, nicht so entsetzlich kokett, wie es bei solchen Frauen mittleren Alters im flüchtigen Umgang mit dem männlichen Geschlecht manchmal zu beobachten ist. Nachdem die beiden sich ins Gästebuch eingetragen hatten, bat sie den Inspektor, den sie in seinem blauen Anzug und mit seinem Schlapphut nicht mit der Polizei in Verbindung brachte, mit seinem Freund doch ein paar Minuten im Aufenthaltsraum zu warten, während sie den anderen ihre Zimmer zeigte. Aber als sie zurückkam, standen sie noch immer in der Halle.

»Gehe ich recht in der Annahme, daß ich mit Miss Milk spreche?« fragte Court höflich.

Die plötzliche Erkenntnis, wer sie waren und was sie wollten, zeichnete sich deutlich auf ihrem redlichen Gesicht ab.

»Ja, so heiße ich.«

»Ich bin Inspektor Court von der Londoner Polizei, und dies ist Sergeant Wilkins, mein Assistent. Dürfte ich Ihre Zeit ein wenig in Anspruch nehmen, Miss Milk? Gibt es hier ein Plätzchen, wo wir uns ungestört unterhalten können?«

»Hätten Sie etwas dagegen, wenn ich zuerst jemanden suche, der mich am Empfang ablösen kann? Bei uns herrscht ziemlich viel Betrieb.«

»Gewiß nicht.«

»Dann gehen Sie vielleicht solange in den Speisesaal. Dort hält sich niemand auf.«

Sie lief die Treppe hinauf, um Gus zu suchen, der ihres Wissens irgendwo in den oberen Etagen war, und fand ihn schließlich, mürrisch in die Betrachtung einer noch feuchten Badezimmerwand versunken, die er eben gestrichen hatte. Sie erklärte ihm die Situation, und er kam murrend mit nach unten. »Seien Sie bloß vorsichtig«, ermahnte er sie. »Die haben Sie auf der Anklagebank, ehe Sie wissen, wie Ihnen geschieht. Sie müssen sich verhalten wie die drei berühmten Affen zusammen.«

Auf sie wirkte Inspektor Court in seinem Zivilanzug jedoch weit weniger beängstigend als damals die Polizistin in ihrer flotten Uniform.

»Viel Privatleben hat man hier nicht, kann ich mir vorstellen«, sagte er und sah sich nachdenklich im Speisesaal um, in den sich auf unerklärliche Weise ein Schrankkoffer, ein Fischkorb und zwei Taschen mit Golfschlägern verirrt hatten.

»So hektisch geht es hier nicht immer zu, aber im Moment treffen nach und nach die Krönungsgäste ein. Ich schlafe nicht im Haus.«

»Nein, das weiß ich. Das habe ich mir notiert. Trotzdem fangen wir am besten mit Ihrem vollen Namen und Ihrer Adresse an. Ich könnte Sie auch zu Hause aufsuchen, wenn Sie das wünschen.«

»Oh, nein«, sagte Miss Milk hastig und erklärte, sie habe nur ein möbliertes Zimmer in einer fremden Wohnung und sei daher wirklich nicht darauf eingerichtet, Polizisten zu empfangen.

»Ich verstehe. Nun, hier ist es ja einigermaßen ruhig. Beschäftigung – Empfangsdame, ist das richtig?«

Sie nickte.

»Nun stellen Sie bitte mit Ihren eigenen Worten dar, was Sie am Samstag nachmittag erlebt haben. Das ist sicher das einfachste. Wenn mir etwas nicht klar ist, werde ich Sie unterbrechen.«

Miss Milk hatte zu Anfang mit einigen Hemmungen zu kämpfen, aber er zeigte sich so verständnisvoll, daß ihre Erzählung immer mehr in Fluß kam. Sie berichtete mit lobenswerter Klarheit und ohne Ausschmückungen, was sie selbst erlebt hatte. Erst als sie an die Stelle kam, wo sie gestehen mußte, einen leichten hysterischen Anfall gehabt zu haben, schien sie sich unbehaglich zu fühlen.

»So würde ich gerne immer informiert werden«, bemerkte der Inspektor anerkennend, als sie fertig war. »Ohne Firlefanz und Getue. Wir werden von Ihrer Aussage ein Protokoll anfertigen und Sie bitten, es zu unterschreiben. Nur eines ist mir nicht ganz verständlich. Sie machen auf mich den Eindruck einer besonders ausgeglichenen Person. Ich begreife nicht, warum sie so verstört reagierten, als Sie feststellten, daß Mrs. Gorman nicht in ihrem Zimmer war. Überrascht, sicher ... aber es war ja offenbar viel mehr als das.«

»Das lag wohl daran, daß ich so sehr den Eindruck hatte, noch einmal der gleichen Vorstellung beizuwohnen wie damals, als Miss Shelley verschwand. Ich war überreizt und rechnete mit etwas dergleichen. Ich habe mich sehr albern benommen und schäme mich deshalb. So etwas ist sonst nicht meine Art.«

»Gewiß. Nun habe ich mich mit der Polizistin unterhalten, die Sie bei dieser Gelegenheit besucht hat, und ihren

Worten entnehme ich, daß Sie mit den Schlußfolgerungen, zu denen man damals gelangt ist, nicht ganz zufrieden waren. Sie dachte, Sie hätten sich geirrt, als Sie Ihre Aussage machten … was übrigens ganz natürlich wäre. Vielleicht hatte sie recht. Wenn Sie schon so viele Leute verhört hätten wie ich, dann würden Sie bald erkennen, wie leicht sogar die Reihenfolge der Ereignisse durcheinandergeraten kann. Wenn drei Leute beieinanderstehen und denselben Unfall beobachten, liefern sie oft drei ganz verschiedene Berichte darüber. Aber seit ich Sie selbst kennengelernt habe, Miss Milk, fühle ich mich versucht, Sie als die perfekte Zeugin zu bezeichnen, ganz gewiß aber als jemanden, der nicht übertreibt. Ihre Geschichte von jenem ersten Verschwinden klingt merkwürdig; aber sehen wir sie doch einmal aus einem neuen Blickwinkel und nehmen wir an, daß sie absolut zutreffend ist. Wenn, wie Sie behaupteten, Miss Shelley nicht an Ihrer Theke vorübergekommen ist, wie hätte sie sonst das Hotel verlassen können? Stand vielleicht das Fenster in ihrem Zimmer offen?«

»Es war nicht offen, und außerdem war der Riegel vorgelegt. Ich weiß noch, daß mich das überrascht hat, denn es war ausnahmsweise ein heißer Tag. Miss Shelley trug nur ein Sommerkleid, als sie … als sie wegging. Vielleicht hatte sie das Fenster geschlossen, damit kein Staub ins Zimmer kam … er wird nämlich von der Straße hereingeweht. Jedenfalls hätte sie unmöglich durch das Fenster klettern können, denn es geht nach vorne hinaus. Irgend jemand hätte sie sicher dabei gesehen.«

»Aber sie hätte das Haus doch durch ein nach hinten

hinaus liegendes Zimmer über die Feuertreppe verlassen können?«

»Ich weiß nicht, ob es überhaupt eine Feuertreppe gibt. Ich habe nie eine bemerkt«, antwortete Miss Milk wahrheitsgemäß.

»Eigentlich müßte eine vorhanden sein, aber möglicherweise auch nicht. Lassen wir das vorerst einmal beiseite. Hätte sie sich vielleicht im Zimmer der Gormans verstekken können, was meinen Sie?«

»Nein, das weiß ich genau, weil ich mit Mr. Gorman dort war und nachgesehen habe. Und ich habe sehr gründlich nachgesehen.«

»Das klingt ja so, als würden Sie Mr. Gorman nicht so ganz über den Weg trauen?«

»Das liegt vielleicht an seinem Beruf. Man verdächtigt ihn unwillkürlich... der Vorspiegelung falscher Tatsachen.«

»Aber nicht des Mordes?«

Miss Milk schwieg.

»Wir wollen noch einmal kurz zu Mrs. Gorman zurückkehren. Was ich Sie jetzt frage, kommt nicht ins Protokoll, ich möchte nur, daß Sie mir helfen. Die größte Schwierigkeit bei der Bearbeitung eines solchen Falles liegt für mich immer darin, daß mir die Betroffenen unbekannt sind. Die Gormans hatten einige Zeit hier gewohnt, und in einem so kleinen Haus lernt man die Stammgäste doch wohl ziemlich gut kennen?«

»Ich bin allerdings noch nicht sehr lange hier. Als die Gormans und Miss Shelley ankamen, war erst mein zweiter Arbeitstag.«

»Tatsächlich? Trotzdem kann ich mir vorstellen, daß Sie bald mit ihnen ins Gespräch kamen. Theaterleute sind doch im allgemeinen recht umgänglich.«

»Aber Stella Gorman gehörte gar nicht zum Theater.«

»Nein?«

»Sie kam irgendwo aus der Provinz, und ich vermute, sie stammte aus einer Handwerkerfamilie. Sie wuchs bei einer Tante auf, und ihren Mann lernte sie erst kennen, nachdem diese Tante gestorben war.«

»Was, glauben Sie, hat ihn veranlaßt, sich um sie zu bemühen? War sie hübsch? Attraktiv?«

(Das arme Ding in dem Sack hatte sicher nicht danach ausgesehen.)

»Nein, sie war eher unscheinbar, ziemlich schüchtern und unbeholfen. Diese Lebensweise schien gar nicht zu ihr zu passen. Dazu muß man wohl geboren sein.«

»Was hat Gorman dann an ihr angezogen?«

»Nun, sie hatte –« Hier hielt Miss Milk unvermittelt inne. Tat sie jetzt nicht genau das, wovor sowohl Gus als auch der Captain sie gewarnt hatten? Ließ sie sich dazu verleiten, zu viel zu sagen?

»Was hatte sie?« hakte der Inspektor sanft nach.

»Sie hatte ein wenig Geld auf einem Postsparbuch.«

»Haben Sie eine Ahnung, um wieviel es sich handelte?«

»Nein«, erklärte Miss Milk erleichtert.

Der Inspektor notierte sich, daß es sich vermutlich lohnte, in dieser Richtung eingehendere Nachforschungen anzustellen.

»Sie war also einsam. Dann war sie doch sicher froh, in Ihnen eine Freundin zu finden.«

»Freundin wäre wohl zuviel gesagt, aber manchmal hat sie sich ganz gern ein wenig mit mir unterhalten.«

»Und Sie fanden sie insgesamt sympathisch?«

»Sie tat mir leid.«

»Wieso das? War sie denn wirklich unglücklich?«

»Sie war unglücklich, bis Miss Shelley fortging. Danach wirkte sie viel zufriedener.«

Das paßte zu dem, was auch Gorman gesagt hatte.

»Hat sie einen Grund genannt, warum sich ihre Einstellung geändert hatte?«

»Nein, denn als sie ihren Mann für sich allein hatte, hat sie sich um mich nicht mehr gekümmert. Sie vergötterte ihn.«

Der Inspektor rieb sich nachdenklich den Nacken.

»Ich möchte Sie ja nicht bedrängen, aber ich wünschte, wir könnten die Zeiten etwas genauer bestimmen. Ein Jammer, daß Sie nicht der Typ sind, der ständig auf die Uhr sieht. Der einzige Zeitpunkt, über den sie sich offenbar wirklich sicher sind, ist vierzehn Uhr, weil Sie da vom Lunch zurückkamen.«

»Ich bin mir deshalb so sicher, weil ich mich sehr bemühe, nie länger als eine Stunde wegzubleiben. Manchmal gehe ich von zwölf bis eins, manchmal auch von eins bis zwei.«

»Während Gorman also im Aufenthaltsraum schlief, schrieben Sie Ihren Brief, und Mr. Gantry kam herunter und ging in den Speisesaal.«

Miss Milk sah ihn verständnislos an.

»Sie kennen ihn wohl eher als Gus, glaube ich.«

»Ja, natürlich.«

»Und sein Familienname war Ihnen nicht bekannt?«

»Hier nennt ihn jeder entweder Gus oder ›der Praktikant‹. Man vergißt ganz, daß er auch noch einen anderen Namen hat. Sicher hat man ihn mir genannt, als ich eingestellt wurde, aber seither ist er mir nicht mehr untergekommen. Kann sich Gu – Mr. Gantry – denn nicht erinnern, wann er herunterkam?«

»Nicht genau. Er glaubt, es sei zwischen vierzehn Uhr dreißig und fünfzehn Uhr gewesen, und das ist eine ziemlich große Spanne.«

»Mr. Gorman selbst müßte eigentlich wissen, wann er aufwachte, das heißt, wenn er sich daran erinnert. Er hat nämlich auf seine Uhr gesehen.«

»Sind Sie da ganz sicher?«

»Ja.«

»Aber Sie selbst wissen nicht, wie spät es war?«

»Ich habe vor Augen, wie er auf seine Armbanduhr sah, aber ich selbst habe mich wohl nicht besonders für die Zeit interessiert.«

»Aber für Mr. Gorman haben Sie sich besonders interessiert?«

»Das mag sein.«

»Wie lange danach ging Mrs. Gorman nach oben?«

»Fast unmittelbar darauf.«

»Könnte man sagen, etwa fünf Minuten später?«

»Eher weniger, würde ich meinen. Kann das Gu – Mr. Gantry – nicht bestätigen?«

»Er sagt, er hört nichts, wenn die Schreibmaschine klappert.«

»Aber als im Aufenthaltsraum geredet und gelacht

wurde, hat er es gehört, weil er herauskam, um nachzusehen, was los war. Zugegeben, das war etwas anderes. Die Leute machten ziemlich viel Lärm, außerdem hatte er inzwischen wahrscheinlich zu tippen aufgehört. Er tippt überhaupt sehr unregelmäßig. Er denkt ein wenig nach, dann klappert er eine Weile, dann hört er wieder auf.«

»Um wieder ein wenig nachzudenken. Wann, glauben Sie, sind Sie hinuntergegangen, um den Tee aufzubrühen?«

»Um vier«, antwortete Miss Milk prompt.

»Sie haben auf die Uhr gesehen?«

»Nein«, gestand sie verlegen. »Ich wußte einfach, daß Teezeit war. Ich habe, ehe ich hierherkam, lange Zeit meine Mutter gepflegt, und wir tranken immer Punkt vier Uhr Tee. Irgendwann bekommt man ein Gefühl dafür.«

»Ich fürchte, vor Gericht würde das nicht genügen, aber ich glaube Ihnen. Gut, nehmen wir an, es dauerte zehn Minuten, bis das Wasser kochte, noch einmal fünf Minuten, um den Tee aufzubrühen ... damit wären wir etwa bei sechzehn Uhr fünfzehn.«

»Ja.«

»Wie lange, glauben Sie, dauerte es dann noch, bis Mr. Gorman nach oben ging?«

»Etwa eine Viertelstunde.«

»Sechzehn Uhr dreißig. Dann kann Gorman, nach dem, was Ihren Worten nach oben vorgefallen ist, frühestens um sechzehn Uhr fünfundvierzig aus dem Hotel gelaufen sein?«

»Das weiß ich wirklich nicht. Hat denn von den Leuten im Aufenthaltsraum niemand gehört oder gesehen, wie er gegangen ist?«

»Doch, aber auf der Uhr in diesem Raum ist es immer halb eins, und die anderen haben wie Sie nicht besonders auf die Zeit geachtet. Aber sie haben eindeutig gehört, wie er ging ... kommt es Ihnen nicht merkwürdig vor, daß sie dann nicht auch Mrs. Gorman gehört haben, falls sie in der Zeit, während Sie den Tee holten, das Hotel verlassen haben sollte?«

»Das *ist* seltsam. Diese Lilian, oder wie immer sie heißt, schien ein so vernünftiges, patentes Mädchen zu sein, und sie hat mir versprochen, auf die Tür zu achten. Aber ich nehme an, sie haben sich unterhalten, und einer der jungen Männer hatte ja auch Gorman gebeten, ihm ein paar Zauberkunststücke zu verraten. Anders kann ich es mir nicht erklären. Sie muß doch in dieser Zeit hinausgeschlüpft sein, nicht wahr? Stella, meine ich. Aber wo wollte sie hin? Wo könnte sie hingegangen sein? Wie könnte ...« Miss Milks Stimme wurde schrill.

»Ganz ruhig, Miss Milk«, unterbrach der Inspektor. »Ich glaube, das ist genug für heute. Sie waren mir eine große Hilfe. Ich fürchte, die ganze Sache ist für Sie sehr unangenehm. Ich komme morgen wieder und bringe Ihnen das Protokoll zum Unterschreiben mit.«

»Aber ... sonst brauche ich nichts zu tun, oder?« fragte sie ängstlich.

»Das hängt vom Coroner ab. Vielleicht müssen Sie bei der gerichtlichen Voruntersuchung aussagen, da Sie offenbar die letzte waren, die Mrs. Gorman lebend gesehen hat. Abgesehen von ihrem Mann natürlich. Aber ich kann Ihnen versichern, daß Sie davor keine Angst zu haben brauchen. Und jetzt haben der Sergeant und ich oben noch eine Kleinigkeit zu erledigen. Vielen Dank für Ihre Unterstützung. Hm... ich weiß, es geht mich nichts an, aber glauben Sie nicht, Sie würden sich anderswo glücklicher fühlen, wenn diese Sache hier abgeschlossen ist? Ist diese Gegend nicht ein wenig... nun ja, ein wenig heruntergekommen?«

»Oh, mir gefällt es hier«, beteuerte Miss Milk.

»Tatsächlich? Nun, jeder nach seinem Geschmack. Mir scheint es jedenfalls nicht das richtige Milieu für Sie zu sein.«

»Wenn jemand nach uns fragt, wir sind oben in Zimmer 26«, teilte der Inspektor Gus mit. »Das geht in Ordnung, wir haben mit der Besitzerin gesprochen, und wir haben einen Durchsuchungsbefehl.«

»Was haben die denn da oben rumzuwühlen?« murmelte Gus, kaum daß sie außer Hörweite waren. »Daß sie von der Polente sind, sieht doch ein Blinder. Bis heute abend ist das in dem ganzen, verflixten Hotel rum. Was hatten Sie ihnen denn die ganze Zeit zu erzählen?« Er sah Miss Milk finster an.

»Ich fand, sie waren sehr nett«, erklärte Miss Milk entschieden. »Wollen Sie denn nicht, daß sie den... Mörder finden?«

»Dazu braucht man mehr als zwei Bullen. Warum fangen sie nicht am richtigen Ende an? Die Leiche wurde schließlich nicht hier gefunden, oder?«

»Vermutlich suchen sie nach Spuren.«

»Spuren! Bei dem Durcheinander! Dabei wünsche ich ihnen viel Vergnügen! Ich...«

Die Tür schwang auf, und Gus' Mund klappte zu.

Mr. Crabbe trat ein, er strahlte über das ganze Gesicht.

»Ich habe die Lösung gefunden!« rief er. »Es ist alles ganz einfach!«

Gus und Miss Milk starrten ihn verwundert an.

»Was war ich doch für ein Narr, was für ein Esel! Da prügle ich auf ein totes Pferd ein, und dabei hätte ich schon die ganze Zeit mächtig abkassieren können. Sie brauchen sich nur die Anzeigen in den Sonntagszeitungen anzusehen. Die Leute wollen nichts mehr über das Landleben lesen. Das Meer ist es! Flöße! Haie! Die herrliche See! Was? Sie glauben doch wohl nicht, daß das Thema bereits ausgereizt ist?« Plötzlich wirkte er beunruhigt. »Ich meine, ich weiß natürlich, daß der Gedanke nicht gerade neu ist, aber es ist doch so viel davon da. Das müßte wohl noch eine Weile reichen – Felsgrotten und so, Sie wissen schon«, fügte er etwas unbestimmt hinzu.

»Ich finde die Idee nicht schlecht«, bemerkte Miss Milk etwas kläglich.

»Schnell, geben Sie mir meinen Schlüssel, ich muß sofort anfangen; vielleicht schaffe ich bis Weihnachten, für die Buchgeschenke, noch einen Titel. Nein, ausgeschlossen. Macht nichts. Wie soll ich es nennen? Wie wär's denn mit diesem Zitat, wie hieß es doch gleich? ›Es gibt Gezeiten für der Menschen Treiben; Nimmt man die Flut wahr, führt sie uns zum Glück.‹ Etwas in der Art. Ich glaube, manchmal stimmt das sogar! *Es gibt Gezeiten*... das ist ausgezeichnet. Die Verlage mögen es kurz, dann paßt es leichter auf die Rechnung. Wie wäre es einfach mit *Flut*?«

»Das geht nicht; das ist ein seifenfreies Waschmittel.«

»Mein Gott, ja. Dann wohl eher das andere. Oder aber: *Von der Flut erfaßt?*«

»Das geht auch nicht. Das ist von Agatha Christie.«

»Der Teufel soll Sie holen, Mädchen. Sie sind der Alptraum eines jeden Künstlers, die Person, die sich immer erinnert, daß etwas schon mal gemacht wurde, nur besser. Ich werde Ihnen kein Wort mehr erzählen, bis ich die ersten sechs Kapitel fertig habe.«

16

Oben im Zimmer der Gormans machten sich Inspektor Court und sein Assistent mit viel Geduld daran, in dem Chaos gründlich nach irgendwelchen Anhaltspunkten zu suchen. Dem Sergeant, der von Natur aus und auf Grund seiner Erziehung ein ordentlicher Mensch war, ging es sehr gegen den Strich, daß er alles genauso schlampig zurücklassen sollte, wie er es vorgefunden hatte.

»Haben die denn die ganze Zeit nur aus dem Koffer gelebt?« rief der Inspektor schließlich verzweifelt aus.

»Sieht mir ganz so aus, Sir, als seien sie in Aufbruchsstimmung gewesen. Zwei von den Koffern sind voll und zugeschnallt, und hier ist noch einer mit Streifen ... Augenblick mal, der hat ein Etikett mit dem Namen ›Shelley‹ darauf.«

»Den sehen wir uns gleich mal an. Aber ich glaube nicht, daß wir etwas besonders Belastendes finden werden. Das Zimmer, das die Shelley bewohnt hat, ist jetzt wieder belegt, und ich nehme an, daß die Gormans ihr Zeug an sich genommen haben. Vielleicht war es sogar die ganze Zeit hier; ihr Zimmer war vermutlich sehr klein. Im Raum daneben war die Tür offen, und er hatte mehr Ähnlichkeit mit einer Zelle. Ihre Geldbörse liegt auf der Polizeiwache, habe ich mir sagen lassen ... viel war allerdings nicht drin. Es ist in solchen Fällen immer schwierig zu entscheiden, was man mit dem ganzen Kleinkram anfangen soll.«

»Man hätte alles beschriften und einlagern müssen«, erklärte der Sergeant streng.

»Tja, ich will ja nicht sagen, daß Sie unrecht haben, aber man hat immer noch darauf gewartet, daß sie sich meldete und ihre Habseligkeiten irgendwohin geschickt haben wollte. Das war schließlich das wahrscheinlichste.«

»Die Verstorbene war keine sehr sorgfältige Person«, bemerkte der Sergeant und schürzte mißbilligend die Lippen.

»Ja, aber das arme Ding ist tot. Also haben Sie ein wenig Nachsicht mit ihr.«

»Die jüngere Generation hat keine Ahnung, was Ordnung bedeutet. Im Moment ist gerade Kirschenzeit.«

»Was in aller Welt hat das denn damit zu tun?« fragte der Inspektor verblüfft.

»Wenn ich sehe, was die Menschenschlangen vor den Kinos zurücklassen, habe ich gute Lust, das ganze verdammte Pack hinter Schloß und Riegel zu bringen«, sagte der Sergeant verbittert. »Als ich noch ein Kind war, hat niemand auf der Oxford Street Eis gegessen. So etwas sollte gesetzlich verboten werden. Verzeihen Sie, Sir, aber ich weiß nicht, was wir hier eigentlich suchen.«

»Ich hatte gehofft, einen einzelnen Strumpf zu finden.«

»Bisher haben wir noch kein einziges Paar gefunden, das zusammengepaßt hätte. Ich schätze, sie hat sie einfach angezogen, wie sie ihr gerade in die Finger kamen, und wenn einer eine Laufmasche hatte, hat sie ihn weggeworfen.«

»Der, den sie um den Hals hatte, hatte jedenfalls ihre Größe. Legen Sie die Dinger alle auf einen Haufen. Wir werden hinterher versuchen, sie zu ordnen. Fühlen sich gräßlich an, als hätte man Spinnweben in den Händen; ein weiterer Grund, warum ich froh bin, keine Frau zu sein.«

»Sie glauben doch nicht, daß sie diesen Raum lebendig verlassen hat, Sir?«

»Es würde uns die Arbeit sehr vereinfachen, wenn wir das beweisen könnten. Wir lassen hinterher noch alles auf Fingerabdrücke untersuchen, aber wenn so viele Leute hier herumschwirren, kann ich nicht nachdenken. Fälle wie diesen hasse ich, ein einziges Durcheinander, und natürlich mußte das gerade jetzt dazwischenkommen, wo wir bis zum Hals in den Sicherheitsvorkehrungen stekken. Aber wissen Sie, Sergeant, oft sind es gerade diese komplizierten, ausgefallenen Sachen, die schnell gelöst werden, bei den trügerisch einfachen Fällen dagegen rätselt man ewig herum und muß sie schließlich unerledigt zu den Akten legen. Dieses Verbrechen kommt mir stellenweise geradezu unüberlegt vor, so als wäre es zwar geplant worden, aber dann irgendwo fehlgegangen.«

»Sie meinen, ursprünglich sollte die Leiche gar nicht da deponiert werden, wo wir sie gefunden haben?«

»Ein bißchen zu nahe am Tatort, nicht wahr? Was meinen Sie eigentlich, welches Bett unter diesem Haufen verschiedener Kleidungsstücke das ihre war?«

»Das, wo kein Haaröl auf dem Kissen ist.«

»Ja, ich lasse anscheinend nach. Ich möchte mir das genau ansehen. Wir nehmen die Kleidungsstücke einzeln weg. Legen Sie sie einstweilen auf den Boden. Sehen Sie einen Abdruck, so als habe jemand darauf gelegen, seit es zum letzten Mal gemacht wurde?«

»Es wurde nie richtig gemacht«, stellte der Sergeant sarkastisch fest. »Aber das Kissen ist verklumpt. Textilflocken, keine Federn. Wenn es überhaupt einmal aufgeschüttelt wurde, würde ich sagen, daß seitdem ein Kopf draufgelegen hat. Die meisten Frauen strecken sich nachmittags nach dem Essen auf dem Bett aus. Eine weibliche Angewohnheit.«

»Richtig. Aber die Kleider sehen so aus, als habe man sie hinterher drübergeworfen, wie um zu kaschieren, daß jemand das Bett benützt hatte.«

»Wenn sie auf dem Bett gelegen hat, hätte aber niemand von hinten an sie herankommen und sie erdrosseln können.«

»Das ist sicher ein Punkt. Ich dachte, man hätte sie vielleicht betäubt. Wenn sie hier getötet wurde, müssen Sie mir erklären, wieso niemand etwas gehört hat. Ach ja, ich weiß, die Zimmer auf beiden Seiten waren leer. Sie waren an Leute vom Ballett vermietet gewesen, und die waren erst am Vormittag des fraglichen Tages abgereist. Trotzdem, sie war eine ziemlich kräftige, junge Frau, meine ich. Sie muß überrascht worden sein. Vielleicht saß sie auf dem Bett und hatte die Beine noch oben. In dieser Stellung verliert man leicht das Gleichgewicht. Ich möchte jetzt das Bett auseinandernehmen. Hinterher setzen wir es wieder zusammen.«

Die Untersuchung der Laken führte zu keinen besonderen Erkenntnissen, außer, daß ihnen ein Ausflug in die Wäscherei nicht geschadet hätte. Aber unter der Roßhaarmatratze machte der Inspektor eine Entdeckung – ein Postsparbuch, das auf den Namen Stella Gorman ausgestellt war.

Seine Augen leuchteten auf. »Das Geld wurde vor vierzehn Tagen abgehoben und das Konto aufgelöst«, sagte er. »Zweihundert Pfund. Jetzt kommen wir endlich weiter. Wo ist das Geld?«

»Ich schätze, ich weiß, wo es war«, sagte der Sergeant. »Zusammen mit dem Sparbuch unter der Matratze.«

»Warum hat man dann das Sparbuch nicht auch mitgenommen?«

»Vielleicht lag es etwas weiter unten. In solchen Fällen hat man nicht lange Zeit zum Überlegen.«

»Wieso hat sie das Buch hier aufbewahrt, obwohl es doch ungültig war?«

»Gewohnheitssache.«

»Sieht so aus, als hätten wir das Motiv gefunden.«

»Geld oder Vergewaltigung. Bei Frauen ist es immer eines von beiden.«

»Na, das letztere blieb dem armen Ding jedenfalls erspart. Aber unter einer Matratze! Was passierte, wenn sie gewendet wurde?«

»In solchen Häusern wendet man keine Matratzen«, erklärte der Sergeant säuerlich. »Nicht, wenn es eine von den Schlampen tun muß, die ich heute vormittag auf den Gängen herumtrampeln sah. Die haben im Leben noch keine Matratze umgedreht.«

»Ich werde mit ihnen sprechen müssen, ebenso wie mit dem Nachtportier. Was für ein Leben! Und ich brauche den Bericht des Arztes über die Todeszeit. Heute morgen wollte er sich noch nicht festlegen. Wir lassen das Bett, wie es ist, Sergeant. Vielleicht finden wir auf den Sprungfedern Fingerabdrücke.«

»Wir sollten überall nach den Banknoten suchen, nicht wahr? Wäre nicht gut, wenn sie später auftauchten.«

»Sie haben recht. Vielleicht hat sie das Geld ausgegeben, vielleicht hat es auch Gorman für sie auf die hohe Kante gelegt. Aber ich habe das Gefühl, daß wir der Sache näherkommen, Sergeant.«

Sie suchten mechanisch weiter.

»Könnte es dieser Gus gewesen sein?« fragte der Sergeant, während er mit einer Hand im Kamin herumtastete und sie rußgeschwärzt wieder herauszog.

»Möglich. Sein Gehalt ist jämmerlich, und er benimmt sich wie ein straffälliger Jugendlicher. Dabei ist er gar nicht mehr so jung. Außerdem hat er Kräfte wie ein Pferd, würde ich sagen. Aber er hätte erst mal ins Zimmer kommen müssen.«

»Dazu brauchte er doch nur anzuklopfen, oder?«

»Stimmt. Aber er hat ein Alibi. Die alte Dame bürgt für ihn. Wenn Sie sich erinnern, sagte sie, sie hätte nach ihm telefoniert, und er sei heraufgekommen und bei ihr geblieben, bis sie hörten, wie die Empfangsdame ihren hysterischen Anfall bekam.«

»Könnten Sie vielleicht einen Blick in sein Zimmer werfen?« erkundigte sich der Sergeant, der jetzt eingehend die Fußbodendielen untersuchte, wo sie nicht von billigem Teppichboden verdeckt wurden. Der Teppichboden war so fest verklebt und gleichzeitig so brüchig, daß ihm ein Stück in der Hand blieb, als er versuchte, eine ausgefranste Ecke anzuheben.

»Ich wüßte nicht, mit welcher Begründung, es sei denn, wir machen weitere Fortschritte, die das rechtfertigen könnten.«

»Sie halten es nicht für möglich, daß es eher das verrückte Weib in der nächsten Etage gewesen sein könnte?«

»Wer? Blanche Lefevre? Ich glaube gar nicht, daß sie so verrückt ist. Ich habe Frauen dieses Typs schon öfter kennengelernt. Wenn man sie aus ihrer jetzigen Umgebung herausholen und ihr eine Beschäftigung mit einem gewissen Maß an Verantwortung geben würde, wäre sie wahrscheinlich vollkommen in Ordnung. Daß sie so ist, liegt an ihrer Mutter. Man hat sie ihr ganzes Leben lang tyrannisiert und ihr Knüppel zwischen die Beine geworfen, deshalb hat sie sich eine eigene Welt aufgebaut. Der Quatsch, mit dem sie sich beschäftigte, war eine Art Diagramm ihrer eigenen Erfahrungen. Und bei dem Unsinn, den sie mir erzählt hat, sprach nur das Kind aus ihr, das um jeden Preis auf sich aufmerksam machen will.«

Sergeant Wilkins, für den das ebensosehr Quatsch war wie Blanches Bild, knurrte nur und bemerkte dann:

»Sie hätte das Mädchen nach oben locken und sie dort umlegen können. Irgendwie muß die Leiche doch aus diesem Zimmer rausgekommen sein.«

»Ja, das ist eine ziemlich harte Nuß. Sind Sie jetzt fertig, Sergeant?«

»Wenn das Geld sich in diesem Zimmer befindet, Sir, dann bin ich bereit, es aufzuessen.«

»Dann kommen Sie mal an dieses Fenster und werfen Sie einen Blick hinaus. Ich schiebe es hoch, dann haben wir eine bessere Aussicht.«

»Aussicht, Sir? Auf zwei Schornsteinkästen, eine Dachschräge und eine leere Mauer?«

»Ja, hier kann sich keiner beklagen, daß er beobachtet würde, nicht wahr?«

Er beugte sich hinaus und suchte die Fassade des Gebäudes ab, in dem sie sich befanden.

»Ich sehe nirgends eine Feuerleiter; nicht einmal von der primitivsten Art.«

»Das ist ein Skandal, Sir. Das müßte man dem *London County Council* melden. Vom ersten Stock führt nur eine Treppe nach unten, und die besteht aus morschem Holz und ist so schmal wie eine Gangway. Wenn hier ein Feuer ausbricht, ist die Katastrophe perfekt.«

»Tja, Sie wissen ja, wie es bei diesen alten Gebäuden ist. Das L.C.C. hat zwar die nötigen Kompetenzen, aber solange niemand Anzeige erstattet ... Ich sehe, daß gleich nebenan eine Dachrinne nach unten führt; die könnte man im Notfall auch benützen.«

»Eine Leiche kann nicht an einer Dachrinne hinunterklettern.«

»Wissen Sie, was Sie davon abhalten wird, in Ihrem Beruf nach oben zu kommen, mein Junge? Zuviel praktischer Hausverstand. Das behindert die Phantasie.«

»Wenn ich mich schon ins Unwahrscheinliche verirren soll, was halten Sie dann von diesem Fettwanst, diesem Faß?«

»Wilkins! Können Sie sich wirklich vorstellen, daß ein Mann mit dem Umfang von Charlie Faß bei Nacht eine Leiche nach unten und über die Straße schleppt, ohne daß jemand es bemerkt?«

»Wir wissen nicht sicher, ob es bei Nacht war.«

»Nun, dann am Spätnachmittag oder am Abend, wenn es denn noch unwahrscheinlicher sein soll.«

»Ich weiß nicht, wieso es einen Unterschied macht, welche Figur der Bursche hat; solange man ihn überhaupt gesehen hat, ist es doch egal, auch wenn er ein Zwerg wäre. Es genügte, wenn er den Sack trug.«

»Viele Leute stellen abends Säcke hinaus. Ein Mann mit einem Sack ist weiter nichts Besonderes, aber ein Mann mit der Bundweite von Faß bleibt einem in Erinnerung.«

»Mir bleibt er in der Kehle stecken. Ich weiß nicht, ob ich schon einmal etwas so Widerliches gesehen habe. Mir wurde richtig übel dabei.«

»Und doch behaupten die Leute, er sei sehr komisch. Im Moment tritt er im Kabarett auf.«

»Wenn die Leute ihr Essen noch bei sich behalten können, wenn sie ihn sehen, halte ich alles für möglich.«

»Haben Sie sich eigentlich je überlegt, wie jemand mit einem solchen Wanst sich fühlen muß, wenn er eine empfindsame Seele hat?«

Damit hatte sich der Sergeant bisher nicht beschäftigt – und er hatte auch jetzt nicht die Absicht.

Der Inspektor zog das Fenster wieder herunter.

»Ich glaube, wir sind hier fertig, Wilkins. Würden Sie mir jetzt den Nachtportier herausklopfen? Vielleicht könnten wir in seinem eigenen Zimmer mit ihm sprechen. Ich kann mir denken, daß er eher aus sich herausgeht, wenn er nicht befürchten muß, daß jedes Wort, das er sagt, belauscht werden könnte. Danach müssen wir zum Yard zurück. Ich habe dort noch eine Menge zu tun. Ich brauche einen Bericht über diesen Sack. Es ist mir einfach ein Rätsel, warum die Streifenpolizisten letzte Nacht nichts bemerkt haben.«

»Jeder, der diese Gegend kennt, weiß ziemlich genau, wann und wo sie ihre Runden drehen. Die Straße ist schlecht beleuchtet. Je früher dieses Labyrinth abgerissen wird, desto besser, schätze ich. So oder so, es ist eine echte Gefahr.«

»Ganz Ihrer Meinung. Stecken Sie die ganzen Strümpfe in diese Mappe. Aber wickeln Sie sie zuerst in ein Stück Papier. Die arme Kleine wird sie nicht mehr brauchen.«

Miss Milk hatte Miss Blanche den Empfang übergeben und trat gerade aus der Tür, um nach Hause zu gehen, als sie von Captain Homes abgefangen wurde, der bisher offenbar mit großem Interesse die fleckenlos weißen Tabletts im Schaufenster der *boucherie chevaline* studiert hatte. Nun überquerte er mit schnellen Schritten die Straße und zog den Hut.

»Ich begleite Sie bis zu Ihrer Wohnung, Jess.«

Miss Milk war einigermaßen verärgert. Am Samstag, als sie seine Begleitung viel dringender benötigt hätte, hatte er ihre Aufforderung abgelehnt.

»Wie Sie wollen«, warf sie lässig hin.

»Kein Grund, so auf dem hohen Roß zu sitzen«, bemerkte der Captain. Zu dieser Metapher hatten ihn wohl seine jüngsten Betrachtungen angeregt.

»Das tue ich ja gar nicht. Aber wenn Sie mich nach Hause bringen wollten, warum sind Sie dann nicht reingekommen, anstatt hier draußen herumzuhängen und auf mich zu warten? Das sieht ja so aus, als schämten Sie sich, mit mir gesehen zu werden.«

»Seien Sie nicht albern, Jess. Das habe ich doch nur aus Rücksicht auf Sie getan. Ich war nämlich nicht sicher, ob die Burschen vom Yard nicht noch im Haus sind.«

»Die sind schon vor einiger Zeit weggegangen. Aber ich verstehe sowieso nicht, was das damit zu tun hat.«

»Sehen wir erst einmal zu, daß wir von hier wegkommen. Etwa an dieser Stelle hat man die Leiche gefunden.«

»Wie ich das Wort ›Leiche‹ hasse. Es war nicht nur eine Leiche, es war Stella Gorman, die arme Stella, die ihre Fehler und Schwächen hatte wie wir anderen auch ... und ihre Hoffnungen. Ich mußte den ganzen Tag über immer wieder an sie denken. Aber für den Inspektor ist sie nur eine Rechenaufgabe. Alles läuft auf eine Frage von Zeitangaben hinaus. Wann ging sie hinauf? Wann brühte ich den Tee auf? Wann lief er aus der Tür? Glaubt er vielleicht, daß er den Mörder in einem Uhrwerk findet? Und jetzt sagen Sie auch noch ›die Leiche‹!«

»Arme Jess! Hat man Sie durch die Mangel gedreht?«

»Der Inspektor hätte nicht freundlicher sein können. Joe, wird es sehr schlimm werden, wenn ich bei der Voruntersuchung aussagen muß?«

»Nein, natürlich nicht. Ich werde auch da sein. Es ist nur eine Formalität.«

»Aber ich war noch nie in so eine Sache verwickelt. Geschieht mir recht, was mußte ich auch in meinem Alter noch unbedingt nach London! Inzwischen ist es mir sogar egal, ob ich von der Krönung irgend etwas zu sehen bekomme. Mir ist jetzt alles verdorben.«

»Jetzt reden Sie wie ein Kind und nicht wie eine vernünftige Frau in mittleren Jahren.«

»Ich habe es satt, eine vernünftige Frau in mittleren Jahren zu sein. Das bin ich schon, seit ich aufgehört habe, Zöpfe zu tragen. Ach Joe, mir wird jetzt erst richtig klar, was ich alles versäumt habe. Sogar Stella ... wissen Sie, was die letzten Worte waren, die sie zu mir sagte, als wir allein waren? Sie sagte: ›Es hat sich gelohnt‹, und ich verstand genau, was sie damit meinte. Sie war bei ihrer Tante in einem engen, aber vollkommen sicheren Dasein eingesperrt gewesen, und dann starb die Tante, und sie war frei. Sie hat sich sofort in ein absolut schreckliches Leben hineingestürzt, aber wenigstens war es ein *Leben*.«

»Sie sind müde und durcheinander, Jess. Sie wollen alles auf einmal. Sie wollen in nichts hineingezogen werden, und gleichzeitig wollen Sie nicht draußenstehen. Stella war noch jünger, und sie ist das Risiko eingegangen. Aber offenbar gab es auch Entschädigungen.«

»Sie wußte nicht, daß sie den Tod riskierte.«

»Verdammt noch mal, wir alle setzen in dieser Stadt jeden Tag ein dutzendmal unser Leben aufs Spiel. Jess, jeder Mensch muß sich damit abfinden, daß der Tod eine Tatsache ist. Das ganze Universum basiert auf Kontrasten:

rot und weiß, Licht und Schatten, reich und arm, Leben und Tod. Nehmen Sie den Tod weg, und das Leben wäre zum Auswachsen langweilig.«

»Sehr philosophisch.«

»Werden Sie mir ja nicht spöttisch, Mädchen. Ich weiß, wovon ich rede. Wo wäre denn Ihr netter Inspektor, wenn er keine Verbrechen aufzuklären hätte? Wo wäre ich, wenn sich nie jemand ein Buch einstecken würde, das er nicht bezahlt hat?«

»Joe, das stimmt doch alles nicht. Irgendwo liegt da ein Fehler, aber ich bringe nicht mehr genug Energie auf, um mich mit Ihnen darüber zu streiten. Wo hätte Stella hingehen können, wenn sie das Hotel verlassen hätte?«

»London ist eine große Stadt«, antwortete der Captain ausweichend.

»Ja, aber sie ist nicht weit gegangen. Sie mußte wieder im Hotel sein als... als das alles mit ihr passiert ist.«

»Vielleicht war sie in der Knopffabrik oder in der Pferdemetzgerei.«

»Dort hat man aber keine Strümpfe zur Hand, Joe. Ich glaube einfach nicht, daß sie das Hotel verlassen hat. Ich habe mich wirklich bemüht, es zu glauben, aber ich kann es nicht.«

»Warum hätte man sie dann dort finden sollen?«

»Das weiß ich nicht. Könnte... könnte es der Nachtportier gewesen sein? Gus sagte, man hätte ihn oben vernommen.«

»Sie haben ihn nie gesehen, nicht wahr?«

»Das wissen Sie doch. Und ich will ihn auch gar nicht sehen, diesen Schmutzfinken.«

»Er ist kriegsversehrt. Er hat nur einen Arm.«

»Oh, Joe, seit ich hier bin, habe ich den Mann im stillen beschimpft. Warum in aller Welt hat mir denn niemand gesagt, was mit ihm los ist?«

»Vermutlich hat niemand daran gedacht. Der arme Kerl arbeitet im *Bellevue*, seit er aus dem Ersten Weltkrieg zurückgekommen ist. Man hält ihn einfach für selbstverständlich.«

Miss Milk war erschüttert und ging schweigend weiter.

»Nehmen Sie es sich nicht so zu Herzen, Jess. Es ist keine Arbeit, die mir gefallen würde, aber ihm liegt sie offenbar, sonst würde er nicht bleiben. Er mag nicht gern gestört werden ... er neigt etwas zu Eigenbrötelei.«

»Armer Kerl.«

»Und Ihr Mitgefühl wüßte er sicher auch nicht zu schätzen. Er haßt nämlich Frauen.«

Miss Milk versank wieder in Gedanken. Endlich sagte sie:

»Sie haben versprochen, mir zu erzählen, wo Sie Samstag abend waren, Joe.«

»Das habe ich zwar nicht getan, aber ich werde es Ihnen sagen, wenn es Sie beruhigt. Bald nachdem Sie gegangen waren, bin ich nach Balham gefahren, um einen alten Schiffskameraden und dessen Frau zu besuchen. Es wurde sehr lustig, und ich habe den letzten Zug nach Hause verpaßt. Deshalb bin ich über Nacht bei ihm geblieben.«

»Ach!«

»Sie sehen also, ich konnte unmöglich zu mitternächtlicher Geisterstunde Leichen durch die Straßen karren.«

»Gott sei Dank.«

»Haben Sie in Ihrem möblierten Zimmer etwas zu essen?«

»Nein, aber ich will nur erst aufräumen, dann gehe ich aus und kaufe mir ein Omelette und eine Tasse Kaffee.«

»Möchten Sie mit mir einen Bissen essen?«

»Heute nicht, Joe, vielen Dank. Ich möchte lieber allein sein, um mit mir selbst ins reine zu kommen. Ein andermal gerne. Es war nett von Ihnen, mich nach Hause zu bringen.«

»Sie werden sich aber nicht weiterhin Sorgen machen?«

»Nein, das verspreche ich Ihnen.«

Sie hatten die letzte Biegung vor dem Haus erreicht.

»Dann gehe ich jetzt.« Der Captain zog den Hut und küßte sie auf die Wange. Es war eine ganz natürliche Geste, nicht der Kuß eines Bruders, sondern ein Kuß voll ruhiger Sicherheit, ein Kuß, mit dem sich ein Mann von seiner Frau verabschieden mochte, ehe er am Morgen zur Arbeit ging.

Er kam noch einmal zurück und fragte: »Was machen wir mit den Plätzen für die Krönung, wenn es regnet? Sie sind nicht überdacht.«

»Es darf einfach nicht regnen!« rief Miss Milk, und ihre Augen glänzten.

Er zog noch einmal den Hut und ging beruhigt von dannen.

17

Am nächsten Morgen streckte Ma Hughes den Kopf um die Ecke neben der Empfangstheke und krächzte in vertraulichem Ton:

»Wie die Gestapo führ'n die sich auf. Ich hab noch nich' mal meinen Hut vom Kopf genommen, da hat er mich schon im Schwitzkasten. Wissen wollte er, ob ich die Matratzen in Zimmer 26 umdrehe... so 'ne Frechheit. Natürlich dreh ich sie um, sag ich, wenn man mich läßt. Die von Gorman hab ich regelmäßig gewendet, aber ihrem Bett durft' ich ja letzte Woche nich' mal in die Nähe kommen, sie hat gesagt, sie macht's lieber selbst. Deshalb hat sie auch keine frische Bettwäsche gekriegt. Dann haben sie sich diese April geschnappt, die in einer Ecke saß und flennte, weil ich ihr nicht erlaubt habe, daß sie kündigt. Ich hab sie ganz or'ntlich rannehmen müssen. Das kannst du nicht machen, sag ich, und mich in der Krönungswoche mit den ganzen Zimmern alleine sitzenlassen. Es is' ja nich' mal so, als ob das arme Ding hier zu Tode gekommen wäre. Wenn du nicht zu flennen aufhörst, sag ich, dann wird die Polente noch meinen, daß du's warst, und wie stehst du dann da? Aber das is' nich' anders, als wenn man gegen die Niagarafälle anredet. Einen Vorteil hat die Sache, diese June kriegen Sie jetzt nur noch mit Gewalt hier raus. Die glaubt doch tatsächlich, daß die ihr Bild in den Sonntagszeitungen bringen.«

»Einfach schrecklich«, sagte Miss Milk schaudernd.

»Natürlich isses schrecklich. Je früher sie diesen Gorman hängen, desto besser.«

»Pst, so etwas dürfen Sie nicht sagen. Er hat es nicht getan, Mrs. Hughes. Er kann es unmöglich getan haben.«

»Ich sag ja nicht, daß er's selber war. Wenn Sie mich fragen, bei den Straßenhändlern gibt's 'ne Menge Jungs, die ihm für 'n Spottgeld gern so 'nen Gefallen tun würden. Nichts als ein Haufen Schwindler sind das. Letztes Wochenende hab ich einem 'n paar Tomaten abgekauft. Gut, sag ich, und jetzt leerst du die Tüte wieder aus und holst die zwei schlechten unten raus. Der hat mich vielleicht angeschaut; die Burschen versteh'n eben keinen Spaß. Allmählich wird's voll hier, nicht?«

»Ja, ich weiß gar nicht, wo wir die Leute alle unterbringen sollen.«

»Überlassen Sie das nur dem alten Mädchen. Die schichtet sie noch in der Halle auf, damit ihr nur ja kein Penny entgeht. Was ist eigentlich in diesen Crabbe gefahren? Der hämmert auf seinem alten Kasten rum wie 'n Irrer, läßt mich nicht mal rein, um den Abfall auszuleeren. Und dabei singt er auch noch aus vollem Hals. Irgendwas über Wogen und Rio.«

»Er schreibt eine Geschichte über die See.«

»Könnte auch 'nen Halbtagsausflug vertragen, wenn der ganze Rummel mal vorbei ist. Madame hat mir versprochen, daß ich mir den Festzug auf ihrem Apparat anschauen kann, aber sobald ich hier mit der Arbeit fertig bin, geh ich raus und schau mal, was ich auf der Straße mitkriege.«

»Um diese Zeit kommen Sie doch nicht mehr in die Nähe.«

»Da kennen Sie mich aber schlecht. Sie haben keine

Ahnung, was ich für spitze Ellenbogen habe, wenn ich mal in Fahrt bin. Laßt doch auch mal 'n altes Mütterchen ran, sag ich, und dann stoß ich so richtig zu.«

Gus, der aus dem Speisesaal kam, warf ihr einen finsteren Blick zu, und sie huschte schnell die Treppe hinunter.

»Was hatte die alte Klatschbase denn schon wieder zu schwatzen?« wollte er argwöhnisch wissen.

»Sie hat nur über die Krönung gesprochen.«

»Na schön. Aber wenn sie mit der anderen Geschichte anfängt, würgen Sie sie ab. Wir wollen nicht, daß das bei allen Gästen rumgeht. Wahrscheinlich wissen Sie schon, daß sie mich heute morgen wieder in den Klauen hatten. So fängt der Tag gut an. Haben Sie Ihre Aussage schon unterschrieben?«

»Ja.«

»Na, vielleicht sind sie jetzt fertig. Sie sind irgendwohin verschwunden.« Er kaute an einem Fingernagel. »Schuld daran ist nur die alte Dame. Sie hätte sie überhaupt nicht reinlassen sollen.«

»Sie konnte doch gar nicht anders, oder?«

»Ich meine nicht die Polente. Ich meine die Gormans. Was nützt es denn, wenn ich mich bemühe, das Hotel aus Schwierigkeiten rauszuhalten, wenn sie meine Ratschläge nicht befolgt? Ich habe den ganzen Laden hier satt bis oben hin.«

»Einschließlich Monica?«

»Monkey ist anders. Sobald der Spuk vorüber ist, hole ich sie aus diesem Irrenhaus raus. Wir suchen uns gemeinsam irgendwo eine Stellung. Sie hat es mir versprochen.«

»Gus, das freut mich aber.«

»Oh, sie hat nicht versprochen, mich zu heiraten, aber dazu kommen wir später. Was ist mit Ihnen? Warum gehen Sie nicht dahin zurück, wo Sie hingehören?«

»Ich werde es mir überlegen müssen, sobald die Krönung vorüber ist.«

»Der Captain sagte mir, Sie wollen an dem Tag frei haben. Stimmt das?«

»Ja, wenn es sich machen läßt.«

»Er sagt, es muß sich machen lassen. Ich glaube nicht, daß Blanche ausgehen will. Dann muß sie eben den Empfang übernehmen. Sobald wir das Frühstück serviert haben, und die Leute wollen es sicher alle recht früh haben, schieben Monkey und ich mit unserem Päckchen Sandwiches zum Trafalgar Square ab. Sie hat ein paar Freunde, die die ganze Nacht dort kampieren, und die wollen versuchen, uns einen Platz freizuhalten. Ich weiß nicht, ob es klappt, aber etwas werden wir schon zu sehen bekommen, auch wenn es nur anderer Leute...«

Ein lautes Knarren war zu hören, und als sie aufschauten, erblickten sie Charlie Faß, der mit gewichtigen Schritten die Treppe herunterkam.

»Morgen, Mr. Faß«, sagte Gus.

»Guten Morgen, ihr Sterblichen alle. Gus, ich brauche mein Zimmer die ganze Krönungswoche über. Überall sonst sind die Preise unerschwinglich. Bitte geben Sie es nicht an einen ausländischen Potentaten weiter.«

»Geht in Ordnung, Sir.«

»Lieber wäre es mir freilich gewesen, wenn ihr euch hier nicht in dieses schmutzige Melodram hättet verwickeln lassen. Diese Schurken hatten doch glatt die Dreistigkeit, mich mit ihren schändlichen Anspielungen zu belästigen. Können Sie sich etwa vorstellen, daß ein Mann meiner Statur mitternächtliche Streifzüge mit einer eingewickelten Leiche unternimmt?«

Gus schnaubte verächtlich.

»Und doch muß ich zugeben, daß es mich manchmal gelüstet, den Othello zu spielen. Leider hätte sich die verstorbene Mrs. Gorman wohl kaum als Desdemona geeignet.«

»Machen Sie sich nicht über sie lustig«, bat Miss Milk zitternd.

»Da spricht die brave Milk, die Zierde ihres Geschlechts. Tja, man sagt, der Tod macht alle gleich, und doch glaube ich, daß ich einen größeren Sarg brauchen werde als der Durchschnittsmensch. Wenn ich flachliege wie in den letzten paar Tagen, dann neige ich dazu, meine morbide Phantasie mit dem Gedanken spielen zu lassen, wie es wohl sein wird, wenn ich dereinst im Grab liege. Das wird ein nationales Erlebnis ... der Leichenzug ... die gläserne Kutsche ... mit ihrer monströsen Last, von mindestens achtzehn Pferden gezogen – unter der Motorhaube – ich habe das Gefühl, die sanfte Milk billigt mein Verhalten nicht. Sie hält meine übermütigen Worte für geschmacklos. An welchem Tag wird die Voruntersuchung stattfinden, bester Gus, was meinen Sie?«

»Irgendwann in dieser Woche. Vermutlich wollen sie es so schnell wie möglich hinter sich bringen. Ich weiß aber nicht, ob sie damit warten müssen, bis Gorman aus dem Krankenhaus entlassen wird.«

»Er kehrt nicht hierher zurück, oder?«

»Er wird zumindest noch einmal kommen müssen, um seinen Kram abzuholen. Ich glaube, es hat ihn ziemlich schlimm erwischt.«

»Geschieht ihm recht, diesem Ganoven. Sollte er noch einmal wiederkommen, dann sagen sie ihm, er möchte mir aus dem Weg gehen. Ich könnte sonst in Versuchung geraten, die Dampfwalzentaktik anzuwenden und ihm etwas anzutun.«

Tatsächlich kehrte Gorman am folgenden Mittwochnachmittag ins *Bellevue* zurück. Miss Milk sah ihn aus einem Taxi steigen; ihr Magen krampfte sich zusammen, und sie fragte sich, wie sie es über sich bringen sollte, mit ihm zu sprechen. Nicht, daß er so furchteinflößend ausgesehen hätte; seine Gesichtsfarbe war wie üblich fahl, und er schien eingeschrumpft zu sein. Sie malte sich aus, daß er sie gar nicht hören würde, wenn sie ihn ansprach. In Wirklichkeit wurde jedoch kein Wort zwischen ihnen gewechselt. Sie reichte ihm schweigend seinen Schlüssel, der jetzt wieder an seinem gewohnten Haken hing, und er nahm ihn ebenso schweigend entgegen und ging nach oben.

Sie rief Madame an und sagte leise: »Mr. Gorman ist wieder da.«

Eine lange Pause trat ein, und gerade als sie sich schon fragte, ob Madame wohl noch dran sei, antwortete die alte Dame: »Isch werde mit ihm sprechen.«

Das Ergebnis dieses Gesprächs erfuhr sie später von Gus.

»Er sagt, er reist sofort nach der Krönung ab. Im Moment kommt er sonst nirgends unter, und er hat noch einiges zu erledigen, ehe er London verläßt. Zum Beispiel muß er bei der Voruntersuchung anwesend sein. Er sieht aus wie ein Teufel, der Magenschmerzen hat. Reden Sie nicht mehr mit ihm als unbedingt nötig. Und jetzt passen Sie auf, ich habe die 16 mit ein paar Wandschirmen unterteilt, wir müssen einfach sagen, es sind zwei Zimmer. Ich stelle sechs Feldbetten rein. Diese Aussies müssen zu dritt in ein Doppelbett; schlimmer als im Busch kann es auch nicht sein. Blanche muß ihr Allerheiligstes zur Verfügung stellen und bei Madame unterkriechen, ob es ihr nun paßt oder nicht. Was Monkey angeht, so bleibt ihr, soweit ich das übersehe, nichts anderes übrig, als in der Dienstbotenkammer bei den Kakerlaken zu kampieren. Sind Sie nicht froh, daß Sie außer Haus schlafen?«

»Oh, doch, aber auch meine Wirtin bereitet sich auf einen Besucheransturm vor. Ihre sämtlichen Verwandten brechen über sie herein.«

»Na, dann lassen Sie sich bloß nicht überrumpeln. Bieten Sie ja nicht an, Ihr Zimmer mit der schnarchenden Tante Millie zu teilen.«

»Ich lasse mich so wenig wie möglich blicken. Wenn ich heute abend hier fertig bin, mache ich eine Busfahrt auf dem Oberdeck. Das ist so ziemlich die beste Möglichkeit, alles zu sehen. Die Busse bleiben ständig im Verkehr stekken, und dabei hat man genügend Zeit, alles in Ruhe zu betrachten.«

»Ich kann hier überhaupt nicht weg, ich bin viel zusehr angehängt. Sie müssen mir alles erzählen. In der City selbst sollen die Straßen angeblich am schönsten geschmückt sein. Ich habe unten im Keller drei *Union Jacks* gefunden, also wird uns das Dorchester nichts voraushaben. Der Koch wird mir heute abend helfen, sie in den Fenstern zu befestigen.«

Nachdem man diesen abberufen hatte, damit er das Auspacken einer Kiste Geschirr überwachte – Madame hatte nämlich entschieden, daß jeder Gast mindestens einen Teller bekommen mußte –, dachte Miss Milk schuldbewußt: Wie kann ich nur daran denken, mich zu amüsieren, obwohl diese schreckliche Geschichte im Hintergrund lauert? Aber sie fand sich allmählich damit ab, daß das Leben, wie der Captain behauptete, aus Kontrasten bestand.

Trotzdem fiel ihr ein Stein vom Herzen, als die Voruntersuchung vorüber war, auch wenn sie zu ihrer Überraschung festgestellt hatte, daß alles bei weitem nicht so schlimm war wie befürchtet. Zum einen waren alle da, der Captain, Gus und sogar Madame. Und natürlich Gorman. Das Warten, bis sie an die Reihe kam, ihre Aussage zu machen, zehrte an ihren Nerven, aber als sie dann tatsächlich im Zeugenstand war und sich an den Klang ihrer eigenen Stimme gewöhnt hatte, die ihr merkwürdig entfernt vorkam, so als gehöre sie einer anderen Person, gelang es ihr doch, vernünftige, klare Antworten zu geben. Der Coroner hatte Übung im Umgang mit verängstigten Frauen und verstand sich darauf, sie zur Besonnenheit zu zwingen.

Miss Milk hatte früher immer sehr schlecht von den Leuten gedacht, die Schlange standen, um einem Prozeß beizuwohnen, und sie unter anderem abfällig als ›Schaulustige‹ betitelt. Aber selbst bei dieser Verhandlung, die nur ein schwacher Abklatsch eines Gerichtsverfahrens war, konnte sie allmählich verstehen, wie faszinierend so etwas sein konnte. Außerdem nahmen die trockene Art des Coroners sowie die nüchternen Aussagen der Polizei den Ermittlungen alles ungesund Gefühlsbetonte. Gorman wurde als kranker Mann behandelt, und deshalb gestattete man ihm, bei seiner Vernehmung auf einem Stuhl Platz zu nehmen.

Erst als die Geschworenen ihren Spruch gefällt und auf Mord seitens einer oder mehrerer unbekannter Personen erkannt hatten, sah Miss Milk Stella wieder wirklich vor sich. Sie sah sie in ihrem schmuddeligen Morgenmantel, wie sie vor dem Spiegel der Frisierkommode ihren Sonnenhut aufprobierte. Sie sah sie, wie sie auf ihrem Bett saß und sich die Kratzer auf ihrer Wange abtupfen ließ, die Gay ihr beigebracht hatte. Sie sah sie, wie sie trotzig über den Rand ihrer Teetasse blickte.

Jetzt, erst jetzt wurde ihr der Unterschied zwischen Leben und Tod in seiner ganzen Tragweite klar, und sie spürte, wie ihr das Herz anschwoll vor Zorn gegen den oder die Unbekannten, die die arme Stella um ihren einzigen, wahrhaft kostbaren Besitz – sich selbst nämlich – gebracht hatten.

Glücklicherweise hatte sie von da an nur noch wenig Zeit, um sich Gedanken über das Unrecht zu machen, das man Stella zugefügt hatte. Wenn die Hunde der Gerechtigkeit dem Mörder noch immer auf der Spur waren, was zweifellos der Fall war, so bemerkte sie persönlich nichts davon. Sie wußte, daß die Kriminalbeamten vor der Untersuchung einen ganzen Vormittag damit verbracht hatten, den Keller zu erkunden, und daß sie schmutzig und zerzaust wieder aufgetaucht waren. Aber das war das letzte Mal gewesen, daß sie sie gesehen hatte. Nun war sie, gemeinsam mit dem übrigen Personal des *Bellevue*, vollauf mit dem fast unlösbaren Problem beschäftigt, einen Liter in einer Halbliterflasche unterzubringen. Ihre Anstrengungen in dieser Richtung wurden dadurch erleichtert, daß die meisten Gäste unerschütterlich guter Laune blieben. Sie schienen es als unvermeidlich hinzunehmen, daß sie, ungeachtet der Unterkunft, die man ihnen zuvor versprochen hatte, neben wildfremden Menschen schlafen sollten. Wenn sie entdeckten, daß ihr Bett sich auf einer Badewanne befand, bewog sie das nur zu humorvollen Spekulationen darüber, wie viele Leute wohl darunter schliefen. Sie hielten es für selbstverständlich, daß sie erst warten mußten, bis ein Stuhl frei wurde, ehe sie sich zum Frühstück setzen konnten, und daß es dann wieder eine Weile dauerte, bis Gus in aller Eile die Kaffeetassen der ersten Schicht ausgespült hatte. Sie schleppten fröhlich ihr Gepäck eigenhändig die Treppen hinauf, und Miss Milk wurde am Empfang so lange gnadenlos von ihnen geneckt, bis sie sich allmählich tatsächlich so jung und leichtsinnig fühlte, wie man sie behandelte.

So sehr sich die Gäste des *Bellevue* in bezug auf Stellung, Alter und Nationalität auch unterscheiden mochten, in einem Punkt waren sie alle gleich: sie waren fest entschlossen, sich zu amüsieren. Am Wochenende herrschte eine hemmungslos übermütige Stimmung, und sie wurde noch gefördert durch reichlichen Genuß von Coca-Cola, das mit allem möglichen gemixt wurde, was die Gäste in ihren Schränken und Kommoden versteckt hatten. Der sonst so trübselige, mit künstlichen Rosensträußen und einem Sortiment an schmierigen Wimpeln dekorierte Aufenthaltsraum war stets voll besetzt. Madame hatte angeordnet, daß beide Brennstäbe des Heizstrahlers ständig in Betrieb zu sein hatten, ganz gleich, ob es kalt oder warm war, und sie hatte die Birne des Kronleuchters durch eine stärkere ersetzt, in die man nicht hineinsehen konnte, ohne zu blinzeln. Am Sonntagnachmittag entlockte man dem uralten *Collard & Collard,* dessen vergilbte Tasten wie Kastagnetten klapperten, eine Melodie nach der anderen, und alle sangen in der Sprache mit, die ihnen jeweils zu Gebote stand. Schließlich vergaß sogar die Gruppe aus dem Norden ihre gewohnte Zurückhaltung und brachte den Versammelten das Lied ›On Ilkla Moor baht 'at‹ bei, ein Erlebnis, das allen Beteiligten unvergeßlich bleiben würde.

Es schien, als habe eine ganze Welt, die sich bisher mit allen Kräften gegen die Fesseln der Tradition gestemmt hatte, plötzlich vergessen, was sie eigentlich wollte, und vor Begeisterung über eine Idee, deren Grundlagen sie stets aufs heftigste bekämpft hatte, den Kopf verloren.

Nur das Wetter wollte nicht mitspielen, es blieb wechselhaft und trübe.

Doch die letzten Tage vor diesem Ereignis, das seit mindestens einem halben Jahr untrennbar mit dem englischen Leben verbunden war, das Presse und Fernsehen dem Volk unentwegt vor die Nase hielten, das ihm die B.B.C. unablässig in die Ohren hämmerte, das ihm die

Industrie in Form von Töpfen, Tabletts, Papierkörben und allen anderen Gegenständen, auf die es sich aufprägen ließ, in die Hände schoben, bis es in Raserei geriet: diese letzten Tage stoben, erfüllt von Vorbereitungen in letzter Minute, wie im Fluge vorbei.

Mrs. Mattson hatte alle Vorsicht über Bord geworfen, ihren Hauswirten getrotzt und ihre Wohnung bis zum Bersten mit den verschiedensten Verwandten angefüllt, denen Miss Milk als ›eine Freundin‹ vorgestellt wurde, ›die mir Gesellschaft leistet‹.

Inmitten des allgemeinen Frohsinns wanderte nur Gus mit unverändert finsterer Miene umher. Miss Milk schob das auf seine vielfältigen Verpflichtungen, aber als sie ihn am Vorabend der Krönung darauf ansprach, sagte er:

»Hm. Sie wären vielleicht auch nicht grade in Hochstimmung, wenn Ihnen ständig ein Bulle im Nacken säße. Ich kann nicht mal um die Ecke gehen, um mir 'ne Schachtel Glimmstengel zu kaufen, ohne daß der Bursche hinter mir herschleicht wie ein Tangotänzer. Wenn sie mich schon beschatten müssen, dann sollten sie dazu wenigstens jemanden aussuchen, der das Metier beherrscht. Wenn ich den Kerl nur sehe, kriege ich schon Zustände.«

»Was für ein Unsinn, Gus, das bilden Sie sich sicher nur ein!«

»Ich hatte noch nie viel Phantasie«, gab er ein wenig grimmig zurück.

18

Miss Milk hatte ihren Wecker auf halb fünf gestellt, wurde aber noch früher geweckt, weil in der Wohnung darüber ein anderer schrillte. Aus Angst zu verschlafen war sie die ganze Nacht über immer wieder aufgewacht, und jetzt war sie froh, daß sie einen Grund hatte, um aufzustehen, ans Fenster zu treten und nach dem Wetter zu sehen. Direkt gegenüber befanden sich die Spiegelfliesen des Fahrstuhlschachts, und sie mußte sich den Hals verrenken, um einen Blick auf den Himmel zu erhaschen. Das Grau war wenig verheißungsvoll. Sie sagte sich, London sei groß und ihr Himmelsfleckchen klein; anderswo mochte es günstiger aussehen. Außerdem konnte man noch kaum sagen, daß der Tag angebrochen war; es kroch eben erst die Dämmerung herauf, und das Dämmerlicht war, außer auf dem Lande, immer deprimierend.

Sie legte die Kleidung an, die ihr der Captain empfohlen hatte; sie selbst fand sie eher für eine Everestbesteigung geeignet. Als sie in die Küche schlich, um Wasser aufzusetzen und sich Tee zu kochen, stellte sie fest, daß ihr eine unglaublich alt aussehende Person, vermutlich eine Großtante, offenbar mit der gleichen Absicht bereits zuvorgekommen war.

»Nur herein mit Ihnen«, flüsterte die alte Frau zischelnd. »Genug Platz für uns beide. Ich möchte meine Milch und meinen Tee in zwei getrennten Thermosflaschen haben, und wenn ich es Violet überlasse, schüttet sie sicher wieder beides zusammen.«

Miss Milk hatte keine Ahnung, wer Violet war, aber sie

brachte zum Ausdruck, daß sie für diesen Grundsatz durchaus Verständnis hatte.

»Die Jungen haben die Nacht auf der Straße verbracht, aber Violet sagt, dafür bin ich zu alt, ich muß in meinem eigenen Bett schlafen. Ich finde, sie haben sich für eine ganze Nacht im Freien sehr schlecht vorbereitet, aber die Jungen sind alle gleich, sie lassen sich nichts sagen. Wenn sie alle an Lungenentzündung sterben, sind sie ganz allein selber dran schuld.«

»Ich nehme an, in diesem Alter waren wir genauso«, flüsterte Miss Milk.

»Niemals! Na ja, Sie sind jedenfalls richtig angezogen. Außer, es kommt eine Hitzewelle. Gehören Sie zu den wenigen Auserwählten?«

Als Miss Milk sie verständnislos ansah, fügte sie ungeduldig hinzu: »Haben Sie einen Sitzplatz?«

»Oh, ja. Ein Freund hat mir freundlicherweise einen besorgt. Sie auch?«

»Eigentlich ja, wenn Violet die Karten nicht verloren hat.«

Besagte Violet, von der bisher nur im Flüsterton die Rede gewesen war, trat plötzlich sehr handfest in Erscheinung. Miss Milk erschrak, als eine männlich wirkende Frau in einem Männerbademantel auftauchte und die Großtante gebieterisch ins Bett zurückschickte.

»Armes altes Fossil«, bemerkte Violet mit tiefer, zu einem Knurren gedämpfter Stimme. »Nur weil sie schon Gott weiß wie viele Krönungen mitgemacht hat, meint sie, sie muß auch diesmal dabeisein. Matty hat dafür gesorgt, daß sie sich die Feier bei einer Nachbarin am Fernsehen anschauen kann, und ich muß sie erst fertigmachen, ehe wir gehen können. Hoffentlich hat sie nichts eingeschaltet. Sie hat eine furchtbare Schwäche für Gashähne.«

Der Captain hatte Miss Milk eindringlich davor gewarnt, sich auf eigene Faust mit Proviant zu versorgen, und als sie die Treppe hinuntergeschlichen war und leise die Haustür aufgesperrt hatte, sah sie ihn, mit einem Rucksack von überwältigenden Ausmaßen bewaffnet, draußen auf dem Gehsteig stehen.

»Du lieber Himmel, Joe«, flüsterte sie ehrfürchtig. »Das ist doch wohl nicht alles Verpflegung, oder?«

»Sie kommen fünf Minuten zu spät, meine Liebe. Es ist fünf Uhr fünfunddreißig. Los jetzt, trödeln Sie nicht. Natürlich ist es Verpflegung. Essen und Getränke. Ich habe zusammen mit dem Koch die Küche geplündert.«

»Wir wollen doch nur die Krönung sehen und keine Expedition in die Antarktis unternehmen.«

»Ich kann mir vorstellen, daß die Strapazen durchaus vergleichbar sind«, gab der Captain zurück. »Ach, spotten Sie nur. Sie werden noch froh darüber sein, ehe der Tag zu Ende ist.«

Die Straßen waren noch grau und still, und alles, was sich bewegte, strebte in die gleiche Richtung, dem Zentrum zu. Viele Leute waren schwer beladen, einige zerrten kleine Kinder an der Hand hinter sich her; es sah aus, als wollten sie einen Frühzug in eine ferne Gegend erreichen. Niemand sprach ein lautes Wort; die Kinder rieben sich noch den Schlaf aus den Augen; die Mütter schienen tief in Gedanken versunken, so als hätten sie sich eben erst die

Hände abgewischt, nachdem sie stapelweise Sandwiches belegt hatten; die Väter wirkten ein wenig schuldbewußt, als habe man sie gegen alle Vernunft zu diesem Wagnis überredet, bei dem sicher nichts Gutes herauskommen würde. Tommy würde im Gewühl niedergetrampelt werden, und das kleine Mädchen würde zu jammern anfangen und getragen werden wollen, ehe man hundert Meter weit gegangen war. Tatsächlich fing es auch schon an. Von der rechten Hand des zappelnden Tommy, der halb lief und halb von seinem Erzeuger gezogen wurde, hing ein Pappfernglas, von dem er sich fest – mit mehr Zuversicht als die Hersteller dieses Artikels – erhoffte, daß es ihm ermöglichen würde, den Festzug ganz aus der Nähe zu sehen.

»In der Nacht hat es geregnet«, sagte Miss Milk leise.

Sie überquerten gerade den Russell Square, und ein Tropfen, der sich von einem Baum gelöst hatte, rann über ihren Nacken.

»Es wird auch am Tag regnen«, bemerkte der Captain. »Ich gehe nicht nach dem Wetterbericht, aber ich kenne solche Tage.«

»Es ist noch viel zu früh, um das zu beurteilen«, widersprach Miss Milk optimistisch.

»Glauben Sie das ja nicht. Es ist sehr kalt, Jess. Hoffentlich haben Sie sich warm angezogen.«

»Ich habe genau befolgt, was Sie mir geraten haben. Wie sich die Königin jetzt wohl fühlt?«

»Aufgedreht, schätze ich. Einem U-Boot auszuweichen, kann nicht schlimmer sein.«

»War das sehr schlimm?«

»Ja, aber auch interessant. Aufregender jedenfalls, als jemanden zu schnappen, der ein Buch für ein paar Pennies geklaut hat.«

»Ich werde diesen Tag nicht vergessen, solange ich lebe«, sagte Miss Milk.

»Aber was nützen Ihnen denn Erinnerungen?«

»Mehr als die meisten Besitztümer. Ich werde mich an diesen Spaziergang am frühen Morgen erinnern. Das ist eines der Dinge, die sich so ins Gedächtnis einprägen, daß man nur daran zu denken braucht, und schon ist es wieder da, und der Tropfen, der mir eben über den Nacken gelaufen ist, wird in zehn Jahren ebenso wirklich und kalt sein wie jetzt.«

Auf diesen lyrischen Erguß reagierte der Captain jedoch nur mit einem strengen: »Sie hätten sich einen dickeren Schal umbinden sollen.«

An der Ecke verschwanden die Leute in der Unterführung zur U-Bahn-Station Tottenham Court Road, um von dort zum Charing-Cross- oder zum Victoria-Bahnhof zu gelangen, und als sie in die Oxford Street einbogen, verdichteten sich die inzwischen angewachsenen Gruppen zu einem nicht mehr abreißenden Strom von Menschen, der geschlossen dem Oxford Circus zustrebte. Auf dieser Strecke, die auch der Festzug nehmen würde, patrouillierten bereits Polizisten, sie beugten sich aufmerksam zu älteren Damen hinunter, die nach dem Weg zu ihren Tribünen fragten, ermahnten die Leute, die im Freien übernachtet hatten und jetzt die Gehsteige blockierten, und dirigierten kleine Jungen auf günstige Plätze. Junge Mädchen frisierten sich und legten Lippenstift auf, ihre Verehrer mampften phlegmatisch Würstchen in Blätterteig oder erfrischten sich mit Kaffee aus der Thermosflasche. Einige sahen so deprimiert aus, als hätten sie eben zum ersten Mal erlebt, wie kalt es in den frühen Morgenstunden ist. Andere streckten ihre von der Nacht auf den harten Pflastersteinen verkrampften Beine. Hätten sie ihre Arbeit unter ebenso harten Bedingungen verrichten müssen, sie wären sich ausgebeutet vorgekommen. Aber niemand ließ sich die Laune verderben.

Miss Milk hatte schon vorher die Tribüne gesehen, auf der sie sitzen würden, aber sie wußte nicht, wo ihre Plätze lagen. Insgeheim hatte sie schreckliche Angst, sie könnten irgendwo ganz oben sein. Sie war nicht schwindelfrei, und ein Erlebnis auf der praktisch senkrecht aufragenden Galerie eines Theaters hatte sie für ihr ganzes Leben zu einer Anhängerin des Parketts gemacht. Sie hätte sich nicht zu sorgen brauchen, denn sie mußten nur eine der rohen Holztreppen an der Rückseite der Tribüne hinaufsteigen, dann hatten sie ihre Plätze in der vierten Reihe erreicht. Von dort aus konnten sie über die Köpfe der Leute hinwegsehen, die bereits dichtgedrängt auf dem Gehsteig standen. Alle Sitze waren mit dünnen, aber wasserdichten Kissen versehen.

»Das ist großartig«, sagte Miss Milk, setzte sich und blickte sich um.

»Jetzt werden Sie erst einmal frühstücken, ehe wir seitlich eingezwängt werden.«

»Aber ich habe doch eben erst gegessen.«

»Pah, ich weiß, was Frauen unter einem Frühstück verstehen.«

»Hoffentlich haben Sie nicht auch noch Speck, Eier und eine Bratpfanne mitgebracht.«

»Kalten Speck und Eierbrote«, verkündete der Captain triumphierend. »Und die erste Ration Kaffee.«

Auf der Tribüne war es kalt wie im Winter, und Miss Milk war froh, als eine dicke Frau sich neben sie setzte, denn sie schützte sie auf einer Flanke vor dem Wind und erzeugte animalische Wärme. Ein Glück, dachte sie bei sich, daß die langen Stunden am Empfang sie im Sitzen trainiert hatten; sie fand es nicht so lästig wie der Captain, der an langes Stehen gewöhnt war. Aber der Vormittag verging ziemlich schnell. Sie hatte sich ein Buch mitgebracht, aber es war viel interessanter, sich umzusehen und sich leise mit ihrem Nebenmann zu unterhalten. Die Soldaten, die den Weg des Festzuges bewachen sollten, nahmen ihre Plätze ein, während ein Kommentator über Lautsprecher den Zuhörern eine ungefähre Vorstellung vermittelte, was sich in der Abtei und sonstwo abspielte. Der Captain förderte weiterhin in regelmäßigen Abständen einen Imbiß zutage, bis Miss Milk sich wie eine gemästete Ente vorkam. Bisher hatte es noch nicht viel geregnet, und einmal rissen sogar die Wolken auf und ließen auf Sonnenschein hoffen. Die Königin verließ den Buckinghampalast; durch das Mikrophon war das gutturale Jubeln der Menge auf der Mall zu hören.

Nun begann die Messe in Westminster, Schweigen senkte sich über die schwatzende Menge. Eine seltsame Demut überkam Miss Milk, sie mußte an ihre Sünden denken: eine regelmäßige Kirchgängerin war sie nämlich nicht. Sie überlegte, welche Wirkung diese Zeremonie wohl auf die Jugendlichen hatte, die dieses Fest nur als besseres Gaudium betrachteten. Hier fand etwas statt, was nichts mit kommerzialisiertem Gepränge zu tun hatte, und dies war, so schien es ihr, das Herzstück der ganzen Feierlichkeiten.

Die gekrönte Königin ging zum Lunch, und es begann stärker zu regnen. Die ersten Schirme gingen auf, die Menge wurde langsam, aber sicher triefend naß. Miss Milk war dem Captain dankbar für seine Ratschläge in bezug auf ihre Garderobe, aber trotz aller Vorkehrungen drang der Regen immer weiter durch. Das Programm weichte auf, vom Schirm ihres Nachbarn tropfte das Wasser in ihre Schuhe; es war unmöglich, an die Sandwiches zu kommen, ohne einen weiteren Wasserfall zu provozieren. Sie konnte nicht erkennen, wo man sich unbehaglicher fühlte, auf den Tribünen oder unten auf den Gehsteigen.

Ein Spaßvogel brüllte: »Ein Hoch auf die Tribünen!« und sofort antwortete eine Stimme: »Ein Hoch auf das Fußvolk!« Gelächter brauste auf, die Leute begannen zu singen. Sie sangen: ›Von heut ab regnet's nie – nie mehr‹, und der Regen tropfte ihnen von den Augenbrauen und von den Nasenspitzen. Die Zeitungen, mit denen sie sich schützen wollten, zerflossen zu einem zähen Brei, der Rucksack des Captains sah aus wie ein schwarzer Felsen im Penninischen Gebirge. Als endlich verkündet wurde, der Festzug sei von der Abtei aufgebrochen, klang wieder schwacher Jubel auf. Dabei mußte die Prozession noch einige Meilen zurücklegen, ehe sie hierher kam.

»Ist das nicht ein Vergnügen!« rief der Captain und wischte sich mit einem Taschentuch sein nasses Gesicht ab.

»Ich hätte es um nichts in der Welt versäumen mögen«, antwortete Miss Milk tapfer.

»Ich werde jetzt einen Schluck zum Aufwärmen trinken und Sie auch.«

Er steckte die Hand unter seinen Regenmantel und holte aus einer Innentasche eine kleine Reiseflasche heraus.

»Ekelerregendes Zeug«, sagte Miss Milk, aber sie ließ sich doch überreden, einen oder zwei Schluck Whisky zu nehmen. Die dicke Dame neben ihr, in deren gewaltigem Schoß sich inzwischen ein kleiner See gebildet hatte, sah ihr neidisch zu.

Und die Menge blieb guter Stimmung, auch wenn die Fröhlichkeit mittlerweile etwas gedämpft war. Eine Weile ließ der Regen nach, um dann mit neuer Kraft wieder einzusetzen.

Der Zug hatte Verspätung. Aus den Lautsprechern wurde der Menge laufend mitgeteilt, wo er sich befand. Das Warten zog sich so endlos in die Länge wie gewöhnlich nur das Ausschiffen nach einer Dampferfahrt.

Aber alles hat ein Ende, diesseits des Grabes gibt es keine Ewigkeit. Und schließlich kam auch der Zug – ein prachtvoller Anblick, aber die Teilnehmer waren fast ebenso naß wie die Menge, die sie erwartete.

Die Erregung erreichte ihren Höhepunkt.

»Runter mit den Schirmen!« gellte eine Stimme.

»Hinsetzen!« wurde vom hinteren Teil der Tribüne nach vorne gebrüllt, wo die Leute sich so weit vergessen hatten, daß sie von ihren Sitzen aufgestanden waren.

Und jetzt waren die Menschen nicht mehr zu halten.

Denn das war es, darauf hatten sie seit so vielen Stunden gewartet. Das war der vier Meilen lange Prunkzug, den sie wahrscheinlich später viel bequemer und deutlicher im Kino würden sehen können. Aber jetzt hatten sie ihn direkt vor sich, in Fleisch und Blut sozusagen, und das erregende Gefühl, selbst dabeigewesen zu sein, war durch nichts zu ersetzen.

Alle Vorüberziehenden wurden mit gebührendem Beifall bedacht, bei der Königin von Tonga steigerte er sich zu einem Orkan.

Und dann kam die Königin. Segenswünsche begleiteten ihren Weg.

Miss Milk hatte einen Klumpen in der Kehle, und nicht nur der Regen näßte ihre Wangen.

Und schließlich war es vorbei.

»Bleiben Sie auf Ihren Plätzen!« mahnten die Lautsprecher. Alle wußten, daß es noch lange dauern würde, bis man auseinandergehen konnte. In der Ferne hörte man neue Jubelrufe aufbranden. Man setzte sich wieder auf die Kissen, in denen das Wasser gluckste, und fühlte sich merkwürdig ernüchtert.

Und dann, kurz bevor sich vor Miss Milk wieder die Schirme öffneten und ihr die Sicht versperrten, geschah es. Es mochte Zufall oder Schicksal sein, vielleicht stand es auch in den Sternen geschrieben, das Mädchen auf dem Gehsteig drehte sich jedenfalls um und streifte die Tribüne mit einem flüchtigen Blick. Dabei begegneten ihre Augen denen von Miss Milk.

»Da ist Gay!« kreischte Miss Milk.

Einen Sekundenbruchteil lang malte sich Erkennen auf

dem nach oben gewandten Gesicht. Dann schwenkte der Kopf herum, die Kapuze verschwand zwischen allen anderen, die Schirme gingen auf.

Miss Milk sah den Captain mit weit aufgerissenen Augen an.

»Ich habe Gay gesehen.«

»Unsinn!«

»Ich sage Ihnen, es war Gay!«

In wehmütiger Resignation drehte er hilflos die Handflächen nach oben.

»Warum hat sie sich so schnell abgewandt? Ich weiß genau, daß sie mich erkannt hat. Wo hat sie denn nur die ganze Zeit gesteckt? Ich dachte, sie sei tot.«

Der letzte Satz kam erschreckend laut heraus, und nicht nur die dicke Dame, sondern auch mehrere andere Leute blickten interessiert auf.

»Leiser, Jess. Sie brauchen doch nicht der ganzen Tribüne Ihre persönliche Meinung kundzutun«, zischte der Captain.

Miss Milk senkte die Stimme zu einem gesitteten Murmeln. »Es tut mir leid, Joe. Ich war einfach wie vom Donner gerührt. Aber so kommt sie mir nicht davon. Ich will sie sehen und mit ihr sprechen, das ist schließlich nicht mehr als recht und billig. Sie kann nicht einfach ohne ein Wort der Erklärung wegrennen.«

»Sie ist nicht verpflichtet, Sie über ihren Aufenthaltsort auf dem laufenden zu halten.«

»Nein, das weiß ich. Aber irgendeine Erklärung für ihre Handlungsweise muß sie geben, das erfordert der Anstand. Sie hat mich doch zum Narren gehalten – mich und die Polizei. Und wie in aller Welt kommt sie nun dazu, dort auf den Gehsteig zu stehen und sich die Krönung anzusehen? Ich muß wissen, was sie macht. Ich muß . . .«

»Ganz ruhig, mein liebes Kind. Wenn wir sie einholen wollen, sobald wir hier wegkönnen, sollten Sie mir jetzt lieber helfen, die ganzen Sachen einzupacken. Und wenn Sie Ihren Gefühlen Luft machen wollen, dann warten Sie damit, bis Sie Gay zu fassen kriegen . . . falls sie es überhaupt ist.«

Miss Milk war kreidebleich im Gesicht, aber sie ließ sich nicht umstimmen. »Sie wissen, daß sie es ist.«

Der Captain zuckte nur die Achseln.

»Ein öffentliches Schauspiel hatten wir heute schon.« Er wandte sich dem Rucksack zu und bemerkte finster: »Ich dachte, wir hätten beide ausreichend gegessen. Wieso ist das Ding dann jetzt noch schwerer als zu Anfang?«

Aber Miss Milk stand nur stumm neben ihm. Und sie brach das Schweigen auch weiterhin nicht. Sie war wütend auf ihn und auf sich selbst. Es ist nie angenehm, wenn man feststellen muß, daß man an der Nase herumgeführt wurde, und schon drängte sich ihr ein Verdacht auf, der sie erschreckte. Gay wollte nicht gesehen werden . . . Gay würde tun, was sie konnte, um in der Menge zu verschwinden, sobald diese sich in Bewegung setzte. Und Joe wußte das. Er wußte überhaupt mehr, als ihm eigentlich zustand.

Warum mußten die Leute auf der Tribüne ständig hin und her rutschen? Jetzt, nachdem der große Augenblick vorüber war, kam ihnen zu Bewußtsein, wie durchnäßt sie waren, und zweifellos hatten die meisten nur eines im

Sinn ... nach Hause oder in ihr Hotel zu gelangen, um sich umzuziehen und etwas Warmes zu trinken. Aber warum mußten sie so zappeln? Warum konnten sie nicht still auf ihren Plätzen sitzen, damit Miss Milk sich mit ungeteilter Aufmerksamkeit auf ihre eigenen Probleme konzentrieren konnte?

Die Minuten vergingen schleppend, und Miss Milk kauerte kläglich auf ihrem Sitz. Ein- oder zweimal warf der Captain ihr verstohlen einen nachdenklichen Blick zu, aber er versuchte nicht, sie aus ihren Überlegungen zu reißen.

Ein Entschluß beherrschte ihr Denken: Sie *mußte* Gay einholen, sobald sie ihren Platz verlassen durfte. Sie mußte mit ihr sprechen.

»Sind Sie soweit?« fragte sie den Captain endlich mit fester Stimme. »Ich warne Sie. Sobald wir gehen dürfen, laufe ich ihr nach.«

»Sie können es versuchen, aber ich glaube nicht, daß Sie es schaffen werden, Jess. Die Leute auf dem Gehsteig werden zuerst abziehen.«

»Vielleicht wartet sie.«

»Das glaube ich nicht.«

»Dann werde ich alles versuchen, damit ich sie trotzdem zu fassen bekomme. Schnell laufen kann sie nicht, dazu ist das Gedränge zu groß.«

»Wir aber auch nicht.«

Wie recht er hatte, sollte sich erweisen, als es soweit war. Alle hatten nur einen Gedanken, weg von der Tribüne, so schnell wie möglich. Niemand machte Platz. Als sie sich hinter der dicken Dame hinausdrängten, sah Miss

Milk, daß sich Gays regenmantelbekleideter Rücken bereits mit den vielen anderen entfernte. Sie folgte dem Captain blind, ohne jedoch ihr Ziel aus dem Auge zu verlieren, bis sie die Treppe erreichten. Beim Hinuntersteigen mußte sie sich jedoch umdrehen, und als sie endlich auf dem Gehsteig standen, war das Spiel schon verloren, obwohl sie es sich nicht gleich eingestehen wollte. In diesem Meer von Menschen war es etwa ebenso schwierig, Gay zu identifizieren, wie eine Welle unter tausend anderen herauszufinden. Vielleicht sogar noch schwieriger, denn Wellen bewegten sich schließlich alle in eine Richtung, die Menge hingegen lief nach allen Seiten auseinander, obwohl bei weitem die meisten Leute der U-Bahn-Station Tottenham Court Road zustrebten. In diesem Strom ließen sich der Captain und Miss Milk unter sanftem Druck von hinten weiterschieben.

»Wo wollen wir eigentlich hin?« flüsterte Miss Milk zutiefst entmutigt.

»Über die Straße und weiter zum Soho Square«, erklärte der Captain grimmig. »Und von da aus ins *Bellevue* zurück.«

»Wäre es nicht besser, wenn ich nach Hause ginge?«

»Nein, Sie kommen mit mir auf mein Zimmer. Das ist das schlimmste an dieser verfluchten Stadt. So etwas wie ein Heim gibt es für unseresgleichen nicht. Wir müssen eben das Beste draus machen.«

Es klang so abweisend, daß Miss Milk nicht wagte, ihm zu widersprechen. Sie war durch und durch naß und so verstört, weil es ihr nicht gelungen war, mit Gay Kontakt aufzunehmen, daß es sie wenig kümmerte, wohin sie ging.

Sie schlurften durch nasse Zeitungen, die sich in den Rinnsteinen stauten, und erreichten schließlich das verlassene Soho. Noch nie, nicht einmal am Sonntagmorgen hatte sie das Viertel so menschenleer erlebt. Die Straßen sahen aus, als seien alle Häuser zu vermieten, an den tristen Fassaden rann das Wasser herab, die Fahrbahn glänzte schwarz, und die überschüssigen Wassermassen verschwanden gurgelnd in den Abflüssen.

Auch das *Bellevue* schien entvölkert. Niemand saß am Empfang. Der Captain holte sich selbst seinen Schlüssel, und sie folgte ihm, von keiner Menschenseele bemerkt, nach oben.

»Da wären wir nun«, sagte der Captain, ging als erstes an den Gasofen und zündete ihn an, während Miss Milk zögernd an der Tür stehenblieb.

Das Zimmer des Captain war in einem Zustand, den er als tipptopp bezeichnete. Er hatte sich schon vor langer Zeit entschieden, auf die Dienste der Zimmermädchen zu verzichten. Er sorgte lieber selbst für Ordnung, und sein Bett war so faltenlos wie ein Sarg. Alles war makellos sauber, seine Haarbürsten hatte er in einer Schublade verstaut, und sein Rasierzeug war mit pedantischer Akkuratesse über dem Waschtisch aufgereiht. Aber das kleine Zimmer war so ärmlich ausgestattet und wirkte so bedrükkend, daß es seiner Begleiterin schmerzlich ans Herz griff. Miss Milk brach zu ihrer eigenen Beschämung in Tränen aus.

»Aber Jess, was ist denn nur los mit Ihnen? Sie sind ja völlig überreizt. Und, mein Gott, durch und durch naß. Ziehen Sie erst mal Ihren Regenmantel aus.«

Er half ihr dabei und reichte ihr ein sauberes Handtuch.

»Trocknen Sie sich damit ab. Ich hänge das nasse Zeug auf den Treppenabsatz hinaus; das verschafft uns ein bißchen Bewegungsfreiheit. Kopf hoch, meine Liebe.« Er lief geschäftig im Zimmer umher, und Miss Milk rieb sich einigermaßen trocken und fand sogar ihr Taschentuch, so daß sie die Spuren ihrer kurzen Entgleisung beseitigen konnte. Sie würde bald April Konkurrenz machen, stellte sie bei sich fest.

»So ist es schon besser«, sagte er. »Und jetzt setzen Sie sich und sehen Sie sich meine Aussicht an, während ich uns etwas zu trinken hole. Ich habe nur Zahnputzgläser, aber Sie dürfen eben keine großen Ansprüche stellen.«

Der Himmel war völlig grau, aber er hatte recht mit der Behauptung, er habe einen ungehinderten Blick darauf.

Miss Milk hörte einen lauten Knall, und als sie sich umdrehte, sah sie, daß er triumphierend eine Flasche Champagner in der Hand hielt.

»Joe!«

»Nun ja«, erklärte er verlegen. »Schließlich ist heute Krönungstag, nicht wahr? Die letzte Krönung, die wir jemals erleben werden. Wir müssen auf die Gesundheit der Königin trinken. Und außerdem habe ich nicht oft Damenbesuch.«

Der klare Wein perlte in dem dickwandigen Glas.

»Auf die Königin! Gott segne sie!«

»Auf die Königin!« wiederholte Miss Milk.

Sie tranken mit feierlicher Miene.

»Und jetzt auf uns, Jess, und auf die Millionen, aus denen unser gutes, altes England besteht. Und Sie, mein schönes Kind, sollen niemals wieder weinen!«

»Oh, Joe, Joe, Joe!«

»Trinken Sie aus, damit ich nachschenken kann. Ist Ihnen jetzt wärmer?«

»Ja, viel wärmer. Aber Joe, wir müssen miteinander reden.«

»Das habe ich befürchtet«, sagte der Captain trocken. »Ja, das habe ich befürchtet.«

19

»Ich bin ein vollkommener Dummkopf«, erklärte Miss Milk.

»Es gibt nur wenige Menschen, die das nicht irgendwann in ihrem Leben von sich sagen müssen.«

»Sie wußten die ganze Zeit über, daß Gay noch lebte?«

»Nein, ich dachte wie Sie, daß ihr etwas zugestoßen sei; daß Gorman Sie irgendwie getäuscht und Ihre Unerfahrenheit ausgenützt hätte, um seine eigenen Winkelzüge zu verschleiern. Ich schwöre Ihnen, ich habe viel darüber nachgedacht und bin zu dem Schluß gekommen, daß es um Ihretwillen besser sei, die ganze Sache nicht weiter zu verfolgen. Verdammt noch mal, ich wollte doch nicht, daß Sie in einen schmutzigen Sensationsprozeß mit den dazugehörigen Zeitungsberichten hineingezogen würden.«

»Aber heute wußten Sie Bescheid. Es hat Sie nicht überrascht, sie heute dort zu sehen«, warf sie ihm vor.

»Ja, natürlich, später habe ich es erraten. Es war die einzig mögliche Lösung.«

Miss Milk verfiel in frostiges Schweigen; erst nach einer Weile fragte sie:

»Wollen Sie damit sagen, daß Gay für Stellas Tod verantwortlich war?«

»Wenn Sie meinen, ob sie Stella tatsächlich getötet hat... ja. Aber wirklich verantwortlich für die Tat, nein, nein und nochmals nein. Jede Seite dieses verfluchten Drehbuchs trug seine Handschrift... glauben Sie denn, Gay hätte genug Verstand, um sich einen Plan auszudenken, den nicht jeder Säugling sofort durchschaut hätte? Sie war nur Handlanger, genau wie Sie.«

»*Ich* soll ein Handlanger gewesen sein?«

»Ja, Jess, Sie waren ein Handlanger. Gorman hat Sie gleich richtig eingeschätzt, schon damals, als es ihm gelang, Ihnen jenen Streich mit Lulu zu spielen. Sie waren einfach ideal für seine Zwecke. Sie hören es vielleicht nicht gerne, aber Sie sind die Aufrichtigkeit in Person: die perfekte Zeugin, niemand würde auch nur im Traum daran denken, an Ihren Worten zu zweifeln. Aber trotzdem kann Ihre Aussage falsch sein, wenn man Sie nämlich bewußt irrgeführt hätte.«

»Als Gay demnach zu mir an den Empfang kam und mir etwas vorweinte, war das alles nur Schau, um die Unschuld vom Lande einzuwickeln?« fragte Miss Milk verbittert. »Das stimmt doch, nicht wahr?«

»Nein, ich glaube, sie war tatsächlich ganz durcheinander. Kurz zuvor müssen die beiden sich schließlich entschlossen haben, ihren Plan auszuführen. Ich nehme an,

Gorman hat ihr die Pistole auf die Brust gesetzt, und ihr blieben nur zwei Möglichkeiten, entweder mitzumachen oder endgültig auszusteigen. Kein Mädchen, nicht einmal jemand wie Gay, entschließt sich zu einem Mord, ohne daß man es ihr wenigstens ein bißchen anmerkt. In diesem Falle brauchte sie sich nicht einmal zu beherrschen, und sie hatte ja auch großen Erfolg mit ihrem Auftritt. Ich habe einmal gehört, wenn eine Schauspielerin einen Todesfall in der Familie hat, spielt sie am selben Abend so gut wie nie zuvor. Auf diese Weise befreit sie sich von ihrem Kummer.«

»Aber wohin ist sie verschwunden? Wo ist sie hingegangen, daß niemand sie finden konnte?«

»Was geschieht mit Ausreißern? Was geschieht mit manchen Ganoven, die aus dem Gefängnis ausbrechen? Was geschieht mit Hunderten von Frauen, die Heim und Herd verlassen? In London kann man sich großartig verstecken, und Gay hatte genügend Zeit, ihre Flucht zu planen. Sie können sicher sein, daß sie genau wußte, wohin sie wollte, noch ehe sie auch nur zur Eingangstür hinausgegangen war.«

»Aber sie ging nie zur Eingangstür hinaus!«

»Ich glaube doch, Jess.«

»Dann halten Sie mich für eine Lügnerin?«

»Dummes Geschwätz.«

»Aber sie ist nicht an mir vorbeigekommen, das schwöre ich.«

»Das habe ich auch gar nicht behauptet. Sehen Sie, Jess, es war doch alles ein Kinderspiel. Der Boden war vorbereitet. Sie rechneten fest damit, daß Gay etwas zustoßen würde. Sie wären enttäuscht gewesen, wenn nichts passiert wäre. Der einzige Haken ist, daß ich nicht weiß, wie Gorman so sicher sein konnte, daß Sie einen Hauptschlüssel hatten.«

»Er hat mich danach gefragt.«

»Na, sehen Sie. Gay geht in heller Aufregung oder angeblich in heller Aufregung in ihr Zimmer hinauf. Nach einer Weile kommt Gorman herunter. Sie sieht oder hört ihn auf der Treppe und schlüpft ins Badezimmer. Sie gehen mit Gorman hinauf; Sie schließen die Tür auf und betreten das Zimmer. Während Sie drin sind, kommt Gay aus dem Bad und huscht die Treppe hinunter. Das ist doch ganz einfach, nicht wahr, keinerlei übernatürliche Kräfte im Spiel.«

»Es hört sich zu einfach an.«

»Die besten Täuschungen sind immer einfach.«

»Ja, das mag schon sein. Ich erinnere mich sogar, daß er die Tür zumachte, als wir im Zimmer waren. Ich sehe noch vor mir, wie er sich mit dem Rücken dagegenlehnte. Aber trotzdem war die Sache nicht ganz ohne Risiko. Gay hätte auf dem Weg nach unten leicht einem der anderen Gäste begegnen können.«

»Mag sein, aber Sie wissen aus eigener Erfahrung, wie wenig in diesem Hotel nachmittags gewöhnlich los ist. Außerdem, was wäre daran schon schlimm gewesen? In diesem Stadium hatten sie sich noch auf nichts eingelassen. Sie ließen sich bis zum allerletzten Moment auf nichts ein. Selbst wenn man sie später gefunden, wenn die Polizei sie aufgegriffen oder wenn jemand sie erkannt hätte, wie Sie heute, hätten die beiden noch nichts Ungesetzliches getan.

Gay war volljährig, sie konnte gehen, wohin sie wollte. Man hätte ihr vielleicht eine Standpauke gehalten, weil sie der Polizei unnötige Arbeit gemacht hatte – aber ich glaube nicht, daß ihr viel mehr passiert wäre. Wenn sie anderseits nach einer gewissen Zeit nicht gefunden wurde, konnte man ziemlich sicher davon ausgehen, daß man sie niemals finden würde, und dann hatten sie und Gorman freie Hand und konnten ihren ursprünglichen Plan durchführen.«

»Aber was ist mit Stella? Was haben sie ihr gesagt? Hat sie gewußt, wo Gay die ganze Zeit über war?«

»Da bin ich nicht sicher, aber ich glaube nicht. Es wäre zu riskant gewesen. Allerdings schien sie sich über Gays Verschwinden nicht besonders aufzuregen.«

»Ich glaube, sie war so froh, Gay von hinten zu sehen, daß es ihr ziemlich egal war, wo sie hingegangen war. Vielleicht wollte sie es auch gar nicht so genau wissen, falls Gorman doch etwas damit zu tun hatte. Sie kam mir nie besonders intelligent vor, und ich glaube, dieses Leben zu dritt war für sie so schrecklich, daß sie Gays Abwesenheit, so unerklärlich sie auch sein mochte, einfach als Gottesgeschenk ansah.«

»Tja, das werden wir nie mehr erfahren, armes Ding.«

»Aber Gorman muß mit Gay in Verbindung geblieben sein. Und es war doch sicher ein großes Risiko, sich weiter mit ihr zu treffen.«

»Nicht, wenn ich recht habe mit meiner Vermutung, wo Gay sich jeden Tag ein paar Stunden lang aufgehalten hat.«

»Und wo?«

»Sie kennen Chestertons Theorie, daß man ein Blatt am

besten im Wald und einen Kieselstein am Strand versteckt? Wo sieht man viele Mädchen wie Gay, mit blondem, schulterlangem Haar, ohne besonders auf sie zu achten?«

»Als Platzanweiserinnen in einem Kino«, antwortete Miss Milk automatisch.

»Richtig. Gorman hätte völlig gefahrlos in einem verdunkelten Kino mit ihr sprechen können, wahrscheinlich sogar, wenn man ihn beschattet hätte, was, wie wir wissen, nicht der Fall war.«

»Aber was ist mit dem Kinobesitzer, der sie eingestellt hat?«

»Sie hätte die Stelle, wahrscheinlich nur eine Teilzeitbeschäftigung, um keinen Arbeitsnachweis vorlegen zu müssen, eine Woche vor ihrem Verschwinden antreten können. Sie wollte schließlich nicht als Minister ins Kabinett kommen. Diese Mädchen schlängeln sich wie die Aale von einem Arbeitsplatz zum anderen, und sie sind auch genauso schwer zu fassen.«

»Ich glaube, Sie könnten recht haben, Joe; ich erinnere mich noch gut an das letzte Gespräch, das ich mit Stella führte, damals erzählte sie mir, Gorman sei ins Kino gegangen.«

»Jedenfalls ist es eine Möglichkeit.«

»Mit der blonden Perücke aus der Varieténummer?«

»Würde mich nicht wundern. Vielleicht auch ein paar Tropfen Wasserstoffsuperoxid. Ich glaube nicht, daß Freund Gorman sich seiner Sache so sicher gewesen wäre, wenn er gewußt hätte, daß Sie mit mir zusammen im Empire waren. Erinnern Sie sich noch, wie Sie mir erzählten, er habe nicht erlaubt, daß Stella Ihnen eine Freikarte gab?«

»Ja. Er hat befürchtet, ich würde zuviel über die Truppe erfahren. Joe, ich muß nachdenken.«

»Nur zu«, sagte der Captain, aber es klang ziemlich beklommen.

»Sie sagten, ich sei der Handlanger gewesen. Hat Stella denn das Hotel auch so verlassen wie Gay ... auf die gleiche Weise?«

»Das kann man eigentlich nicht sagen«, murmelte der Captain.

»Sie meinen, sie wurde hier im Zimmer getötet, wie ich es immer vermutet habe?«

»Jess, wir sollten uns damit nicht eingehender befassen. Ich begreife nicht ...«

»Sie begreifen nicht?« rief Miss Milk wütend. »Was begreifen Sie denn nicht? Wofür halten Sie mich eigentlich, Joe ... für ein Kind, das man vor den Tatsachen des Lebens bewahren muß? Nur weil ich mich bisher dumm benommen habe, heißt das doch nicht, daß das auch weiter so bleiben soll. Ich möchte wissen, wo ich stehe ... ich will wieder festen Boden unter den Füßen haben. Sie haben kein Recht, mich weiter im dunkeln tappen zu lassen. Wenn Sie Bescheid wissen – los, dann erzählen Sie mir, was passiert ist.«

»Ich weiß natürlich auch nicht alles«, erklärte der Captain nachsichtig. »Sie sagen, ich lasse Sie im dunkeln, aber auf eine Frage kennen nur Sie die Antwort. Was nun das angeht, was ich weiß, so sollen Sie meinetwegen alles erfahren, wenn Sie so verdammt neugierig sind, Sie werden schon sehen, wie es Ihnen gefällt. Wohlgemerkt, Sie müssen mir versprechen, es für sich zu behalten. Es sind noch andere davon betroffen, und ich kann nicht zulassen, daß Sie von Ihrem Gewissen getrieben zur Polizei laufen und alles ausplaudern.«

»Ich werde nicht versprechen, eine Mörderin zu schützen.«

»Es geht darum, einen Haufen Dummköpfe zu schützen – mich eingeschlossen – keine Mörder.«

»Dann haben Sie mein Ehrenwort, Joe.«

»Schön. Als Sie vermuteten, Stella sei in ihrem Zimmer getötet worden, hatten Sie recht. Und es gab einen Zeugen, der den Mörder erkannte ... Aber einen Zeugen, mit dem man vor Gericht nichts anfangen kann.«

»Wer war das?«

»Lulu. Als Gorman im Erdgeschoß die beste Vorstellung seines Lebens gab, hatte er dabei nur ein einziges Ziel im Sinn – die Aufmerksamkeit auf sich zu lenken, während seine Komplizin den eigentlichen Coup durchführte. Er wußte, daß Sie ihn mit Adleraugen beobachten würden. Also bemühte er sich, alle nur kurzzeitig anwesenden Gäste des *Bellevue* im Aufenthaltsraum zu versammeln. Und das ist ihm auch gelungen.«

»Er war erstaunlich. Ich habe so etwas noch nie erlebt und will es auch nie wieder erleben.«

»Genau wie ich es Ihnen sagte. Wenn sie aufgedreht sind, kommt immer ein bißchen mehr heraus. Aber eines ist ihm nicht geglückt. Der Klamauk, den er veranstaltete, hatte sicher auch den Zweck, die alte Dame nach unten zu locken. Und das wäre ihm zweifellos gelungen, aber er hatte zwei Faktoren nicht berücksichtigt. Alle Hoteliers haben einen sechsten Sinn, wenn das Wohl ihres Hauses gefährdet ist... und Lulu besitzt selbst für einen Hund ungewöhnlich scharfe Ohren, außerdem hat sie Gay immer angebellt. Madame hörte den Radau von unten, aber dann spürte sie, daß oben etwas nicht stimmte, und sie machte sich, begleitet von Lulu, auf den Weg, um die Zimmer zu inspizieren. Sie lauscht an einer Tür nach der anderen, so hat sie es jedenfalls erzählt, und schließlich kommt sie zum Zimmer der Gormans. Sie hört zwar keinen Laut, aber Lulu führt sich immer noch auf wie ein Wachhund. Madame zieht den etwas voreiligen Schluß, Stella sei unten bei Gorman. Ma Hughes hat ihr zu verstehen gegeben, die Gormans seien im Begriff, sich klammheimlich aus dem Staub zu machen, und deshalb beschließt die alte Dame, einen kurzen Blick in das Zimmer zu werfen und sich selbst davon zu überzeugen, solange die beiden anderweitig beschäftigt sind. Wohlgemerkt, das ist nur meine Version, Jess. Ich behaupte nicht, es sei das Evangelium. Vielleicht dachte Madame auch, Gay sei zurückgekommen und stelle in dem Zimmer irgendwelchen Unfug an. Sie rückt mit ihrem Hauptschlüssel heraus – haben Sie wirklich geglaubt, nur Sie hätten so ein Ding? – und öffnet die Tür. Lulu rennt kläffend hinein, und dann sieht Madame, was eigentlich Sie hätten sehen sollen, nachdem Sie das gleiche getan hatten.«

»Sie sah... Stella?«

»Sie sah, was man Stella angetan hatte. Es war kein schöner Anblick. Für das, was dann geschah, hätte ich diesen Idioten am liebsten einen Tritt versetzt, aber wenigstens wurde Ihnen dadurch einiges erspart.«

»Aber Gay? Wo war denn Gay?«

»Keine Spur von ihr. Die alte Dame schwört, sie sei nicht im Zimmer gewesen.«

»Und Sie halten sie nur deshalb für schuldig, weil ein Hund gebellt hat?«

»Nun hören Sie mal zu, Jess. Ich weiß, daß sie es war. Denken Sie doch daran, wie sie sich heute verhalten hat. Zumindest das haben Sie mit eigenen Augen gesehen. Ich weiß nicht, wie sie nach oben kam oder wie sie wieder verschwand, aber daß sie es getan hat, das weiß ich so sicher, wie ich weiß, daß ich ein Kaufhausschnüffler bin. An diesem Gebäude gibt es keine Dachrinne, die auch nur das Gewicht einer Fliege aushalten würde. Eine Möglichkeit wäre, daß sie zur Flucht ein Seil verwendet und es so festgemacht hat, daß sie es hinterher herunterziehen konnte. Aber das verdammte Fenster war geschlossen.«

»Sie meinen, Sie haben Madame gefragt, ob es geschlossen war?«

»Es hatte keinen Sinn, sie irgend etwas zu fragen. Ich habe selbst nachgesehen.«

»Das beweist gar nichts. Es gibt eine Handlung, die Madame ganz mechanisch ausführt, wenn sie ein Zimmer betritt, sie geht sofort zum Fenster und macht es zu. Ich habe sie hundertmal dabei beobachtet. Das muß daran liegen, daß sie Belgierin ist.«

»Darauf wäre ich nie gekommen. Teufel noch mal, ich glaube, Sie könnten recht haben.«

Miss Milk fuhr sich mit der Zunge über ihre trockenen

Lippen. »Wie sie allerdings unter diesen Umständen... Sie glauben wirklich, Gorman hätte es darauf angelegt, daß ich das Verbrechen entdecke? Daß ich Stella finde... tot?«

»Das ist doch wohl klar. Und dann erlebte er die große Überraschung und nicht Sie.«

»Kein Wunder, daß er sich aufführte wie ein Verrückter, als er das Zimmer leer fand.«

»Die alte Dame warf nur einen einzigen Blick auf Stella, die auf dem Bett lag, dann humpelte sie so schnell sie konnte in ihr eigenes Zimmer zurück und telefonierte nach Gus. Und er sagt, als er hinaufkam, habe sie sich benommen wie eine Wahnsinnige und nur immer wieder gejammert, wie sich das auf die Reservierungen für die Krönung auswirken würde. An etwas anderes hat sie überhaupt nicht gedacht, sagt Gus. Sie hatte wieder einmal einen Koller, und dann ist nichts mit ihr anzufangen. Nun arbeitet Gus schon hier, seit er fast noch ein Kind war. Er steht vollständig unter dem Pantoffel der alten Frau, und das Hotel ist sein Leben, falls man das überhaupt Leben nennen kann. Noch dazu ist er in Monica verliebt. Er wußte, daß Madame vor kurzem eine ziemlich ernste Unterredung mit dem Geschäftsführer ihrer Bank gehabt hatte und daß sie das Hotel würde schließen müssen, wenn die Reservierungen für die Krönung zurückgezogen würden. Außerdem mußte er schnell überlegen, und Denken ist nicht seine starke Seite. Was tat er also? Zuerst kam er auf die Idee, man könnte Stella vielleicht wiederbeleben, aber diese Hoffnung mußte sogar er bald aufgeben. In einer Ecke stand ein großer, leerer Koffer mit offenem Deckel, in den stopften sie die Leiche hinein, und dann schleppte ihn Gus hinauf auf den obersten Treppenabsatz. Es hört sich schrecklich an, eigentlich sogar verrückt, und man muß Gus und die alte Frau kennen, um zu begreifen, wie so etwas überhaupt möglich ist. Gus sagt, er wußte, daß es Gorman nicht gewesen sein konnte, und er habe gedacht, Blanche habe nun endgültig durchgedreht. Wie sie es gemacht haben soll, darüber hat er sich weiter keine Gedanken gemacht – es war einfach eine gefühlsmäßige Reaktion. Daß Gay an der Sache beteiligt gewesen sein könnte, kam ihm gar nicht in den Sinn. Wissen Sie noch, wie Sie Gus eine Leitung für Madames Zimmer gaben, ehe Sie mit Gorman nach oben gingen? Da hat er mich angerufen. Inzwischen war ihm nämlich ganz schön mulmig geworden, und er suchte dringend einen Freund, der ihm einen Rat geben konnte.«

»Und wie ging es weiter?« flüsterte Miss Milk.

»Ich ging nach oben zu Miss Blanche und stellte fest, daß sie immer noch mit ihrem Briefmarkenbild beschäftigt war. Als ich ihr ein paar Fragen stellte, wurde ganz klar, daß sie nichts Kriminelleres getan hatte, als aus Kolonialbriefmarken eine mit giftigem Efeu überwucherte Festung zu bauen. Ich schickte sie schnellstens an den Empfang. Als nächstes mußten wir Sie loswerden, und dann setzten wir uns zusammen und überlegten, was zu tun sei. Ich schlug vor, die Leiche dorthin zurückzubringen, wo man sie gefunden hatte, und die Polizei anzurufen. Aber das war gar nicht so einfach, wie Sie sicher verstehen. Unter anderem hätte es inzwischen schon entsetzlich viel zu erklären gegeben. Trotzdem versuchte ich, Gus zur Vernunft zu bringen – bei der alten Frau war es ohnehin hoffnungslos –, aber ohne Erfolg. Er war ebenso verbohrt wie sie. Ich hätte die beiden höchstens noch selbst anzeigen können, weil sie ein Verbrechen verheimlicht hatten.

Allerdings war ich meinerseits auch nicht besonders scharf darauf, die Sache der Polizei zu melden; vielleicht war ich sogar froh, daß ich eine Ausrede hatte, den Mund zu halten. Mir war nämlich inzwischen klargeworden, daß es Gay gewesen sein mußte, und ich wollte nicht dafür verantwortlich sein, daß sie gehängt wurde, weil ich wußte, daß Gorman, der eigentliche Mörder, ziemlich sicher ungeschoren davonkommen würde. Wir hatten keine Ahnung, wo er hingegangen war, aber ich konnte mir vorstellen, daß er Zeit zum Nachdenken brauchte, weil schließlich alles ganz anders gelaufen war als geplant. Und ich war ziemlich sicher, daß er sich dafür einen Ort aussuchen würde, wo ihn genügend Leute sehen und, falls sich dies später als notwendig erweisen sollte, seine Anwesenheit bezeugen konnten.

Madame jammerte immer noch wegen ihrer Reservierungen. Der selige Edouard hätte nie zugelassen, daß eine Leiche im Haus gefunden wurde ... am liebsten hätte sie sie in den Boiler gesteckt. Ein verrückter Vorschlag jagte den anderen, aber endlich entschied man, es sei am günstigsten, die Leiche auf der anderen Straßenseite zu deponieren, wenn sie denn schon aus dem Haus mußte. Ich widersprach nicht, denn ich wußte, daß die Leiche früher oder später irgendwo auftauchen würde, und wenn sie nicht zur Polizei gehen wollten, war es am besten, sie möglichst schnell aus dem Hotel zu entfernen. Das klingt vielleicht herzlos, aber das arme Ding war nun schon einmal tot. Niemand auf der Welt konnte ihr mehr helfen. Wir alle hatten diese roten Säcke schon unzählige Male am Sonntag draußen stehen sehen, und wir wußten, daß der Koch wahrscheinlich einen im Keller liegen hatte, weil sie in der ganzen Straße verteilt worden waren. Ich dachte mir, wenn sie eine günstige Gelegenheit abwarteten und ihn dann unverzüglich über die Straße trugen, hatten sie gute Chancen, damit durchzukommen, falls nichts schiefging. Was hätte man schließlich sonst tun können? Danach nahm ich mir ein Beispiel an Gorman und verdrückte mich nach Balham. Die Beseitigung der Leiche überließ ich Gus und dem Koch. Sie sehen also, ich habe mich nicht gerade wie ein Held benommen, und ich bin auch nicht besonders stolz auf mich.«

»Hat man sie ... bei Nacht fortgeschafft?«

»Ja, oder vielmehr am frühen Morgen. Der Portier wußte von nichts; ich glaube, er würde es nicht einmal merken, wenn man das Hotel in der Nacht Stein für Stein wegtragen würde. Gus hat es ganz allein gemacht; Sie wissen ja, daß er sehr stark ist.«

Miss Milk konnte ihre Entrüstung nicht verbergen. »Ich kann mir vorstellen, daß Gus und Madame so etwas tun«, sagte sie streng. »Es paßt zu ihnen. Aber daß Sie, ein Ehrenmann und, um es ganz deutlich zu sagen, ein Mensch, der wenigstens über ein Quentchen Verstand verfügt, sich für einen solchen Plan hergeben, ist unglaublich. Joe, sogar ich weiß, daß Sie sich damit – wie nennt man es noch? – der Begünstigung schuldig gemacht haben. Man könnte Sie dafür ins Gefängnis stecken.«

»Mein liebes Kind«, rief der Captain gereizt. »Natürlich

wußte ich verdammt gut, daß ich bei der Sache vielleicht eine Gefängnisstrafe riskiere; so vernagelt bin ich schließlich nicht. Aber sehen Sie denn nicht ein, daß damit auch Ihnen eine Menge Schwierigkeiten erspart geblieben sind? Begreifen Sie denn nicht, daß alles wieder auf Sie zurückgefallen wäre, wenn man Stella hier in ihrem Zimmer gefunden hätte? Gay muß diese Treppe hinaufgestiegen sein, nicht wahr, und zwar, ehe Stella nach oben ging. Gus und Crabbe waren während der ganzen Lunchzeit zusammen im Foyer, und Gus hat geschworen, daß sie zu dieser Zeit nicht erschienen ist. Gay ging diese Treppe hinauf, während Sie Dienst hatten... darüber müssen Sie sich ganz klar sein, und das ist, was mich betrifft, das fehlende Glied in der Kette. *Wie sie da hinaufgekommen ist, das können nur Sie wissen.* Ich will gar nicht behaupten, daß ich deshalb einen Mord decken würde, aber ich würde doch eine Menge tun, um zu verhindern, daß eine Bande von Anwälten Sie in den Zeugenstand ruft, Sie dort schikaniert und Sie in aller Öffentlichkeit lächerlich macht. Sie haben ja keine Ahnung, wie die mit einem Zeugen umspringen, wenn sie glauben, daß er etwas verheimlicht, was für ihren Fall von Wichtigkeit ist.«

»Aber sie ist nicht hinaufgegangen«, sagte Miss Milk nach einem Augenblick tiefster Stille.

»Da haben wir's! Da haben wir's!« rief der Captain. »Jetzt fangen Sie schon wieder so an! Sie sind einfach stur!«

Miss Milk schlug die Hände vors Gesicht. Nach einer Weile hob sie den Kopf. In ihren Augen spiegelte sich die Qual einer plötzlichen Erkenntnis, und sie sagte:

»Sie haben völlig recht, Joe. Es tut mir sehr leid. Ich habe sie hinaufgehen sehen, aber das war noch vor meiner Mittagspause. Ich sah sie mit Gorman hinaufgehen.«

»Ist alles in Ordnung mit Ihnen?« erkundigte sich der Captain plötzlich besorgt. »Ich habe Ihnen doch hoffentlich nicht zuviel zugemutet?«

»Erzählen Sie mir noch einmal, was Gus mit Stellas Leiche gemacht hat, ehe er sie nach oben brachte?«

»Er hat sie in einen verdammt großen Koffer gesteckt, sah eigentlich eher aus wie ein Schrankkoffer, war aber aus Vulkanfiber.«

»Da haben Sie Ihre Antwort, Joe. Am Samstag vormittag verließen Gorman und Stella gemeinsam das Hotel. Einige Zeit, vielleicht eine Dreiviertelstunde später kam Gorman mit dem Wagen zurück. Er machte die Türen auf, klemmte sie fest und brachte drei Koffer herein, zwei kleine und einen großen. Er sagte, sie seien leer und Stella brauche sie zum Packen. Ich bot ihm an, ihm beim Tragen zu helfen, und er war einverstanden. Ich ging mit den beiden kleinen Koffern hinauf, und er folgte mit dem großen. In diesem Koffer war Gay.«

Der Captain war erst einmal sprachlos. Endlich sagte er:

»Gus ja ... aber Gorman? Wollen Sie behaupten, Gorman könnte ein solches Gewicht zwei Treppen hochschleppen?«

»Ja, das behaupte ich, denn nur so kann sie hinaufgelangt sein, ohne von mir gesehen zu werden.«

Der Captain überlegte eine Weile.

»Ich will nicht sagen, daß es unmöglich ist. Es gibt eine Varieténummer, in der eine Frau auf die gleiche Weise einen Mann auf die Bühne trägt. Es gibt sogar irgendeine alberne Bezeichnung für einen Menschen, der das kann – ich meine, sich auf kleinstem Raum zusammenkauern, und Gay war schließlich in den Trick mit der zersägten Frau eingearbeitet. Aber zwei Treppen... das ist nun wirklich ein bißchen happig.«

»Wenn er es wirklich wollte, dann hat er sicher auch die Kraft dazu gefunden.«

»Mit einer Hand... während Sie dabei waren?«

»Aber ich ging doch vor ihm. Auch wenn es ihn noch so viel Mühe gekostet haben mag, ich konnte es nicht sehen.«

»Und angenommen, Gus wäre in der Halle gewesen und hätte ihm angeboten, den Koffer zu tragen?«

»Er holte den großen erst heraus, als er sah, daß ich allein war, und ich glaube gar nicht, daß er so schwer war. Gay wog doch so gut wie nichts, genau wie Stella, an den beiden war doch überhaupt nichts dran.«

»An Stella ist jetzt sicher nichts mehr dran«, bemerkte der Captain grimmig.

»Sehen Sie denn nicht, daß damit alles klar ist? Gorman hat immer nur die einfachsten Tricks angewendet, um mich zu täuschen. Oh, er hat meine Intelligenz genau richtig eingeschätzt... genauso hätte er ein Kind betrügen können. Es muß ihm einen Riesenspaß gemacht haben! Aber ein Übermensch ist er eben doch nicht. Er hatte sich übernommen, und deshalb ist er auch am Nachmittag zusammengebrochen.«

»Allmählich glaube ich, Sie könnten recht haben, Jess. Verdammt, wenn ich gleich gewußt hätte, daß man Gorman bei diesem Mord als Komplizen festnageln kann ... Sagen Sie, wie ging es weiter, als Sie die Tür erreicht hatten?«

»Nun, ich habe ihm aufgeschlossen und die beiden kleinen Koffer ins Zimmer gestellt, und dann bin ich gegangen.«

»Gay müßte schon im Wagen in den Koffer gestiegen sein. Aber in der alten Kiste ist massenhaft Platz, und den Deckel brauchte er ja erst im allerletzten Moment zuzumachen. Sobald Sie gegangen waren, konnte er sie herauslassen, und sie mußte sich irgendwo im Zimmer verstekken, im Schrank zum Beispiel, und dort warten, bis Stella zurückkam. Aber warum hat Stella nicht geschrien? Warum hat sie sich nicht gewehrt?«

»Wahrscheinlich wurde sie völlig überrascht. Vielleicht lag sie auf dem Bett. Das werden wir nie erfahren. Ich weiß nicht, ob Gay die Stärkere war; aber bei Rangeleien hat Stella immer das meiste abbekommen.«

»Wenn also stimmt, was Sie über Madame und das Fenster sagten, dann brauchte Gay nur eine Nylonschnur mit im Koffer zu haben, und schon konnte sie wie der Blitz die Mauer hinunterklettern und durch den Hinterhof verschwinden. Mit einem selbstauflösenden Knoten hinterließ sie keine einzige Spur.«

»Es hätte aber doch jemand aus einem Fenster sehen können.«

»Auf dieser Seite ist nur eine kahle Mauer, und vor allen Fenstern des *Bellevue* hängen Halbgardinen. Wer sollte außerdem hinausschauen ... es gibt doch nichts zu sehen. Der Koch schlief oben in seinem Zimmer, die Zimmermädchen waren schon gegangen. Irgendein Risiko mußten sie wohl eingehen, aber zum Donnerwetter, sie haben es wirklich auf ein Minimum reduziert!«

»Aber Joe – Joe – wenn wir nun endlich ein wenig klarer sehen und der Wahrheit näherkommen, warum in aller Welt mußte sich denn Gay, nachdem sie bisher ungeschoren davongekommen war, so in Gefahr bringen? Warum ist sie ausgerechnet in diesen Teil von London gekommen, um sich die Krönung anzusehen?«

»Einfach deshalb, weil alle Welt da war. Gay hätte es nie übers Herz gebracht, ein solches Spektakel zu versäumen. Die Chancen, daß jemand sie erkannte, standen eine Million zu eins. Ich glaube, auf den Gedanken ist sie gar nicht gekommen. Für sie wäre es viel unsicherer und weniger typisch gewesen, in Brixton oder Tooting oder wo immer sie untergetaucht ist, zu bleiben, das wäre viel mehr aufgefallen. Außerdem glaube ich, daß sie sich so ganz allein gar nicht besonders wohlfühlt.«

»Ich kann immer noch nicht glauben, daß sie zu so etwas fähig gewesen sein soll. Ich weiß, daß sie oft mit Zähnen und Klauen auf Stella losging. Wenn sie etwas nach ihr geworfen und sie dadurch getötet hätte, könnte ich das leichter ertragen ... oder begreifen. Aber sich von hinten an sie heranzuschleichen und ... und ...«

»Sie hatte ihre Anweisungen, Jess. Und einen verdammt harten Zuchtmeister.«

»Wie soll ich sie jemals wiederfinden, falls es der Polizei nicht gelingt?«

»Sie sind also fest entschlossen, sie zu verpfeifen, was?«

»Nein, nein, Joe. Darum geht es gar nicht. Sie muß

gewarnt werden, weil sie nämlich als nächste auf der Liste steht.«

Der Captain starrte Miss Milk mit offenem Munde an.

»Aber Joe, das ist doch sonnenklar. Ich hatte die ganze Sache nur nicht richtig betrachtet. Er will keine von beiden. Er hat es mir selbst gesagt, aber ich habe es für einen Witz gehalten. ›Wie glücklich wär' ich, hätt' ich keine nur!‹ Erst Stella, dann Gay. Und verstehen Sie denn nicht, daß sie ihm vollkommen ausgeliefert ist? Sie existiert nämlich gar nicht mehr. Sie wird vermißt. Soweit es die Polizei betrifft, ist sie ein Nichts.«

»Ganz ruhig, Jess. Sie ist leicht zu finden, wenn Sie das wollen. Sie brauchen nur Gorman im Auge zu behalten. Sobald er glaubt, daß die Polizei das Interesse an ihm verloren hat, wird er Sie ganz schnell zu ihr führen. Aber ich kann mir nicht vorstellen, daß Sie recht haben. Wenn Gorman abreist, nimmt er sie sicher mit. Das war doch wohl der Sinn der ganzen Sache? Eine Schutzmaßnahme, um Stella loszuwerden und den Rest ihrer Ersparnisse einheimsen zu können.«

»Nein. Ich bin ganz sicher ... es geht bestimmt tiefer. Er ist ein kranker Mann, und er will sie alle beide los sein. Er mag keine Frauen. Das hat Gay selbst gesagt. Sie sagte, ihm liege nur etwas an Pferden und Wetten, und ich glaube, das stimmt. Er hat Gay nie wirklich gewollt, und Stella hat er nur geheiratet, um an das bißchen Geld zu kommen. Wenn er auch nur einen Funken Interesse für Gay gehabt hätte, hätte er dann Stella geheiratet?«

»Tja, Jess, selbst wenn Sie recht haben sollten, Ihnen sind die Hände gebunden. Sehen Sie es doch einmal so. Sie können Gay nur retten, wenn Sie ihr Polizeischutz verschaffen, und das heißt, daß Sie sie ebenso wie Gus, Madame und vielleicht auch mich auf die Anklagebank bringen müssen. Und ich glaube, ihr wäre es schlimmstenfalls immer noch lieber, von Gorman umgebracht zu werden als wie eine gemeine Verbrecherin durch den Strick zu sterben.«

»Ja, das ist mir klar. Joe, ich muß nach Hause, ich muß nachdenken. Vielen Dank für alles. Ich muß so lange nachdenken, bis ich einen Ausweg finde. Und Sie können mir dabei nicht helfen.«

»Warten Sie einen Moment! Wie wär's denn, wenn Sie einen kleinen Meineid schwören... wenn Sie zugeben würden, im kritischen Augenblick am Empfang eingeschlafen zu sein? Wenn Sie sozusagen mit Gorman die Rollen tauschten?«

»Aber ich könnte doch nicht erklären, wie die Leiche auf die andere Straßenseite gekommen ist. Und außerdem bin ich noch nie am Empfang eingeschlafen!«

»Jess, Jess, ich geb's auf. Jetzt ist mir auch klar, warum sich Gorman gerade Sie als Alibizeugin ausgesucht hat. Müssen Sie wirklich gehen? Dann lassen Sie sich in den Mantel helfen. Es wäre doch schade, wenn Sie an Lungenentzündung sterben, ehe Sie Ihre Probleme gelöst haben.«

Als Miss Milk vom Mansardenzimmer des Captains kommend die Treppe hinunterstieg, prallte sie gegen Madame, die gerade aus dem Zimmer trat. Jess fühlte sich momentan nicht in der Lage, es mit Madame aufzunehmen, deshalb versuchte sie gar nicht erst, ihre Anwesenheit zu erklären, sondern wünschte ihr nur eine gute Nacht und setzte ihren Weg nach unten fort.

Madame blickte erst nach oben, dann hinunter auf Miss Milks schnell verschwindenden Rücken und schürzte in gerechter moralischer Entrüstung die Lippen.

20

Nachdem die Krönung nun glücklich vorüber war, machte sich Inspektor Court erneut an die Lösung des Problems. Er gab einem seiner besten Männer den Auftrag, in der ganzen Straße von Tür zu Tür zu gehen und Erkundigungen einzuziehen, ob nicht vielleicht jemand beobachtet hatte, wie der Müllsack vor der Knopffabrik abgestellt wurde, oder ob in der fraglichen Samstagnacht sonst irgend etwas Ungewöhnliches bemerkt worden war. Der letzte Teil der Frage förderte eine Reihe hochinteressanter Stellungnahmen zutage und führte zu zwei Verhaftungen, die nichts mit dem gegenwärtigen Fall zu tun hatten. Der eigentliche Zweck wurde freilich kläglich verfehlt.

Die Beschäftigten des Lagerhauses einschließlich des Geschäftsführers waren bereits vernommen worden, aber jetzt unterzog der Inspektor sie noch einmal ganz persönlich einer eingehenden Überprüfung. Der Geschäftsführer war ein lebhafter, dunkelhäutiger Mann zweifelhafter Herkunft, aber britischer Staatsbürgerschaft, der mit Gesten verschwenderischer umging als mit Informationen. Seine flüchtige Ähnlichkeit mit einem orientalischen Exmonarchen wurde noch dadurch betont, daß er die Angewohnheit hatte, seine Angestellten als ›meine Looite‹ zu bezeichnen. Er gab zu, daß es in seinem Unternehmen üblich war, Säcke mit Müll über das Wochenende auf die Straße hinauszustellen, aber da die Geschäfte gerade in dieser Woche recht flau gewesen waren, vermutlich, deutete er mit einem Achselzucken an, wegen der Krönung, hatte es diesmal nicht für einen Sack gereicht.

»Warum sollte ich Sie anlügen?« fragte er und spreizte seine dicklichen Finger. »Aber wenn Sie mir nicht glauben, können Sie ja meine Looite fragen.«

Ohne sich von der Befürchtung abschrecken zu lassen, der Mann könne sich dadurch gekränkt fühlen, verhörte der Inspektor als nächstes die Vorarbeiterin, die allerdings, das war ganz offensichtlich, für jeden, der ihr ihren wöchentlichen Lohn bezahlte, jeden Schwur geleistet hätte.

»Sehen Sie ...« rief der Geschäftsführer triumphierend. »Was habe ich Ihnen gesagt?«

Der Inspektor erkundigte sich nach den Mietern im obersten Stockwerk des Gebäudes.

»Fragen Sie sie selbst ... glauben Sie wirklich, ich lasse irgendwelches Gesindel in meinem Haus wohnen? Ich habe nur anständige Mieter, die im voraus bezahlen. Ich kann mit diesen Räumen nichts anfangen. Vielleicht glauben Sie, ich sollte sie leerstehen lassen; damit sie gar nichts einbringen; glauben Sie, das sollte ich tun? Sie haben ihren eigenen Schlüssel und gehen direkt die Treppe hinauf. Was meinen Teil angeht, der ist abgeschlossen. Sie könnten gar nicht herein, selbst wenn sie wollten.«

Der Inspektor erklärte sich von dieser Argumentation

überzeugt, bestand aber trotzdem mit sanftem Nachdruck darauf, mit jedem Mieter persönlich zu sprechen. Abgesehen davon, daß sie ihren vollen Namen und ihre Beschäftigung preisgaben, die unter die Kategorie ›selbständig‹ fiel, neigten sie alle zu großer Zurückhaltung. Sie wußten nichts von irgendwelchen Säcken, ganz gleich, von welcher Farbe oder Form. Court notierte sich, wann sie am Samstag abend ungefähr in ihre Wohnungen zurückgekehrt waren, und kehrte dann mit seinem Sergeant ins *Bellevue* zurück.

Der Sergeant blieb unten und verwickelte den Küchenchef in ein Gespräch, während sich der Inspektor noch einmal mit Miss Blanche unterhielt, die jetzt, da er dafür keine Zeugen hatte, überraschend vernünftig wirkte.

Er vermied es sorgsam, sie mit Fragen nach ihrer eigenen Beschäftigung am Samstag zu bedrängen, entlockte ihr aber einige Bemerkungen, die die an diesem Fall beteiligten Personen in einem neuen Licht erscheinen ließen. Die Bosheit in ihren Worten entging ihm nicht, aber heute klang doch alles recht einleuchtend, und nach dem Gespräch hatte er ein klareres Bild des Gorman-Trios vor Augen. Es schien ihm, als habe sich durch das Verschwinden von Gormans beiden Partnerinnen Blanches innere Anspannung gelöst; und obwohl es nicht unmöglich war, daß sie Stella erdrosselt hatte, die Gelegenheit dazu wäre vorhanden gewesen, verwarf er diese Vorstellung. Er war inzwischen überzeugt, daß Stellas Mörder, wer immer er sein mochte, sie wegen ihrer kärglichen Ersparnisse umgebracht hatte, und diese Annahme paßte nicht zu Miss Blanches Charakter. Außerdem hätte sie einen Verbündeten gebraucht, um die Leiche über die Straße zu befördern, und wer hätte ihr schon geholfen? Ihre Mutter? ... Gus? Sie gab sich jedenfalls keine Mühe, die beiden vor Verdacht zu bewahren.

Inzwischen war Gus in den Berichten des Inspektors in den nicht gerade sehr begehrenswerten Rang des Hauptverdächtigen aufgerückt. Er hatte zwar recht gehabt mit seiner Vermutung, er werde beschattet, sich aber geirrt, als er das Verhalten seines Verfolgers auf dessen Unerfahrenheit zurückführte. Der Inspektor war nämlich der Ansicht, in diesem Fall könnte es sich als sinnvoll erweisen, wenn die Polizei ihr Interesse ganz offen zeigte, und hoffte, Gus würde sich aus Angst vielleicht zu einem falschen Schritt verleiten lassen. Court war bereit, geduldig auf diesen Augenblick zu warten.

Immerhin hatte der Praktikant für die Tatzeit aufgrund von Madames Angaben ein Alibi, und solange ihre Aussage in diesem Punkt nicht erschüttert werden konnte, war er wahrscheinlich in Sicherheit.

Der Inspektor fuhr bei Madame sein schwerstes Geschütz auf. Er unterzog sie einem strengen Verhör, und obwohl sie sich in allen Nebensächlichkeiten widersprach, blieb sie in diesem Punkt fest. Schon die Tatsache, daß sie darauf so hartnäckig bestand, überzeugte Court davon, daß es das einzige war, dem sie wirklich Bedeutung beimaß.

Dann machte Gus ohne es zu wissen eine Dummheit. Dank der Großzügigkeit der Hotelgäste zur Zeit der Krönungsfeierlichkeiten war er ungewöhnlich gut bei Kasse, und deshalb ging er, immer noch von seinem Schatten verfolgt, hin und kaufte ganz kühn einen Ring für Monica. Wie konnte sich ein junger Mann mit einem Einkommen von zwei Pfund zehn pro Woche einen Ring für zwölf Pfund leisten, der freilich prächtiger strahlte, als es seinem wahren Wert entsprach? Auf diese Frage gab es für den Inspektor nur eine Antwort: er hatte einen Teil von Stellas Geld dafür ausgegeben.

Gus war klug genug, um zu begreifen, in welche Richtung die Ermittlungen der Polizei gingen. Eines Abends suchte er den Captain auf, dessen Zimmer ganz in der Nähe seines eigenen lag, und vertraute ihm eine Reihe durchaus begründeter Ängste an.

»Vielleicht wird Sie das lehren, sich in Zukunft nicht mehr mit dem Gesetz anzulegen«, bemerkte der Captain in ziemlich scharfem Ton, der sein eigenes Unbehagen überdecken sollte. »Tote durch die Gegend zu karren überläßt man besser Hollywood.«

»Ich glaube nicht, daß man dazu mehr als einmal im Leben Gelegenheit hat«, gab Gus zurück. »Wenn ich nicht ein solcher Esel gewesen wäre, hätte ich mich nie dazu hergegeben, aber nun ist es passiert, und ich muß die Konsequenzen tragen. Die Sache sieht gar nicht gut aus, und falls es soweit kommt, daß ich zwischen meinem Hals und dem von Gay wählen muß, dann kann ich nur froh sein, daß ich kein Gentleman bin.«

»Die Aufregung wird sich legen«, tröstete der Captain. »Mit der Zeit verlieren sie die Lust. Wenn es allerdings soweit ist, dann müssen Sie weg von hier, und damit zwingen Sie die alte Dame zum Handeln. Sie muß das Hotel loswerden, und sie muß mit Blanche nach Belgien zurück und dort ihre noch verbliebenen Verwandten aufstöbern. Ganz mittellos ist sie ja nicht, und aus dem Verkauf dieses Schutthaufens wird sie auch noch etwas übrig behalten. Sie haben Ihren Anteil geleistet, und Sie und Monica haben schließlich ein Recht auf Ihr eigenes Leben.«

»Freut mich, daß Sie es so sehen«, sagte Gus. »Mit einer kurzen Gefängnisstrafe könnte ich mich ja noch abfinden, aber von einem herzhaften Frühstück in der Todeszelle halte ich gar nichts.«

»Pah! Unsinn!« sagte der Captain munterer, als ihm eigentlich zumute war. Er sah freilich, daß er Gus keineswegs hatte beruhigen können.

Auch Miss Milk bemerkte, daß Gus sich verändert hatte, aber sie konnte ihn nicht darauf ansprechen, da sie ja angeblich nichts von den Ursachen dieser Veränderung wußte. Also tat sie ihr möglichstes, um ihn auf andere Weise aufzuheitern. Sie hätte nie geglaubt, daß ihr Gus einmal so ans Herz wachsen würde, aber inzwischen hing sie tatsächlich an ihm. Der Lösung ihres eigenen Problems war sie freilich keinen Schritt nähergekommen. Einmal dachte sie so, dann wieder anders, und je näher Gormans Abreise rückte, desto unruhiger wurde sie.

Wenn der Captain nicht arbeiten mußte, ließ er sie nicht aus den Augen; sie äußerte sich jedoch nicht zu ihren Überlegungen, und er war keineswegs sicher, wie sie sich schließlich entscheiden würde. Er war seinerseits mit einem Projekt beschäftigt, das einen gewissen Teil seiner Aufmerksamkeit beanspruchte. Außerdem hatte er mehrere ernsthafte Unterredungen mit Madame, aus denen er erregt, aber unerschütterlich entschlossen wieder auftauchte, und einmal schickte er im Anschluß daran zwei Briefe nach Ostende, die noch naß waren von Madames Tränen.

Am Freitag nach der Krönung sollte Gorman abreisen. Am Morgen beglich er seine Rechnung, und im Lauf des Nachmittags fuhr er den Kombiwagen vor den Eingang des Hotels. Noch mürrischer und schweigsamer, als man es mittlerweile von ihm gewöhnt war, half ihm Gus, sein Gepäck herunterzutragen. Miss Milk brauchte nur hinter ihrer Theke zu sitzen, so zu tun, als sei sie mit dem Frühstücksbuch beschäftigt, und sich zu bemühen, nicht hinzusehen, als die Koffer, die Stella und Gay gehört hatten, in den Laderaum des Fahrzeugs gestellt wurden. Es waren eine ganze Menge. Einige trug Gorman selbst, aber er sah immer noch recht angegriffen aus und machte keine Anstalten, Gus bei den schwereren Stücken behilflich zu sein. Er sprach kein Wort, außer um Anweisungen zu geben, wie sie verstaut werden sollten. Er hatte nicht einmal seine abweisende Miene aufgesetzt, seine Züge waren völlig ausdruckslos. Er war jedoch, jedenfalls bildete Miss Milk sich das ein, von einem leichten Hauch von Verfall umgeben, so als habe er schon angefangen zu verwesen.

Sobald der Wagen beladen war, verschwand Gorman eine Weile und ließ ihn unbeaufsichtigt auf der Straße stehen. Miss Milk saß da und starrte ihn an, während sie sich ausmalte, welchen ruchlosen Beschäftigungen sein Besitzer wohl nachging. Endlich kehrte er zurück, er hatte die Zeit offenbar damit verbracht, sich die Haare schneiden zu lassen, und jetzt sah er noch kränker aus als zuvor. Er bestellte Tee, trank eine Tasse und verschwand wieder. Miss Milk wurde zunehmend unruhiger. Gay und Stella, Stella und Gay, sie wog die eine gegen die andere ab, die tote Stella, die lebende Gay, und konnte sich nicht entscheiden. Hatte sie das Recht einzugreifen, oder mußte sie den Dingen ihren Lauf lassen? Gay und Gus, Gus und Gay. Gus war es schließlich, der in Gefahr war, und solange er bereit war, Gay zu schonen, mußte sie es auch tun. Aber durfte sie Gay in ihr Verderben laufen lassen, ohne ein Wort zu sagen, das sie retten konnte?

Sie hatte nie eine Rolle in der beklemmenden Farce der Gormans spielen wollen, sie war einfach völlig unvorbereitet von dem elenden Zauberkünstler selbst auf die Bühne gestoßen worden. Aber konnte sie sich, nachdem sie jetzt mit im Spiel war, noch wie ein Zuschauer verhalten, still in den Kulissen sitzen und zusehen, wie es sich bis zum Ende entfaltete und wie schließlich der Vorhang fiel?

Zu guter Letzt schloß sie sich jedoch der Meinung des Captain an, daß es in Zweifelsfällen einfacher ist, den Weg des geringsten Widerstandes zu gehen; und als Gorman vor seiner Abreise zum letzten Mal auf der Bildfläche erschien, hatte sie bereits entschieden, daß sie die ganze Sache nichts mehr anging, daß Gay nur bekommen würde, was sie verdiente, und daß sie selbst sich, wenn er nur schnell verschwand und niemals wiederkehrte, endlich entspannen und die ganze, finstere Geschichte vergessen konnte.

Er trat vor das Schalterfenster und sagte:

»Tja, ich gehe dann.«

Miss Milk spürte, wie ihr Herz schneller schlug, und sie fragte: »Möchten Sie vorher noch mit Madame sprechen – oder mit Gus?«

»Nein, mit niemandem. Sie sind also immer noch hier? Wissen Sie noch, als wir ankamen, habe ich Ihnen eine Woche gegeben. Aber Sie sind hartnäckig, Mädchen, schüchtern, aber hartnäckig. Jedenfalls danke ich Ihnen für alles, was Sie für mich getan haben.«

Bei diesen Worten stieg Zorn in Miss Milk auf, bis sie daran zu ersticken drohte, und ihre Stimme klang ganz anders als sonst, als sie sagte:

»Wagen Sie es nicht, mich zu verhöhnen, Mr. Gorman. Mir ist durchaus bewußt, was ich alles für Sie getan habe. Durch meine Ahnungslosigkeit und, wenn Sie so wollen, durch meine Hartnäckigkeit habe ich Sie auf eine Idee gebracht, die bereits einen Menschen das Leben gekostet hat. Sollte es noch zu einem zweiten Todesfall kommen, so werde ich, das schwöre ich Ihnen, für den Rest meines Lebens alles daran setzen, Sie zu finden und dafür zu sorgen, daß man sie nicht länger frei herumlaufen läßt und daß Sie Ihre Sünden nicht weiter auf dem Rücken anderer abladen können.« Jetzt zitterte sie an allen Gliedern.

Gorman betrachtete sie mit neu erwachtem Interesse. Er zögerte, als wolle er ihr antworten, dann überlegte er es sich anders, drehte sich stattdessen auf dem Absatz um und ging zur Tür. Sie sah, wie er in seinen Wagen stieg.

Wann verschwindet er denn endlich? dachte sie. Es schien ihr von größter Wichtigkeit zu sein, daß er sofort losfuhr.

Doch sobald der Wagen angelassen wurde und sich

gleich darauf aufheulend in Bewegung setzte, war ihr klar, daß sie Gorman nicht hätte gehen lassen dürfen. Es war reine Feigheit und Schwäche gewesen.

Sie kämpfte noch immer mit sich, ob sie ihrem Gewissen oder ihrem Instinkt hätte folgen sollen, als der Captain eintrat. Er sah ihr sofort an, daß etwas nicht in Ordnung war.

»Er ist fort«, sagte sie.

»Ein Glück, daß wir ihn los sind«, antwortete der Captain mit Inbrunst. »Wo ist Blanche, damit sie Sie ablösen kann? Das muß nämlich gefeiert werden. Wir gehen erst essen, dann sehen wir uns die Lichter an und wer weiß, vielleicht bringen wir uns mit etwas Alkohol in Stimmung.«

Das Essen war gut, sie mußten allerdings lange darauf warten, denn der Besucherandrang in der Hauptstadt hatte keineswegs abgenommen. Wohl wissend, daß es sich in gewissen Fällen dringend empfiehlt, die Ecken und Kanten der Wirklichkeit ein wenig zu entschärfen, forderte der Captain Miss Milk immer wieder zum Weintrinken auf.

Als sie das Lokal schließlich verließen, war es schon nach zehn, und inzwischen war Miss Milk durchaus bereit, sich die Lichter der Stadt anzusehen. Sie hatte gut gespeist, und der Wein hatte ihre Lebensgeister angeregt, wenn man auch gerechterweise nicht sagen konnte, daß sie betrunken gewesen wäre. Die beiden bestiegen einen Bus, der sie eigentlich zur Mall bringen sollte. Aber schon nach fünfzig Metern auf der Charing Cross Road blieben sie im Verkehr stecken, und als sich eine halbe Stunde lang nichts mehr bewegte, sahen sie schließlich ein, daß sie sich auf ihre eigenen Füße verlassen mußten, wenn sie vorwärtskommen wollten.

Die Szene in der Charing Cross Road war unvergeßlich. Miss Milk hatte zwar vorausgesehen, daß der Vikar ihres Dorfes mit dem Mütterverein im Bus nach London fahren würde, um sich die geschmückten Straßen anzusehen, aber sie hatte diesen Gedanken nicht weiter ausgedehnt und sich daher auch nicht vorgestellt, daß alle anderen Müttervereine im Königreich auf die gleiche Idee kommen könnten.

An diesem Abend sah es allerdings so aus, als seien nicht nur sämtliche Mütter, sondern die gesamte weibliche Bevölkerung Großbritanniens in die Stadt gefahren, um sich die Lichter anzusehen, ehe sie aus Sparsamkeitsgründen wieder gelöscht wurden. Aus Wigan, aus Bolton, aus Macclesfield und Derby, aus Biggleswade und Bognor Regis, von überallher waren Busse gekommen und standen Stoßstange an Stoßstange in endlosen Reihen auf den Straßen.

»Es ist einfach unglaub ... unglaub ... unvorstellbar«, bemerkte Miss Milk und versuchte lebhaft interessiert in die beleuchteten Fahrzeuge hineinzusehen.

»Hol mich doch der Teufel – da sind Gorman und Gay!« entfuhr es dem Captain, und im nächsten Moment hätte er sich am liebsten die Zunge abgebissen.

Tatsächlich, da saßen sie in ihrem Kombiwagen, eingeklemmt zwischen einem Doppeldecker und einem Reisebus aus Taunton, und kamen ebensowenig von der Stelle wie ein Taschendieb, der von zwei Gesetzeshütern flankiert wird.

Und auf dem Bürgersteig befand sich doch wahrhaftig

ein Polizist, der dem Circus zustrebte. Dieses Zusammentreffen der Ereignisse war für Miss Milk in ihrem überreizten Zustand zuviel. Sie packte den Polizisten am Arm und zerrte ihn auf Gormans Wagen zu.

»Verhaften Sie diesen Mann, Officer! Verhaften Sie diesen Mann wegen Mordes an seiner Frau!«

»Was ist denn hier los, Miss? Nun beruhigen Sie sich doch.«

»Halten Sie den Mund, Jess!« zischte der Captain energisch. »Alles in Ordnung, Officer. Kein Grund zur Aufregung. So etwas kommt manchmal vor, das wissen Sie doch. Die Dame ist eben nichts gewöhnt. Übrigens sitzen in dem Wagen da Freunde von uns. Ich werde sie bitten, uns nach Hause zu fahren.«

»Er hat seine Frau ermordet!« wiederholte Miss Milk in höchster Erregung. »Sein Name ist Gorman. Sie müssen ihn doch kennen.«

»Meine Dame«, sagte der Polizist und löste geduldig Miss Milks Hand von seinem Arm. »Ich komme aus Stockport. Man hat mich nur für die Zeit der Krönung hier eingesetzt. Ich kenne Ihren Freund nicht, und ich will ihn auch gar nicht kennenlernen.«

»Er ist Gene der Flaschengeist.« Miss Milk ließ sich nicht abweisen.

Der Polizist überlegte allmählich mißmutig, ob er Miss Milk nicht wegen Trunkenheit und Ruhestörung in Gewahrsam nehmen sollte. Aber er war müde von den Anstrengungen der letzten Tage, er wollte in sein Quartier zurück und – nun ja, immerhin feierte man Krönung. Oder jedenfalls das Nachspiel davon.

»Ich werde mir den Wagen ansehen«, sagte er, um sie zu beschwichtigen, »und dann«, wandte er sich leise an den Captain, »sehen Sie zu, daß Sie sie so schnell wie möglich hineinsetzen, wenn Sie nicht wollen, daß ich sie mitnehme.«

Unter den verzückten Blicken einer Busladung voller Mütter drängten sie sich über die Straße. Der Polizeibeamte öffnete die Tür des Wagens.

»Sir«, sagte er, »dürfte ich um Ihren Namen bitten?«

Eine merkliche Pause trat ein, dann antwortete Gorman: »Ich heiße Gorman. Kann ich etwas für Sie tun, Officer?«

»Ich habe hier eine Freundin von Ihnen, die Sie mitnehmen können. Sie bildet sich doch tatsächlich ein, Sie hätten Ihre Frau ermordet.«

»Ich bin aber doch hier, nicht wahr?« fragte Gay, und ihre Stimme klang ein wenig zu hoch.

»Die Dame hat wohl ein Glas zuviel getrunken, Sir. Ich möchte die Sache nicht aufbauschen und sie in Schwierigkeiten bringen, also wären Sie vielleicht so liebenswürdig und würden ein wenig zur Seite rücken und ihr Platz machen, gnädige Frau?«

»Kommen Sie, Jess, steigen Sie ein«, sagte der Captain. Er half ihr in den Wagen und sagte dann: »Ich suche mir hinten zwischen den Koffern ein Plätzchen, Gene. Verbindlichsten Dank, Officer.«

»Schon gut, Sir. Jeder schlägt einmal über die Stränge. Ich kann nicht sagen, Sie sollen weiterfahren«, bemerkte er zu Gorman, »aber sehen Sie zu, daß Sie baldmöglichst hier wegkommen. An Ihrer Stelle würde ich in diesem Fall auf die Festbeleuchtung verzichten.«

Er schlug heftig die Tür hinter Miss Milk zu und verschwand.

Einem Wust der verschiedensten Empfindungen machtlos ausgeliefert, saß Miss Milk nun auf engstem Raum neben einer Mörderin. Doch plötzlich zerriß der Nebel, und sie fühlte sich fast zu nüchtern. Sie warf einen verstohlenen Blick auf Gay. Obwohl es im Wagen ziemlich dunkel war, erschreckte sie das Aussehen des Mädchens. Gay war vor einiger Zeit verschwunden; jetzt fragte sie sich, ob die wirkliche Gay nicht endgültig fort war und nur dieses bedauernswürdige, heimatlose Wesen mit den schwarzen Ringen unter den Augen zurückgelassen hatte.

Sie schluckte und sagte schnell:

»Sie müssen ihn verlassen. Laufen Sie sofort weg, wenn Ihnen Ihr Leben lieb ist. Ich wollte Sie warnen. Möchten Sie, daß es Ihnen so ergeht wie Stella? Dieser Mann empfindet für Sie nicht mehr, als er für seine Frau empfunden hat. Sie haben sich ihm ausgeliefert. Nichts kann Sie schützen. Sie sitzen fürchterlich in der Klemme, aber Sie müssen jetzt aus diesem Wagen aussteigen.«

Aus ihrer Stimme klang, drängend und unabweisbar, die Wahrheit.

»Sie müssen mir glauben. Ich weiß es.«

Der Captain, der seinen kräftigen Körper mühsam in eine winzige Lücke im Kofferraum gezwängt hatte und sich jetzt, strategisch günstig plaziert und angespannt wie ein sprungbereites Raubtier, nach vorne beugte, sagte:

»Ich glaube, sie hat recht, Gay. Sie sollten ihrem Rat folgen.«

Gay fuhr zu Gorman herum und fragte:

»Ist das wahr, Gene?«

Er kauerte gebückt über dem Lenkrad und antwortete nicht.

»Ist es wahr, Gene?«

»Mach doch, was du willst«, sagte er mürrisch. Als er sich ihr zuwandte, war sein Gesicht grau, und auf seiner Stirn standen Schweißperlen. »Ja, ein Teil davon ist auf jeden Fall wahr. Ich habe euch alle satt. Ich habe genug von allen verdammten Frauen auf der ganzen Welt. Ich will nur frei sein ... hörst du mich? Frei!« Seine Stimme wurde schrill.

Gay regte sich nicht, sondern saß da wie von einer plötzlichen Lähmung befallen. Gorman begann wieder zu schreien: »Warum verschwindest du denn nicht endlich? Hier –« Er kramte in seiner Brusttasche, zog ein Portemonnaie heraus, öffnete es und entnahm ihm ein Bündel Banknoten.

»Hier – nimm das. Kauf dir ein neues Leben dafür. Schlechter als das alte kann es nicht sein. Geh aufs Land ... geh, wohin du willst, aber geh ... laß mich allein. Ich kann dich nicht mehr ertragen.«

Miss Milk öffnete die Tür auf ihrer Seite, und Gay nahm das Geld und kroch über ihre Beine hinweg aus dem Wagen. Krampfhaft ein Bündel Banknoten in der Hand haltend, verschwand sie zwischen den stehenden Fahrzeugen, und Miss Milk sollte sie niemals wiedersehen.

Der Captain beugte sich nach vorne und knallte die Tür zu, und einen Augenblick lang saßen Miss Milk und Gorman erschöpft und schweigend nebeneinander.

Plötzlich sank Gorman über dem Lenkrad zusammen.

»Achtung, er simuliert«, sagte der Captain. »Los, raus jetzt mit Ihnen. Ich will nicht, daß Sie da sitzenbleiben, Jess, wir tauschen die Plätze.«

»Ich ... ich glaube nicht, daß er simuliert«, sagte Miss Milk.

»Sie haben recht. Er ist umgekippt.«

»Sie müssen einen Arzt holen.«

»Wohl eher einen Krankenwagen. Hören Sie, Jess, ich steige jetzt aus. Ich gehe nur bis zur nächsten Telefonzelle. Ich glaube, es steht ziemlich schlecht mit ihm, aber falls er wieder zu sich kommen sollte und Sie Angst haben, springen Sie einfach aus dem Wagen. Ich bleibe nicht lange weg.«

Einen Moment lang saß Miss Milk reglos da. Dann beugte sie sich über Gorman, um ihm den Kragen aufzuknöpfen, und dabei erlangte er das Bewußtsein wieder.

»Was machen Sie da?« stöhnte er.

»Ich öffne Ihren Kragen.«

»Verdammt ... ich ... dachte schon ... Sie streifen mir die Schlinge über. Sparen Sie sich die Mühe, Milk. Mit mir ist's aus. Wo ist der Captain?«

»Er holt einen Arzt.«

»Für mich ... kann niemand mehr ... etwas tun, außer ... den Totenschein zu unterschreiben. Ich hab's hinter mir, Milk. Ich bin frei ... endlich ... trotz Ihrer verdammten Einmischungen.«

Seine Züge traten so scharf hervor wie bei einem Totenschädel, und seine Hände umklammerten krampfhaft das Lenkrad. Nach einer Weile ging der Schmerzanfall vorüber, Gorman drehte das Weiße seiner Augen in Miss Milks Richtung und fragte:

»Na... sind Sie jetzt zufrieden? Jetzt bekommt der Bösewicht doch seine verdiente Strafe.«

Miss Milk überlegte hektisch. Gorman sagte:

»Ich kann in Ihnen lesen wie in einem offenen Buch. Es widerstrebt Ihnen, einen Sterbenden zu drangsalieren, aber sie sind entschlossen, mir ein Geständnis abzupressen. So ist es doch, nicht wahr?«

»Ungefähr«, gab Miss Milk zu.

»Tja, ich kann sagen, ich hätte Stella getötet, wenn Sie das... beschwichtigt. Mir macht es jetzt nichts mehr aus. Aber ich kann nicht behaupten, daß ich die Leiche aus dem Hotel und über die Straße geschleppt habe. Das...« Hier hielt er inne, und wieder krampften sich seine Hände um das Lenkrad. »Das wurde eindeutig widerlegt... vom Charing Cross Hospital.«

»Sie sind schlau«, sagte Miss Milk. »Denken Sie nach. Überlegen Sie. Sie waren schlau genug, um diesen schrecklichen Plan auszuhecken. Jetzt müssen Sie auch schlau genug sein, um wiedergutzumachen, was Sie angerichtet haben. Ich weiß, daß Sie das können.«

»Ihr Vertrauen in mich... wirklich rührend. Wäre besser für mich... wieder... ohnmächtig zu werden. Wie soll ein Mensch denken... wenn ein Geier an seinen... Eingeweiden reißt.« Er hob die Hand an die Stirn, um sich den Schweiß abzuwischen, verschmierte ihn aber nur über die Schläfe.

»Na los... springen Sie schon. Holen Sie sich einen Zeugen. Aber... nicht Homes, er ist...«

»Wie soll ich denn jemanden finden?« fragte Miss Milk verzweifelt, die Tür schon halb geöffnet. »Ich sehe nirgendwo einen Polizisten.«

»Dann strengen Sie Ihr Gehirn an. Ich sage Ihnen doch... ich weiß, wann meine Stunde geschlagen hat. Keine Zeit zu verlieren.«

Miss Milk stieg aus dem Wagen und erblickte hoch über sich in seiner Kabine einen der phlegmatischsten und zuverlässigsten Männer, die es gab, einen Busfahrer. Sie trat an sein Fenster und starrte zu ihm hinauf wie zu einer Gottheit.

»Ich brauche Sie. Bitte kommen Sie sofort mit. In dem Wagen dort sitzt ein Sterbender, der ein Geständnis ablegen will.«

Er wirkte nicht einmal besonders überrascht, sondern sagte nur ruhig:

»Kann den Bus nicht alleine lassen, Miss. Sie müssen sich mit meinem Schaffner zufriedengeben.« Er drehte den Kopf nach hinten, zog die Jalousie hoch, klopfte an das Fenster hinter seinem Sitz und rief: »He, George!«

Das spitze, blutleere Gesicht des Schaffners erschien an der Scheibe.

»Dusty, die Dame braucht einen Zeugen für ein Geständnis. Mach 'n schlaues Gesicht und nimm einen Bleistift und dein Notizbuch mit. Ich hab mir schon gedacht, daß was passiert sein muß, als ich gesehen hab, wie erst der Bobby die Nase in Ihren Wagen gesteckt hat und dann der andere Bursche rausgekommen ist und so 'n langes Gesicht gemacht hat.«

»Er holt gerade einen Arzt.«

Der Busfahrer schnalzte mitfühlend mit der Zunge, dann mahnte er: »Laß sie nicht warten, Dusty; der Herr is' schlecht dran.«

Als Dusty, seinen Bleistift fest umklammernd, neben Miss Milk stand, sah er so aus, als würde er vor Angst gleich tot umfallen.

»Schon gut«, beschwichtigte ihn der Fahrer. »Du mußt einfach aufschreiben, was der Bursche dir sagt; mach dir keine Gedanken wegen der Rechtschreibung.«

Es hörte sich an, als sei es ganz alltäglich für ihn, den Schaffner loszuschicken, damit er die letzten Worte eines Sterbenden notierte.

Miss Milk zog den Widerstrebenden zur Tür des Kombiwagens und schob ihn hinein.

Er machte noch einen schwachen Versuch zu rebellieren:

»Das soll doch wohl kein schlechter Scherz sein, oder?«

»Bestimmt nicht, Mann. Sehen Sie mich doch an.«

Der Schaffner richtete seine vorquellenden Augen starr auf Gorman und sagte dann:

»'tschuldigung, Sir. Aber bei den vielen jungen Burschen aus dem College – ich hab mir eben gedacht, es könnte irgendein Ulk sein.« Er leckte nervös an seinem Stift. »Wenn Sie soweit sind, können wir anfangen.«

»Zuerst der Name. Gene Gorman ...«

Der Schaffner schrieb ein wenig verwirrt ›Jean‹ in sein Notizbuch.

»Ehemals ... klingt gut, Milk, nicht wahr? ... Ehemals Hotel *Bellevue* ... ach, schreiben Sie einfach Hotel *Bellevue*.«

Der Schaffner kritzelte eifrig.

»So kurz wie möglich ... am besten ... für uns alle. Hiermit gestehe ich, am Samstag, dem ... was zum Teufel war das für ein Tag, Milk?«

Mit zitternder Stimme nannte Miss Milk das Datum.

»In einer Garage nahe der Shaftesbury Avenue meine Frau Stella Gorman erdrosselt zu haben. Haben Sie das?«

»Ich hab's hingeschrieben, aber es sieht komisch aus.«

»Das macht nichts ... Ich steckte die Leiche in einen Sack, den ich aus dem Hotel mitgenommen hatte, und fuhr zu dem Lagerhaus gegenüber. Ich sah mich um, und dann ... stieg ich aus ... stellte ihn im Eingang ab. Das Lagerhaus war geschlossen, es wurde nicht gearbeitet ... Samstag.«

»Langsamer, so schnell komm ich nicht mit«, bat Dusty, dem fast die Augen aus den Höhlen traten. »Ich bin erst beim zweitenmal Lagerhaus.«

»Schreiben Sie nur, ›das Lagerhaus war geschlossen‹. Das genügt ... wir wollen der Polente doch nicht die ganze Arbeit abnehmen. Fertig? Die Zeit, dreizehn Uhr dreißig, soweit ich mich erinnere.«

Miss Milk ließ ein unterdrücktes Keuchen hören.

»Haben Sie's?«

»Ja, ich hab's.«

Mehrere Sekunden lang, es schienen Stunden zu sein, schwieg Gorman. Nur seine rasselnden, gequälten Atemzüge erfüllten das Wageninnere. Dann sprach er weiter, diesmal weniger stockend.

»Ich brachte den Wagen in die Garage zurück, ging zu Fuß zum *Bellevue* und setzte mich in den Aufenthaltsraum. Stella ging nach dem Lunch nicht nach oben ... aus offensichtlichen Gründen. Miss Milk zu täuschen ist kein Problem ... Beispiel Lulu. Ich rief sie in den Aufenthaltsraum, damit sie sich den Heizstrahler ansah ...«

»Langsam.« Der Schaffner kritzelte, so schnell er konnte. »Ja, ich bin so weit.«

»Ich ging in die Halle hinaus ... zog die Schwingtür auf ...« Gormans Stimme wurde undeutlicher.

»Ich sagte ... es ist nur Stella ... da ist der Schlüssel, Stella ... klopfte mit dem Finger auf die Theke, damit es so klang, als laufe jemand die Treppe hinauf. N.B. Sagen Sie Miss Milk, sie soll noch mal nachdenken.«

»Das letzte hab ich nicht mitgekriegt, Chef«, unterbrach der Schaffner und kaute nervös am Ende seines Bleistifts. »Irgendwas mit Milch im Aufenthaltsraum.«

»Mein Gott ... was für ein Dummkopf ... Aber der Inspektor ... hoffe ich ... Jetzt muß ich unterschreiben. Den Bleistift. Sie sehen genau zu. Schieben Sie Ihr Notizbuch auf den oberen Rand des Lenkrads. So ... ist's gut ... setzen Sie beide ... noch Ihren Namen darunter. Und jetzt raus. Ich brauche Luft ...«

Der Schaffner kroch kreidebleich aus dem Wagen, und Miss Milk unterschrieb in seinem Buch. Sie sah, daß Gorman sich völlig verausgabt hatte.

Sein Flüstern war kaum mehr zu verstehen. »Habe ... zum letzten Mal ... einen Narren ... aus Ihnen gemacht.«

Auch Miss Milks Stimme klang undeutlich. »Kann ich irgend etwas für Sie tun?« fragte sie.

»... fünf Shilling auf Platz ... auf ›*Erlösung*‹ ... ja?«

In der Ferne hörte Miss Milk das durchdringende Schrillen der Krankenwagenglocke.

21

Inspektor Court konnte es Miss Milk nie so ganz verzeihen, daß sie ihm Sand in die Augen gestreut hatte. Dabei hatte er sie für eine unbedingt vertrauenswürdige Zeugin gehalten. Aber er folgte dem Hinweis in Gormans Geständnis und erkundigte sich bei verschiedenen Personen einschließlich Miss Blanches (die nach Gormans Tod plötzlich ein Musterbeispiel an Vernunft geworden war), was denn bei Lulus Verschwinden genau vor sich gegangen sei. Dabei kam eindeutig heraus, daß Miss Milk sich bei dieser Gelegenheit gründlich hatte täuschen lassen.

Auch Madame schien keine sehr hohe Meinung von der Intelligenz ihrer Empfangsdame zu haben.

»In Ihrer Aussage steht unmißverständlich« sagte Court streng zu Miss Milk, die am Empfang saß, »Sie hätten Mrs. Gorman die Treppe hinauflaufen sehen.«

Miss Milk wurde puterrot, aber sie sagte mit einigermaßen fester Stimme:

»Ich bin es nicht gewohnt, in einer Umgebung zu arbeiten, wo mit Täuschungsmanövern operiert wird. Ich habe zuerst zwei Leute miteinander sprechen und dann Schritte über eine Treppe hinauflaufen hören, und es ist durchaus möglich, daß ich deshalb fälschlicherweise zu der Ansicht gelangt bin, ich hätte tatsächlich jemanden gesehen.«

»Ja, aber wenn man eine Zeugenaussage macht, darf

man keine voreiligen Schlüsse ziehen«, bemerkte der Inspektor. »Sie müssen sehr vorsichtig sein...« Er hätte beinahe gesagt ›beim nächsten Mal‹, aber es war doch sehr unwahrscheinlich, daß Miss Milk noch einmal in einen Mordfall verwickelt wurde.

Jedenfalls hatte er seinen Mörder, auch wenn es nur ein toter Mörder war. Und er hatte in Mr. Gormans Brieftasche etwa die Hälfte von Stellas Ersparnissen in Form von Pfundnoten gefunden, eine Tatsache, die das Geständnis stützte, selbst gegen den hartnäckigen Widerstand des Polizeiarztes, der immer noch an seiner ursprünglichen Meinung in bezug auf Stellas Todeszeit festhielt. Was nun die Beseitigung der Leiche anging, so gab es niemanden, der Gormans Aussage bestätigen oder entkräften konnte, und wenn ein Kriminalbeamter schon einmal erlebt hat, wie sich sein Fall in Luft auflöst, weil ein medizinischer Gutachter die Ergebnisse eines anderen genau entgegengesetzt interpretiert, dann kann man verstehen, wenn er Sachverständigengutachten eher skeptisch gegenübersteht.

Im großen und ganzen war Inspektor Court mit dieser sauberen Lösung recht zufrieden, um so mehr, als er hoffte, schon bald seinen Sommerurlaub antreten zu können, und er hegte keinen Groll gegen die arme Miss Milk, die noch dazu ihre Stellung, auf die sie so stolz war, bald verlieren sollte. Das *Bellevue* wurde nämlich geschlossen.

Als Miss Milk am Abend, nachdem Inspektor Court sich endgültig vom Schauplatz der Ereignisse zurückgezogen hatte, in das Foyer herunterkam, machte sie ein Gesicht, als habe sie eben Stellas Geist gesehen.

Am Fuß der Treppe wartete der Captain auf sie. Er hatte sich seit der Nacht, in der Gorman sein Geständnis ablegte, nur noch sehr sporadisch um sie bemüht und sich, wenn er es tat, abwechselnd zwanglos und dann wieder onkelhaft gebärdet.

Freilich wurde er für Miss Milks Stimmungen zunehmend empfänglicher, und sobald sie auf der Straße waren, fragte er: »Was ist los, Jess?«

»Man hat mich doch tatsächlich rausgeworfen«, sagte Miss Milk kleinlaut. »Eine Woche Kündigungsfrist.«

»Das darf doch wohl nicht wahr sein!« rief der Captain. »Aber deshalb zerbrechen Sie sich hoffentlich nicht den Kopf, oder? Sie wollten ja ohnehin gehen.«

»Ja, aber Sie wissen noch nicht, weshalb man mir gekündigt hat.«

»Weil man Sie mit dem verstorbenen, aber nicht betrauerten Gorman in einem Wagen erwischt hat?«

»Weil ich am Krönungstag gesehen wurde, wie ich aus Ihrem Zimmer kam!« platzte Miss Milk heraus.

Der Captain brüllte vor Lachen.

»Madame hat Ihnen vermutlich nicht gesagt, daß sie das *Bellevue* aufgibt und den Pachtvertrag an die Leute auf der anderen Straßenseite übertragen hat?«

»Nein.«

»Das sieht ihr ähnlich!« bemerkte der Captain belustigt. »Sie geht mit Blanche nach Belgien, und dort werden sie bei einem Vetter zweiten Grades wohnen, der eine *pâtisserie* besitzt. Wenn Blanche dort noch Zeit für ihre Briefmarkenbilder findet, würde mich das sehr wundern. Aber es ist bestimmt das beste für sie. Sie hat sehr viel Geschäftssinn, man muß ihr nur eine Chance geben. Der Vetter hat seine Frau verloren und hat sich offenbar ganz begeistert auf zwei Arbeitskräfte gestürzt, die nicht mehr verlangen, als daß er für ihren Unterhalt aufkommt. Gus und Monica haben beschlossen zu heiraten und wollen versuchen, eine Stelle als Hotelmanager zu finden. Hat er Ihnen das nicht erzählt?«

»Mir sagt doch keiner etwas«, klagte Miss Milk.

»Armes Kind! Wenn es Sie aufmuntert, will ich Ihnen erzählen, daß man mich ebenfalls rausgeworfen hat.«

»Joe!«

»Ja, so ist es. Wieso, glauben Sie, bin ich ständig in der Gegend rumgerannt? Und wozu habe ich eine Woche Urlaub genommen?«

»Aber weshalb denn, Joe?«

»Ich habe etwas fast ebenso Schlimmes angestellt wie Sie. Ich habe aus Versehen einen bibliophilen Millionär geschnappt. Das macht sich nicht gut für einen seriösen Kaufhausdetektiv. Die Leute waren allerdings recht anständig, und ich persönlich glaube, daß sie mir als Hochzeitsgeschenk eine antiquarische Ausgabe der Werke Bulwer Lyttons verehren werden.«

»Haben Sie denn vor zu heiraten?« fragte Miss Milk, nachdem sie diese Aussage eine Weile verdaut hatte.

»Tja, es sieht doch so aus, als müßte ich Ihnen nach dieser Episode in der Krönungsnacht anbieten, wieder eine ehrbare Frau aus Ihnen zu machen.«

»Ach, Joe, keine Witze, bitte.«

»Mir ist es so ernst wie noch nie. Hören Sie zu, Jess, man hat mir eine Kneipe angeboten. Pensionierte Seeleute sind in Kneipen gern gesehen. Ich weiß nicht warum, aber vielleicht sorgen sie für eine Atmosphäre von Wind und Meer. Die kleine Kneipe ist recht hübsch. Wissen Sie, sie liegt auf dem Land, über das Mr. Crabbe ständig schreibt.«

»Aber jetzt nicht mehr. Jetzt hat er sich auf Seegeschichten verlegt.«

»Na schön, über das er ständig geschrieben hat. Die Kneipe hat auch mehrere Zimmer, die man vermieten kann. Haben Sie das Hotelgewerbe schon satt, oder möchten Sie's noch mal damit probieren? Es könnte allerdings beschwerlicher sein, als nur am Empfang zu sitzen.«

Jessie Milk versank wieder in Schweigen.

»Na los, Jess«, mahnte der Captain. »Reden Sie schon. Ich werd's Ihnen nicht übelnehmen.«

»Ist es nur, weil Sie jemanden brauchen, der Ihnen hilft, die Kneipe zu führen, Joe, oder ist es auch, weil ... nun ja, weil ...?«

»Es ist nun ja ... weil ... Jess, und das wissen Sie ganz genau. Also Schluß jetzt mit diesem Unsinn.«

Er blieb vor der Tür des Pfarrhauses neben der St.-Patricks-Kirche stehen und küßte sie herzhaft auf den Mund.

Niemand beachtete die beiden.

Auf dem Soho Square haben sich schon weit merkwürdigere Dinge abgespielt.

Guy Cullingford im Diogenes Verlag

Post mortem
Roman. Aus dem Englischen von Helmut Degner und Peter Naujack. detebe 20369

Wenn Wünsche töten könnten
Roman. Deutsch von Irene Holicki
detebe 21591

Celia Fremlin im Diogenes Verlag

Onkel Paul
Roman. Aus dem Englischen von Isabella Nadolny
Leinen

Klimax
oder Außerordentliches Beispiel von Mutterliebe
Roman. Deutsch von Dietrich Stössel
detebe 20916

Wer hat Angst vorm schwarzen Mann?
Roman. Deutsch von Otto Bayer
detebe 21302

Die Stunden vor Morgengrauen
Roman. Deutsch von Isabella Nadolny
detebe 21515

Rendezvous mit Gestern
Roman. Deutsch von Karin Polz
detebe 21603

Die Spinnen-Orchidee
Roman. Deutsch von Isabella Nadolny
detebe 21727

Ein schöner Tag zum Sterben
Erzählungen. Deutsch von Ursula Koester-Roth
detebe 21985

Gibt's ein Baby, das nicht schreit?
Roman. Deutsch von Isabella Nadolny
detebe 22430

Margery Allingham im Diogenes Verlag

»Margery Allingham sticht ins Auge wie strahlend helles Licht. Alles, was sie schreibt, ist von vollendeter Form.« *Agatha Christie*

Die Handschuhe des Franzosen
Kriminalgeschichten. Aus dem Englischen von Peter Naujack. Zeichnungen von Georges Eckert. detebe 20929

Trau keiner Lady
Roman. Deutsch von Gerd van Bebber
detebe 21567

Gefährliches Landleben
Roman. Deutsch von Brigitte Mentz
detebe 21568

Süße Gefahr
Roman. Deutsch von Peter Fischer
detebe 21569

Judaslohn
Roman. Deutsch von Edith Walter
detebe 21570

Wenn Geister sterben
Roman. Deutsch von Brigitte Mentz
detebe 21616

Überstunden für den Totengräber
Roman. Deutsch von Theda Krohm-Linke
detebe 21630

Tänzer in Trauer
Roman. Deutsch von Irene Holicki
detebe 21691

Polizei am Grab
Roman. Deutsch von F.A. Hofschuster
detebe 21744

Blumen für den Richter
Roman. Deutsch von Marie Rieger
detebe 21821

Der Hüter des Kelchs
Roman. Deutsch von Edith Walter
detebe 21862

Der Geist der Gouvernante
Roman. Deutsch von Edith Walter
detebe 21900

Der Fall Pig
Roman. Deutsch von Karin Polz. detebe 21901

Ein böser Nachbar
Roman. Deutsch von Karin Polz. detebe 21962